岸田國士の世界

日本近代演劇史研究会＝編

翰林書房

まえがき

由紀草一

本書は近代日本の代表的な劇作家の一人岸田國士に関する研究論文集である。最初に本書の構成を述べる。

「入門」では、この作家についての全体的なイメージを読者につかんでもらうべく、彼がどのように生き、何を書いたか、概観が述べられている。

第I部は、戯曲各論。あくまで作品そのものに即して、この劇作家がめざし、また達成した真面目を明らかにしようと試みた、七人の研究者による論考を収めた。対象となっているのは、初期一幕ものから戦争直前の多幕もの、それにこれまで語られることが少なかった喜劇作品も取り上げられている。

第II部は、生前新劇界の一方のリーダーとして活動した岸田について、さまざまな角度から光を当てた試論集。伝統演劇との関係、演出観、読み物としての戯曲創作、戦時中の態度、現代演劇での扱われ方、最後に、海外での受容のされ方に関してまで、広範に、考えるべきポイントが挙げられている。

個々の論には、当然異論もあろうが、それをも含めて、日本近代演劇研究発展のために、本書が一人でも多くの読者の手にとられることを願ってやまない。

岸田國士の世界◎目次

II

岸田國士入門

由紀草一

Ⅰ　略伝

1　渡仏前

岸田國士は一八九〇年（明治二三）一一月二日東京四谷に生まれた。四男四女の長男。岸田家は紀州藩の武士の家柄で、父は近衛師団に所属する軍人であった。彼もそのような道を歩むことを望まれていたことは、「國士」という名前からもわかる。実際に陸軍幼年学校から士官学校へと進み、一九一二年（大正一）には久留米の聯隊で旗手になっている。聯隊旗手とは、行進のとき聯隊旗を持って先導するのが役目である。目立つので、見栄えのいい者が選ばれる。岸田は美男子だったからこれになったのだろうという話もある。

しかし、一四年には休職願を出し、実質的に軍人を辞めて帰京している。それからは、フランス語の家庭教師や、日雇い人夫までして暮らしていたらしい。そのうち、一六年に内藤濯を訪ね、フランス語で身を立てたいのだが、相談にのってもらえないだろうかと懇願した。内藤は当時陸軍幼年学校でフランス語を教えていたというだけで、岸田とは一面識もなかったし、紹介状もなかった。不審を感じた内藤が、翌日学校で、岸田の在学中の成績を調べてみると、フランス語では常に九〇点以上を取っていた。一方、生徒としての岸田と直接接した陸軍士官からは、こんな逸話を聞かされる。国語の時間に「我が理想の人物」という題名で作文を書かせたら、彼は由井正雪を挙げた。日本では乃木将軍や楠木正成のような忠臣こそ軍人の理想像に相応しい、それが江戸幕府に対するものとはいえ、反逆者で、陰謀家として知られる人物の名を出すとは何事か、というので、岸田は校長からまで詰問された。そのとき岸田は「一つの時代を切り拓くほどの人物でなけりゃ、理想とするに足らん」と答えたという。

以上からは、文学少年らしい自意識と、頑固な性格がうかがえる。軍隊をやめた理由は、酒席での上官との喧嘩だと内藤には語っている。直接の理由はともかく、学生時代からフランス文学やロシア文学、さらには石川啄木や北原白秋に親しむようになって、軍隊を厭う気持ちが生じ、父の叱責を受けていたようではある。

元にもどってこの一六年の九月、東京帝国大学仏文科選科に入学し、そこで辰野隆・鈴木信太郎・豊島与志雄・山田珠樹ら、我が国の仏文学研究の草分けとなった人々と知り合う。また、仏文科の副手だった太宰施門と共訳の形でエルヴュ「炬火おくり」が「焰まつり」の題で『帝国文学』九月号に掲載されたのが岸田の文が活字になった最初で、この頃より演劇に興味を持ち始めたらしい。

当時の仏文学科教授はエミール・エックで、その在職二五年記念祝賀会のために集めた金が思いの外多額に達したため、これを基金として、内藤を含めた帝大仏文科グループは、開店休業状態だったセナークル・フランセ（暁星学園でのフランス語講習会）を復活させ、また『模範仏和大辞典』の編纂を企てる。岸田は前者で講師となり、また後者では下訳の仕事を引き受け、まとまった金を手にすることができた。*1

さて、そうなるとフランスへ行ってみたいという希望が高まる。当時は船でしか外国へ行けない時代である。岸田が持っている程度の金ではとても無理だと皆がとめるのに、大陸に行きさえすれば歩いてでもフランスまで行ってみせると意気込んで、一九年八月、船に乗り込んだ。しかし香港までたどりつくのがやっとで、そこで三井物産の現地雇いの通訳となり、ハイフォンに赴任。三ヶ月を空しく費やした後、ある日誘われて賭けトランプに手を出す。思いもかけず大勝ちして、その金でようやくマルセイユ行きの切符を手に入れることができた。*2

2　パリで

一九一九―三九年の、両大戦間の時期を、フランスでは、この前の時期をベル・エポック（美しい時代）と呼ぶのに対して、アンネ・フォール（狂気の年月）と呼ぶことがある。一方では、西欧世界を根本から揺さぶる第二次世界大戦の危機を間近に控えながら、いやむしろそれゆえにこそ、学芸・思想から風俗にいたる新潮流が一斉に花開いた時期だからである。第一次世界大戦での戦勝国側だったフランスは、ドイツから賠償金も入り、一時的に豊かになったために、社会の寄生虫的な存在の自称芸術家も生きられる余地があって、ますますこの傾向が助長された。

二〇年一月にパリに着いた岸田もまた、いかがわしいキャバレーに出入りしたり、場末の小屋のけばけばしくどぎつい芝居を見たりと[*3]、お定まりのボヘミアン生活を送った。当時はダダ・シュールレアリズム演劇も盛んで、岸田の観劇体験にはその種の劇も含まれるだろう。事実彼は、アポリネール「チレジアスの乳房」などを上演していた芸術と行動《アール・エ・アクション》座にも出入りし、主宰者で共産党員であるララ夫人の知遇まで得ている。しかし、一九二一年八月二日消印の鈴木信太郎宛書簡[*4]から推すと、岸田は、結局は、この類の前衛芸術を、「モデルニスムとエキゾティテム《ママ》の混合色」で、要するにまじめに扱う値打ちはないものとみなしたらしい。最終的に彼が惹かれていったのは、前衛には違いないが、古典的な色彩が濃厚な、ヴィユ・コロンビエ座だったのである。

この劇場・劇団が成し遂げた、あるいは成し遂げようとした演劇革新とはなんだったのか。「しようとした」ことの手掛かりの一つとしては、主宰者ジャック・コポーの出自がある。彼はアンドレ・ジッドに見出され、まず劇評家として出発した人だった。一九一九年にジッドを中心とする文人たちによって『新フランス評論《ヌーベル・レビュ・フランセーズ》』（ＮＲＦ）が創刊されると、一年だけだが、その初代編集長も務めている。この文人たちの傾向を一言で現そうとすれば、humanisme《ユマニスム》の語が最も適当であろう。この言葉は「人間中心主義」と「人文主義」の二つの意味があるが、もとは一つで、ルネサンス期の文人達がギリシャ・ローマの古典の中から、キリスト教道徳の枷の下にあるのとは違った人間性を摑み取り、これこそ真の「人間」であるとしたことから出ている。二〇世紀のジッドたちにとっての古典は非常に範囲が広くなり、古代から近代までの優れた人文系の書物ぐらいの意味なるが、それらに現れている、固有の内面を備えた自由な個人としての人間像をつかみ取り、それに拠って立ち、またそれを徹頭徹尾守り抜く態度と考えてよい。劇評家としてのコポーの価値基準は常に「舞台上で生きた人間が描けているか」否かにかかっていた。そのコポーに学んだ岸田にとって、このような意味での人間中心主義は、演劇人のみならず、知識人としてのかけがえのないバックボーンとなった。

しかしながら、ではここからどのような演劇が生まれるかとなると、まだ出発点にも立っていないことが了解されよう。コポーはまず、あらゆる戯曲の上演に使える背景を備えた「常設舞台」を設置してから、装置を極力省いた「裸舞台」の上で、純粋な演技力だけで観客を惹き込むことができる俳優を求めた。レパートリーには内外の古典から広く選ぶとも広言した。それから……?　一定の答えはなかなか出そうにない。彼のヴィユ・コロンビエ座時代はまだ模索の途中だった。あるいはその生涯すべてが模索の連続であったと見ることも出来る。

岸田が、聴講していたソルボンヌのルボン（たぶん「日本文明史講座」を担当していたミシェル・ルボン）から紹介状をもらってコポーに会いに行ったのは、二一年の一〇月頃らしい。日本からはるばるフランス演劇を研究しに来た青年だということで歓迎され、ヴィユ・コロンビエ座付属の演劇学校で、コポーの講義の他いくつかの課目を聴講するとともに、稽古場にも出入りできるようになった。

そこでコポーこそ岸田の生涯の師ということになったのだが、では岸田がこの師から学んだものはなんだったのだろうか。今やや性急にまとめるなら、まず、演劇から「非演劇的なもの」をできるだけ取り除こうとする「純粋演劇」（この言葉自体は岸田のものである）の理念がある。それでは、真に「演劇的なもの」とは何か、となるとまた非常にやっかいなことになり、現にこの点でコポーと岸田の間にはかなりの隔たりがあったと思われる。それより、集団によって作られるしかない演劇というジャンルで、過度に「純粋」を求めるならば、何かの達成よりずっと多くの挫折をもたらしそうである。岸田が師から受け継いだものといえば、このやっかいな気質こそ第一だったかも知れない。実作面だと、後の彼の戯曲から逆算すると、ミュッセ「気紛れ」、ヴィルドラック「商船ティナシティー」、ルナール「日々のパン」「別れも愉し」など、日常的なさりげない会話で、デリケートな心理の揺れを描いた演目に最も惹かれたのだろうと推察できる。

コポー以外に、岸田にとって大きな存在となったフランスの演劇人は、ロシア出身のジョルジュ・ピトエフである。彼もまたコポーを崇拝していた俳優兼演出家で、岸田は彼の劇団にも親しく出入りし、ここでの上演用にと、最初の戯曲「黄色い微笑」をフランス語で書いた。ピトエフからは好意的な批評を得たと言うが、上演には至っていない。

そうこうするうちに二二年の一一月、父の訃報に接し、帰国の準備をする。「日本で長男に生れると、かういふ場合に自由が利かないのである」とは、はるか後年の回想[*5]に出てくる言葉である。

3　築地小劇場との対立

二三年（大正一二）に日本にもどった岸田は、「黄色い微笑」を日本語にし、題を「古い玩具」と変えたものを、豊島与志雄の紹介で山本有三に読んでもらう機会を得た。山本から「近頃読んだ脚本のなかで、これくらゐ面白いものはない」[*6]という賛辞をもらい、直後に関東大震災に見舞われたが、翌二四年三月、山本が編集していた『演劇新潮』に発表された。以後この雑誌は、二七年九月に最終的に廃刊になるまで、岸田の戯曲や評論の主要な発表誌となり、岸田國士の名を広く知らしめた。ばかりではなく、この雑誌に迎えられたことは、思いもかけない運命を岸田にもたらしてもいる。

日本初の新劇用劇場として築地小劇場が開場したのは二四年六月一四日である。その少し前に同劇場の指導者である小山内薫が、「私達は演出者として日本の既成劇作家――もし私自身がそうであったらそれをも含める――の創作から何等演出慾を唆られない」[*7]から、向こう二年ばかりは翻訳劇だけを取り上げる、と発言したことが、既成劇作家の反発を呼んだ。『演劇新潮』は、同年一月に発刊されていた、山本の他、菊池寛・久米正雄・久保田万太郎らに、小山内自身も同人として名を連ねる、当時の有力な劇作家が数多く参加した演劇誌だった。このためここが築地批判の主な舞台となったのである。その手始めに、同誌の七月号は、「築地小劇場批判」を特集している。

特集記事の一つ「築地小劇場の反省を促す」で山本は、築地開幕時の三つの演目の一つ、ジョルジュ・マゾー「休みの日」の誤訳を指摘している。誤訳ものをやるぐらいだったら、日本の創作劇をやってもいいではないかというわけだ。ところでこの作品はヴィユ・コロンビエ座のレパートリーであり、誤訳指摘に関しては「畏友岸田國士氏に深く負ふてゐる」ことは文末に断り書きされている。岸田自身は、別の雑誌に一文[*8]を寄せ、「全く、あの程度の俳優があの種類の脚本を演じることは無謀である。あゝ云ふ種類の外国劇を現今のやうな無雑な日本語で演じることは頗る危険である」と言っている。

そして『演劇新潮』八月号において、岸田の築地批判が全面的に展開された。同誌には小山内による築地の実質的なマニュフェスト「築地小劇場は何の為に存在するか——山本有三君その他演劇新潮の同人諸君に読んで考へて貰ふ」と、これを踏まえた談話会が掲載されている。岸田もこれに出ているが、まだ新人なだけに発言の機会は少ない。しかしそれとは別の文[*9]で、築地が第二回目の演目として選んだロマン・ロラン「狼」と小山内のマニュフェストとを並べて、次のように言っている。小山内は、築地は「演劇の為に」存在すると言い、「戯曲の価値と演劇の価値は全然別物である」とも言うが、戯曲の価値は演劇の価値を根本的に左右するものである。今その問題は棚上げにして、小山内のやっていることをみても、なぜ「狼」が選ばれたのかはわからない。この作品ほど「非戯曲的」で「文学臭味」が強い戯曲は稀だからだ。あるいは、築地は「民衆の為に」あるとも小山内は言う。選ばれた少数のための芸術などということはもう考えていない、と。そこからすると、「民衆芸術論」の著者でもあるロランの作品は、それだけでも取り上げる値打ちがあるとでも考えたのか。「万一さういふつもりなら、僕は築地小劇場にさよならを言ふであらう」。

以上の批判に対して、築地側は直接には何の反論もしなかった。しかし翌九月に小山内が書いた戯曲評で、彼は「劇場ではない、広い世界に人生を見た——さう云つた脚本を求めてゐる」[*10]として、『演劇新潮』九月号に掲載された岸田の第二作「チロルの秋」を、「気取りと、厭味と、遊びとの他には何もないやうな気がした。（中略）此の脚本などは劇場の中に人生を見た脚本の好個の例ではないかと思ふ」[*11]と酷評している。岸田はただちにこれに反応した。[*12]まず「民衆の為に」の理念についてはあらためて次のように言う。劇に限らずすべての芸術は一般公衆のために存在する、というのは当然である。しかし、一般公衆の中にも、芸術に興味がない者も、興味があって、なおかつ「それ以上」を求める者もいる。芸術家が相手にすべきなのは、正にかくの如き公衆であろう。それなら「どんな少数者の為めの芸術も立派に存在の理由があるではないか」「現に小山内君らに経営される築地小劇場は天下幾人のために存在してゐるか。それでなほ且、立派に存在の理由があるのである」。そして小山内の自作評に対しては、「僕は、僕の戯曲を、夢にも芝居といふ世界から外へ持ち出す野心はない。野心がないどころか、そんなことをされては迷惑至極である」と返している。

この論争を、岸田に即してみれば、党派的なところから出たものではないと言える。彼は二四年の四月、つまり築地小劇場が開幕する以前、彼自身が戯曲を一つしか発表していない時点で、「芝居と云ふものを強ひて『大勢』に見せるものと考へる必要はない」「『或こと』を言ふために芝居を書くのではない／芝居を書くために『何か知ら』云ふのだ」[*13]と揚言しているのだから。ただ、成り行き上敵方ということになった築地に対しては、自らの演劇理論を、それもたぶん当時の日本で賛同者は極めて少なかったろうと思える理想を、やや過剰に押しつけた憾みはある。それだけにまた、この後岸田が劇界でとった、あるいはとったとみなされた立場を、最初の段階で不必要なくらい鮮明にした観もある。即ち岸田國士は「民衆派（すぐにプロレタリア演劇派となった。以下ではプロ派と呼ぶ）」に対する「芸術派」であり、小山内たち（実は山本有三もそうだ）の暗く深刻な「北欧系」に対しては明るく軽快な「南欧系」であり、また舞台上の派手な動きを喜ぶ「動作派」に対して、繊細なせりふをこそ重んじる「言葉派」（この最後の呼称を岸田は迷惑がった。後述）だということになったのである。

4　その後の演劇活動

初の演出は二六年（昭和二）、新生新劇協会第一回公演で、金子洋文「盗電」を手掛けた。この劇団はアメリカ帰りの畑中蓼坡が一九一九年（大正八）設立、経営が立ちいかなくなっていたものを、菊池寛社長の文芸春秋社が引き取った。菊池はこれをもって築地小劇場と対抗していくつもりであったらしい。一方岸田は、「現在の俳優を以てする如何なる組織の劇団も、本質的な新劇運動に参与する資格はないといふ平生の主張」は変わらない、これからやることは「将来『本質的な新劇運動』に入るべき準備行動であると思つて貰へばいゝ」[*14]と、この劇団に参加するうえでわざわざ断っている。新劇協会自体は、大きな成果をあげることはできず、菊池の横暴もあって、協力者たちも次第に離れていくことになった。

同年、同じく新劇協会の指導に当たっていた岩田豊雄、関口次郎とともに俳優養成機関である「新劇研究所」を作った。研究生の中には田中千禾夫や毛利菊江がいる。前記の三人の他、外部からも講師を招いて授業を行ったが、実際の演技者はおらず、また後進の指導に当たれるほどの俳優が日本にはいないのが悩みの種だったと後に岩田が回想している。[*15]この研究所は、二九年に喜劇座の名でピランデルロ「御意に任す（お気に召すまま）」（岩田訳演出）や岸田「可児君の面会日」（関口演出）を上演して解散した。

この頃になると岸田の劇界での地位も確固としたものになり、二八年（昭和三）からは第一書房から出た演劇雑誌『悲劇喜劇』編輯を務めた（翌年第一〇号をもって廃刊）。翌二九年には本格的な多幕もの「牛山ホテル」を発表し、また最初の新聞小説「由利旗江」を『朝日新聞』に連載し始めている（完結は翌年）。

現在からみて演劇人岸田國士にとって最も画期的な年は五・一五事件が起きた三二年（昭和七）ということになると思う。まず友田恭助・田村秋子夫妻が訪ねてきて、彼らの劇団の顧問を頼まれている。この夫婦はともに築地小劇場出身の俳優であり、特に友田は最初の結成メンバーの一人だった。田村は、「休みの日」に老女中の役で出たのが初舞台である。二七年小山内の媒酌で結婚。二八年に小山内が死に、翌年築地小劇場が分裂すると、次第に左翼色を強める周囲に馴染めないものを感じていた二人は脱退し、松竹の後援で劇団新東京を立ち上げた。が、それも行き詰まり、再び小劇場運動を志して新劇団築地座を結成、それに先だって久保田万太郎、里見弴とともに岸田の教えと助力を乞うたのだった。*16

次に同年三月、演劇同人誌『劇作』が発刊されている。ここには阪中正夫、川口一郎、田中千禾夫、小山祐士、菅原卓、内村直也、(後に)森本薫、それに友田・田村夫妻も同人に加わり、岸田門下による雑誌とみなされた。彼らはやがて「劇作派」と呼ばれ、非プロ派演劇中の最大勢力となる。築地座は特に後期に、彼らの作品を数多く取り上げた。岸田はこのとき自分の派のための機関誌と上演機関(劇団)とを同時に手に入れたと傍目には見える。

岸田自身は、特定の流派に固定してみられることは嫌っていた。三四年、岩田豊雄が、演出者万能の「動作派」演劇は、現在ヨーロッパでは主流だが、「俳優の機械化や舞台の概念化」*17などを招いて演劇の生命を阻害するに至ったとして、岸田らの「言葉派」を擁護する論文を書いた。これに対して岸田は「僕は、未だ嘗て、『演劇の本質は言葉に在り』と云つた覚えもなく、『演劇の視覚的意義』を否認した覚えもない」と慎重に態度を保留し、「『言葉』が主でも、『動作』が主でも、その何れの中にも含まれる『言語的表現』を、その正確さ、その錬磨の程度に於て、従来のレベルからずつと引上げ*18」るべきだというのが自分の主張の要点であると言った。

ここには演劇の本質をめぐる純粋な議論とは別に、外部的な要素もあった。当時相次ぐ弾圧によってプロ派の演劇は既に凋落期に入っていた。三二年に治安維持法違反容疑で逮捕され、三三年に転向を表明して保釈されていたプロット(日本プロレタリア演劇連盟)中央執行委員長の村山知義は、この三四年に、新劇の危機を打開するために、既成の劇団を解散した上で大同団結し、「唯一の職業劇団」を作ろうと呼びかけていたのである。この構想はプロ派内部で概ね好意的に受け取られ、実現しかかったが、村山への不信から間際になって最大勢力である新築地劇団が抜け、日本新演劇協会とその劇団組織としての新協劇団ができただけに終わった。この一連の動きの中では、築地座などの芸術派は最初から蚊帳の外だったのだが、村山の構想を引き取って、新劇人たちの団結を果たそうとしたのが意外にも岸田國士だった。ただし単一劇団の結成は後回しにして、「広く新劇に関係する団体及び個人を網羅して、それらの連絡親睦を主とする機関」[*19]を作ろうというものだった。これに応じて、一二月に、新協劇団、新築地劇団、築地座など六劇団が加盟して、岸田を幹事長とした日本新劇倶楽部が発足する。この企てには、左翼の演劇人たちを弾圧から守ろうとする義侠心も含まれていたと言われる。が、新劇倶楽部はほとんどなすこともなく、いつのまにか雲散霧消してしまっている。

築地座は三六年に解散した。これは岸田の意向によるところが大だったようだ。しかしそれで残された俳優たちはどうなる、という話になる。翌三七年には岸田と岩田豊雄、久保田万太郎が相談し、彼らが「三幹事」として半年交代で指導に当たる形で、劇団文学座が結成された。直後に応召されて大陸へ行った友田恭助の戦死が伝えられ、その衝撃で田村秋子も舞台を降りるというアクシデントに見舞われたが、同座は三八年一月の試演会を経て、同年三月に森本薫「みごとな女」（辻久一演出）、クウルトリイヌ「我家の平和」（岸田訳演出）、ジュール・ロマン「クノック」（岩田豊雄訳、阿部正雄演出）で旗揚げ公演を行い、現在に至っている。

5　大政翼賛会に参加

一九四〇年（昭和一五）七月に第二次近衛内閣が発足すると、いわゆる新体制運動が起きる。三一年の満州事変から三七年の盧溝橋事件を経て、中国での戦線は拡大の一途を辿り、さらに英米との対決も避けられない状況になってきていた。三九年には欧州で第二次世界大戦が始まってもいる。この非常時に対処するために、政治的、経済的、さらには文化的にも統制を強めた国内体制が必要とされたわけだが、では軍を利するための新体制かと言えば、少なくとも最初の段階ではそうではなかった。この運動の担い手の中には、大正デモクラシー期に成人し、日本を革新する夢を抱いた人々が多数含まれていた。革新の中身は、非常に漠然としていて、また同床異夢の面もあったが、西洋伝来の資本主義・自由主義を乗り越えて新たな歴史的段階にまで進みたい、というようなところでは一致しており、これには軍も反対できないはずだった。そこで、軍を、この理念を中核とする全国民的な規模の新体制運動の中に巻き込むことによって、有効にコントロールできるのではないかと、近衛文麿とそのブレーン集団である昭和研究会は期待していたようだ。

この動きは外部からも概ね歓迎された。この段階で政党政治が行き詰まっていたことは、ほとんどの既成政党が自主的に解散し、新体制へ合流することを表明したことでもわかる。国民の期待も大きかった。かくして一〇月、近衛を総裁とする大政翼賛会が発足したのだが、これによって日本はドイツやイタリア、あるいはソ連のような一国一党の独裁体制になったのかというと、少し違う。一二日の発会式では、綱領も宣言もいっさい発表されず、近衛は「本運動の綱領は、大政翼賛の臣道実践といふことに尽きる」[*20]とのみ言った。これでは翼賛運動とは単に精神主義の運動ということになり、またその精神は戦争遂行のためにのみ役立つものということになるだろう。事実そうなった。

この会の文化部長に岸田國士を推したのは昭和研究会にいた三木清と中島健蔵だった。三木は「どうしてもバリケードが必要だ」として、岸田の名を出したのだという。[*21]一方、たぶん一〇月の下旬、河上徹太郎が、『文学界』（岸田は三六年以来ここの同人になっていた）系の作家や評論家を集め、岸田には「文化統制の防波堤」になってもらおうと発言したらしい。[*22]今からみると奇妙としか思えない。国民生活全般の統制をすすめる組織の中で、文化面でそれをやりながら、あるいは少なくともやるようなふりをしながら、かえって政府や軍部、官僚の圧力からできるだけ文化（人）の自由を守る役目をしろ、ということなのだから。これは当時の知識人文化人が、そういうことでもするしかないと感じられるところまで追いつめられていたということだと理解するしかない。

この無茶な企ての最前線に立つ者として、なぜ岸田が選ばれたのか。直接のきっかけは、彼が当時の時局に向けて書いた一連のエッセイ、中でもこの年の九月に発表された「一国民としての希望」[*23]であったろう。ここで彼は新体制を始めるという近衛内閣を「全幅的に信用」するとして、それに向けての注文を述べている。曰く、政府やジャーナリズムは、国民の低級な好奇心に訴えたり煽ったりするのではなく、国民の健全な知性を目覚めさせるような節度と品位を保った発表や報道をすべきだ。曰く、学校教育においては、小学校を国民学校と改称するが如き名目尊重はやめるべきだ、それは結局日本社会に瀰漫する肩書き偏重を助長するから。曰く、「高度国防国家」の必要性が叫ばれているが、一旦緩急ある時には軍人として戦うのは国民すべての義務であるにもせよ、「武人として」それ以外の職業に携わるなどというのは、まったく無益だ、など。特に最後の、軍を全く恐れない言説は、当時としては珍しく、三木や河上に希望を抱かせるに充分であったろう。

ただ、岸田としては、単なる防波堤に留まるつもりはなかったと思う。彼には彼で、政策としてやりたいことがあった。それは国立演劇アカデミーの創設である。日本の近代劇の発展を期するならば、民間の努力に任せていたのではとうていだめ、政府が金を出して才能ある者たちに研究をさせるような機関が是非必要だ、という内容で、古くは三二年の文章[*24]に登場する。三六年には帝国芸術院の準備もするという触れ込みの文芸懇話会にも参加している。三八年明治大学文芸科科長となると、映画演劇科を新設したのは、この構想に近いものが実現した唯一の例だった。前出「一国民としての希望」にも、この要望事項は当然記されている。

しかし文化部長になってみれば、こんな構想が実現できないことはすぐにわかっただろう。大政翼賛会は、首相を総裁に頂くとはいえ、あくまで民間団体なのであって、中央では反対の声も根強く、何もできないというのが本当のところだった。文化部の仕事は、地方で、国策に沿った文化活動のための組織作りをするというようなところに限られた。そして岸田部長は、四二年七月に辞すまで、講演のために文字通り日本中を駆け回る日々を過ごした。

四一年に、地方へ高級な演劇を運ぶための日本移動演劇連盟が発足すると、その委員長になっている。この組織は翼賛会とは直接関係ないが、国家総動員の精神を全国津々浦々に伝えるためのもの、というタテマエでできあったものである一方、新協、新築地の二大劇団が四〇年の一斉検挙によって解散に追い込まれてからは、(元)左翼系の新劇人が活動できるほとんど唯一の場ともなった。国家と新劇がこれほど緊密になった機会はこれまで他に例がないものの、岸田のアカデミー構想からは遠い。ただし好意は持っていたようで、四三年に太平洋戦争中執筆されたたった一つの戯曲「かへらじと」を松竹国民移動劇団に提供している。これとは別に、翼賛会そのものの事業としては、詩歌朗読運動を行い、これは四四年に劇団俳優座が生まれる母胎となった。

私人としての岸田は、翼賛会文化部長を辞した直後に妻を喪うという不幸に見舞われた。四四年には先に令嬢二人を疎開させておいた信州に移住する。ここで出会った林克也が、翼賛会に関する岸田の総括の言葉を記録している。[*25]「それ〈新しい文化〉は国民の中から成長するが、上から指導することも一つの方法であり、手段と思った。これが根本的にまちがっていると自覚しましてね……」「だいたい官僚に文化や芸術は判らない、というより、彼らは文化という名で批判を抑制しようとした。文化統制が目的だった」「私たちは近衛を買いかぶっていたが、自信がなく決断力を欠いている男だった」。

6　戦後

一九四七年(昭和二二)帰京。同年公職追放処分を受ける(五一年解除)。四八年自身の最長の戯曲である「速見女塾」を発表して劇界に完全復帰する。五〇年、演劇を他のジャンルに携わる人々に身近なものにしようとする「文学立体化運動」のために雲の会を発足させる。五三年芸術院会員となる。五四年三月、文学座によるゴーリキー「どん底」演出中に脳動脈硬化症で倒れ、五日に永眠した。享年六四歳。

註

＊文書名著書名の前に著者名が記されてないものはすべて岸田國士のもの。引用は『岸田國士全集』（岩波書店一九八九〜一九九二年刊）による。この全集は、『全集・巻号』で示す

＊1 以上の記述は主として内藤濯「劇中の人―小説岸田國士」（『別冊文芸春秋』一九七二年六月）による。

＊2 「外遊熱」『世界』一九五一年四月。『全集28』

＊3 野坂参三「風雪の歩み　第二部（29）」。『前衛』一九七四年六月。

＊4 鈴木信太郎「岸田國士のフランスだより」。『文藝』一九五四年五月。

＊5 「芝居と僕　一」『劇作』一九三七年一月。『全集23』

＊6 「芝居と僕　三」『劇作』一九三七年三月。『全集23』

＊7 小山内薫「築地小劇場と私」『三田新聞』一九二四年五月三十日。菅井幸雄編『小山内薫演劇論全集・II』（未来社、一九六五年刊）より引用。

＊8 「築地小劇場の旗挙」『新演芸』一九二四年七月。『全集19』

＊9 「ロマン・ローランの戯曲―築地小劇場の「狼」―」『演劇新潮』一九二四年八月。後に『我等の劇場』（新潮社、一九二六年刊）に収める際に「文学か戯曲か」と改題された。『全集19』

＊10 小山内薫「九月雑誌戯曲評」『都新聞』一九二四年九月一四日。前掲『小山内薫演劇論全集・II』より引用。

＊11 同右『都新聞』一九二四年九月一六日。前掲書より引用。

＊12 「小山内君の戯曲論―実は芸術論―」『演劇新潮』一九二四年一〇月。『全集19』

＊13 「言はでものこと」『都新聞』一九二四年四月二〇日。『全集19』

＊14 「新劇協会の更生について」『読売新聞』一九二六年一〇月一四日。『全集20』

＊15 岩田豊雄『新劇と私』（新潮社、一九五六年刊）。『岩田豊雄演劇評論集』（新潮社、一九六三年刊）所収。

＊16 田村秋子／小山祐士『一人の女優の歩いた道』（白水社、一九六二年刊）

＊17 岩田豊雄「演劇本質論の検討」『新潮』一九三四年八月。前掲『岩田豊雄演劇評論集』より引用。

＊18 「演劇本質論の整理」『新潮』一九三四年九月。『全集22』

＊19 「危機を救ふもの」（「裸の舞台」の総題で掲載された三つのエッセイのうちの一つ）『劇作』一九三四年一〇月。『全集22』
＊20 伊藤隆『近衛新体制　大政翼賛会への道』中公新書、一九八三年。
＊21 中島健蔵『回想の文学4　兵荒馬乱の巻』平凡社、一九七七年刊。
＊22 高見順『昭和文学盛衰史』講談社、一九六五年刊。
＊23 「一国民としての希望」『改造』一九四〇年九月。『全集24』
＊24 「わが演劇文化の水準」『帝国大学新聞』一九三五年五月六日。『全集22』
＊25 林克也「敗戦期の岸田國士」『文学』一九六三年五月。

II 「主題」

1　醜い日本人

岸田國士は、前述のように、作家としての経歴の最初に、「「或こと」を言ふために芝居を書くのではない。芝居を書くために「何か知ら」云ふのだ」と揚言した。これが出た時点で彼は戯曲はまだ一つしか発表していない。その処女作「古い玩具」は、後に著者が「正面から民族問題を扱おうとした」[＊1]わけではないとわざわざ断るほどこの問題が露出している戯曲である。全編フランスが舞台で、主人公の画家白川留雄の苦悩は、すべて自分が日本人であるところからきている。

プロロオグでモデルらしきフランス女が、留雄に、自分を使ってくれないかと頼む。その直前、彼女は同じく日本人画家の西村（登場せず）を「あんな猿」と呼ぶので、留雄から「君は猿が好きと見えるね」と言われる。すると彼女は「あんたは、そんなでもないわ」と答える。

以下にいくつか特徴的なせりふを挙げる。*2

①だけど、日本人の体面も、いい加減なものよ。一かど立派な日本人のつもりでゐる人が、一も西洋、二も西洋なんですからね。そのくせ、それが、取つて附けの西洋で、随分滑稽なすまし方をしてゐるんですもの。

(中略)

西洋人の前に出ると、先づどうしたら相手に笑はれないで済むかつて云ふ心配で、胸をわくわくさせてゐるんでせう。丸で、自然な処がなくなつてゐるの。笑はれまいと努めれば努めるほど、ぎごちなくなるのはあたり前だわ。(日本人ヒロインの房子のせりふ。第二場)

②〈日本の女は〉自分のものを自分のものとして、どこへ行つても発表が出来、それがそのまま、完成された生活様式になつてゐるんですからね。これに反して、日本の男は、完全に西洋人の真似も出来ず、さうかと云つて、固有の生活様式からも遠ざかつてゐるんだから、どつちにしても、殺風景なわけです。全然日本風に洗練された女はあつても、全然日本風に洗練された男は、今時まづ無いと云つてもいいでせう。(留雄が房子に向かって言うせりふ。第二場)

③黄色人種に対して有つてゐる白人の感情は、一般に吾われが甘んじて受け容れられる性質のものではありません。ただ、どうすることも出来ないのは、肉体的の弱点です。猿のやうな顔面の骨格や、土のやうな皮膚の色は勿論、あなたが、よく、頸の短い、肩の怒つた、尻の細い、脚の曲つた男の後姿を見て、あれは日本人ぢやないかとおつしやるほど見すぼらしい体格、それは白人ではない僕自身でさへも、全く滑稽に感じ、軽蔑さへしたくなるほどの醜さです。(留雄が恋人のフランス人女性ルイーズに向かって言うせりふ。第四場)

①と②では、西洋人の真似をしようとする、せざるを得ないと感じている日本人男性の滑稽さと悲惨さが言われ

ている。ここには、黒船によって否応なく開国、近代化＝西洋化しなければならなかった近代日本人の宿命が端的に表現されているとも言えよう。ただ、③になると、白川留雄とは、完全に西洋人の物の見方、美醜の感覚を取り入れた者であることが明らかになる。実際のところは、国際社会で生き残るためにはできるだけ西洋の文物を取り入れなければならないと、懸命な努力をしていた明治以来の日本人を、その姿が滑稽に映るからといって、いや、映るならなおのこと、同じ日本人がただ笑ったり嫌ったりはできないはずである。しかし、留雄にとっては、同情より嫌悪感のほうがどうしても先に立つ。だからと言って、西洋人になりきれるものではないのは明らかなのだが。

ルイーズは、そんな彼を「古い玩具を棄てて、新しい玩具の方に手は出したものの、さて、その玩具で遊ぶ段になると、どうも勝手が違つて、面白くないって云ふわけね」と評する。彼女自身は、「その二つの玩具で面白く遊ぶことを知つて」おり、「日本人の美しい感情生活を土台にして、西洋の論理的な思想生活を築き上げることは、あたし達にはそんなに六ケ敷いことぢやないでせう」と、二人で日本へ行くことを希望する。そんな「和洋折衷」とも言われる安直な心構えとやり方こそ、今日の日本の混乱を招いたのだ、と留雄はほのめかすが、ルイーズは聞き入れない。なるほど、日本的なものと西洋的なものとの真の結合は、極めて困難ではあっても、絶対に不可能だとまでは断定できないであろう。しかし、留雄が帰国したくない理由は他にもある。「自分を脅かし束縛する社会に、どんな優れたものが潜んでゐようと、その社会は全体として自分を活かしはし」ない、と思えるからだ。この感情はルイーズにはあまり理解されないが、留雄には決定的なものであり、この齟齬から、彼はルイーズとの別れを決意する。

留雄のこれほどの日本嫌悪は何に由来するのか、作中で完全に説得的に描かれているとは言い難い。彼は何か異様な、圧倒的なコンプレックスに支配されていたと思うしかない。そしてそれは、明治以来の日本人の多くが、中でも、学問芸術の輸入元に近いところにいた知識人たちの多くが、これほどはっきりと口にすることは稀とは言え、内心では抱いていた感情であった。いわゆる西洋コンプレックスで、大東亜戦争中にはこれをそっくり裏返した極端な国粋主義――日本人は無条件に西洋人に勝る、というような――が唱えられたのは周知であろう。そして、ずいぶん西洋化が進んだ今日でも、この感情は、薄められた形で残っている。つまり、日本人は、特に日本人の男は、醜いのである。肉体的にも、立ち居振る舞いといった、生活様式の点から見ても。岸田は明らかにそう思っていた。ただ彼自身は、日本人男性にしては背も高くまた彫りの深い顔立ちで、「そんなでもない」即ち「それほど醜くない」・「いくぶんかはまし」であった。それだからこそ、割合とぬけぬけと、「(一般に)日本人は醜い」とも言えた、ということはあるかも知れない。

いずれにしても、他の多くの日本人の場合と同様に、岸田にとってもこの感覚は理屈以前の、完全に冷静に対処できないものとして残った。例えば岸田の盟友岩田豊雄は、実生活で、フランス人を妻として日本へ連れて帰り、彼女に早死にされてしまうという悲惨を体験しているが、その戯曲「朝日屋絹物店」(三四年作)で、日本へ来たフランス人妻にこう言わせている。「ご覧なさい、ミノ、あすこにあたしがいます。日本に来たあたしがいます。なんて、滑稽《リディキュール》な姿……(陳列の裲襠を着た金髪蠟人形を指す)」[*3]。この作品について、岸田は何も言わなかった。美とは相対的なものではないか、という視点は、彼の取るところではなかったのである。ルイーズは、フォンテーヌブローの古城では「背景と完全に調和する」と言われているが、では姫路城を背景にした場合はどうなるのか。そんなものは見たくないので、留雄は日本行きを拒否する。このように、根拠が問われることがないので、感覚が修正されることもなかった。

ただ、留雄と違って岸田は帰国した。そしてほとんど常に日本と日本人を描き続けた。これ以後の戯曲での例外は、日本人とフランス人との混血女性を登場させた「チロルの秋」(二四年)と「落葉日記」(二七年)の二作、日本以外を舞台にしたのは「チロルの秋」以外だと「牛山ホテル」(二九年)一作があるのみ(もっとも、どこだかよくわからない場所に人間かどうかわからない者たちを登場させた幻想劇は他に二、三あるが)。その彼にとって、演劇活動を続けることの絶望的な困難をもたらすものと見えたかも知れない。単に容貌が冴えないだけでなく、立ち居振る舞いの様式美もないとしたら、舞台上の視覚的な美しさはとうてい生まれてこないことになるのだから。残るのは、「語られる言葉の美しさ」だけということになる。

彼の演劇観についてここまで言うのは行き過ぎかも知れない。かなり明らかなのは、岸田の戯曲で、虚勢を張る男（もちろん日本人）が常に笑い物にされているのは、この感覚に由来するということである。もっと明らかなのは、日本の文化について触れた評論で、戦前戦中は抑えられていたが、戦後になってから例えば次のような形で噴出した。

日本人とはおほかた畸形的なものから成り立つてゐる人間で、どうかするとそれを却つて自分たちの特色のやうに思ひこみ、もつぱら畸形的なものそれ自身の価値と美を強調する一方、その畸形的なもののために絶えずおびやかされ、幻滅を味ひ、その結果、自分たちの世界以外に、「生命の完きすがた」とでも云ふべき人間の影像を探し求めて、これにひそかなあこがれの情を寄せる人間群である。*4

しかし一方で、彼はそんな日本と日本人を愛していた。少なくとも、愛さなければならないとは思っていた。右のような猛烈な日本批判も、愛情が言わせているつもりであった。古い玩具を捨てきることはできなかったのである。ここに彼の第一の葛藤がある。

ところで、ここは作品論をやる場所ではないので簡単に触れるだけにするが、「古い玩具」は、全編が右のようなテーマ性だけで覆い尽くされているわけではない。せりふの八割以上は広い意味での東洋対西洋の問題をめぐって交わされるのだが、第三場での、留雄をめぐる房子とルイーズの対話は例外である。また、この場には言葉よりもっと印象的なものもある。第一場で、留雄はルイーズの絵のモデルになりながら、間接的に愛を打ち明ける。二人はこれから連れ立って、房子の夫の外交官手塚の家を訪れることになっている。留雄は、「その人はね〈三人称で言っているが、目前のルイーズのこと〉、僕を愛してゐてくれるなら、きつと、今日、あそこへ、白い羽根のついた帽子を冠つて来ます」と言う。するとルイーズは、探し物にかこつけて、留雄に先に手塚邸へ行かせる。第二場で、留雄は房子とともにルイーズを待つが、彼女は今日は来られないと、女中を伝えに寄越す。それからが前述の第三場で、彼女は留雄が帰ったのをみはからって、かどうかまではわからないが、結果としては房子が一人で残された家にやってくる。舞台上には、白い羽根飾りのついた帽子が置かれている。

このような手の込んだ恋のかけひきは、フランス演劇の最も得意とする題材であり、岸田が学んだところは顕著である。後年の彼の戯曲にも、「恋愛恐怖病」（二六年）や「傀儡の夢」（二七年）など、ほぼそれのみで描かれたようなものもあり、中期の代表的な傑作「歳月」（三五年）もその延長にあるとみなすことができる。しかし、「古い玩具」では、これと、前述した問題性が、うまく嚙み合っているとは言えず、なんとなくちぐはぐな印象を与える。逆に言うと、恋愛を初めとする、微妙な心理の動きを中心に劇を組み立てようとするときには、テーマ性・問題性は注意深く隠されねばならなかったのである。その後岸田が選んだのは、明確にこちらの道だった。

2　都会の勤め人とその妻たち

新進劇作家の岸田國士が「万人を瞠目」させた作品は七作目の「紙風船」（二五年）であったことは岩田豊雄の証言がある。[*5]それまではどちらかというと、現実離れした、夢物語のような作品を発表していた彼が、ここで、やっぱり夢を使いながらも、その向こうに、大正の末年を生きる人間の現実を描破したことは明らかであった。現在でも岸田國士と言えば、これから昭和初期にかけての清新で意欲的な劇作によって最もよく記憶されているであろう。それは何よりも、彼が、日本の産業構造の変化によって、この時代から現在まで増え続けた階層の人々の生活と意識を、他の劇作家や小説家から抜きん出た手法によって、表現したからに他ならない。

この階層については、「百三十二番地の貸家」(二七年)のト書きで「今に今にと思ひながら、知らず識らず生活にひしがれて行く無産知識階級の男女」[*6]と簡潔に記されている。つまりは都会のサラリーマン夫婦、たぶん旧制中学や女学校は出ているから、父母の代の人々よりは教養があるが、もとより特権など何もなく、またこれといった資産もなく、働かなくては食べていけない。その中でも、両親の家とは別に所帯をもった、まだ子どもの生まれていない若夫婦が、最も多く取り上げられた。

それは前作「ぶらんこ」(二五年)からすでにそうだったのだが、ここでのセリフは大部分が、夫が妻に語る童話のような夢によって占められている。現実は、ふと我に返った夫がもらす「これでも、人間の住む家か……／人間が愛し合ふ家か」という述懐や、彼を迎えに来た会社の同僚の言葉によって、言わば夢に侵入してくるものとして描かれている。「紙風船」では、日曜日の夫婦二人の生活へ、外部からやってくるものと言えば、最後にどこからともなく飛んできて作品を締め括る、それ自体夢のような紙風船があるばかりだ。それでも夫は、夢を語りはする。しかしその夢が出てくる発条としての彼らの現実、というか実存は、きちんと描かれている。たまの日曜日で昼間から家にいる夫は、妻の日常的な姿を見て、ある不安を抱かずにはいられないのである。

　お前が、さうして、おれのそばで、黙つて編物をしてゐる。お前は、一体、それで満足なのか。そんな筈はない。おれの留守中に、お前は、どこか部屋の隅つこで、たつた一人、ぼんやり考へ込んでゐるやうなことがあるだらう。おれは外にゐて、お前のその淋しさうな姿を、いくども頭に描いてみる。百円足らずの金を、毎月、如何にして盛大に使ふか、さういふことにしか興味のないおれたちの生活が、つくづくいやになりやしないか。今更そんなことを云つてもしかたがないと諦めてゐるかも知れない。しかし、お前は決して理想のない女ぢやないからね。おれは、今のお前がどんなことを考へてゐるか、それが知りたいんだ。かういう生活を続けて行くうちに、おれたちはどうなるかつていふことだらう。違ふか。それとも、お前が、娘時代に描いてゐた夢を、もう一度繰り返して見てゐるのか。[*7]

ここで前提として見過ごせないものが一つある。彼らには、前の時代の人々があまり経験しなかった「青春」があった。サラリーマンとは、生活の場即ち家庭と労働現場が分離されている人種である。農家や商家で、家業を継ぐ子どもなら、年少でも応分に仕事を手伝わされるのは当たり前だが、その当然の前提が崩れる。その上に、勤め人にはなぜかより高度な教育が必要とされたので、学校の期間が延長される。女性たちは、この時代ではまだ勤めに出ることは稀だったが、何しろ、男性が一人前の稼ぎ手としての夫になれる年齢が高くなれば、自分たちの婚期も自然に遅くなるので、それまでの時間を埋めるものとして、やっぱり教育の需要は高まる。総じて、昔なら生産に従事するか世帯を持つ時期だった十代後半が、なんの役に立つのかよくわからない分高級そうには見える教養を積むための準備期間となったのである。それはそのまま、「夢」や「理想」を育む土壌にもなったに違いない。

さらにまた、サラリーマンの妻は原則として専業主婦であった。それが、舅姑の世話も、子どもの世話もない場合には、家事は現代よりずっとたいへんだったとはいえ、一人で物思いに耽る時間ぐらいはあったろう。何を思うのか。独身時代の、夢のような理想をまだひきずっていたとしたら、今の地味な生活はあまりに味気なく思えてきはしないだろうか。これが夫の不安である。妻のほうではどう思っているのか、それはわからない。夫はただ、自分が感じている味気なさを妻の上に投影しているだけかも知れない。それでも、夫婦二人しかいない家庭では、妻は夫が自分に投げる不安な視線を夫に向けて投げ返さざるを得ない。かくして夫婦関係が密かに軋む。それをなんとか和らげようとして語られるのが、夢なのだった。「紙風船」のドラマはこのように組み立てられている。確かに、日本人がそれまで知らなかったドラマツルギーの出現であった。それはまた、優れて近代的な、不安定な自意識を描くのにふさわしい技法でもあったのである。

ところで、少し引いてみれば、ここでの問題は、「たまの日曜日なのに、夫婦でやることは何もない」ということに過ぎない。旅行でもすれば、気分転換にはなったのに、思いつかないで、計画しなかった。それが悔やまれる。だから、夫は空想の鎌倉旅行を妻に語って聞かせる。これは別に、単なる夢で終わるしかない話ではない。「ぶらんこ」の夫が語る宮殿のような壮麗な館とは違って、金と時間のやりくりさえつけば、すぐにも実現できそうだ。ただ、現実の旅行が、空想のそれほど美しいかどうかはまた別問題ではあるが。

現実の旅行は、「明日は天気」（二八年）に描かれている。「紙風船」の若夫婦は新婚一年目だが、ここに登場する夫婦は五、六年の結婚生活を経て、休暇をもらって湘南海岸に来ている。しかし、作者の意地悪のおかげで、五日間の休暇はすべて雨に祟られて、海水浴はできない。その所在なさのために、夫はまたぞろ夢物語の如きものを妻に語る。妻には、今や、それは「キザなこと」としか思えない。

どうしてキザなことだ。お前は、なんでも、それだからいけないんだ。物事を散文的にしか考へない。なるほど、われわれは、平生、無味乾燥な生活をしてゐる。おれは朝から晩まで、紙とインキと算盤の中に頚を突つ込み、お前は、朝から晩まで、綻びと七輪の間を往復してゐるのだ。おれたちの間に、もう、夢といふものはなくなつてゐた。いや、夢どころぢやない。おれたちは、もう、自分自身の姿さへ見失つてゐたのだ。*8

そこで夫は無理やり語る。「十年前に別れた女」が出てきて、彼を誘惑する、というのがその内容だ。妻は、寝てしまってそれを聞いていないのか、聞いていても聞かないふりをしているか、ともかく全く取り合おうとはしない。「ぶらんこ」でも「紙風船」でも、夢物語に登場するのは妻であって、夫は夢想の中で妻の美しさを（再？）認識して、欲情さえ催す。妻のほうでも、そんな夫に微笑みぐらいは返してよこす。そこから見ると、倦怠期の夫婦というのはまことに身も蓋もない。一度見失った「自分自身の姿」はもうどこにも見つからない。いや、最初からそんなものがあったかどうかさえ疑わしい。これが一番身も蓋もない結婚生活の現実であった。

それにつけても、岸田はあまりに狭い、個人的なところだけ取り上げた、とも言えるであろう。外部から遮断された、遮断されることでやっと成り立つような夢は、しょせん夢想であって、それは家庭という最小の社会を変える力さえ持たない。文字通り夢のようにはかなく消え去るしかないのである。そんなものを弄んでいるより、本当に「理想」の名に相応しいよりよき生のために、やるべきことがあるのではないか。このような趣旨の反論乃至反発は、当時は多かった。現実を変革する夢が、マルクス主義によって与えられ、また「何をなすべきか」の方法に関しても、この思想は具体的に示してくれたようであったからだ。だからこそ、「無産知識階級」の多くの者に、熱狂的に迎えられたのである。ここから来る芸術上の技法は社会主義リアリズムと呼ばれる。批判的な観点から現実社会を丹念に描き、その矛盾点を暴いていくことである。正しく矛盾が摘出されたら、それを乗り越える方向もまた、自然に示されるはずであった。

しかし岸田は、プロレタリアート独裁による理想社会の出現などは、少しも信じることはできなかったようだ。彼は創作家としては、混乱し猥雑ですらある現実に、そこはかとない美しい夢を対峙し、そこにいくらかの悪意を滲ませることで満足した。そのほうが、日本の現実の一部を正確に写し得ているのは、もちろん偶然ではない。普通の人にとって、ブルジョワ社会の諸矛盾とやらより、今目の前にある生活、そこでの哀歓こそが「現実」に他ならないのだから。岸田は彼らを救おうとはしなかったが、また裁こうともしなかった。とりあえず、自分自身もこの現実の中でしか生きる場所はない以上、じっくり見つめるより他にやりようはないと観念していたようだ。

例えば、貧乏の問題が正面から扱われた「屋上庭園」(二六年)の場合、問題はいわゆる階級ではなく、むしろ経済格差が必ずしも身分制という意味での階級とは結びつかず、その意味で絶対的なものではないことから生じている。主人公並木は失業中に、妻を連れ出して、かつての同級生で、裕福らしき身なりの三輪夫妻と出会う。こいつとは学生時代は同等だったのに、と思うと、余計に今の自分が惨めに思える。学校は、青春といっしょに、「平等」

なる空想的な観念も植え付ける。三輪はいわゆるブルジョワ家庭の出身らしいし、並木はたぶん父母もプチブル（小市民）もしくはプロレタリアートなのだろうが、学校ではたてまえ上、学生は出身家庭の収入差は関係ないものとして扱われる。三輪はそのときのまま、あくまで並木とは「友人」だとする態度を崩さない。だからこそ、並木は、妻に帯一つ買ってやれない自分が情けなくてならなくなるのである。

ほんの少し余分な金が、女物の帯代に足りるぐらいの金がありさえすれば、とりあえずこの事態は改善されるのかも知れない。「紙風船」の夫婦にしてからが、毎月使える金が倍の二百円にでもなりさえすれば、もう少し豪勢な夢が見られるだろうし、「明日は天気」の場合は、もう一日休暇を延ばすことができさえしたら、待望の海水浴を楽しめるのである。しかし彼らを、少なくとも夫を、最も傷つけるのは、そんな自分たちの卑小さなのだ。そんなわずかな金や時間が自由にならないこと以上に、そんなことしか気にかけることがないなら、自分たちはもともと「夢」や「理想」に値するような人間ではなかったのかも知れないという認識こそが、苦いのである。それは言わば、甘い青春の夢を見たことの代償であった。

そのこと自体は、人間は生きていくうえで必ず、幾分かは、現実に妥協して夢を捨てなくてはならない、という平凡な事実が現れているだけで、特別なことではない、と言ってしまってすませることもできよう。しかし、岸田が描いた勤労者家庭の意識の背後には、夢と欲望の大量生産と消費によって拡大していった町「東京」と、それが象徴する近代日本の姿を感じ取ることができる。近代演劇とはもともと、舞台が閉ざされた空間である事実を逆手にとって、その場の微細なリアルを通して、広大な「外部」、即ち「世界」を暗示しようとするものであった。さらにまた、チェホフ以来、「かくあるべき自分」（意識）と、「かくある自分」（現実）との落差にドラマを見出すのも、劇の王道であった。これらを日本に輸入し、日本の風土の中に根付かせたのは、確かに岸田の功績である。

3　家長であること

昭和の初期に日本が体験した未曾有の戦乱は、この時代を生きた文学者・思想家の上に当然大きな影を落としているが、岸田國士がとった立場はまた非常に独特のものである。とても簡単に云々できるものではないので、ここでは敢えて文字通りの素描ですませたい。岸田は国にとっても彼自身にとっても最も困難な時期に、劇作家を開店休業状態にしていた。即ち、「芝居を書くために何か知ら云ふ」最後の劇と自ら位置づけた「歳月」を一九三五年(昭和一〇)四月に発表すると、翌年には、「近頃になつて『戯曲を書くため』に、なんだか邪魔になつてしかたがない『もやもやした考へ』が、頭のなかに巣喰つてしまつたものを、手あたり次第に書きなぐつてみた」[*9]という「風俗時評」一作のみを書き、その後は「かへらじと」(四三年)を唯一の例外として、戦後まで、一二年の間、戯曲を書かなかったのである。まるで、「何かしら云ふために芝居を書く」のは、彼の持つ宿命が許さなかったかのようだ。そこには一応、次のような道筋が考えられると思う。

まず、岸田の倫理観。福田恆存「岸田國士」[*10]は、晩年の岸田に接した者として、彼の人物像を伝えている。それは「家長的」であった、と言われる。ヴァガボンド(放浪者)への憧れは常に秘められていながらも、北軽井沢の身を切る寒さを愛するリゴリズム(厳格主義)が彼の身上であった。そのリゴリズムというのも、何かの宗教や道徳を背景にするというよりは、たぶんに武士的なものであり、あることを「よい/悪い」とする論理的な判断より、「美しい/みっともない」とする審美眼が先にくる、と。前述した「日本人の醜さ」についての感覚からもわかるし、岸田の時局向けの文章を読んでも、このことは首肯できる。こういうところで岸田國士は、どうしようもなく日本的だった。

実生活の上では、父から勘当されながらフランスへ渡ったのに、その父が死ぬと、家族を守らなければならないと急いで帰国した事実がすぐに頭に浮かぶ。この時の岸田家は、彼が帰らなければすぐに窮乏するというほどの状態ではなかったし、[*11]逆にこの時点では職の当てもなかった國士がいたとしても、何ができるのか、全く不明だった。しかしなんであれ、彼はそこにいて、家族を支えなければならない。実際にはそれはできなくても、そういうポーズだけはつけなくてはならない。これは岸田國士の一番根深い倫理観を形成していたようだ。

このことは作品の上にはどのように現れているか。前節で述べたことからも察せられると思うが、岸田戯曲の若い家長たちは、外部状況の厳しさから、なんとか家庭を守ろうとする。といって、彼らにできることは、「夢」によって、現実の生々しさを和らげてみせるぐらいしかない。厳しく見れば、教養ある「民主主義的な家長」（福田の評言）は、要するに問題に直面することを避けるのだから、結果として解決も、より正確に言えば解決不能性に直面することも、避けていることになる。守ろうとする姿勢を見せてはいるが、実際には守ってなどいない。ごまかしだ、と「守られている」側の女性たちからいつ言われても不思議はないような者である。一方、憧れの対象だったヴァガボンドのほうどうか。戯曲の中でその色彩が濃い男達というと、白川留雄から始まって、「チロルの秋」のアマノ、「牛山ホテル」の真壁、「澤氏の二人娘」（三五年）の澤一壽、「速見女塾」の相馬などが挙げられるが、彼らはまず第一に、女を幸せにできる人物ではない。最後の相馬など、女をだまして金儲けを企むれっきとした悪人である。そうならないためには、「耐える家長」であり続ける必要があった。ごまかしだろうとなんだろうと、人としてこの立場を放棄するわけにはいかなかったのである。

問題は家庭内の立場にはとどまらない。若くして新劇運動の指導者の一人となった岸田は、フランスの舞台上で見たと信じる、人間の自然な美しさを、日本の舞台でも作り出そうと試みて、多くの挫折を経験した。結局のところ、近代劇の確立のためには、近代が確立していなければだめなのではないか。この思いが次第に強くなっていった時期が、戦争期に重なるのである。彼はもともと、放っておいたのではこの日本には強く美しい個人など育たないが、上からの働きかけによる文化の発展や風俗の矯正は可能であるとずっと考えてもいた。演劇面ではこれは官立演劇アカデミー創設の呼びかけとなったが、大政翼賛会文化部長に就任するに及んで、日本の文化全般を指導の対象とする大事業に取り組むことになったのである。そのポーズをつけるだけならまだしもだったろう。実のところ、彼をこの職に推した人々の思惑はそれに近かったようだ。しかし岸田はけっこう本気だったから、悲劇もまた大きくなった。

岸田のこの時期の言説を読んでも、矛盾はいたるところに発見できる。「歳月」と同年に書かれたラジオドラマ「富士はおまけ」の富士山は、天皇の象徴とも読める。「天皇はおまけ」、この時期にそんなことをはっきり言えば、命を失ったであろう。しかし彼は思想的には、そのような感覚の似合う近代主義者だったのである。一方、この時代の知識人を含めた大多数と同様に、戦争をひとたび始めてしまったからには勝たねばならないという思いもあって、相当な無理をして、例えば家制度を、日本独自の美しいものの典型として称揚している。そのために再婚に失敗した経緯は、岸田にしては珍しく自身の体験を直接取り入れた小説「荒天吉日」[*12]に描かれている。既に日本の敗戦色が濃くなった時期に発表されたこの小説では、「大東亜戦争は〈日本の〉道義と〈西洋の〉機械との戦ひで、道義は必ず機械に勝つ」なる、当時ありふれていた馬鹿馬鹿しい言説に対する率直な反論がなされていて、溜飲の下がる思いもするのだが、その同じ作品中で「家」の存続のために結婚をあきらめるのが「本当の勝利だ」とする主人公たちの不可解な心境に出会うと、読者は余計に驚かされてしまう。

こういうことに関する反省は、戦後にも聞かれることはなかった。あるいは、あのときにはこうする他になかったのだ、という思いのみがあって、それ以外には反省しようもなかったのかも知れない。一方、「上からの働きかけによる文化の発展」云々については、「I」で紹介した、林克也にもらした言葉で十分である。岸田は、日本全体の家長の座を引き受けようとして、存分に傷ついた。共感はできないが、嗤うことはなおさらできない。岸田のもたらしたドラマツルギーでは、このような運命を描くことはとうていできなかったことが、いささか残念なだけである。

註

＊1　「あとがき」『古い玩具』（岩波文庫、一九五二年刊）所収。『全集28』
＊2　「古い玩具」のテキストは『全集1』より引用。
＊3　『現代日本文学大系53』（筑摩書房、一九七一年刊）より引用。
＊4　「日本人畸形説」『日本人とは何か―宛名のない手紙―』（養徳社、一九四八年刊）所収。『全集27』
＊5　岩田豊雄「断片」『新劇』一九五四年五月号
＊6　『全集2』より引用。
＊7　『全集1』より引用。
＊8　『全集3』より引用。
＊9　「続言葉言葉言葉（その一）」初出は『文芸』一九三六年四月号。『全集23』
＊10　初出は「岸田國士論・その一～その三」として、『岸田國士全集　第五～第七巻月報』（新潮社、一九五四～五五年刊）。「岸田國士」として『福田恆存全集　第一巻』（文芸春秋、一九八七年刊）所収。
＊11　内藤濯・岸田虎二・延原克子「若き日の岸田國士（座談会）」（『新劇』一九五四年六月号）中の延原の発言による。
＊12　初出は『中部日本新聞』一九四四年三月から八月まで連載。『全集15』

I

「古い玩具」と「チロルの秋」から「ぶらんこ」「紙風船」へ

西村 博子

1

岸田國士の、「しかし、私と芝居との腐れ縁は、此の時にはじまつたと云つて差支へないでせう。なぜなら、その時から、私は、芝居といふものを真剣に考へ出したのです」（「『チロルの秋』以来」昭和二／一九二七・八）という言葉にぶつかると、エ?と驚く。と同時に、なるほどと頷いてしまう。

「此の時」とは、むろん「私の戯曲の処女上演」「チロルの秋」。畑中蓼坡の新劇協会が正宗白鳥「人生の幸福」、久米正雄「帰去来」との三本立で公演。その舞台を岸田國士が見た時のことであった（大正一三／一九二四・一〇・二三―二五　帝国ホテル演芸場）。

岸田國士はこの「チロルの秋」について、「私は自分の作品を、日本の舞台にかけるものとして具体的に考へて見ることなく書いた」と言い、「外国から帰つて自分の作品が上演されるやうになるまで、私は日本の芝居といふものを殆んど見たことがなかつた」とも言っていた（「『チロルの秋』上演当時の思ひ出」昭和二／一九二七・一二）。したがって「チロルの秋」（大正一三・九初出）は、岸田の帰国（大正一二・七）後初の作品であったというだけでなく、ひょっとしたら、日本の俳優たちが翻訳劇でない日本の創作劇を演ずるのを観た、彼の初体験だったかも、という可能性さえなくはない。

そして、「正直に云へば、私は自分の処女上演について余り香ばしい思ひ出を懐いてゐないので、なるならば語り度くない気持が非常に強い」と前置きしながら、初めて見た自作の舞台について岸田は次のように記していた。

といふのは、私はそこで作家としてずゐぶん大きな失望を感じたからである。自分の作品を舞台のものとして見てゐるに堪へられなくなつて、劇の半で座を立つて外へ出てしまつた程であつた。

少し強く云へば、あの場合周囲の見物達に全然かゝはらないで、「幕を閉めてしまへ！」と舞台に向かって怒鳴ることが出来たらと思つたものである。（同「『チロルの秋』上演当時の思ひ出」）

なぜこれほどまでに失望したか。岸田國士はそれについて「私の書くものが日本の新劇の畑に適」さなかったからであって「単に俳優や演出者の罪に嫁すべき」でないと言う。しかしそうは言いながら、そして「自分の未熟な脚本」と一応へりくだりもしながら、同時に岸田は、「舞台に対する私の理想が、到底実現され難いほど、無制限に大きなものであつた」と書き添えていた。「私が独りで頭の舞台へ描き出した空想があまり素晴らしすぎた」（同上）というのである。

この失望と対比的にどうしても思い出されるのは、「チェホフの『桜の園』と云ふ戯曲は、もうちやんと僕の頭の中で舞台が出来上つてゐる。殆ど理想的な舞台が出来上つてゐる」という岸田が、その「桜の園」を観たときのことであろう。「一九二二年の暮れ、モスコオ芸術座の一行が初めて巴里を訪れ」、その演目の一つとしてスタニスラフスキイが「桜の園」（一九〇四年初演）を上演したのだ。

岸田は「われわれ日本人は、仏蘭西人の多くよりも露西亜人を識つてゐる——露西亜人の生活、その感情、わけてもその『夢』を識つてゐると思ふ」と自負しているが、その岸田が、観劇の前にさらに「仏訳の『桜の園』を三度繰り返して読んだ」というのだ。「どの人物が、どこで、どんな台詞をいふといふことまでおほかた空で覚えた。

殊に、全篇を流れる情調と場面場面の雰囲気、あの匂やかな機智の閃きと、心理的詩味の波動とを、自分のイメージとして、しつかり頭の中に描いて行つた」、「桜の園」の「それぞれの人物は完全な一個の存在として一人一人僕の心の中に活きてゐた」という。万全の準備である。

そういう岸田が「桜の園」を観た。そして「七分通りまでわかつたと断言」して、「なぜなら『見た芝居』が『読んだ芝居』のイメージをぶち毀さ」なかった、

○それどころか、僕は、驚嘆すべきラアネフスカヤを見た。その裾さばきに、そのハンケチのひろげ方に、その珈琲の飲み方に、殊にその耳の傾け方と、肩の捻ぢ向け方に、彼女の一切を語らせてゐるところのラアネフスカヤを見た。――クニッペル・チェーホヴァ夫人の涙はそのまゝ凋落と離別の詩だ。（「『桜の園』の思ひ出と印象」大正一三／一九二四・六）

と賛嘆したのだった。新劇協会では伊沢蘭奢がステラを演じたというが[*1]、岸田が実際の上演を想定せず「独りで頭の舞台へ描き出した空想」の「チロルの秋」には、とくにその、異国の青年アマノを魅きつけるステラの姿には、「桜の園」のこの、「詩」のように美しいラアネフスカヤが揺曳していたのかも知れない。

ともあれ岸田國士が、自分の頭の中の「チロルの秋」に、「全篇を流れる情調」、「場面場面の雰囲気」、「あの匂やかな機智の閃き」、「心理的詩味の波動」、生活の感情「わけてもその『夢』」（同上「『桜の園』の思ひ出と印象」）――を思い描いていたであろうことは容易に察せられる。

2

最初の驚きに戻ろう。

岸田國士の、「チロルの秋」の舞台に失望して「芝居といふものを真剣に考へ出した」——という言葉が、意外なのになぜ意外でないか、納得できるかというと、この「チロルの秋」と、翌年続けて発表された「ぶらんこ」(大正一四／一九二五・四)、「紙風船」(同・五)とでは、その作劇術に大きな違いがあるからである。もちろん同じ作者の作品、なるほどと肯かれる共通点はあるにも関わらず、である。

「チロルの秋」と、それ以前パリで書いた第一作「古い玩具」[*2](大正一三・三初出)とを比べてみても、むろん違いはあった。岸田が「チロルの秋」を「日本の舞台にかけるものとして具体的に考へて見ることなく書いた」とき、「古い玩具」の何を捨て何を生かそうとしたか。次いで、「芝居といふものを真剣に考へ出し」て「ぶらんこ」「紙風船」を書いたとき、「チロルの秋」の何を捨て何に焦点を絞ったか。見てみなければならない。

執筆順序にしたがってまず「古い玩具」。これはよく知られているとおり、フランスはパリに在住する一人の画家——とは言うが、女性画家のルィーズに「白川さんがお描きになるこつちの女が、みんなどこかしら日本の女になる」と言われる以外、実際にどんな絵を描くかは分からない。最後の第六場が彼の「画室」なので、そこに絵が置かれているかも知れないけれど——白川留雄が、第五場の言い方を借りると、「古い玩具を棄てて新しい玩具の方に手は出したものの、さて、その玩具で遊ぶ段になると、どうも勝手が違つて」、結局古い玩具に帰ろうとするが……という作品であった。最後、古い玩具に帰るかどうかは明示されていない。[*3]岸田がピトエフ夫妻に手渡したフランス語初稿のタイトルは「黄色い微笑」だったというから、おそらく、留雄はパリに留まることを決意し笑みを浮かべたところで終わったと想像され、この「古い玩具」は、留雄がいつか日本に帰ると想定されたからこそのタイトル変更であったのだとは思われるけれども。

新しい玩具とは言うまでもなく美しいルィーズ、フランスであり、古い玩具は幼馴染の手塚房子、日本である。作品は「プロローグ」から始まる。「フォンテエヌブロオ」の池のほとりで白川留雄がひとり、かつて交渉のあったらしい売春婦兼モデルの女たちの誘いを拒み、鯉に餌をやりながら待っている。ところへまず手塚房子が、夫の写真撮影から抜け出してくる。次いでルイーズも房子の夫手塚正知の撮影からやっと逃げ出して来る。遅れて、撮影していた手塚も戻る。と、白川留雄が小声で♪ Viens, tout est si doux/ Si plein de promesse!」と歌い出し、ルィーズが*4♪ Un sourir en très grands yeux」と後をつけ、ついで房子も♪ Me révèle un coin des cieux」と合唱していく。留雄、ルィーズ、房子の三人が、房子の夫手塚もそこに居るというのに声を合わせるこの行為は、筆者の目にはあまりに大胆、手塚に失礼と映るが、岸田國士にしてみれば、作品は以後、この三人の関係が中心に展開していくことを提示しておきたかったにちがいない。

このプロローグでは他に、フランス人には日本人の顔、体つきがまるで猿のように見えること。留雄は今、日本の父親から、帰って父の勧める女と結婚するよう呼び戻されている身であること。画家のルィーズは日本人に対して一般のフランス人とは違う見方をしていて日本人を描きたいと、明日から絵のモデルになってもらう約束を留雄としていること。房子の夫手塚は明日から一週間、ジュネーブ会議*5に出席して留守なこと。しかしその妻房子は、「だからお遊びにいらつしやいね」と留雄を誘い、さあみんなで「フォンテエヌブロオ」の森へビールでも飲みに行こうとなった幕の終わりにも、そっと留雄に「〈夫のことを〉つまらないでせう」と話しかけ、房子が自分の夫にすでに距離感を抱いていること——などが会話から分かる。伏線と言えば分かりやすいかも知れないが、「桜の園」に似て行動する主人公というものはないので、ある休日の、四人の男女の楽しいひとときを描いて、その中に、これからの展開のための、まず人間関係が提示されたと言ったほうがより正確であろう。

さて、その四人のうち夫の手塚を除く三人が主となっていよいよ六場からなる本篇に入っていくのだが、大筋はといえば至って簡単。留雄はルィーズの画室で、モデルを勤めながら彼女の愛を確かめようとするが、ルィーズはすぐには答えない（第一場）。手塚の家で、留雄は手塚の妻房子から夫と別れたいと打ち明けられる。が、留雄はルィーズを愛していると告げる（第二場）。留雄の去ったあと。僕を愛しているなら白い羽根のついた帽子をかぶってくるよう言われていたルィーズが、言われたとおりの帽子をかぶって来る。房子は留雄の気持ちをルィーズに伝える（第三場）。二人の新婚旅行のホテル。白人たちの「西洋の女を連れてゐる僕といふもの」を見る「眼付」に傷ついた留雄と、ルィーズの話し合い。いったんは和解する（第四場）が、ルィーズひとりで日本に行く！ということになる（第五場）。留雄の画室。ルィーズが旅立ったあと。熱を出して寝ている留雄を房子がこまやかに看病している。留雄は、「僕の心はもうあの女から離れてゐ」ると言い、二人の友情は「運命的なものだとは思」わないかと房子の気持ちを確かめようとするが、房子は、さ、何も言わずにお休みなさいと言う。房子はまだ手塚と離婚してはいないが、留雄も房子もともに「一人ぼつち」である（第六場）というもの。

見たとおり「古い玩具」は、〝何も起こらない〟といわれるチェーホフの戯曲、とくに幾人かの愛が交錯し、すれ違う「桜の園」に似て、とくにこれといった事件や出来事といったものもなく、あってもそれは舞台の陰で進行し、したがってそれを担って行動していくような主人公なく、三人の男女のそれぞれ成就しない愛が描かれていく作品。〝劇的〟といわれる構造から遠く隔たったものであった。[*6]

が、では「古い玩具」は、人々の何も起こらない日々の生活を描いた作品だったかというと、そうでもない。それはのちの「ぶらんこ」「紙風船」にこそ言われなければならないことであって、「古い玩具」は、たとえさりげない言葉で話そうと他に装えて言おうと、愛の告白あり離婚、結婚の決意あり。留雄は異国に生きるか日本に帰るか、房子を言えば夫と別れるか別れないか、ルィーズにはひとりで日本に行くか行かぬかの選択あり。人生のいわば重大事が、各場次から次へと三人の口から話されていくのだ。話し合って心が変わっていくというのではない。すでに心に決めていることが、話すことによって相手に伝えられていくのである。

3

帰国後初めて書かれた「チロルの秋」は、「一人ぼつちの旅を二年」続けていると言うステラと、同じく「お国をお出になつてから、随分になるんですつてね」と言われる日本人アマノの、明日はお別れという旅先。ホテルの夕暮れのひとときであった。「旅をする人間の心持は、変なものですね」「友情に対しては、恐ろしいほど敏感」だが「情熱の前には、可笑しいくらゐ臆病」になるというアマノが、ステラに、「二度と再び会はないといふ誓ひを立てた上で／久しく別れてゐた恋人のやうな一夜を明かして」みようと誘い、

アマノ　あなたが愛していらつしやる男が、僕だとします。

ステラ　あなたが愛しておいでになる女が、あたし……？

と仮定、一夜の「夢」を見ようとしたもの。筆者がつい演劇の道へと迷いこんでしまった一つは「チロルの秋」を見たせいもあったと学生のころが懐かしく思い出されるが、終わりに美しい緑のスポットライトのなかで身をのけぞらせるステラとそれに覆いかぶさるアマノの、胸ドキドキする舞台であった。アマノの誘いは一度目、二度目。ステラに寄り添い、手を取り、やっとそのヴェールを除かせ、抱きしめ、三度目、こんどは逆にステラの方がアマノを抱き寄せ、唇を当て……二人は一つになるか？に見える。が、「夢」はそこで途切れる。窓外からの男（少尉）の呼び声に給仕もそこそこ飛んでいった、女中のエルザが、ドイツ占領軍の中隊がいよいよ引き上げるとき泣いて別れを惜しんだというフランスの田舎娘たちのように、おそらく今頃どこかで男と一夜をともにしているだろうとはコントラストをなしていて、他作に見ないテクニックであった。

そして見るとおり、この「チロルの秋」には「古い玩具」にあった、そして、そしてで続いていく〝筋〟、いわゆるストーリーがない。従来の「新劇」にあった――そして現代にも依然として幅をきかせている――〝筋〟がま

ず真っ先に捨てられたのだった。〝筋〟を織り成す複数の人々も必然的にいなくなった。「チロルの秋」はまるで、「古い玩具」第一場の、「今、仮に、あなたが、日本の男から、直接にかういふ話を持ち出されたらどうします。どう思ひます」とさりげなくルィーズの意中を確かめようとした留雄を抽き出し、その屈折した心理だけに焦点を絞ったような作品だった。

しかし、では「チロルの秋」は、のちの「ぶらんこ」「紙風船」と同じ。何事も起こらなかったかといえば、そうとは言い切れない。全編ただのお遊び、一夜限りの「空想の遊戯」に過ぎないと見せながら、アマノにとってこれは「真剣なままごと」「真剣なお芝居」だったからである。

そのことは、たとえば冒頭、ステラに贈るサフランの花束を手にホテルに帰って来たアマノが、どこにいたか聞かれて、彼がいつも「人（ステラ）に見られないやうに、人（ステラ）のすることを見」ていたことが分かってしまうという短い会話からも、すぐと察せられよう。アマノは口では確かに、アマノがステラを愛した男になりステラがアマノを愛した女になって空想ごっこしようと提案し、ステラもすぐにではないにしろ、それに応じた。しかしステラが仮にアマノの愛した女になるなど一度もなかった。遊戯はもっぱらアマノが、ステラの愛した男になって、ステラに一方的にアプローチするのみであった。それも、やっとステラがかつて愛した男を「夢」み出す、と遊戯を中断。アマノは「あした、僕も、あなたと一緒に、シシリイへ行きます」と同行を告げる。ステラの母が長崎生まれの日本人と分かると「幸福な一瞬間では満足できないんです」「あなたの〈黒い〉眼の中に、僕は、自分の全生涯を見出したやうな気がするんです」と一生の伴侶を求める。

終わり近く、とうとうステラが「あなたは、どなた……」と見分けつかなくなる。と、アマノは、「ものを考へてはいけない。／あなたは、あなたの情熱が命ずるままに、からだを投げ出せばいい」と関係を迫る。黙っていて。あなたさえいなければ。あなたさえ全く識らなければ。死んでしまえと言うのですか。ありがとう。喜んで僕の命はあなたに差し上げます。その代わり、あなたの心は僕が……エクスタシーとでもいうのだろうか、ほとんど意味をなさない、ただ息づかいと体の律動のみが伝わって来るような二人の言葉が絶頂にさしかかる――と、突然ステラが身を起こす。そして、やっぱり「独りぼっちの方が、いいわね」とお休みなさいを言い渡し、アマノが「ぢつとステラを見送る」ところで幕は閉じる。女中のエルザの父親が、エルザ、エルザと娘を呼ぶ声のうちに――。「チロルの秋」には、「古い玩具」にあった愛の告白よりもっと大人の求愛があった。

4

「古い玩具」第一場のごく最初。ルィーズの画室で留雄がルィーズのモデルを勤めながら、「(皮肉に)『人間の魂の微妙な旋律』はいいな」とぽつりと言う箇所がある。この唐突な言葉は何を言っているのか定かでない。留雄の肖像を描くのではない日本人の肖像を描くのだとキャンバスに向かっている、愛するルィーズの画風を評したのだろうか。が、それならなぜ「皮肉に」とあるか。ルィーズにも意味通ぜず、聞き返している。ひょっとしたら、そういう絵を目指している絵描きの自分が、絵を画かずにモデルをしている、今の自分を嗤ったのかも知れない。その可能性のほうが強そうである。

ともあれ、「旋律」という言葉が「韻律」と変えられはするものの、その後、岸田國士がこの言葉を、これから自分が創ろうとする「明日の劇」(「言はでものこと」大正一三/一九二四・四)について発言する中でしばしば使っていくことはよく知られている通りである。岸田が在仏中に演劇か絵か、とにかく芸術に関して得た、お気に入りの言葉であったことには間違いなさそうである。

で、この「人間の魂の微妙な韻律」。分かりやすく言い換えれば〝人間心理の微妙な動き〟。岸田がチェホフの「桜の園」を評して言った、もっと美しい言葉で言い直せば「心理的詩味の波動」(前出「『桜の園』の思ひ出と印象」)であるが、この言葉を手がかりに、岸田國士の作品をもう少し考えてみたいと思う。別のところでだが、岸田は

「当面の『事実』と、これに対するその人物の『心理』が、『語られる言葉』の内容と表現の根本を決定する」（『語られる言葉』の美」昭和三／一九二八・一二）と言っているので、つまり、言葉を考えてみたい、というのと同じである。

すると意外なようだが、〝心理の微妙な動き〟、それを表す微妙な言葉は、その言葉が生で言われた「古い玩具」にはなく、あるいは殆どなく、その次の「チロルの秋」以降現れて来た、と言っていいようだ。

性急を避け、「古い玩具」から「チロルの秋」へをもう少し丁寧に振り返ってみよう。

するとまず、「古い玩具」と「チロルの秋」と、そのどちらにも愛を、人生の伴侶を求める男女が描かれていたという点で違いはなかった。しかし男は、そして女も、結局独りぼっち。生活をともにしていくことは決してできない、あるいはできないだろう——というところで終わったことでも、意外に二作は近接している。

けれども、先にも触れたように、「古い玩具」にあった〝筋〟は「チロルの秋」からすっかり捨てられていた。複数の人々を描きわけようということも止め、ステラとアマノの二人に絞られていた。というより、ステラの心理、その動きは必然を持ってよく描かれていたと言うより謎めいた女として描かれているので、明日は一生の別れになるかも知れない旅の前夜、ステラに接近したいが、しかしストレートに求めることのできないアマノ一人に絞られていた、というほうがより正解か。異国にある日本人が西洋の女性に空想遊戯を提案し、押しに押して本音もちらちら、あと一歩のところで突き放され、独りぼっちに戻っていくまでであった。

「古い玩具」にあって「チロルの秋」に捨てられたものはしたがって、〝筋〟だけでなかった。それとともに、自分の考えや意見を直截に、あるいは滔々と述べていく言葉たち——それを言う心理より当面の事実の方が重視される——も当然、捨てられていった。「古い玩具」に多量にあった比較文化論も必然的に捨てられることになる。

留雄　僕は年寄りが可哀想だと思ひます。然し、それは、どうすることも出来ないんです。僕は、過ぎ去つたことを一切忘れてしまふために、また、これからつまらないことで内輪もめを起さないやうに、こんな放浪生活をしてゐるんです。日本に帰つて、おやぢと顔をつき合せてゐたら、きつと双方で面白くないことがあるに違ひありません。そればかりでなく、僕の周囲には、誰一人僕の気持ちがわかつてくれるものがないんです。僕のすることはなんでもじやまをしようとかかつてゐるんです。〈略〉

僕は仏蘭西の、自由な生活だけが、人として、また芸術家としての僕を寛大に育ててくれることを信じてゐるのです。（第二場）

今更、こんなことを云ふのも馬鹿げてゐますが、黄色人種に対して有つてゐる白人の感情は、一体に、われわれが甘んじて受け容れられる性質のものではありません。たゞ、どうすることも出来ないのは、肉体的の弱点です。猿のやうな皮膚の色はもちろん、あなたが、よく、頸の短い、肩の怒つた、尻の細い、脚の曲つた男の後姿を見て、あれは日本人ぢやないかとおつしやるほど見すぼらしい体格、それは白人でない僕自身でさへも、全く滑稽に感じ、軽蔑さへしたくなるほどの醜さです。（第四場）

ルィーズ　あたしに云はせれば、日本の男のほんたうの値打は、西洋風の生活でなしに、やつぱり純日本式の生活をして、初めてわかるんだと思ふの。（第一場）

西洋の生活を肯定なさるあなたの思想は、日本人としてあなたの有つておいでになる伝統的な感情、それは恐らく世の中で最も洗練された感情よ——その感情と背中合わせをしてゐるんだと思ふわ。日本人の美しい感情生活を土台にして、西洋の論理的な思想生活を築き上げることは、あたし達にはそんなむづかしいことぢやないでせう。（第五場）

房子　だけど、日本人の体面も、いい加減なものよ。一とかど立派な日本人のつもりでゐる人が、一も西洋、二も西洋なんですからね。そのくせ、それが、取つて付けの西洋で、随分滑稽なすまし方をしてゐるんですもの。〈略〉

西洋人の前に出ると、先づ、どうしたら相手に笑はれないで済むかつていふ心配で、胸をわくわくさせてゐるんでせう。まるで、自然な所がなくなつてゐるの。笑はれまいと努めれば努めるほど、ぎこちなくなるのはあたり前だわ。（第二場）

「古い玩具」のこうした長台詞は全篇に渡り、あるシーンではディスカッションかと見紛うほどのものもあり、あまりの多量に、最小限の引用に留めたけれども、こうした叙述的な言葉は、「チロルの秋」になく、「ぶらんこ」「紙風船」にもない。

ついでに言うと右の引用は、なぜ留雄はフランスに留まりたいか、なぜルィーズは留雄を選び、一緒に日本へ行きたいか、房子はなぜ夫と別れようと思ったか——三人がそれぞれの考え、理由を述べた箇所なので、もちろん「古い玩具」からこれをカットするわけにはいかなかったろう。

が、同時にこれは、ただそれぞれに話されるだけ。息子と父親あるいは周囲との関係は実際どうなのか、日本にどんな生活が待ち受けているか、日本人の伝統的な、洗練された感情生活とは一体何か、西洋人の前で日本人はどんなぎこちない態度をとるのかなど、舞台の上に示されることは全くないので、ただ、そうですか、そうなんでしょうねと聞くより他にしょうがない言葉であった。「チロルの秋」以後こうした種類の言葉は姿を消す。

5

次に、ではその「チロルの秋」以後、「ぶらんこ」「紙風船」はどうか、である。何が棄てられ何が生かされたか。作劇術においてどんな変化があったか。

ざっと作品を復習してみる。すると「ぶらんこ」は、ゆうべ見た夢の話をしながら顔を洗ってご飯を食べ、身支度し、誘いに来た同僚とともに出勤していく夫と、そういう夫を起こし、送り出す妻との、それこそ何も起こらない、いつもの朝を描いたもの。「紙風船」は夫が朝、ひとりで同僚のところに出かけると言ったばかりに一喧嘩あったらしい夫婦が、「たまの日曜」をいかに過ごすか空想遊びし、紙風船をつくまで。これまた何事もない午後のひとときであった。

こうした「ぶらんこ」「紙風船」に、「古い玩具」にはたっぷりあった〝筋〟が全くと言っていいほどないのは繰り返すまでもない。見たとおりである。「チロルの秋」にあった、たとえば求愛、一生に何度あるかといった出来事も起こりはしない。毎日あるいは毎日曜日、こうでもあろうかのまったくの日常であった。

しかし心の動き。心理の旋律。これは「チロルの秋」を受け、その試みをもう一歩進めようとしたと言っていいようである。というのも今見たとおり、「ぶらんこ」は慌ただしい朝の出勤。夫は身支度に心あらず、ゆうべ見た夢を話し続ける。「夢は、どこまでも夢さ。／それでいいんだ。／ところで、夢といふやつは、空想とは、また違ふ」「夢は現実の一部」だと夫は言うから、頭の中に浮かぶという点では「空想」も「夢」も同じようなものでも、「チロルの秋」の「空想」とはまた違う、「夢」の可能性を探ろうとしたのだと言えよう。当時の日本にはない、珍しい発想だった。

そしてその、夫が話していくゆうべの夢とは、ふと思い立って森で首を吊ろうと樹に帯をかけた十六歳のころの自分が、一緒に遊ぼうという十二、三の少女と会い、自分の帯に少女の赤い帯を繋いでブランコを作り、いっしょに乗って、自殺を思いとどまった。その少女というのは妻だった――というもの。全篇の大半を占める。

夫はまた、「夢は、おれに、人生の木陰を教へてくれる」「おれを退屈さから救つてくれる」とも言う。「ぶらんこ」の中では珍しく作品解説的な台詞で、そんなこと夫に言わせていないで、それなら、夫の話していくゆうべの夢がいかに夫自身の慰めとなり退屈からの救いとなっているか具体的に描けばいいのにと、やきもきしないでもないが、その夢の癒し、救いはしかし、妻のほうに現れることになった。

夫が話していく多量の夢は、その最中、夫をせかし、歯磨き、手拭いからご飯やお菜、着替えのチョッキにハンケチ、時計、財布……夫が遅刻しないよう細々と世話を焼き、関心はといえば、早く出張手当を取って来て欲しいぐらいしかない現実的な妻の耳を引き心を動かすことはほとんどなかった。ほんのちょっと一回、二回……。しかしそれも、二人がいよいよブランコに乗るところに差しかかる、と、違ってくる。「十六のおれは／十二のお前を抱いて、／悠々／ブランコの上で夜を明かした」。「房々したお前の髪の毛が前にかがむ毎に、おれの顔に、もつれかかる。／お前はそれが面白いと云つて、わざわざ顔を近づけて来るんだ。」

夫　ブランコは
ひとりでに、揺れてゐるやうだつた……。〈略〉
〈お前が〉仰向くたんびに
今度は
お前の顔を〈薄明かりが〉銀色に染めるんだ。
おれは
貪るやうにお前の顔を見つめた。
……お前は、やつぱり、笑つてゐるんだ。
妻　（夫の肩に頭をもたせかける）
夫　が、やがて、お前は、うとうとと眠りだした。
おれも、うとうと眠り出した。

と続いていく。そして夫はすぐ、「それから先は、お前が知つてゐる通り」だと続け、「さうさう、覚へてるかい／

あの翌朝、おれたちは、すぐ、この家へ引越して来たね」とも唐突に続ける。妻が何を知っていて何を覚えているか一切説明はない。ないけれど、夢のなかの少年少女のブランコ乗りが、昨夜の二人の、露骨な言葉で失礼だが性行為、その体感と重なり、二人が初めて結びついた夜の、体の揺れ方と重なり……していったことが知れる。

そして妻は、ようやく夫を送り出してほっとひと息。玄関から戻り長火鉢に頬杖ついて「ひとりでに、微笑がうかんだ」。作品は、この、妻の顔に浮かぶ微笑があったからこそ劇として成立できた、と言っていいほどであった。夫の愛情が、妻の心に届いた――夫との昨夜、夫との初夜、その体の記憶とともに――蘇ってきたから、に違いない。受け身のものではあったけれども、心理の、作劇術でいう「発見」であった。

「チロルの秋」も男の留雄の空想が中心だったが、ただステラにお休みなさいを言われて、それを受け入れるしかなく、そこに「発見」と言えるものはなかった。なぜ留雄の空想ごっこを受け入れ、なぜ突然立ち上がったか、謎のまま。心の動きがよく描かれていたとは言えないステラにも、むろん「発見」などなかった。だが、この「ぶらんこ」。夫は「夢」にとくに癒されたり救われたりもなく、誘いに来た同僚と無事出勤、明日も同じようにして出勤して行くに違いないが、対して、夫の「夢」を体で聞いた妻の心は、ただ旋律を描いたというだけでなく動いたのだった。たとえその「発見」は小さなものであったにせよ、である。それは今までの岸田國士の描いた人物にかつてないことであった。

岸田の作品には悲劇でいう行動がないのでアリストテレスのいうようなドラマティックな「発見」や「自己否定」はないが、「発見」の前と後とでは人が変化する。ほんの小さな、小さな心の変化にすぎないにしても、質的に止揚されるという点では悲劇の「発見」と相似形をなす。したがって「ぶらんこ」の妻は、決してオイディプスのように目を抉ったりなどはしないが、夫の朝の送り出し方はおそらく明日の朝からほんのちょっぴりにしろ変わるに違いないのだ。

6

この「ぶらんこ」よりも、次の「紙風船」になると、作者の目は妻にも夫にも一層届くようになった。というだけでなく、それぞれの心の動きとそれを表す言葉は、「ぶらんこ」よりもっと複雑、精緻になり、より魅力的になったと言えよう。「チロルの秋」「ぶらんこ」と、対象人物をただ二人だけに絞ってきて、さらに「紙風船」へ。岸田國士の言葉の実験は、この「紙風船」に至ってついに結実を見たとの感が深い。

いま、実験と言ったが、それはつまり、〝頭の中に浮かぶものを言葉で描き出そうとする新しい試み〟のことである。頭の中に浮かぶものは空想であってもいいし夢であってもいいし、思い出や記憶と言い換えてもいいし想像でもいい。とにかく現実にここに存在しない、頭の中だけに浮かぶものやこと、である。それをセノグラフィックに見せるのでなく、言葉で描き出してみようの試みであった。

この「紙風船」については以前少し書いたことがあるので、その一部を引用して済ませたい。

関東大震災後、ホワイト・カラーを主とする小市民が階層として定着し郊外には小綺麗な文化住宅も建ちならびはじめる、といった社会の変化を背景に、大学や女学校は出たであろう若い夫婦のある日曜日を描いたもの。妻の、結婚前のようには自分に関心を持ってくれない夫への自分でもそれとは気づかぬ不満。それが「男つていふものは、やつぱり、朝出て、晩帰つて来るやうに出来てゐるのね」と、自分なりに納得するまでが作品の主要部分をなしている。子どもでも生まれれば解消しそうな、若い妻と夫のおそらく毎日曜のようにくり返されるにちがいない日常の一コマであり、〈略〉

妻は自分自身と〈新聞の〉懸賞に応募した場合のアイデアと行きつもどりつしながら、次第に応募者そのものになり〝応募者〟としての言葉を口にする。するとそれが夫の反応を呼びおこし、夫もまた〈略〉、夫自身と〝応募者の夫〟との微妙なはざまで答えを返していく――。作者は、この応募アイデアごっこと、のちの鎌倉旅行ごっこと、二つの言葉によるゲームが面白いばかりにこの作品を執筆したといってもいいほどであった。（「新劇における文体――言葉の機能回復を求めて――」一九七八・四初出／『蚕娘の繊絲』IIより）

二つだけ言い足しておきたい。一つは、この作品は妻が「『男つていふものは、やつぱり、朝出て、晩帰つて来るやうに出来てゐるのね』と、自分なりに納得するまで」であると書いたことについて。この「納得する」は、諦めると言い換えてもいいかも知れないが、これが先に言った、心理の旋律を描いた劇における「発見」にあたる、ということとである。

「紙風船」は冒頭、手に入りそうもない文化住宅の新聞記事を読み上げながら、妻から何か話しかけてくれはしないか、関係の修復を心待ちしている夫と、今朝からの鬱憤納まりきらず、いいから同僚の川上さんとこへ行ってらっしゃいよと突っ放す妻から始まる。そして、もし新聞に懸賞募集があって応募したら、もし今朝みたいにぐずぐずしていないで、朝ご飯食べてすぐ鎌倉へ出かけたとしたらの、二度の想像ごっこを経て、夫が、今の「百円足らずの金を、毎月、如何にして盛大に使ふか、さういふことにしか興味のないおれたちの生活が、つくづくいやになりやしないか」と、この「紙風船」には珍しく、ただ一度、思っていることを直裁に述べる言葉で妻に問いかける箇所があるが、それを聞いて、妻は「笑はうとしてつい泣顔」になって、仲直り。これから二人で映画にでも出かけようと相談がまとまる。が、その前に風呂へ行くか行かぬか、「それより、今が三時半だから……さうだ、夕飯までにちよつと出かけて来るからね」の夫の心無いひとこと。それがとうとう妻を、川上さんとこでもどこでも一人でいらっしゃい、「男つていふものは、やつぱり」と呆れさせたのだった。「ぶらんこ」の妻が夫を送り出してから頬杖ついてにっこりしたのと、方向としては逆だけれども、心が変化したという点では同じと言える。幕開きの、ちっとも私をかまってくれないのねと、おそらくこれ見よがしに編み物していた妻と、今、夫とともに欠伸する妻とは、同じ人であって同じでない。

もう一つは、鎌倉旅行ごっこ最後の、夫の長台詞「待て待て、そこで、さうしてみてろ、写真を一枚取つておかう。さ、いいかい、〈略〉今まで、お前が、こんなに美しく見えたことはない」、どうだい、その形は、色は、お前の髪は、胸は、目は、口は……である。目の前にいる妻でなく、ファインダーの中の妻。もっと言えば、写真機は手にないのだから夫の頭の中に在る、そこでしか浮かび上がってこない美しい妻である。夫のこの空想、想像、妄想、どんな言葉でいえば適切か分からないが、頭の中に浮かんだものへの賛美にがっかりした妻の「あなた」のひとことでそれは断ち切られ、鎌倉旅行ごっこもお終いになってしまうのだが、この、夫の長台詞も珍しい。さほど成功しているとも言えないし、いろいろな手法を知った現代ではもうこうして空想を言う台詞に新味はないが、当時にあっては、二度のごっこ遊びとともに、これまた言葉の未知の機能の開拓だったと言わなければならない。「古い玩具」に沢山あった「当面の事実」を言うのとは全く性質の異なる言葉である。

7

岸田國士は、前出「『チロルの秋』上演当時の思ひ出」のなかで、自然主義から社会主義リアリズムへといたる当時の、いわば「新劇」の本流を「写実的な、問題として比較的厳粛な事件や境遇を取扱つた作品」「手堅い作品」と呼んだ。対して、自分の作品のことを、従来の演技術で演じて「悪くすると鼻持ちのならない醜悪なもの」になる作品、手堅さなく「危かしさを持」った作品と言っているので、自分がこれから、従来の「新劇」とは異なる何をしようとしているのか、岸田は十二分承知の上で、あえて挑戦したのだということが知られる。〝分かっててやった〟わけだ。目指すは、岸田の「芝居と云ふものを強ひて『大勢』に見せるものと考へる必要はない」（前出「言はでものこと」）

という言葉を援用して言えば、小劇場演劇。今の言葉で言うならAlternative Theater（もう一つの演劇）にあたる。

岸田國士が、厳粛な事件や境遇なく、主人公が活躍するのでなく「それぞれの人物は完全な一個の存在として一人一人」が「活きて」いる、「桜の園」のような作品を目指して「古い玩具」を書くことから出発したことは既に言った。そして帰国後、まだまだ従来の「新劇」に近かったその「古い玩具」から筋を捨て説明ぜりふを捨て、人数を絞り、「チロルの秋」へ。さらに「ぶらんこ」、「紙風船」へ。言葉にこだわることによって、それまでの日本にない新しい手法を生み出したのだった。

しかしそれが、単に手法のための手法、実験のための実験ではなかったように思われるのだが、どうだろう。西洋人にコンプレックスを抱き、幼いころから独りぼっちで、空想に耽り、夢を見、思い出に救われる人間——というより、そういう自分自身——を抽き出し、その心理と言葉に関心を集中することによって、どうしても生まれて来てしまった作品であり手法であった、と言えるのではないか、と。

というのも、私小説的なところなど全くないように見える岸田の作品の中に、ひっそりと自身の体験が織り込まれていたことが、たとえば次の引用からも推察されるからである。

・アルト・ボルツアノ

高原の涼気を、まづ、胸いっぱいに吸ひ込む。

××××夫人の山荘を訪れる。――〈略〉この婦人は、東京で生れ、ロンドンで育ち、ウィーンとパリで教育を受け、バヴァリヤの士官に嫁ぎ、やもめとなつて、このチロルを永住の地に選んだのです。

「ほんとに、あたくし、日本が懐かしくつて……」（「チロルの旅」大正一三・七）

・コルチナ

雪が降るまで咲きつゞけると云ふ牧場の泊夫藍《さふらん》、お前は笑つてゐるのか、それとも、夢を見てゐるのか。

白楊樹《ポプラ》が伸びをしてゐる。
エリザ、珈琲をもつと熱くして来てくれ。
――いよいよお別れですね……奥さん。一度あなたのお眼を拝見……そのヴェールをどけて……。(同「チロルの旅」)

僅かな記述だが、他にも滞仏中の旅行体験が帰国後の「チロルの秋」に生かされていた例がある。*7

・留雄　あれは何時頃のことだつたか、僕がブランコから落ちて額に怪我をした時、そばで、風船をついて遊んでゐたあなたが、あわてて、その紙の風船で、僕の額を押へながら、「お馬鹿さんねえ」から云つて、僕をうちへ連れて行つて下すつたのを覚へておいでですか。(「古い玩具」第二場)

ブランコ、紙風船で遊んだ幼い頃の記憶も「古い玩具」の中ですでに語られていたが、帰国後、その思い出は「ぶらんこ」「紙風船」の、タイトルそのものになるまで大きく膨らんでいった。「ぶらんこ」の夫は全篇ゆうべ見た夢――幼いころブランコに乗って救われた思い出――を話していたし、「紙風船」の終わり、夫は、思い出――妻が女学生だったころ、毎朝、同じ時刻に同じ停車場で顔を合わせた――を話し、そうしてから、隣から転がり込んできた紙風船を夢中になってついた。岸田國士にとってそれは紙風船であって紙風船でなく、思い出、記憶、空想、夢……であったに違いない。

若き日の岸田國士はきっと、のちの彼からは想像も出来ない孤独で、夢見がちの空想青年だった。

8

「古い玩具」から「紙風船」へ。連綿だけでなく棄てられたもの、変化したものについても最後に確認しておかなければならない。

まず、真っ先に目につくのは、取り上げられる人々の階級、階層の変化であろう。「古い玩具」の白川留雄は「お父様は宮内省とかに勤めていらつしやる」「お家柄」であり、房子の夫手塚正知は国際会議にも出る外交官。大使の「晩飯」にお相伴するほどの地位であったし、父親譲りという画家のルィーズも具体的なことは書いてないが、パリに画室あり女中を使い、帽子をオーダーしたり日本行きの旅費など心配もしない。「チロルの秋」の、これまで何年も旅を続けてきて、明日からまた旅を続けていくというアマノもステラも同様、費用の心配など全くしない富裕層だった。

それが「ぶらんこ」「紙風船」になると、ごく普通のサラーリマン、専業主婦へ、がらりと変わる。お菜の牛蒡が傷みかけていたり、出張手当「九円七十銭」を早くだったり（「ぶらんこ」）、毎月「百円足らずの金」、「お前のところにいくらある？」だったり（「紙風船」）、端ばしから経済的余裕のない給料生活者であることが分かる。

もともと「古い玩具」にも年はいくつ、職業は何といった従来の「新劇」にはあたり前だった人物設定をできるだけ書きこまないようにするという傾向はあったけれども、「チロルの秋」から、岸田國士はさらに意識的にそうするようになった。したがって「ぶらんこ」、「紙風船」の夫も、どんな会社か役所に勤めているのかなど具体的なことは全く知れない。「チロルの秋」にはまだあった固有名詞さえなくなり、ただ「夫」「妻」となってしまったから、一見、従来の写実劇に見えてそうでなく、岸田が一切の不要を棄てて自分の試みに集中しようとしたことは歴然である。

それだけではない。いわゆるテーマもがらりと逆転した。「古い玩具」「チロルの秋」が結局「独りぼっち」を確認し合って終わったのとちがって、たしかに「ぶらんこ」の夫が夢に見たのは「友達といふものがなかつた」少年のころ、自殺を図った思い出だったし、「紙風船」の夫も、このままで「おれたちはどうなるか」と未来への不安を語ってはいたが、全体のプロットを見れば夫と妻の関係は修復され、これからも二人一緒に生きていくだろうで終わっていた。これが二つ目の大きな変化である。

前二作の孤独から後の二作の小さな幸せへと、真逆といっていいほどのこの変化はなぜ起きたか。関東大震災（大正一二／一九二三・九）以後、農村から都市へ人口流入が増え、生産に従事しない事務系ホワイトカラーの比率も増大。専業主婦というものが生まれて家事は女の仕事と定着したのも震災以後のことだったと聞いたことがあるが、そういう核家族化の走りが岸田國士の関心を引いたのに違いない。それとも岸田自身の個人的事情――「古い玩具」の白川留雄は、父親と「つまらないことで内輪もめを起さないやうに、こんな放浪生活をしてゐる」「外国にゐれば自由が利」くと言っていたけれど、――岸田が留雄の自由を捨て、これからこの日本で生きていこうと決意したから、だろうか。推測を出ないのでこれ以上は言えないが、この頃から半世紀、小市民、中間層の比率が急激に増していく日本社会の動向を敏感にキャッチした岸田國士のセンスは抜群だった。

三つ目の変化は、上の二つと密接に関係する、言葉の変化である。岸田は「われわれの日常生活は誠に殺風景なもので、『語られる言葉』の多くは、月並な、生彩に乏しい、たゞ単に『用事を足す』だけの言葉」（「『語られる言葉』の美」昭和三／一九二八・一二）だと言っていたが、岸田の関心は、その、ただ用事を足すだけの日常の言葉をいかに舞台の上の魅力ある言葉にするか、にあった。その実験の一つの究極が「紙風船」だった。

何も起こらない小市民の日常生活を描くことを選んだ岸田國士は、「ぶらんこ」以下、もう「古い玩具」や「チロルの秋」にあった、男女互いに敬語を使いあうような言葉、西欧の知識人や上流階級のだろうか？　美しいかも知れないが気取った、まだるっこしい言葉づかいは、全く姿を消すことになる。妻や相手の女性を呼ぶのに、「あなた」から「お前」へがらりと変わったのなどは、端的な一例である。

「紙風船」の、二人の心理の高く低く流れる旋律、寄せては返す波動は、妻の「あなたが手伝つて下されば」「もつと家庭らしい楽しみが」とぽつりと洩らす本音や、夫の「お前はそれで満足なのか」「かういふ生活を続けて行くうちに、おれたちはどうなるかつていふことだらう。違ふか」と不安を内包した長台詞など、ほんの僅かな例外を除いて、自分の思いや考えを直接表したり説明することなど決してない。他事を言いながらそれぞれの心理が鮮やかに伝わる、知的で洒落た言葉に変わっていた。

もし岸田に「紙風船」がなかったら、とくにその懸賞応募ごっこと鎌倉旅行ごっこがなかったら、岸田は演劇史にいなかったにちがいない。


岸田國士にいつも残念に思うことは、彼が後の二作、とくに「紙風船」において行った多くの言葉の実験を続行せず、せっかく抜群のセンスと言った小市民も、すぐに手放していってしまったことだ。

たとえば「紙風船」の次の「葉桜」（大正一五／一九二六・四）。娘を手放すのは嫌、でも娘が婚期を逸するのも嫌の母親が、娘の意中を問いただしていくうち、やっぱり娘を求婚者と結婚させようと心に納得するまで。母の、男の家に断りいれるかそれとも嫁がせようか、迷い揺れる心の波動と、そして最後、「ぶらんこ」で言えば妻が頬杖ついて微笑したような、「紙風船」で言えば妻が「男つていふものは」ともう夫に求めることを止めたような、母の心理的結着、つまり「発見」が描かれていた。したがって母の、もし求婚者が「ぢかにあたしんところへ来て」娘を「世の中で一番幸福な女にして見せます」と申し入れてくれたら、もし母の自分を「おろそかにするもんですか」と言ってくれたらと、自分の言葉と娘の求婚者の言葉を行きつ戻りつする箇所もある。一人で二人を語っていく、下手すると落語に似そうで、あまり成功しているとは言えないが、「紙風船」の空想遊戯のヴァリエーション、一つの試みであったとは言えよう。

その次の「驟雨」（大正一五・一〇）は、新婚旅行から、相手とは「性格的に合はない」、「生活態度の違ひ」のため別れたいといきなり駆け込んで来た妹の相談に乗る、姉夫婦を描いたもの。まず妹の、自分の相手が人前で、どんなに自分を踏みつけにするかを訴える大量の台詞に、妹自身の言葉と夫の言葉とが入れ替わりする。状景を生き生きと報告すると言えばその通りにちがいないが、これまた悪くすれば落語の仕方噺になる。姉の夫が「僕が、一つ、先生になり代つて、云ひ開きをしてみようか」と義妹の相手の男の立場に立って釈明を始めるということもある。そして、そういう夫に対して姉も、妹の立場に立ち、妹の不満を代弁したり抗弁したりするのだが、そのはずが、つい自分自身の夫への不満、抗議と重なっていく。「紙風船」が、他の言葉を言っているうちにその人になっていくのとは逆で、この姉は、他を言っているはずが自分自身になるのだ。確かに「紙風船」で試された言葉の、その逆の可能性はないかの実験であったとは言えそうである。が、これらの幾つかの手法によって何が舞台から立ち上がって来たかの点から言うと、さしたる新鮮さはなかった。[*8]

「驟雨」の最後に、姉夫婦に不満を聞いてもらった妹は、やっぱり結婚相手のもとでなく大久保の実家に帰るわと立ち上がる。妹の心には何の変化もなかった。代わりに姉の、経済的自立ができないのはもちろん、「何かっていふと、僕のところへ来て、ねえ、あなた、どうしませう」と相談するという、自立心のなさが浮かび上がり、姉の夫の、「僕は、ちよつと、食事までに、顔を直してきます。ついでに爪も切つて来ます」と日ごろの身だしなみの悪さを反省する、小さな小さな変化もあった。しかし姉がこれから経済的自立を目指すわけでなし、姉の夫の日々の生活態度が変わるわけでもなし、「発見」とは到底言えないものであった。妹の訪問は姉夫婦にとって驟雨だった。雨が通り過ぎればまた元どおりに晴れよう、[*9]というわけである。せっかく「ぶらんこ」「紙風船」で芽を出した心理の「発見」はおそらく偶然。岸田國士にとってほんとうの関心はそこにはなかったようで、以後固執していくこともなかった。

その一方、「古い玩具」のときの、叙述的な長い台詞が遠慮なく「葉桜」「驟雨」に復活して来てしまった。いずれも、「紙風船」の短い対話の応酬とちがって、一人で大量に話していくことが多いので、どうしても話す人の心理の旋律より話される事柄、その内容のほうに聞くものの注意はつい集中してしまう。心の動きの面白さより、話される内容に耳傾ける従来の劇に戻ってしまったと言えよう。「葉桜」ではまだ「母」と「娘」だったのが、「驟雨」になると固有名詞も復活してきた。

何より、「ぶらんこ」「紙風船」にあった時代を映す小市民、その希望のない日々の生活が消えてしまったのが、残念である。

職業や今の年齢など具体的な設定を明記しないのは相変わらずで、「葉桜」の母娘がどうやって生活の資を得ているか、「驟雨」の夫の社会的地位はどのあたりか具体的には分からない。が、「葉桜」の娘の求婚者は「ぶらぶら遊んでる男」。娘が「自分で働いて、自分の力で生活できる人の方が頼み甲斐があるつて云つたら」「僕もそのうち、何か仕事を見つけようかなあつて、誰にっていふことなしに云つて見たりする」男で、娘が日本間より西洋間が好きと言うと「そんなら離れを西洋間にしようかなあつて云」ったとある。終わり近く、心を決めた母親も、娘の新婚旅行の独逸か、その弟の新婚旅行に行くだろう巴里へでもついて行こうかしらと独りごつから、相当な資産家同士の結婚話であったらしいことが知れる。同じく「驟雨」も冒頭、姉が、上等の苺を買って来いを初め、あれこれ女中をこき使うシーンから始まっていくので、豊かであることの説明はそれ以上不要であった。終わり近く、姉の夫が、当時の知識層ではそれだけで評価される洋行帰りであったこともちらと挿入されていた。

もし岸田國士が小市民にこだわっていってくれたら、もしその日常の「たゞ単に『用事を足す』だけの言葉」で何ができるか関心を持ち続けてくれたらと、私は空想する。

しかし、冒頭第一章の、「桜の園」の受容し方からもそれとなく知られるように、岸田國士は「全篇を流れる情調」、「場面場面の雰囲気」、「匂やかな機智の閃き」、「心理的詩味の波動」、「わけてもその『夢』」に惹かれ、それを表す言葉に興味は持っても、その、地主農奴から資本家、労働者への階級交代に目を見張るようなことはなかった。社会の動きや歴史の流れといったものに対する思考、アンテナは岸田國士になかったのでは？と思われてならない。

なるほど、孤独は岸田の終生の大きなこだわりであり、その心の動き、それを表す言葉にもこだわり続けた。いちど深く体験したことは手放すことなくひそかに持ち続けた。けれどもそれは、階級だの階層だのといった社会的なことに関わりのない興味の持ち方だったので、職なし、根無し草から上流階級富裕層まで、その時々の興味にしたがい、心の動きだけに目を向け、自由に、あるいはアトランダムに対象を選ぶことができた理由ではなかったかという気がしてならない。大東亜戦争に抵抗感を持たなかったのもそのせいではないだろうか。
岸田國士の仕事から現代が学ぶものはないか、今やっと研究の端緒についたように思う。

註

＊1　アマノは石川治、エリザは松井潤子。

＊2　『古い玩具』は、一九二三年、パリの旅舎で書いた私の最初の戯曲である。私が戯曲を書くことを思ひ立つたのは、当時、親しくその劇団に出入してゐたピトエフ夫妻のすゝめによつて、自分で同劇団のために脚本を書くことを試みたのである。題を『黄色い微笑』として、それを仏文で書いてピトエフ夫妻に示した。戯曲を夫妻に手渡すと同時に、私は、突然肺患の再発のためにパリを去つて、ピレネ山中のポオに転地しなければならなかつた。ピトエフ氏からは、たゞ、「君の『黄色い微笑』を読んだ。はなはだピトレスクだ。機会があつたら上演してみたい」といふ返事を受取つただけで、私の病ひはなかなか快方に向はず、志半ばにして日本に帰らねばならなかつた。たまたま帰朝後、山本有三氏の主宰で、新潮社から『演劇新潮』がされるに当り、この作品が同誌に掲載されることになつた。（大正十三年三月）　（岩波文庫『古い玩具 他五篇』「あとがき」一九五二・六より）

「ピトレスク（pittoresqe）」との評は、舞台が絵になる、視覚的に描かれているとの褒詞であろう。なお岸田國士は、大正八〈一九一九〉年八月二九歳のとき日本を離れ、同一二〈一九二三〉年七月帰国した。三三歳。

＊3　宮本啓子「岸田國士『古い玩具』再考――女性を中心にして」（「早稲田大学大学院文学研究科紀要」二〇〇八・二）に、房子が〈寝台に寝ている留雄の〉氷嚢に手をのせるくだり、最後の「お馬鹿さんね。」の台詞は、彼〈留雄〉が第二場で思い出話として語った幼い房子を髣髴とさせる。

とある指摘は、作品の再読を促して、興味深い。もしこの終幕が「ブランコから落ちて額に怪我をした時」「紙の風船で、僕の額を押へながら」「お馬鹿さんねえ」と「うちへ連れて行つ」てくれた幼い日の手塚房子とうまく重なれば、白川留雄はタイルどおり「古い玩具」に戻るに違いないから、である。するとこの「古い玩具」の第一～五場は、ブランコに乗って落ちた留雄が描かれていたということになる。

＊4　由紀草一氏から該当箇所の訳をいただいた。

Viens, tout est si doux　おいで、すべてはとても甘く
Si plein de promesses　約束に満ちている
Un sourire en tes grands yeux　あなたの大きな目の中の微笑みが
Me rêvèle un coin des cieux　私に天国の一角を見せてくれる。

「日本でも、『トセリのセレナーデ』あるいは『嘆きのセレナーデ』と呼ばれ、よく知られて」おり、「http://gauterdo.com/ref/ss/serenata.html を開くと、ティノ・ロッシという人が訳した（元はイタリア語でしょう）フランス語の歌詞全文があって、男声による歌も聴くことができ」るとの教示も得た。英語による「逐語訳」も添えられていた。

さらに、「Un sourire en tes grands yeux のところ、岸田は Un sourir en très grands yeux としている」が、「これは très（非常に）より tes（君の）が正しいでしょう」、「岸田の間違いかどうか『演劇新潮』の初出を確認する必要があるけれども」。歌詞の日本語訳もあるが、「フランス語の歌詞では愛の喜びを歌っているのに」タイトルが「嘆きのセレナーデ」となっていることからも分かるように「これは全く別物」ともあった。感謝。

＊5　第一次世界大戦後の海軍軍縮問題で米英日の代表が集まったという有名な「ジュネーブ会議」は一九二七（昭和二）年六〜八月。手塚留雄が一週間行くという「ジュネーブ会議」はそれ以前である。会議の名はただ、手塚の社会的地位を示すための記述だったと思われる。

＊6　ちょうど「チロルの秋」の執筆にかかったか執筆中か？と思われる頃、岸田國士は、劇的／ドラマティックと言われる作品への反発を次のように記していた。

「劇的」と云ふ言葉は「美しい」と云ふ言葉ぐらゐ通俗的になつてゐる。
誰でもが「劇的」と呼ぶ「或種の感動」は、必ずしも「芸術的感動」ではない。
さう云ふ感動を生命とする芝居も、「自分たちの芝居」と呼びたくない。（本文前出「言はでものこと」）

＊7　岸田國士が自分の体験を作品にそれとなく織り込むことは「古い玩具」からすでにみられた。「古い玩具」の第四場、第五場は岸田が実際に旅した地の一つ、「サヴア地方」のホテルの一室と設定されていた。

メラノ
メラナアホフ、ブリストル、ベルヴュウ、サヴワ、パラス……。

――よろしい、ホテルなら、もう取つてある。（本文前出「チロルの旅」）

ほかにも、設定に過ぎないと言えばそれに違いないが、例がある。「古い玩具」のプロローグで、手塚正知は夢中になって写真を撮っていたが、「紙風船」にも空想の鎌倉旅行ごっこで妻の架空の写真を撮る夫や、「驟雨」には、新婚旅行のとき姉の写真を80枚も撮ったという姉の夫がいる。

また「葉桜」の、娘に「男のご機嫌とつて一生を暮すやうなことはさせたくない」という母が、自分が十九の春、婚礼の晩に亡夫が「お酒に酔つて、お友達と一緒に、どつかへ行つておしまひになるつて騒ぎ」があった、「幾度、里へ帰らうと思つたかしれない」ことを話していたが、「驟雨」でも、姉夫婦のところへ新婚旅行から駆け込んできた妹がそれとそっくり。自分の結婚相手のところに友達がゆうべ「晩方から来て、一緒に酒を飲み出し」「いきなり、どつかへ行かうつて、二人で出て行つたきり、」「いつまで待つても帰つて来ないの」と、体験を話す。

「ぶらんこ」で、おれには友達がなかったという夫は「遊ぶと云へば、」一人で蜻蛉を捕るか、「遠くの森を／毎日毎日／絵にかく――それが楽しみだった」と言っていた。「古い玩具」の留雄が絵描きに設定されたのは、これと関わるかも知れない。

＊8　「葉桜」における娘の求婚者、「驟雨」における妹の結婚相手。登場しない人を言葉によって髣髴とさせようとする、のちの「歳月」（昭和一〇／一九三五・四）に意識的に採られる手法をすでにここで試し始めたか？と考えられないでもないが、二作から浮き出てくる求婚者、結婚相手は、人前で格好をつけるという、すでに「古い玩具」の中で言われた男性像をさほど出ないので、言葉から想像が広がっていくというわけにはいかなかった。浮かびあがって来たのは、好意的に見れば、房子やルィーズが言った日本人男性を、もう少し具体的に補足しようとしたもの、とは言えるかも知れないが。

＊9　タイトルに日本の季節感を採り入れたことは、一つの試みと言えよう。どちらもさして成功したとは言えないが、日本人の四季の変化に対する細やかな感受を対話の変化に映し、芝居全体の気分に生かしてみようとする意図があったかも知れない。

葉桜とは、女の盛りを過ぎた母親を言うのだろうか。それとも求婚相手といっしょに「トンネルのやうな青葉」の下を歩いたという娘のことなのだろうか。イメージをはっきり結ばないのが欠点だが、いずれにしろ、桜といえば満開の花、その散り行くのを楽しむのが常の日本で、散った後、これから青々と繁っていくであろう青葉の生命力、あるいは美しさ。その、ほとんど誰も気がつかなかった変化を全体で伝えようと試みたのかも？知れない。舞台「正面の円窓から、葉桜の枝が覗いてゐ」た。

「驟雨」の終わり、妹が、やっぱり初志の通り今夜は結婚相手のところでなく実家に帰ると立ち上がると、「驟雨沛然として到る」。姉夫婦の妹への忠告は結局妹には届かず、妹の来訪は突然姉夫婦に降りかかった驟雨だった、というわけであろう。

岸田戯曲における反抗者たち

阿部由香子

I　向かいあう四人の世界——「屋上庭園」と「温室の前」

岸田國士の初期戯曲としてしばしば挙げられる「チロルの秋」「命を弄ぶ男ふたり」「ぶらんこ」「紙風船」など一連の戯曲は、一九二四年（大正一三）～一九二五年（大正一四）に発表された作品で、一つの限定された空間における二人の人間の対話が劇の中心に据えられているという共通点がある。それが、一九二六年（大正一五）～一九二七年（昭和二）頃になると、舞台となる空間の背後にはっきりと時代や社会が描きこまれ、中心となる登場人物が三人、四人と増える傾向がみられる。特に夫婦、親子、兄妹といったペアを構成し、その二組の対比を意識しているとみられる作品が目にとまる。具体的には「驟雨」（一九二六年一一月）、「屋上庭園」（一九二六年一一月）、「温室の前」（一九二七年一月）、「賢夫人の一例」（一九二七年一月）、「動員挿話」（一九二七年七月）、などである。[*1]

二人だけの対話から四人の関係性を描くようになることで、戯曲の世界は広がりをみせ、人物造型もより具体性を伴ってくることとなる。何よりも昭和初頭の都市生活を巧みに舞台の世界に取り込み、二組のペアの対比を設定することで四人の世界の戯曲には岸田が書こうとしていた現代劇の性格があらわれているのではないだろうか。以下、作品に即して四人の世界の戯曲の特徴をたどり、岸田がどのような劇を展開させていったかみていくこととする。

1　四人の世界で反抗する者

登場人物が四人である、といっても冒頭から終わりまで四人がずっと舞台に存在しているわけではない。二人の対話で進行していく場面が多く、四人が一同に会するのは一部分である。例えば「或るデパアトメントストアの屋上庭園」で偶然出会った並木夫妻と三輪夫妻を描いた「屋上庭園」は、男同士が古くからの友人関係なので彼らの対話を中心として進行し、初対面の妻同士はぎこちない感じのまま連れ立って買い物をしに行ってしまう。あまり深く劇の運びに関わらない。しかし、並木と三輪という男同士の対比が、連れ添っている妻の対比によって補強され、「裕福な紳士令夫人タイプ」と「貧弱なサラリイマン夫婦」というペアの対比を際だたせている。さらに、三輪とその妻との対話、並木とその妻との対話を織り交ぜながら二組の夫婦関係の対比まで見事なマトリックスとなっている。

「驟雨」では結婚後、すでに倦怠感が漂う朋子・譲夫婦のもとへ新婚旅行先から急に戻ってきた恒子が訪れ、結婚したばかりの夫と別れたいと言い出す。この作品では恒子の夫は登場せずに話題の中だけの人物である。しかし、これもやはり二組の夫婦の対比が設定されている。さらに「動員挿話」では日露戦争時の宇治少佐とその妻鈴子、馬丁の友吉とその妻数代がより強く主題を表現する形で二組の対照的な夫婦の存在とぶつかり合いを描いている。

ペアは夫婦とは限らない。「賢夫人の一例」では橋本夫人と彼女に好意を寄せている渥美という男が一組で、橋本夫人がお膳立てしたお見合いの日にやってくる静間弓子とその父親がその相手のペアとなっている。結局若い娘になど興味のない渥美は自分のことをもてあそぶように扱う橋本夫人に怒りをぶつけて去っていくのだが、すべては夫人が渥美の前に結婚や家族という実体のある現実をつきつけることで危うい二人の関係をはっきりさせようと仕組んだものであった。二人だけの関係に、もう一組の二人があらわれることは、すなわち自分たちの存在を相対的に捉えるきっかけとなるからである。

そして関係性の中で自分の位置を確認し、相対的に自分を捉えた上で、自分に正直にあろうとして反抗する者が岸田の劇を動かしていく。「賢夫人の一例」の渥美は自らの恋心を曲げることが出来ずに夫人に逆らい、次のように告げて去っていく。

渥美　どうでも、それはあなたのお気に済むやうに……。僕は、ただ、あなたの命令に従へるだけ従はうとしただけです。それが今は、もう、あなたの命令よりも強いものが僕の心のうちにもち上げてゐるのです。馬鹿なことをしでかさないうちに、早くお暇しませう。

「驟雨」の恒子も一人で立ち向かう女である。結婚相手への不満を姉夫婦に訴えても、二人とも「男って云ふものは」（そんなものだ）と繰り返し、さらには離婚したらその先の生活が過酷になるといって恒子を脅かす。そんな姉夫婦に対して恒子は言う。

恒子　あたくし、別に再婚しようとも思つてゐませんし、今別れれば、明日から幸福に生活できるとも思つてゐませんけれど、いやいやながら、あゝいふ人と一緒にゐるといふことが、全く無意味に思へてならないんですの。さういふ夫を選んだ軽率さは、別の方法で罰せられてもいゝと思ふんですの。例えば、一生独身で暮すといふやうなことなら、甘んじて忍べるだらうと思ひますわ。それだけの覚悟があるなら、今ひと思ひに別れてしまつた方が、却つて自分に忠実ぢやないかと思ふんですけれど……

姉夫婦の制止をふりきって恒子が実家へ帰ろうとしたところで、驟雨に降りこめられてしまい、恒子はこの場に留まらざるを得なくなってしまう。現実に反抗し続けることの困難さを暗示しているといえよう。渥美も恒子も世間や社会の通念の下に生きることを拒み、自らの個人の感情を重んじて生きようと抗う。岸田は短い一幕物の中で彼らが戦うべき対象を巧みに顕現化し、同時に彼らの反抗が常に困難なものであることも描いてみせているのである。

二幕物の「動員挿話」においては、数代が反抗した相手は夫を戦争に連れていこうとする上官であるが、それは男に対する女の戦い、さらには国家に対する個人の戦いを意味するものでもある。当然のごとく数代の反抗は非常識なものとして世間には理解されない。さらには夫の友吉をつなぎとめておくことが出来ないと分かると彼女は自死という敗北を迎える。反抗心を貫き通すことと現実社会での生活が相容れないことを突き詰めた形で示した結末であろう。

2　屋上庭園と温室

一方で、反抗する者が登場しない四人の世界を描いた作品がある。「屋上庭園」と「温室の前」である。この二作品では四人の世界が展開する空間が非常に重要な役割を果たしている。

まず、屋上庭園は大正末期から昭和初頭に都心の百貨店の屋上に緑地をもうけていた流行が取り入れられている。[*2] 生活レベルの格差、職種の優劣、など人の生活を取り巻くあらゆる場面に〔上と下〕の序列に対する意識がつきまとうようになっていた時期に、コンクリート建築により高くそびえ立つ百貨店の屋上は、上のレベルの消費行動が可能な人間が出入りする高い建物の最高層を意味する。貧しい並木夫妻は昇降機で下から屋上へ上がると次のような気分を味わう。

並木　先づ階下には、羽根蒲団がある。二階には姿見がある。三階には一重帯……。四階には……よさう。だがね、それがみんな、僕等には手が出せないやうなものばかりだのに、それを眼の前に見てゐる時とは違つて、かうして、さういふものの上に自分が立つてゐると思ふとだね、なんとなく、花やかな気持ちになるんだ。所有慾といふものから全く離れてだよ。可笑しいもんだね。僕んとこの奴もやつぱりさうらしいんだ。

さらに、屋上庭園から見下ろす「帝国ホテル」や「日本銀行」も「現実が現実として此の眼に映つて来ない」「一種のカリケチユア」に見えてしまうので並木には面白くて仕方がない。物理的に高い場所に自分が上ることで、現実生活の上下関係の意味を消してしまう魔術がこの空間には存在するのである。そのような実際の貧富の差を現実として感じられないような特殊な場所で、もしも裕福な二人と貧乏な二人が出会ったならば、果たして真の友情は成立するのだろうか、という状況劇の様相を帯びているのが「屋上庭園」という戯曲である。

風貌や連れている妻の身なりなどから明らかに裕福な暮らしをしている三輪が、今の職業やどこの会社に勤めているのか並木に尋ねると。彼はひたすら虚勢を張り続け、必死に自分の弱音を隠そうとする。三輪はそのような彼の現在を心から心配しているために見逃すことはしない。「君には、おれの心の声が聞こえないぢやないか。」とあえて裸の心にずかずかと入り込んで変わらぬ友情を示す。奇妙な屋上庭園という空間では二人の間に出来てしまった上下の差が解消する奇跡が起こったのである。

ところが、心を開きあった二人は並んでベンチに腰をかけて、互いの妻を待ちながら次のようなやりとりをしてしまう。

並木　ねえ、君、久し振りで会つて、こんなことを頼むのは厚顔《あつかま》しいやうだが、都合がよかつたら二十円ばかり貸してくれないか。
三輪　（一寸気まづげに相手の顔を見るが、すぐに懐に手をやって）あゝ、いゝとも。それくらゐならあるよ。（紙入れを出して、紙幣を抜き出し、並木に渡す）
並木　ありがたう。（そのまま袂にしまふ）

このわずかなやりとりをしたことで、せっかくフラットになった二人の関係に金の貸し借りという力関係が生じてしまい、そのことに気付いた並木は必死で金を戻しながら「反抗反抗で活きてゐる人間が、ぱつたり手応へのない処へぶつかると、かうまで間誤《まご》つくものとは知らなかつた」と三輪に詫びる。つまり、並木は最後まで三輪にも自分を取り巻く現実にも反抗しようとして出来なかった人物として描かれているのである。そのため「屋上庭園」ではひたすら並木と三輪との対照性が印象に残るのであろう。

この戯曲は一九二七年（昭和二）一月に新国劇の澤田正二郎一座が上演した。その公演に関する同時代の記事には次のように記されている。*3

成功した実業家と失敗した文人の友達、と、その妻君同士を突合せて、失敗者の僻みと哀れな見栄、成功者の寛大な気持の中に起る不快、をみせたもの。澤田の失敗者は、恐ろしくテンポの早いセリフと目まぐるしい動きが、何だか陽気な人間に見せてしまつて、僻みと、その底の寂し味を出せなかつた憾みがある。（略）

この舞台を観に行った岸田は、「いかに動きつゝある観衆の趣味に対して、痛ましい程神経質な眼を光らせつゝあるかといふこと」を感じ、新国劇の舞台が観客の同情心を誘うように作られていることを気にかけている。*4 岸田としては表面的な並木と三輪の貧富の差を描いたつもりはなく、二人の微妙なやりとりの変化と、一瞬ではあるものの二人の間に昔と同じような心の交流が成立した様を示したかったのだろう。屋上庭園は、コンクリート建築の最上階に広がる人工的なオアシスである。地面から遥か上空に浮かぶような場所に植物の生命力が漲っている。人の心を自然に回帰させるような場所、屋上庭園にはそのような意味も重ねられているのではないだろうか。

もう一つの「温室の前」の空間は、東京近郊にある大里貢と牧子兄妹の家の応接間である。正面の広い硝子戸の向こうに「温室、グリーン・ハウス、フレム及び花壇の一部」が見える。大正期には東京帝国大学理学部附属植物園（現小石川植物園）の洋式大温室が有名になっており、さらには一般住居の庭で温室栽培をすることも珍しくなかったようである。竹村民郎は「文化環境としての郊外の成立」[*5]において、二十世紀初頭の日本では他国と同様に都市の膨張と氾濫がめざましく、その解消策として「田園都市」「花園農村」が注目され、都市生活者が「郊外」にユートピアを求めた現象について着目し、その延長線上に起こった郊外住宅地での園芸趣味の存在を指摘している。そして「郊外住宅地では人々の園芸趣味を介して住民相互のさまざまな交流が生まれたのみならず、園芸趣味の普及が郊外を自然との共生をめざすゆとりのある美しい居住空間へと変えていった」という。

貢と牧子兄妹もそのような暮らしを手に入れることができた人々である。貢は、長らく病気を患って療養生活を続けていたが、妹と共に郊外へ越してきて商売というよりも道楽半分で温室の植物栽培をしている男だからである。身よりもなく、兄一人妹一人で助け合ってきた兄妹は「引込思案」で「御近所づきあひさへろくにしない」まま、外へ仕事に出ることもなく暮らしてきたが、ある日、牧子の旧友である高尾より江が訪れたことで変化が起こる。また貢の友人、西原敏夫も五年ぶりでフランスから帰国する。このことをきっかけにして兄妹はにわかに未来を夢想しはじめるのである。

牧子　（そんな話に興味はないといふやうに）ぢや、御飯の支度をして来ますわ。

貢　まだ早いよ。もう少し話をしようぢやないか。今日はなんだか、いろんなことが新しく始まるやうな日だよ。今日まで、世間から離れて、たつた二人きりで送つて来た暗い生活の中へ、思ひがけなく、同時に、二人まで、華やかな——さうだ——二人の華やかな友達が訪れて来るんだ。来たと云つてもいい。あいつは、きつと来るよ。

より江は学校卒業後、一度結婚したものの離婚し、銀座の化粧品店ピリエで働く職業婦人。西原はフランスで労働問題を研究し、「すつかりハイカラになつて」帰ってきて、これから民衆劇の運動を起こそうとしている革命家。「華やかな」より江と西原、「暗い」貢と牧子の対比は各場面で綿密に設定されている。例えば、歌を作る趣味のある貢と、本が読みたくても忙しくて暇がないより江。紅茶をいれようとする牧子に対して水の方がいいと言い張る西原。つまり、外へ出て働かずに日々趣味の世界に浸っていられる貢と牧子の生活は、まさに「温室」の中のように世間と隔絶しているのである。

その後第二場にて登場した西原は別々に牧子とより江を「民衆劇」に参加しないかと誘う。

西原　女優つて云へば、牧子さん、一つ女優になつてみませんか。
牧子　あたしがですか。女優にですか。人が笑ひますわ。
西原　処が、笑ひません。なぜ笑はないかつて云へば、職業俳優には出来ない芝居をやるんです。僕たちは、今度、市民劇場つていふ遊動劇団をこしらへるんですよ。どうです、晩、七時から十時まで、暇はありませんか。
牧子　さあ……。でも、あたくし、舞台なんぞへ出たら足がすくんぢまひますわ。

暇ならいくらでもあるにもかかわらず、引込み思案なままの牧子。反対に、夕方まで仕事で忙しいより江の方が芝居に強く関心を示す。

西原　あなたは実に鋭敏だ。どうです、あなたは芝居をやつて見る気はありませんか。
より江　どういふお芝居ですの。
西原　労働者に見せる芝居です。労働者とは限りませんが、つまり面白い脚本を、頭のいい素人が、熱心にやつて、大勢に安く見せる芝居です。
より江　あたくしに出来ますかしら……。
西原　出来ます。

結局、劇団に参加したより江と西原が意気投合して結ばれてしまい、貢と牧子は自分たちの生活は変わるのではないかと期待した分だけ余計におちこんでしまうこととなる。貢は「(吸鳴るやうに)こんなことぢや、駄目だよ、何時までたつたつて。」と現状を変えたいという気持ちはあっても、決して自分から何か行動をとることはない。再び「何か、かう事件が起りさうな気がする」と希望を抱いて何かを待ち続けるだけである。この作品では、自分がしたいことをみつけて行動していくより江達に比べて、貢達のような恵まれた階層の人物が実は滑稽に見えるほど閉塞した空気の中にいることが「温室」という空間によって見立てられているのである。

3　人生と芝居

岸田はそれまでの戯曲でも都市風俗や時代背景を描きこんではいたが、「屋上庭園」や「温室の前」ではより明確に階層の格差や生活感覚の差異を示しているといえよう。岸田が人間の内部に目をむけて、生きた人間を捉えようとするだけでなく、どのような社会でどのように生きている人間なのかということにまで表現の幅を広げるようになった変化の背後には当時の岸田を取り巻く状況が影響しているように思う。

一つは初期戯曲に対する文壇の評価であり、代表的なものが一九二四年（大正一三）に小山内薫が「チロルの秋」について述べた戯曲評である。「九月雑誌戯曲評」[*6]において、小山内が「私が現在求めてゐる脚本」として条件を三つ挙げている。一つは「芝居を澤山に見たそれに依つて生れた脚本」「劇場の中に人生を見たと云ふやうな脚本」ではないもの。二つ目は「作者の健全な頭によるもの」。そして三つ目は脚本に対してだけではなく「一般の芸術に対して云へることだが」「牢屋のやうな暗い處で蠢いてゐる人達の為に一つの窓を開けて、人間の貴さを見せてやる」ような、「一般公衆の意志に力を加へ、感情を浄化する」ようなもの、である。その上で「チロルの秋」に次のような酷評を与えた。

これが所謂ハイカラな脚本といふのであらうが、私はかういふ脚本から何も貰うことが出来ない。気取りと、嫌味と、遊びとの外には何もないやうな気がした。そして、さういふものは、今の吾々には全く用のないものである。さういふものを求めてゐる人は喜ぶかも知れないが、私はさういふものを求めてゐない。此の脚本などは劇場の中に人生を見た脚本の好箇の例ではないかと思ふ。芝居といふ建物の中ではどうにか葉が茂り花も咲くかもしれない。併し、吾々が現在吾々の周囲に見てゐる人生といふものゝ中に持ち出したら、恰度温室から冬出された夏の花のやうに忽ち萎んで了ふだらう。

翌月、岸田は『演劇新潮』誌上で敢然と反論する。[*7] ほとんどは小山内が求めている戯曲の条件の三点目に対しての言及であり、そもそも人間を「芸術家と然らざるものとに二分しようとするが如きは嗤ふべき妄想」と断じ、仮に芸術家と公衆とを区別したとして、芸術家が小窓を明けるとするならば次のような態度がふさわしいと続ける。

芸術家は、さもその窓が、ひとりでに明いたやうに、公衆と共に、その窓を指して叫べ――「おゝ、美しき光よ」と。

芸術家は、一般公衆と共に、自然と人生とを観ればいい。一層注意して観ればいゝ。絶えず眼を離さずにそれを観てゐればいゝ。そして、自ら胸に浮かぶ想念を、感興を、情懐を、たゞ正直に述べればいゝ――友と語るが如く。

自作についても「僕の戯曲を夢にも芝居という世界から外へ持ち出す野心はない」とつっぱねてはいるが、実際に岸田が少しずつ劇場の外の世界を意識して描いた戯曲が増えていくのは見てきた通りである。そして「温室の前」は同時代の戯曲評においても「現代人の匂ひのする作品」で「主題は平凡で有りふれてゐるが」「かういふテーマを具象的にデリケートに扱つた」ものを見たことがないと徳田秋聲に絶賛され、[*8]「新潮合評会」でも久保田万太郎や宇野浩二に「今度のは纒つたいゝものですね」「所謂感じのいゝものですね」と評価されることとなる。[*9]「温室の前」の最終部分において、貢は夢が破れた後にも何かが起こりそうな予感を信じて、月を眺めながら一晩中寝ないで待っていようとする。

貢　兎に角、これは大した事に違ひない。四つの魂が月の光の中で、ダンス・マカアブルを踊るかもしれないよ。おれはそれが見たいね。一寸でもいいから見たいね。

牧子　なんのことですの、それは……。

貢　静かに眠ればいいよ。（間）さもなければ、大きな声で歌がうたへるか。（間）どつちもむつかしさうだね。

それぢや、どうしよう。(間)かうしてるよりしかたがないぢやないか――かうしてぢつとしてゐるより……。

「ダンス・マカアブル」つまり「死の舞踏」は死者が生者を死へ誘う舞踏行列のことだが、一九二〇年代には時代の閉塞的な空気や個人的な危機感と不安の指標として解されていた。つまり貢が深い絶望の中にあり、虚無感に満ちているにも拘わらず、何とか希望を持とうとしているあがきが最後に示されているのである。そして、兄妹がこれまでしてきたように「静かに眠ること」も、西原やより江のように「大声で歌うこと」も「どつちもむつかしい」ことを実感して追い込まれてしまっている。

「屋上庭園」の並木も「温室の前」の大里兄妹も自らの状況を変えたくとも明確な戦うべき相手が見えずにどうすればいいのか分からない人々である。単純な図式のように裕福な暮らしや結婚生活によって彼らの求めているものが手に入るわけではない。彼らは、自らの内部に抱えている世界と自分を取り巻く現実世界との間に齟齬が生じているために、取り残されているような違和感を憶えているのである。岸田は二組の人物達を対比させながら戯曲の世界を作り上げていったが、それによって貧富の差や勝ち負けのような力関係をみせるのではなく、めまぐるしく都市生活が変貌をとげていく昭和二年の時代感覚にうまくとけ込めずにいる少数の人々の人生を提示しようとしたのである。

4　新劇協会の観客たち

もう一つ、一九二六年(大正一五)から岸田が新劇協会の公演に関わりはじめたこともこの時期の作品に影響を与えていると言えよう。一九二六年(大正一五)一一月一五日から帝国ホテル演芸場にて始まった新劇協会第一六回公演は、菊池寛の文芸春秋社が経営に乗り出した第一回目の公演である。菊池と畑中蓼坡によって、岸田國士、関口次郎、高田保、横光利一、三宅周太郎らが選ばれて上演目録の選定と舞台指揮を任された。この更正活動は一九二七年五月の公演まで四回に及ぶ。前年の六月に岸田は「遅くはない」と題した文章の中で、築地小劇場に対する新劇協会の意義を次のように捉えていた。

一つは演劇より戯曲を排除せんとする意図をほのめかし、一つは演劇の本質を戯曲の生命に託さうとする。近代劇運動の此の二つの傾向は日本に於て今後如何なる消長を示すか正に刮目して観るべきであるが、一方、築地小劇場が容易に「戯曲に代るべきもの」を見出し得ない如く、新劇協会が果して俳優の演伎のみによつて戯曲の生命を活かすことができるかどうか。[*10]

具体的に四回の公演の中で岸田が担当したのは、第一六回公演の金子洋文「盗電」の舞台監督（演出）。第一八回公演の自作「葉桜」の演出。そして更正活動最終公演となった「温室の前」の演出である。「盗電」の初日が開いた夜に「畑中伊澤のものと云ふ意味でこれを選んだのです」というコメントを残し、「温室の前」も

私はこれまで「ある俳優」にあてはめて脚本を書いたことはない。ところが、此の「温室の前」はどういふつもりでか、新劇協會の人達にあてはめて書いてみようと思つた。それで先づ畑中、伊澤両君を兄妹に見立てたのである。（両君は、これまで、あまり度々夫婦や戀人の役で顔を合はせてゐるやうに思つたので）[*11]

と述べているように初めて俳優にあて書きした作品なのである。まず畑中蓼坡と伊澤蘭奢という二人の俳優ありき、という発想のもと、彼らの魅力を如何に生かしていけるかという演出家の視点も加わって戯曲が書かれたわけ

である。ただし、岸田は書いているうちに畑中と伊澤がどこかへ行ってしまい、「此の両君とはそれこそ似てもにつかない二人の男女、貢、牧子といふ人物がそこに現はれてゐるのに」気がつき、あて書きが失敗したと続けている。だとしても舞台の上で俳優がより生き生きと演じられるように、劇世界を具体的にし、状況や設定、人物の性格などを細かく描き込もうとする配慮もあったのではないだろうか。

伊澤の持ち味は、モダンガールのような派手さとは異なり、「桜の園」のラネフスカヤ夫人や「チロルの秋」のステラのような、愁いの表情が似合う裕福な落ち着いた女性の品格にあった。それが牧子役で生かされたかというと、「伊澤蘭奢の妹牧子は、嫁入りの経験ある女のやうな感じがする。然し淋しい内気な女という柄は嵌つてゐる。[*12]」「伊澤蘭奢の妹牧子も悪くない。が婚期を逸した娘といふより出戻りに見える[*13]」というように、少々貫禄がありすぎたようではあるが概ね好評であったようである。しかし、岸田は新劇協会において芝居の現場に身を置くうちに「自分ながら飛んでもない処へはまりこんだな」という気がしはじめ、「作者が劇場に足を踏み入れる危険が、また、そこにあり、舞台監督が文学者である不都合が従ってそこにある。」と危惧しはじめる。[*14]そして、『文芸戦線』に掲載された次のような新劇協会の公演評を本屋で立ち読みをしてその心配はさらに複雑な様相を帯びてくるのである。

> 新劇協會の第二回公演に行つて、一番驚嘆した事は、あのホテルの演藝場と觀客とがピツタリと一致して居た事である。最もブルジヨア的な音楽會の場合ですら、觀客の大半は、金釦の學生である。然るに「新劇を樹立すると云ふ事を急務として居る」新劇協会は、最も洗練されたブルジヨアジーを、其の顧客にもつ(○)眼ざわりな金釦なんかは、數えるほどしか居ない。之は素晴しい事だ！　併し、觀客と演藝場とが、ピツタリと一致して居ると云ふ事は、舞臺と觀客とがピツタリと融合して居ると云ふ事を意味しない。觀客は不幸にしてこう耳語いて居るのである。「君初めの二つは素人計りだぜ。――終りのだけに黒人が出ておる。小太夫――

そら猿之助の弟や。」「成程――最後に黒人を出して、引き締め救つて云ふんだね。」[*15]

岸田は「革命家を以て任ずる諸君は、宜しく、微々たる文士芸術家の群をのみ対手とせず、まして、諸君と同様「賤民《プロレタリヤ》」（二葉亭の訳による）の集りに過ぎぬわれ〲の小劇団を兎や角非難する暇に、それほど「演劇」に関心をもつなら、もつと、名実共にブルジョワ的なる大劇場をぶツつぶし給へ」と激怒した。[*16]しかし、裕福な観客と、帝国ホテル演芸場や帝国劇場という空間、品のいい女優と文壇における注目作品という限られた組み合わせによって初めて成立する芝居の意味を考えざるを得なかったに違いない。また、「私は決して小劇場主義者でもなければ、小劇場向の戯曲のみを書かうと心掛けてゐるわけでもないが、どう考へて見ても数千の見物を前に私自身としては何を語つていいかわからない」と苦悩してもいる。岸田が描こうとした人生は決して大衆や公衆といった大勢の観衆に理解されるものではなかった。作者として観客という存在をどこまで意識して戯曲を書いていくべきか、この後、岸田は新たな岐路に立つことになるのである。

小山内への反論の中で、岸田は「芸術家は一般公衆と共に自然と人生とを観ればいい」と述べていた。「人生」はさておき「自然」を観るとはどのようなことを指しているのか。岸田の戯曲には、自らを取り巻く現実に反抗する人物が登場すると述べたが、その反抗すべき現実とはまた別の絶対的な力が存在している場合がある。それが、「驟雨」の恒子の行く手をさえぎった突然の雨であり、「温室の前」の貢が希望をつなぐ「月の光」である。天空を仰ぎ、自らの運命が「自然」という絶対的な力に支配されていることを彼らは感じている。人間がどれだけあがこうとも、現実世界がどうあろうとも、さらにその上にすべてを掌握する「自然」の存在を岸田は世界の中に描き込んでいた。その広がりも含めて岸田の戯曲は徹頭徹尾世界を観ることによって成立しているのである。人生を如何に生きるべきか、人はどのようにあるべきか、という大勢の観客が満足するような明確な答えを舞台に出すことはしなかった。少人数の人間関係を提示しながら、様々な人間の人生とその現実、そして変わらず人の世を見守る天空が四人の上に広がっていることを戯曲の世界に立ち上げつづけたのである。

註

＊1　作品の初出は以下のとおりである。本文における作品からの引用は岩波書店版『岸田國士全集』による。
「驟雨」『文芸春秋』第四年第一一号（一九二六年一一月）
「屋上庭園」『演劇新潮』第一巻第八号（一九二六年一一月）
「温室の前」『中央公論』第四二年第一号（一九二七年一月）
「賢夫人の一例」『黒潮』第三二年第一号（一九二七年一月）
「動員挿話」『太陽』第三三巻第一号（一九二七年七月）。「改作動員挿話」が『演劇芸術』第一巻第五号（一九二七年九月）に掲載。

＊2　「屋上庭園」の冒頭で三輪が「そら何時か此処から飛び降りて自殺した奴がゐたね、新聞に出てたらう、あれを思ひ出して、今日は一寸上つてみる気になつたんだ。」と言っているが、一九二六年五月一〇日『東京日日新聞』には銀座の「松屋の九層楼から飛降り惨死す／行楽の銀座街頭に失業青年が父と兄を怨んで自殺」「屋上庭園は一時締切る」という見出しの記事が載っている。

＊3　「演芸日誌」『演芸画報』第二一年第二号（一九二七年二月）

＊4　「新国劇の『屋上庭園』を観て」『演劇新潮』第二巻第二号（一九二七年二月）

＊5　竹村民郎『大正文化　帝国のユートピア』（二〇〇四年　三元社）

＊6　小山内薫「九月雑誌戯曲評一～七」『都新聞』（一九二四年九月一四日、一六日、一七日、一八日、一九日、二〇日、二一日）

＊7　「小山内君の戯曲論─実は芸術論─」『演劇新潮』第一年第一〇号（一九二四年一〇月）

＊8　徳田秋聲「昭和劈頭の文芸（九）」『読売新聞』（一九二七年一月一二日）

＊9　「新潮合評会」『新潮』第二四年第二号（一九二七年二月）

＊10　「遅くはない」『都新聞』（一九二五年六月九日）

＊11　「『温室の前』の人物について」『帝劇』第五五号（一九二七年五月一五日）

＊12　「新劇協会公演　帝劇にて」『東京毎夕新聞』（「新劇協会帝劇公演新聞評」『帝劇』第五六号一九二七年六月二〇日より転載）

＊13　「新劇協会の帝劇公演を見て」『やまと新聞』（「新劇協会帝劇公演新聞評」『帝劇』第五六号一九二七年六月二〇日より転載）
＊14　「幕が下りて」『東京日日新聞』（一九二七年四月二四日、二六日、二七日）
＊15　小川信一「新劇協会の行衛」『文芸戦線』第四巻第四号（一九二七年四月一日）
＊16　＊14に同じ。

付記：本稿は、拙稿「『温室』の外の民衆劇――岸田國士と新劇協会――」（『演劇研究』第二五号、二〇〇二年三月、早稲田大学演劇博物館）に大幅な加筆をし、再構成をしたものである。

II　「是名優哉」における俳優の反乱

一九二九年（昭和四）一月発行の雑誌に岸田國士は四作の戯曲を発表している。「牛山ホテル」（『中央公論』）、「長閑なる反目」（『改造』）、「取引にあらず」（『キング』）、「是名優哉」（『悲劇喜劇』）である。いわゆる正月号に四つの作品を発表できるのは作家としての人気が定着していた証と云ってよいだろう。これらの四作品はテーマやスタイルが異なっており、発表した雑誌の性格や読者層の相違を岸田がある程度意識していたこともうかがわれる。その中で「是名優哉」を掲載した『悲劇喜劇』は、前年の一〇月から岸田が編集責任者となって刊行を開始し、演劇の本質や現代性を追究しよう試みた芸術至上の砦のような雑誌であった。[＊1]

「当り前の戯曲」[＊2]を書いてみようとして完成させた代表作の「牛山ホテル」と比べて「是名優哉」は、舞台上の俳優二人だけで繰り広げられる小品であり、戯曲としての面白味も、舞台表現としての新鮮味もあまり感じられない。理が勝ちすぎた戯曲である。しかし、当時の新劇の状況を何とかして刷新したいと考え、演劇運動に正面から取り組み始めた岸田の思いが随所から伝わってくる。少なくとも岸田はこの戯曲によって魅力的な俳優とは何かという問題を提示した。そして、それまで戯曲の中で取り上げ続けてきた〈恋愛を通して自由を希求する男女〉を滑稽なまでに芝居くささを伝えるもの、として扱った作品でもある。初期作品をパロディーにするほど自作に批評のまなざしを向け、新たに進むべき方向へ舵をきり始めた時期がこの頃ではなかったか。小さな作品に描かれた小さな反乱の顚末をたどりながら、岸田の目がどこへ向いていったのか、その方向を考えていくこととする。

1　雑誌『悲劇喜劇』

シエイクスピアの「翻案」とイプセンの「紹介」により出発した日本の新劇史は、少くとも結論に到達してゐる。クレイグ、ラインハルトを経て意識構成派にミザンセエヌ（舞台構成）の理論は、徒らに写真師をしてマグネシウムをたかしめたに過ぎない。その証拠に、われ〳〵の周囲は、われ〳〵の友人は、遂に劇場に足を向けることを断念してゐる。[*3]

『悲劇喜劇』を創刊するにあたって、岸田は日本の新劇運動の問題点を挙げ、「いはゆる『新劇フアン』」よりも芝居を観なくなってきている人々に呼びかけるような「研究に重きを置く演劇雑誌にしたい」と抱負を述べていた。翌月に雑誌などに書かれた広告文には、次の五点を掲げている。

＊悲劇喜劇は、人生の中に舞台を観ようとする覗眼鏡である。
＊悲劇喜劇は、近代演劇の迷宮を訪ふものの為めに編まれた新版案内書である。
＊悲劇喜劇は、今の芝居を観に行かない人々を顧客とする移動小劇場である。
＊悲劇喜劇は、また、劇を談ずるだけが能でない芸術的酒場《キャバレ・アルチスチック》である。

＊最後に悲劇喜劇は、一部私の貧しいノオトである。（岸田國士）[*4]

演劇がどれだけ自由な表現ができるか、演劇がどれだけ豊かなものを人々に与えることができるか、という演劇の可能性をフランスでの経験を通して岸田はよく知っていた。だからこそ、日本の演劇を不自由で因習的な状況から、何とかして解き放つことができないかと考えていたのであろう。さまざまな新風を吹き込もうとするかのように、この雑誌は毎回テーマを設定して特集号の形式をとっている。第二号が「舞台と声」特集。第三号が「ファルスの研究」特集、第五号が「独逸劇と仏蘭西劇」特集、第七号が「歌舞伎劇の新研究」特集といった具合に、あらゆる角度から改めて演劇を考えていこうとする姿勢が貫かれている。

その第四号「世界名優」特集号に「是名優哉」は掲載された。創作はこの戯曲のみであり、他は辰野隆「リュシヤン・ギトリイの印象」、岩田豊雄「シュザンヌ・デプレ夫人」、旗《（ママ）》豊吉「アレキサンドル・モイシィ」、村山知義「ウェルナア・クラウス」、米川正夫「カチャロフの印象」と、各国の舞台で目にした俳優についての印象をつづった文章が並んでいる。ほとんどは、執筆者が自分の目で観た俳優の体軀、顔、声などの外見的な特質を捉え、観た舞台作品の紹介とその俳優の芸について述べている。だが、いざ名優としての芸の特質を言い表す段になると、日本の歌舞伎役者の名前がしばしば出てきてしまうあたりに苦渋のあとがうかがわれる。

例えば、新関良三は「エリザベト・ベルクネルの印象」という文章で、そもそも名優というものの考え方が変わりつつあることを述べた上で次のように続けている。

> つまりは個性だ。個性の個性的展開に力点がなければならないんだ。さういふつもりで現代ドイツ俳優を見渡してみると、それや流石に所謂個性が多くある。併しながら外国人として眺めた私の眼には、これらの人々は、風態こそ違つてるが、芸風上、私の国の誰彼とみな似通つたところを持つてる人ばかりで、面白くなかつ

た。例へばモイッシは雁治郎だし、クラウスは幸四郎だし、カイスレルは中車だし、等々。[*5]

また、モスクワ芸術座のカチャーロフについては、米川正夫が「由来カチャーロフの朗読は定評のあるもので、それ自身すぐれた芸術とされている」[*6]と説明し、実際に彼が発した言葉がどれだけ生命力に満ちた心に迫るものであったか記しているものの、昇曙夢は次のようにまとめている。

彼は冷静と情熱とを等分に持つた不思議な芸術家である。そしてその偉大なる自制力によつてこの二つの要素を制馭し統整してゐるところに、彼の芸術の洗練さがある。この点に於いて彼は一部幸四郎と通じ、一部左団次とも似通つたところがある。[*7]

実物の外国人俳優を観たことがない日本人読者に名優の芸風を説明するために、ついつい引き合いに出してしまうのが歌舞伎役者であるということは、昭和四年時の日本の新劇俳優には「名優」に相当する存在が登場していなかったことの現れでもあるように思う。折しも雑誌『演芸画報』による「名優写真画集」と銘打った歌舞伎役者の名場面写真の八切大を頒布する企画が人気を呼んでいた時期であった。写真の中で名場面を決めてみせる歌舞伎役者の姿を通して購買者は舞台の記憶を反芻し、「名優」の芸風を確認して芝居の世界を何重にも楽しんでいた。では、そのような時期に岸田が「是名優哉」で提示した「名優」像とはどのようなものであったろうか。

2　三つの「芝居」

舞台は「神戸のあるホテルの休憩室」。日暮れ時に男と女が向かいあって座りながら、海をみつめている。二人は、ドイツへ旅立った女の夫を見送りにきたのである。

女は夫との別れに際して涙も見せず「さあ、これでいよいよ自由になつた」と考えていたなどと強がりをみせていたが、次第に淋しげな影がさしはじめる。

女　自由になるつていふことと*8／一人つきりになるつていふこととは／なんだか違ふやうな気がしますわ。

男　それは違ふでせう。

女　毎日あの人と／顔をつき合せてゐた頃は／自由になるという空想が／あんなに楽しいものでしたのに／かうして一人になつてみると／自由なんて／案外、空虚なものですわ。

男　……。

「男」は人妻である「女」に好意を寄せているため、彼女がとうとう涙をこぼしはじめると気が気ではない。ロマンティックなシチュエーションで展開する男と女の気持ちのかけひきがまさにこの劇の始まりであり、岸田の「古い玩具」や「チロルの秋」が「ハイカラ」で「バタ臭い」と批評されたような気障*9なムードがこれでもかというほど漂っている。

ところが、この芝居はここで突如として中断してしまう。「男」を演じていた俳優が「女にまんまと乗せられて行くのが馬鹿馬鹿しい」からいやだと演技をやめてしまうのである。舞台監督はあわてて幕を下ろしてしまうが、俳優（男）はさらに幕の前に出てきて脚本や作者に対する批判を始める。つまり、ここからは「男」を演じていた俳優と「女」を演じていた女優による第二の芝居となる。

男　いや／おれに／云ふだけのことを云はしてくれ。

僕は、俳優として／あらゆる人物に扮することを／敢て辞さないつもりです。

ただ、一つ／女の玩具になる役は御免です。

それも／自分で承知の上／玩具にされる役なら平気です。

例へば／「チロルの秋」の／アマノなんかはそれです。

ところが／今度の脚本は／徹頭徹尾／男が／女の手玉に取られてゐる。

作者は、あれでも／何か創造を盛つたつもりでせうが
一向、面白くもない創造で／殊に／男になる役者は／芝居をしてるのが馬鹿臭くなるんです。


作者が作り上げた人間の気持ちに沿うことが出来ない、と俳優が反乱を起こしたのには実は理由があった。彼は現実に目の前の女優に対して恋心を抱いているのである。芝居の幕切れで女に気持ちを弄ばれた挙げ句にふられてしまう「男」の役をやることがつらくてならないのである。俳優の反乱の矛先は単純に作者に向けられているのではない。役に忠実であるべき俳優としての自分に対して、恋をしてしまった現実の男が抗ったという事件なのである。彼はさらに自分の意志と自分の言葉で女優の気持ちをこちらへ向かせたいと立ち上がり、三つ目の芝居が始まる。女優への愛の告白である。

俳優は、「二十二才の時」に「カチヤロフの扮してゐるハムレットの写真」を見て俳優に憧れ、「アントワアヌの自由劇場回想録を読み／ゴオルヅン・クレイグの／演劇論をかぢり」新劇の世界に入ってきた経歴を語り、次のように続ける。

男　おれは、果して／自分の道を見出したか。
おれは果して／自分の家を見出したか。

否／彼等は何れも／道楽者か／然らずんば、商売人だ。

彼が芸術の世界に憧れて飛び込んだものの、今なお俳優として進む道が見出せないでいる姿は、岸田が批判する日本の新劇の歩みそのものと重なっている。岸田は俳優の嘆きを通して新劇そのものを批判しているのである。皮肉なことに、この長いモノローグは前半のホテルのシーンの気障な「男」の演技と異なり、俳優の本当の心の叫びであるため、言葉の一つ一つに力がある。観客が一転して俳優の反乱を面白がってみつめはじめると「舞台監督」はいったん下ろしてあった幕を静かにあげていく。

そして、俳優（男）の叫びが「おれは、今、ここで／たれ憚からず明言する――おれが今まで／求めてゐたものは／かのミユウズに非ずして／実は／ただこのヴイイナスであつたことを……。」と女優への愛の告白に至ったところで芝居はもっとも緊迫した瞬間を迎えることとなる。誰もがこの恋の行く末に惹きつけられ、そして、誰もがこの恋の結末を知らないからである。

芝居がかった下手な俳優の演技と比べて、現実の一人の男の切実な気持ちをのせた言葉と、見苦しくも必死な姿の方が当然ながら見世物として面白い。カチャーロフのハムレットを演じている写真に憧れて、形から俳優を志したところで真に迫った演技術を獲得することは困難であったとしても、裸の自分の告白をすることで、あたかも生命力あふれるかのごとき言葉を観客に向けて発することが出来たわけである。では岸田が求めた「名優」の姿がこの種のものだったかといえばそうではない。

この戯曲は結末で俳優（男）に大きな敗北をもたらして終わる。愛の告白に対する返事を求められた女優が、冷静に最初の芝居の「女」の台詞に戻っていき、「あたくし、まだ／男つていふものを／一度も愛したことはありませんの。」と俳優をじらし、「無論、あなたまで含めてですわ。」と答えてみせる。コントの落ちのような笑いをもたらす場面になっているが、舞台上で相手役の俳優に愛を告白されても動じることなく、冷静に芝居の世界になぞらえながら男をふってしまう。この女優のほうこそ「名優」だと云わんばかりの幕切れである。俳優も女優が機転を利かせたおかげで、最後には役柄でも現実でも二重に「ふられる男」となり、個人の感情を押し込めて芝居の中に回収されていく。

実に複雑な構造を持ち、二転三転する展開のこの戯曲において、岸田は俳優が女性に恋をしたり、境遇に不満を抱いたりするような感情を持つ一人の生きた人間であることを示しながら、俳優の務めはあくまでも舞台の束縛の中でいかに生きた演技を観客に提示できるかどうかにかかっていると考えていたようにみえる。そして技能を持たずに悪戦苦闘する新劇の俳優達に皮肉を交えての「是名優哉」というタイトルなのであろう。演じるという行為において、一人の生きた人間としての存在と俳優という表現者としての役割との折り合いをどのようにつけていくか。一見、楽屋裏を表舞台に出した趣向だけに目がいってしまいがちな作品の中に、岸田が抱いていたそのような揺らぎがうかがえるように思う。その揺らぎは俳優の問題に限らず、他の戯曲の中にも、そして岸田自身の問題としても姿を変えて何度も立ち現れてくるのである。

3　理想としての恋愛

「是名優哉」の冒頭が「男と女」「ホテル」「恋愛遊戯」といった設定の初期作品のパロディーのように始まっていることは前述したが、そもそも、岸田が初期作品の「古い玩具」や「チロルの秋」で男女の恋愛の駆け引きを題材に取り上げたのはなぜだろうか。同時代の戯曲評では繰り返し「ハイカラ」な雰囲気のことばかりが指摘されたが、そこに岸田の意図があったわけではない。人間は様々な社会的制約の中で「らしさ」を求められて生きていかざるを得ないが、こと恋愛においては個人の自由な心持ち、人間の真の人間らしさが発揮される瞬間であると考えていたからではないだろうか。「古い玩具」の第二場では白川留雄が手塚房子に次のように恋愛観を語っている。

留雄　与へると云ふ態度は恋愛に禁物です。欲しいものを与へられる前に、相手から思ふままつかみ取るんでなければ恋愛の陶酔境にははいれないんです。与へたいものを与へる前に、相手がそれをつかみ取りに来なければ、相手の愛は完全ではない。まあ、そう見ても差支えないでせう。
房子　（痛ましげに留雄の顔を見つめる）
留雄　お互にしたいことをして、それが偶然にお互の気に入るやうな、さう云ふ二人だけが、ほんたうに愛し合つてゐるんです。（傍点筆者）
房子　そんなうまいことがあるもんですか。
留雄　だから、滅多に恋は出来ないんです。[*10]

ほとんど不可能に近いような二人の人間関係こそが、真に人間らしい理想的な自由な生である。それは夢の時間と同様、必ず終わりがくる非現実的な時間であり、社会性や生活感とは隔絶したものであるという自覚の元に求められていた。よって、日本の都市近郊を舞台にした「紙風船」や「ぶらんこ」は「夫婦」であることや「家」が理想的な自由な生を阻むものとして立ちはだかる様を描いていくのである。

今村忠純「『「牛山ホテル」論』[*11] は末尾で舞台がホテルであることを指摘し、次のようにまとめている。

しかしもともとホテルとは、かりそめを生きる人間がまじわり再び離れてゆく定点としてあるのにすぎぬのだろう。答えのでない現実を先送りしつづけることによりたちあらわれてくる、もう一つの現実、真壁もさともそのもう一つの現実（理想といいかえてもいい）を生きようとしている。男と女の別離（にかぎらないのだが）には、そのような現実をみつけるよりほかにない。納得のできる現実など、どこにもありはしないからである。

かりそめの時間と空間の中で、何者でもない人間が裸の心を見せる瞬間こそが、岸田が戯曲の中で捉えたかった人間のありようだったのではないかと思う。「男らしさ」「大人らしさ」「日本人らしさ」など一切の「らしさ」をまとわずに裸であることに真が見いだせると信じてもいたのだろう。初期作品が、目に見えない、言葉にも表されない心理の描出に重点が置かれていたのも本当の本当を求めた結果である。性別、国籍、職業で記号化され、さらには因習、慣例による制約の中で〈本当の自分〉を喪失してしまう危機感の裏返しとも言える。

しかし、やはり世の中を現実的に動かしていくのは何かしら定まった枠組みや動かしがたい約束事であり、その中でしか生きていくことはできないのである。岸田作品の人物は、様々な場面で〈本当の自分〉に正直になろうと抗い、そして現実に破れたり諦めたりすることとなる。

そして岸田がそのように繰り返して希求した戯曲の中の恋の時間や夢の時間は、たとえ現実には破れても、舞台の上では実現可能な裸の人間の生が瞬く時間であるはずだった。それを念頭に置いて岸田は日本の演劇に新風を吹き込もうとしていたのだと思う。ところが、実際に自作が上演される経験を通して、日本での演劇に対する認識と自分の演劇との間にかなりの隔たりがあることを痛切に思い知らされてしまうのである。

4 「チロルの秋」の醜悪さ

大正一三年一一月に[*12]新劇協会が初めて「チロルの秋」を上演した際に、その舞台を観た時のショックを岸田は次のように記している。

初日の幕が明きました。

私は、実際、汗をかきました。とても見物席に坐つてはをられないのです。喫煙室へはひつて、頭をかゝへ、おれはどうしてこんなものを演らせたんだろうと、地団太を踏みました。舞台からは、まだ台詞が途切れ途切れに聞えて来ます。はやく幕が下りればいゝのに……。さうだ。見物席から、そんな芝居はやめちまへ！と呶鳴つてやらう。が、そんなことをしたら、なほ恥さらしぢやないか。私は人から見られるのさへたまらない気がして、こそ〳〵楽屋へひつ込みました。処が、そこでまた俳優に顔を合わせ、一体、何と挨拶をすべきでせう。伊沢君が、舞台をすませて、私の方へ歩いて来ます。石川君が化粧を落しながら、何か私に話しかけました、お前は、こんなところにゐる人間ぢやない――誰かゞさう云つてゐるやうな気がして、私は、後を振り返らずに外へ出ました。

帝国ホテルの、あの建物が、晴れた星空の下で、大きな口を開いてゐました。

此の思ひ出は、私にとつて、決して愉快な思ひ出ではありません。

しかし、私と芝居との腐れ縁は、此の時にはじまつたと云つて差支へないでせう。なぜなら、その時から、私は、芝居といふものを真剣に考へ出したのです。[*13]

雑誌に発表し続けた戯曲は文壇ではある程度評価され続けていたものの、実際に舞台の上で上演されてみると、なぜここまで見るに堪えない芝居になってしまうのか。岸田はショックを受けた後二年経ってから、その原因を冷静に考えられることとなる。

まず、「私の書くものが日本の新劇の畑に適しない」ものであること、そして、自分の演劇経験のほとんどはフランスにおけるものであって、「自分の作品を日本の舞台にかけるものとして具体的に考へて見ることなく書いた」[*14]ことに思い至っている。

さらには、自作を大きく二つに分けて次のように指摘する。

委しく云へば、写実的な、問題として比較的厳粛な事件や境遇を取扱つた作品は、俳優が少々下手でも、十分な効果が上らないといふ程度で、不快で見てゐられないといふことはないけれども、私の作品のうちで、どちらかと云へばロマンチックな傾向のものとか、リヽカルなもの、またはユーモアやウヰットなどを主にしたものは、気分が主な要素になつてゐるだけに、悪く行くと鼻持ちならない醜悪なものになり易いのである。つまり、さういふ危かしさを持たない、手堅い作品ならば、一番無難であるとは確かに云へると思ふ。

「古い玩具」「チロルの秋」「命を弄ぶ男二人」などの初期作品が後者の「鼻持ちならない醜悪な」舞台になる可能性が高かったといえようか。しかし、前者の「写実的な、問題として比較的厳粛な事件や境遇を取扱つた作品」に含まれそうな「驟雨」や「屋上庭園」、「動員挿話」の上演も形にはなったものの、岸田が作品に込めた演劇的な意図が実際の舞台上で発揮されることはほとんどなかったと思われる。

ちょうど昭和二年から三年にかけては岸田の戯曲が帝国劇場女優劇や新派、新国劇によって上演され続けていた。[*15] 昭和三年二月に浅草松竹座で上演された「驟雨」は翌月の『演芸画報』「松竹座楽屋漫語」ではほとんど触れられず、次のような記述のみである。

二月興行の松竹座は、第一の松居松翁氏作の『雪の降る夜』に小堀の役が泉崎の留五郎、第二の瀬戸英一作の『次郎吉捕つた』に翫右衛門の役が和泉屋次郎吉、第五の『おさだの仇討』には、序幕に、品川宿和泉屋店先の場がある。花柳章太郎に、よくもいずみばかり並べたものですねといへば、お客がいづみのやうに押寄せるやうにですと洒落れる。でもその割にお客は薄うございましたねと突込めば、花柳もグツと詰り、アノ途中『驟雨』がありましてねえ。折から部屋に居合せた『驟雨』の作者、岸田國士大人それを聞いて苦い顔。[*16]

昭和二年一月に邦楽座で新国劇によって上演された「屋上庭園」については岸田自身も「一度あの作品を活字によつて読まれた方ならば、沢田氏がいかに作者の苦心をした、台詞に対して、必ずしも鈍感だとは言ひませんが、甚だしく無頓着であるかを認められるでせう[*17]」と精一杯の苦言を呈しているが、果たして多くの観客は「屋上庭園」を読んでから劇場へ行くわけではなく、沢田正二郎の芝居に瞠目するのである。

また、昭和二年九月、帝劇での「動員挿話」も仲木貞一が他の演目が「皆所謂類型的」であるのに対して、この芝居は「人間が生きてゐる」ことをきちんと受けとめてはいるものの、村田嘉久子が演じた馬丁の妻、数代について「この馬丁の妻君の性格を斯くならしめた原因を社会悪に持つて行つて、其の点を強調したなら、この女性は、観客の同情を十分に引いて、最つと効果を挙げたらうと、いらぬ事まで考へさせられた。[*18]」と評を終えている。つまりは多くの観客の同情を誘い泣かせる芝居こそが当時の作品の巧拙をはかる基準なのである。

岸田は、フランスから帰国して間もなく、菊池寛の「父帰る」を明治座で観た際、非常に感動して泣いてしまう。けれども自分が泣いたのは「芸術的」なところから生じるものではなく「常識的感動」だと気付き[*19]、自分がまずは戯曲によって日本の土壌に真の「芸術的感動」をもたらそうと思っていたはずであった。だが、類型的ではない人間の生き方を、類型的ではないドラマにして作品を書こうとしてきた岸田は、自作の上演という現実を突きつけられて、日本演劇の強固な因習や慣例に太刀打ちできないことを知ったのではないだろうか。「是名優哉」には劇作家としての理想が破れた後に、あらためて演劇の現場に理想を実現しようとした態度が表明されていると思えてならない。

5　名優と軍人

昭和一一年、「新聞小説の常例に倣つて、私も恋愛小説を書いてみる」[*20]と予告に記した後、岸田は軍人の恋愛を描いた「双面神」[*21]の執筆を開始する。主人公の伴千種が海軍将校の鬼頭令門にプロポーズされたものの、姉の自殺を機に二人の間がぎくしゃくしはじめ、次第に鬼頭と対照的な自由人、神谷仙太郎に惹かれていく展開が主筋であり、折しも二・二六事件の直後の連載であった。渡邊一民は「すでに軍部批判を直接文字にすることなど許されぬ時代」であったからこそ「伴千種という女性を主人公に立て、鬼頭令門をいちおう善玉として配し、さまざまな衣裳をまとわせたうえで、フィクションというかたちでおのれのうちの『もやもやした考へ』を展開したのにちがいない」[*22]と事件との関係性を重視している。

さて、この小説の中には軍人の本質について語られる場面が何度か出てくるが、その中でも神谷仙太郎が「軍人と役者には共通したものがある」と力説するくだりは、「是名優哉」の内容と重ねて読むと興味深い。

好んで軍人になるといふこと、軍人の職分に忠実であること、殊に、軍人らしく振る舞ふといふことは、結局は、自分が芝居のなかの一人物になりきつて、堂々とその役を演じてみせようといふ熱情にほかならんと思ふ。芝居といふ言葉の悪い意味は別としてですよ。要するに、日常の散文的な生活以外に、一つの舞台、真剣だが、また考へやうによつては、ひどく空想的な舞台といふものを離れて軍人の世界はないのだ。彼等の身振《ヂエスチ》り《ユア》は、云はば芸術家の身振り《ヂエスチユア》だといふことを世間は忘れすぎてるよ。ねえ、鬼頭少佐、僕は軍人つていふものがだんだんわかつて来ましたよ。近代の戦争が如何に科学的であらうと、優秀な指揮官は、みなこれ一個の名優でなければならん。[*23]

まず、役者も軍人も、ある人間が自ら強くあこがれを抱いて目指すものだという点が挙げられており、名優カチャーロフの扮装写真と軍服に身を包んで敬礼する姿が同じ意味を持ってくることとなる。

そして、役者も軍人も、自己を滅して与えられた役割に徹し、大きな力には決して逆らうことが出来ない立場であるという点。この点については、岸田が嫌悪していた自由な人間を束縛する枷のような力についての指摘であり、「是名優哉」ではその力に反乱を起こす俳優を書いたのであった。だが「双面神」の軍人鬼頭少佐は当然ながら抗う人物ではない。揺らぎのない人物である。たとえ芝居くさかったとしても「空想的な舞台」のような軍人の世界では堂々と演技をしこなしてこそ様式的な美が生まれてくること、さらには「国民」という観客はそのような名優に同調するのだということにまで岸田の意識は広がっている。「双面神」の最後で、鬼頭は東京駅で某高官がピストルで狙撃されたのを助けて重傷を負う。その献身的な行為が新聞で賞賛されるのは、まさしくその時代の社会を舞台とした名優の姿であろう。

また、俳優と同様に、軍人にも軍服を脱いだ時の裸の姿があるという二重性を、鬼頭という軍人の恋愛を通して知らしめようともしている。しかし、鬼頭は名優にはなりえてもヒロインの千種には男として選ばれない。やはり「ふられる男」である。一人の人間としての自由な心持ちの成就とは両立しえないものだからである。

それにしても、そもそも軍人であることに抗って、演劇の中に真の自由を見つけた岸田という作家が、俳優と軍人とは似ているという考えに到達してしまったことはどのように考えるべきなのか。改めて昭和一一年の岸田の姿として丁寧に捉え直す必要があろう。少なくとも、『悲劇喜劇』創刊の「人生の中に舞台を観ようとする眼鏡」のような演劇雑誌、という出発から始まった新たな船出は、岸田を作品世界の密室から劇場へと連れ出し、さらにその外の広い世界へと連れだし、そこに舞台を見るようになったことは確かなようである。その過程において、因習的な「らしさ」に抗う行き方ではなく、堂々と「らしさ」を立派にふるまうことに新たな道筋を見つけたのではないだろうか。鬼頭という軍人の名優ぶりはカチャーロフというよりは新派であろう。時局への配慮とあわせて演劇に対する認識のさらなる変化なのか、別の機会に考えてみたい。

註

＊1　昭和三年一〇月創刊。第一書房発行。

＊2　「牛山ホテル」を再録した『風俗時評』現代文学選二五、一九四七年（昭和二二）二月、鎌倉文庫の「あとがき」に「『牛山ホテル』は、昭和三年の秋に、ふと、当り前の戯曲を書いてみようと思ひ、それまではわざと避けてゐた「筋」を織り込み、自分の経験と現実の印象を基礎として、客観的な主題の取扱ひ方を試みてみた。（後略）」とある。

＊3　「『悲劇喜劇』の編集者として」『東京日日新聞』一九二八年八月二一日・二三日に初出。岩波書店版『岸田國士全集』二一より引用。

＊4　「『悲劇喜劇』広告」。一九二八年九月一日発行の『文藝春秋』広告頁や、同年九月一〇日発行の『近代劇全集第四一巻』、同年一〇月一〇日発行の『近代劇全集第一五巻』の「月報」に掲載。岩波書店版『岸田國士全集』二一より引用。

＊5　新関良三「エリザベト・ベルクネルの印象」『悲劇喜劇』第四号、一九二九年一月一日。

＊6　米川正夫「カチャーロフの印象」『悲劇喜劇』第四号、一九二九年一月一日。

＊7　昇曙夢「モスクウィンとカチャーロフ」『悲劇喜劇』第四号、一九二九年一月一日。

＊8　岩波書店版『岸田國士全集』四より引用。『悲劇喜劇』第四号初出の本文も、岩波書店版もセリフを細かく改行しているが、ここでは改行を〔／〕と記述して一文ずつ記した。

＊9　例えば、長與善郎は「チロルの秋（岸田國士）之は大さうはいからなシヤレた作である。作者は叙情詩を書くつもりで書いたものであらう。無論興味中心のものであるが相当の面白さはあつた。（後略）」（「九月の戯曲を読んで」『演劇新潮』一九二四年一〇月）と評し、里見弴は「軌道」について「この作家のものは、『チロルの秋』と云ふのを読んだことがある。それにしても、これにしてもちよいとかうハイカラで、気どつた風のことが好きな人らしい。（後略）」（「戯曲九篇総まくり」『演劇新潮』一九二五年二月）と記している。翌一九二六年八月の「新潮合評会」でも久保田万太郎が「前の『演劇新潮』のした仕事は岸田君を生んだことだ」と評価しているものの、佐藤春夫は「久保田万太郎をすつかりハイカラにした人だといつてゐる人があつたぜ。（笑声）」と冷やかし、金子洋文も「『古い玩具』は買はない。いゝところはあるけれども、足の浮いたところがあつて、変にバ

夕臭いところがあつていやだ。」と「紙風船」より前の作品はあまり評価していない。
＊10 「古い玩具」『演劇新潮』第一年第三号、一九二四年三月一日に初出。岩波書店版『岸田國士全集』一より引用。
＊11 今村忠純「『牛山ホテル』論」『大妻国文』第二六号、一九九三年三月一五日（大妻女子大学国文学会）。
＊12 新劇協会は大正一三年一〇月二三日〜二五日に帝国ホテル演芸場で公演を予定していたが、警視庁から劇場認可の問題が指摘されて公演不許可となった。一〇月二三日付『東京朝日新聞』『時事新報』に「新劇協会公演日取変更急告」が帝国ホテル演芸場名で掲載されている。その結果「チロルの秋」、正宗白鳥「人生の幸福」、久米正雄「帰去来」は一一月三日〜五日に延期して上演された。
＊13 「『チロルの秋』以来」『若草』第三巻第八号、一九二七年八月一日に初出。岩波書店版『岸田國士全集』二〇より引用。
＊14 「『チロルの秋』上演当時の思ひ出」『文芸倶楽部』第十二巻第十一号、一九二七年一一月一日に初出。岩波書店版『岸田國士全集』二〇より引用。
＊15 以下、「岸田國士作品上演記録」『演劇創造』第一六号、（一九八六年日本大学芸術学部演劇学科）、早稲田大学演劇博物館DB「近代演劇上演記録」、『近代歌舞伎年表』大阪篇、京都篇（八木書店）などを参考にして上演情報を記す。

一九二七年（昭和二）一月「屋上庭園」、新国劇・澤田正二郎一座（邦楽座）
一月一日〜一月一四日「驟雨」新派（京都・南座）
一月二〇日〜一月二六日「驟雨」新派（大阪・松竹座）
一月二八日〜一月三〇日「驟雨」再興芸術座（歌舞伎座）
四月一五日〜四月二四日「葉桜」新劇協会（帝国ホテル演芸場）
五月一五日〜五月一九日「温室の前」新劇協会（帝国劇場）
五月一七日〜五月一八日「紙風船」美術劇場（京都・三条青年会館）
六月四日〜六月五日「チロルの秋」近代劇協会（京都・三条青年会館）
六月一〇日〜（我家の平和）クウルトリイヌ作・岸田訳、新劇協会（帝国ホテル演芸場）
六月二五日〜六月二六日「留守」エラン・ヴヰタール小劇場（京都・キリスト教青年会館）
九月一日〜九月二五日「動員挿話」帝劇専属女優劇・新派合同（帝国劇場）
一〇月一日〜「動員挿話」松竹新劇団（浅草松竹座）
一九二八年（昭和三）一月一九日〜一月二六日「動員挿話」芸術座（大阪角座）

一月三一日〜「驟雨」松竹新劇団（浅草松竹座）
二月一八日〜二月二五日「動員挿話」芸術座（京都南座）
五月一日〜五月二五日「隣の花」帝劇専属女優劇（帝国劇場）
五月一日〜「隣の花」松竹新劇団（浅草松竹座）

＊16　小菅一夫「松竹座楽屋漫語」『演芸画報』第二二年第三号、一九二八年三月一日。
＊17　「新国劇の『屋上庭園』を観て」『演劇新潮』第二巻第二号、一九二七年二月一日初出。岩波書店版『岸田國士全集』二〇より引用。
＊18　仲木貞一「帝劇の女優劇」『演芸画報』第二一年第一〇号、一九二七年一〇月一日。
＊19　「作者のことば」『東京日日新聞』一九三六年五月一四日。
＊20　一九三六年五月一九日から一〇月五日まで『東京日日新聞』と『大阪毎日新聞』に掲載。単行本『双面神』は一九三六年一二月、創元社より発行。
＊21　渡邊一民『岸田國士論』岩波書店、一九八二年二月。
＊22　「双面神」の「落成式　四」における神谷の言葉。岩波書店版『岸田國士全集』一一より引用。

贖罪の戯曲「牛山ホテル」——岸田再発見のために

井上理恵

1　「牛山ホテル」初演と築地座

岸田國士の「牛山ホテル」は、一九二九年一月の『中央公論』（昭和4、44号）に発表された。[*1]「仏領印度支那を舞台にとり、所謂海外出稼の天草女を主要人物として、その生活をえがいてみた」（「『せりふ』としての方言」一九二九年三月）というこの作品には天草弁が多用されている。評価は二分していて、「あんな言葉で書かれては読むのに骨が折れる」と苦情が出たり、反対に「あの言葉が作品の効果を助けてゐる。却つて面白い」（前傾文）という理解ある評価もあったという。初演は、築地座第五回公演（一九三二年六月二五日〜六月二六日　飛行館ホール）であった。[*2]築地座はおよそ三年間に29回の公演（一九三二年二月〜三五年一一月、各月末の二日間）を持ったが、その公演形態は短くきわめてプライベート的で観客も限られていたと推測される。したがって連続した公演日を持ち、観客動員数も多かった、築地小劇場や新築地劇団・新協劇団・左翼劇場などと同一次元で考えてはいけないのではないかとわたくしは見ている。本稿の目的は岸田作品の分析であるから、これについては演劇史に関する別稿で触れた。[*3]

築地座上演作品の中で岸田戯曲は四作（「ママ先生とその夫」「牛山ホテル」「犬は鎖に繋ぐべからず」「職業」）、岸田翻訳作品は二作（「子供の謝肉祭」「バダンの欠勤」）、飛行館の舞台に上がった。岸田が演出した戯曲は、初めの自作三つと川口一郎「二十六番館」・伊賀山精三「騒音」・小山祐士「十二月」「瀬戸内海の子供ら」・内村直也「秋水嶺」であった。

岸田にはじめて演出を受けた時のことを田村秋子は次のように告げている。

先生は、先生独特の言葉で芝居一般の話を私達になさいました。これまで通用していた私達の言葉の調子とは異なり、なんとなく先生とピントが合いません。恐る恐る質問して先生の説明に問いかえすと、話の中心から逆に遠くなってしまうのがよく分かりました。(略)先生はこうもおっしゃる。「自分の作品はいつでも完全なものと思っていない。舞台でとりあげる作品は半分以上は役者がつくりだしてもらいたい。役者は瑞々しい想像力で、どんなにでも、ふくらましてくれ、それを稽古の間に充分みせてもらえることが楽しみだし、次の作品に対しても刺激になるのだ」。大変なことになってしまったという気ばかりでした。(略)(私達は――井上)教えていただくつもりでぶつかったわけなんです。(だから――井上)出発点から全く違っていたのです。役者の読む科白を、よくその時分おっしゃった、「紋切り型だ、通俗だ」と。(『築地座』62〜63頁)

岸田は、俳優達を教え導いた築地小劇場の小山内薫・土方与志・青山杉作らの演出家と異なり、「一人前の俳優として対等に向い合って下さっている」ということであったらしい。田村の言葉を知ると、岸田が作品は俳優に演じられることによって完全なものに近づくとどこかで思っていたとみていいのだろう。そういう岸田が方言を大量に書き込んだ芝居「牛山ホテル」を築地座に演じさせた。これには彼ら俳優を〈科白の紋切り型〉から脱出させようという意図があったのではないかと思う。

岸田が築地座と関係したのは、はじめて演出した「ママ先生とその夫」(一九三二年四月初演)で、これは友田恭助と田村秋子からの申し出による。右に引いた田村の発言はそのときのものだ。稽古場で「文学的教養を知りたい」と友田に問うたというから、岸田は俳優の教養が演技に表われる、と見ていたことになる。「役者は瑞々しい想像力で、どんなにでも、ふくらましてくれ」という発言はそこからでているのだ。しかし「ママ先生とその夫」の上演は、作品は「芝居としてやりよい」が「調子は低調である」（『劇作』阪中正夫評）と、ほかならない身内に評されていた。

田村も友田も築地小劇場の秘蔵っ子だ。すでに引いたように教師と生徒という関係の演出を受けて、彼らは俳優になった。その彼らのセリフが岸田から見ると「通俗」であり「紋切り型」であったわけである。対象は彼らだけではない。岸田は築地に限らず新劇は「俳優を人形扱いしすぎた」といい「十分な芸術的教養と、新しい演劇的感覚をもつてゐさへすれば、俳優はいくら勝手な真似をしてもかまはない」（「新劇復興の兆」『都新聞』一九三二年四月）と「ママ先生とその夫」演出時に発言している。

こうした角度から当時の様子を見ると演出家の「人形」から脱出させるために、「勝手な真似をして」いい芝居としてあまり経験したことのない、つまりはお手本のないセリフが並ぶ「牛山ホテル」を築地座の舞台に上げようと目論んだと考えることも可能になる。

結果、「牛山ホテル」の上演は成功した。朝日新聞の劇評（六月二九日）は「築地座は図らずも傑作を生んだ。先月は演出家なしという無理に比して、今月は作者岸田國士氏の熱意ある指導が、精巧細緻を極めた伊藤熹朔氏の舞台装置と俳優諸君の天草弁のコナシ方の巧さと相まって、作者一流のデリケートな世界を見事に表出し尽した。」（『築地座』72頁）と褒める。「演出家なし」というのは、「ストリート・シーン」（第四回公演）の上演のことで、実際には舞台監督の伊藤基彦がやったらしいが、評判はよくなかった。朝日の劇評を見る限りでは岸田の意図はこの上演で成功した。俳優の「紋切り型」「通俗」の演技を脱皮させたといっていいのだと思われる。

「牛山ホテル」を演じた田村秋子は、せりふの言葉についても触れていて、次のように俳優の演技について優れた見解を示している。

先生は舞台での標準語がなんとつまらないかということを、いち早く気づかれた方です。「牛山ホテル」の女達は天草弁を使います。これは驚くほど感じが出てくることが分かりました。この時も標準語がつまらないのではなく、舞台の人物にあった調子、音色がなく、いつも役者自身であることのつまらなさだと気づくと、私はあわてるのです。(前掲書74頁)

岸田の戯曲と俳優に関する「牛山ホテル」初演時の状況を簡単にみた。本稿の目的は、この戯曲を読み直すことにあるが、これまでよくいわれてきた岸田の戯曲の〈ことば〉についてもう少し考えてから作品を読むことにしたい。そうすることで、戯曲「牛山ホテル」を読むという行為に別の光を当てることができると推測されるからである。

2　〈ことば〉〈言葉〉

「牛山ホテル」は岸田がはじめて方言を用いた戯曲ということでこれまで注目されてきた。それは岸田が「言葉派」といわれる〈ことば〉を重視する劇作家であるとみなされているからだろう。しかしこれはかなり奇妙だ。〈ことば〉で構成される戯曲を書く劇作家が〈ことば〉を重視しないことなどはありえないからだ。〈ことば〉に執着しない劇作家はどこにいるのだろうか、とわたくしは思う。たしかに〈ことば〉を用いないで舞台を作った太田省吾のような劇作家もいたが、さりとて彼が〈ことば〉を重視しない作家であったわけではない。

岸田にはフランスから帰国して演劇壇(文壇はあるがこれはない。演劇界といふのも奇妙故これを用いた)にデヴューして直ぐに、「『或こと』を言ふために芝居を書くのではない。芝居を書くために『何か知ら』云うのだ」(「言はでものこと」都新聞一九二四年四月二〇日、二二日)と、いささかスタンド・プレイを狙った禅問答のような発言があった。

〈新作家の立場から〉というコラム名を見てもわかるように岸田はこの一九二四年の時は「新作家」であって〈大家〉ではなかった。おそらくこの言説をまず前提にし、さらにはその後の「言葉」に関する多くの発言に基づいて登場した〈ことば〉派という言説であったとみている。同時にそれまで芝居（戯曲）ばかりではなく〈書くという行為〉が「或こと」を言うためのそれであったというのが決して疑われることのない所与の前提であったから、こうした〈言はでもの〉発言をする岸田に注目したのだと思われる。けれどもこれは自らが芝居に向かう姿勢について語っている〈ことば〉なわけで、結局は〈何かしらを云う〉のであり、〈何か〉をいわなければ芝居にならないということでもある。

古くは、ラシーヌは不可能な恋の悩みを「フェードル」に、チェーホフは自身が生きた時代の没落する階級の愚かさを「桜の園」に、イプセンは自由に生きる権利のない女の不幸とめざめを「人形の家」に、鷗外は主人（権力者・あるいは権力構造）に仕える男の苦悩を「静」に、平沢計七は労働者の不条理を「工場法」に書いた。近くは、菊池寛は妻や子を棄てた夫や父のために〈艱難辛苦〉した母と息子たちの平穏な日常が突然の父の帰宅で乱される、その劇《はげ》しい動揺を「父帰る」に、秋田雨雀は天災を利用する権力とそれに踊らされる大衆の愚かさへの警告を「骸骨の舞跳」に、小山内薫は劇場労働者の抜け道のない絶望を「奈落」に、各々描き出した。そして当の岸田國士も「紙風船」で都市に新たに登場した地方出の学校卒のサラリーマン男性とこれも新たに囲い込まれるかのごとく誕生した女学校出の妻・専業主婦――彼らは新たに核家族を形成する階層――との決して交わることのない関係性を、ほかならない「言葉」を使って巧みに編み上げてきたではないか……。岸田の作品はまさに〈大正〉から〈昭和〉に移行する〈家社会〉の後退と〈家庭社会〉の登場という同時代性を色濃く書き込んだ秀逸な戯曲であった。[*4]

ところが近年この岸田の「言はでものこと」は〈プロレタリア戯曲〉を年頭に置いているかのように誤って受取られている。が、発言当時を思い出すといい。岸田にそうした意図のなかったことがわかるだろう。発言時の演劇壇は、まさに築地小劇場開場前の混沌として行き詰った演劇状況を一方に持ち、他方で新しい演劇活動を起こそうとするものたちにとっては華々しい時間の訪れを待つ前夜でもあったからだ。物議をかもした小山内薫の三田講演[*5]もまだない。講演が行われた三田の〈築地小劇場演劇研究会〉は五月二〇日であった。

周知の如く〈プロレタリア戯曲〉と呼称される作品が登場し、演劇人たちの中で市民権を得るのはもう少し後だ。『文芸戦線』（一九二四年六月）発刊以降、徐々に、しかし華々しく展開されていく。

であるからわたくしは〈芝居を書くために何か知ら云う〉という岸田の言説を手放しでは受取っていない。同時に「牛山ホテル」について一九四六年二月の擱筆日のある「昭和三年の秋に、ふと、当り前の戯曲を書いてみようと思ひ、それまではわざと避けてゐた『筋』を織り込み、自分の経験と現実の印象を基礎として、客観的な主題の取扱ひ方を試みてみた」（「『風俗時評』あとがき」一九四七年、鎌倉文庫）もそのまま受取れない。わたくしからみればそれ以前の戯曲にも「筋」はあるからだ。たとえそれが日常のある一齣をクローズアップしたものであっても立派な「筋」がある。

むしろ「牛山ホテル」発表後に『悲劇喜劇』（「無地幕」）で「戯曲の言葉というものは、小説や随筆のそれとは違ひ、そんなに、すらすら読んでは、舞台上の効果などわかる筈はない」「舞台上の効果がわからなければ、戯曲の面白みがわかる気遣ひはなく、さういう読み方なら、読まない方がまし」「読みづらい方言をわざわざ使つた作者の意図も考へて欲しい」、方言は「人物の生活が、気性が、趣味が、習慣が、特殊なニュアンスとなつて潜んでゐる」「声の調子、表情、姿態までが浮び出てゐる」「方言そのものに興味のもてないやうな人は、戯曲を読む資格がないのではあるまいか」、さらには戯曲家はみな「一種の方言」を使っている。それは「標準語とは云へない言葉、つまり、作者自身の言葉の謂」（一九二九年三月、〈「せりふ」としての方言〉）と発言している同時期の言説を重視したい。

岸田はたくさんの一幕物を書いて読みもの戯曲を提供したが、それは決して読むための戯曲（レーゼ・ドラマ）ではなく、舞台で俳優の身体を通じて表現されることを考えて執筆された戯曲であったのだ。1節で引いた田村秋子の言葉とさらには次の発言を照らし合わせると、それが一層よく理解される。

よく言われている岸田先生が言葉派の本家のように思われていることに、私は承服できません。山ほどある役者の基礎的なものの一つとして、まず手はじめに重要な舞台の言葉を取りあげられたのだと思います。科白をどうつかんでいるか。未熟な役者達に分からせるための言葉重視説は、先生の報われることのない努力だったのです。

（『築地座』74頁）

岸田國士の演出を受けた俳優田村秋子の発言をわたくしは重く見たい。文学派・言葉派の旗頭のように理解されていて、レーゼ・ドラマを書き続けたと誤解されることすらある岸田國士も、実は俳優の身体で可能になる舞台表現を重視した劇作家、ひょっとすると俳優の〈発せられる言葉〉を最も重視した劇作家の一人といってよかったのかもしれない。岸田はこの年読売新聞で「これからの戯曲は文学としての評価に甘んじてはなりません。これは既に云ひ尽された議論であるかの如く見えますが、所謂『舞台的』といふ言葉が、もう一度吟味されてからのことです。」（「明日への劇壇へ」一九三二年一月一三日）とも発言している。そしてこの限りにおいてわたくしは岸田國士を、俳優の発話を重視する好ましい劇作家と考える。

ところがここでこの思考を反転させる行為をとっている岸田がいることを述べなければならない。「牛山ホテル」の天草弁が分かりにくいという評判から、岸田は戯曲に対する自らの考えを後退させて、読者に擦り寄る行為をとったのだ。それが「別稿牛山ホテル」と呼ばれる天草弁を減らした読みやすい戯曲の存在である（『浅間山』所収　一九三二年四月　白水社）。

ちょうど築地座の初演が間近に迫ったときに出版されたこの本は、まさに上演に先駆けて〈売らんかな〉という出版社とそれに乗った岸田の意向が読み取れる。岸田はこの本の序で次のように書いた。

「牛山ホテル」は、（略）ところどころ訂正を加へ、別稿としてこゝに再録した。訂正を加へたといつても、主として方言を読み易く、解り易くしたに過ぎぬが、この作品は、天草の方言をそのまゝ使つたゝめに、それを善しとする人と、それを悪しとする人とが相半ばし、悪しとする人の中には、結局、しまひまで読んでくれなかつた人もあるらしいから、その方言の効果を保ち得る範囲で、少しく手心を加へてみたのである。

岸田は同じ年の四月から明治大学文芸科の教師となり、戯曲講座を受け持つ。つまりどのような戯曲を書けばいいかを教授することになるのだ。こうした読み物としての戯曲と上演を意図した戯曲を、彼はどのように教授するのか、その真意が知りたくなる。

舞台上の方言は〈ことば〉に拘る劇作家が検討していて、岸田のすぐ後に登場した久保栄が舞台言語としての北海道弁を生み出し「火山灰地」（一九三七年）に表現したし、木下順二も戦後舞台語としての方言を作りだした。舞台の言葉にこだわる岸田が舞台語としての方言に着目することも可能だったわけだが、それをせず彼の地の性を売る女たちの発する天草弁にこだわったのは、ハイフォンでの自己の体験が大きく作用していたからだろう。それは岸田の人生の転換点がここにあり、どうしても天草弁でなければならないと岸田に思わせた激しい現実があったのだと推測される。

初演時に読み物としての「別稿牛山ホテル」を書いた岸田とを合わせ鏡にして考えると、ここには非常に人間的な岸田が存在しているように思わざるをえない。別稿を書いたときの戯曲の言葉に対する考えの揺れ、それは出版・読者の獲得という舞台とはまったく別の側面——経済効果（商売）を受け入れていたからだといっていい。生きるためには人はいろいろなことをする場合もある。が、天草弁に拘った岸田が、この時こうした行為をとったのはあるいは家族を抱えた故か……とも思う。

「牛山ホテル」が掲載された二九年（『中央公論』一月号）に長女衿子が生まれた（一月五日）。そして九月から初めての新聞小説「由利旗江」が東京朝日新聞に連載される（一九三〇年一月二六日まで）。三〇年には次女今日子が誕生して毎夏を北軽井沢の大学村山荘で過ごすようになる。翌年の秋から時事新報に「鞭を鳴らす女」を連載（三二年三月まで）、「牛山ホテル」初演の四月に明治大学の教師になり、杉並区松庵南町に家を新築する。さらには岸田が前々から注目をしていた劇作家・ルナールの「にんじん」翻訳連載をはじめたのが一九二八年で完成は三三年、白水社から刊行、そしてすぐに『ルナール日記』全7巻を白水社から刊行する。ちなみに名作映画「にんじん」（ジュリアン・デュヴィヴィエ監督）のフランス制作は一九三二年、野口久光の手書きポスターで人気を博した日本公開は三四年（東和商事配給）だ。「にんじん」の出版は白水社のニュース察知力の速さと無関係ではないだろう。社会と密接に関わっている読み物としての文筆業（新聞連載小説や翻訳）が岸田の生活保証と私有財産の獲得につながっているのは否定できない。

「牛山ホテル」を書いていた一九二八年という年は、岸田の第二の人生の始まりだった。前年の二七年一一月二一日に村川秋子と結婚し、二九年一月には子供が生れる予定であった。岸田は父の命日を選んで結婚の日を決めている。ここには一つの意味付けがある。こうした行動をとる岸田にとってハイフォンでの日々を記録するのは結婚した今、子供の生れる前、この時しかなかったのだ。おそらく作家が〈ものを書く〉というのはそういうことなのだ、とわたくしは思っている。

3　仏領インドシナ

「牛山ホテル」の舞台になっている仏領インドシナは一八八七年から一九五四年までフランスの支配下にあった地である。岸田は一九一九年に渡仏を夢見て香港にわたり、そこで三井物産仏印出張所付通訳の職を得て仏領インドシナの一部であったベトナムのハイフォンに三ヶ月住んだ。給料は八〇ピアストルであったと岸田は記している（「外遊熱」）。ハイフォンを出られたのは、「一夜トランプに大勝、八百ピアストル余の賭金を得て、マルセイユ行汽船の切符を買う」（「年譜」）ことが出来たからだった。岸田はトランプの賭けについて後日（一九五一年）次のように書き残している。

誰でも知つてゐるやうに、植民地の日夜はカルタ遊びと切り離しては考へられないくらゐである。私は、薄給にして大望を抱く身であるから、決してその仲間入りはしない覚悟であつた。（略）一度だけ試しにやつてみろと勧めるので、つい乏しい懐中を気にしながら、カルタを手にとつた。最初のうちは敗け続けであつた。マイナス札が山と積り、どうなることかと思つたが、そのうちに、勝つ番が廻つて来た。そして、最後に、九百いくらという勝越しで、私はホッとした。（「外遊熱」『世界』六四号）

わたくしには、これがどうにも眉唾に感じられる。岸田の海外渡航の手順をみてもわかるように彼は決して〈石橋をたたいて渡る〉タイプではない。一種の賭けのような渡航の仕方だった。それを考えるとトランプをこのとき初めてやったわけではなく、「牛山ホテル」に描かれている現地の日本人たちのように一攫千金を狙ってしばしばやっていたように思われてならない。岸田の文章には時間の同時性を重視したいのだ。後になればなるほど自身を一つのタイプに造形していっているように読み取れるからだ。さらには賭け事の勝利は経験が物をいうことが多いという話を聞くからでもある。

ある日奇跡のごとき〈ラッキーなカード〉を手にして、〈植民地ゴロ〉にならずにフランスへ脱出することができた、というのが本当のところではないのか。三幕で鵜瀞が「八十ピアストルの月給」でこき使われたと真壁に怒るセリフがあるのを知ると、このときの八百ピアストルがどのぐらいの額かが分かる。一幕では、トランプの賭けで、帰りの旅費をすべて擦った柴野という人物の話や「小森だよ。太い奴は……。一晩に八百ピアストルつていふのは、レコードでせう。」（島内のセリフ）とその額の大きさと前代未聞の幸運をさりげなく語らせている。岸田にとってこれがどれほどの嬉しい現実であったかが見えてくる。いわば自身の青春・野望への出発の記録、先の見えない未来に明かりがともった、そんな瞬間とでも言っていいだろう。決して忘れることのできない時間だったはずだ。しかもその劇的な瞬間を直接的に描かず、さりげないセリフで他人事のように散らせて登場人物に語らせているのも岸田國士なのである。そうやって見ていくとこの戯曲には、いくつかの岸田の体験が散らして特別の意味付けもなくセリフに書き込まれていることに気付く。

大望を抱いて日本を離れたはいいが、出口のみつからないハイフォンの日々は、一日が一週間、一ヶ月が一年にも相当する長い暗澹たる日々であったにちがいない。まさに「牛山ホテル」に描出されたような〈植民地ゴロ〉〈アジアゴロ〉たちの日常が岸田にもあてはまったはずで、人ごとではなかっただろう。今村忠純が発見したのかも知れない詩がある（註＊1参照）。「あの顔　あの声」（『文芸春秋』一九二四年一二月）の詩は、岸田自身の生の声だ。ハイフォンというタイトルには次のような詩が書かれていた。

海防《ハイフォン》　――　××ホテル

「もう一つちよ……もう一つちよ…待てよ…来い、もう一つちよ」

「畜生、やれやがつた。それでいゝか」

「こゝへ来い……小さいの」

「大きいの出ろ、糞。ざま見やがれ」

雨がまだ降つてゐる……。

ポタリ！　イモリだ。チイツ！

「いやだよツ、このぢゝい、お放しよツ」

雨がまだ降つてゐる。

トンキンの真昼はかなし血の如き
木の実を嚙める土人の女ら

盗みたる金を施す賊もありきなど
思ひ続くる一日なりしかな。

タラ　ラ　ラ　ラ　ラ　ラ　もう一つ

涙さへ見せぬ彼女なりき——
ショウロンの浜の
夕ぐれの一と時

トランプをしている情景、金がほしいと思いながらトランプを捲る日々、それは奇跡を待つ時でもある。イモリか親爺か、気味の悪い存在を相手する娼婦たちの日々、〈真壁との別れに涙が出なかったというさとのせりふ〉に表現された女との別れ、等など、岸田のハイフォンがここにはあり、「牛山ホテル」にもある。

施された金ではなく、思いがけなくトランプで大金を手にした時、光がまさに一瞬のうちに訪れた。ホッとしてチケットを買いに走る岸田が目に浮ぶようだ。人生の大きな転換点となったハイフォンでの三ヶ月間がなければ岸田の今はない。それを作品に残そう、そんな想いを岸田が密かに考えたとしても不思議ではない。まさにこれは彼の青春の出発、いや脱出の記録であった。したがって後に伊賀山昌三が指摘した「あっさりと書いた芝居であり、それが評判になってみると、『こういうものがよくっちゃ、ほんとはこまるんだ』といいたいような芝居」（「『牛山ホテル』の異色」『新劇』一九五四年六月）だったから、同じようなものを二度と書かなかったのだという推測は当たらない。岸田にとって脱出の記録であるから一度しか書けなかったのだ。

菊池寛のように「劇《はげ》しい」ドラマを舞台上に展開させない岸田流の青春の描きかた――別れ・脱出――、それが「牛山ホテル」であったとわたくしは見る。「牛山ホテル」に別れ・出発、あるいは脱出といったほうがいい情景が描かれている理由もそこにある。自己の体験を自己の問題とすることなく、何気なく埋め込み、しかも天草弁に固執し、あのときのあの言葉でなければならなかった岸田國士の「牛山ホテル」。

後日「当り前の戯曲を書いてみようと思ひ、それまではわざと避けてゐた『筋』を織り込み、自分の経験と現実の印象を基礎として、客観的な主題の取扱ひ方を試みてみた」（「『風俗時評』あとがき」）などと取って付けたような虚を書いたときには、もうハイフォンで大喜びした岸田はいなかったのだ。

4 贖罪の戯曲「牛山ホテル」（五幕）

場所は、「仏領印度支那のある港」の「日本人経営のホテル」、時は九月末の三日間。五幕を通して牛山よねが経営するホテルが舞台である。登場人物は、牛山ホテルの経営者で元フランス人の妾よねとその養女とみ、現地のS商会出張所主任真壁とその現地妻（妾）さと、別居中の妻ローラ、フランス人の妾で性病療養中のやす、やすに気のあるS商会社員鵜瀞と同じく島内、剣道教師納富、現地の金田洋行主、さとを愛している写真師岡、S商会新任主任三谷とその妻、等々。

新しい主任の赴任で幕が開き、さとの帰国（出発）で幕が閉じるこの芝居は、幕開きから真壁とさとの別離が決まっている。真壁と別居中の妻ローラとも別れが決まっている。そのことで逡巡したり問題になったりすることはない。結論が最初から出ているからだ。それではここでどんなドラマが起るというのか……。起らない。三幕の幕切れ、ローラがピストルで真壁を撃った音が聞こえるが、ローラは登場しない。とみややすのセリフで告げられるだけ。フランス古典劇のように舞台の陰で何かがいつも起る。舞台上で明らかにされるのは愛の告白――岡と鵜瀞、これもフランス古典劇風だ。

どこにでもあるような日常の、ちょっとした喜び、諍い、痴話げんか、が観客に示される。それらを、いささか哲学的なセリフで語る登場人物や天草弁で語る登場人物や片言日本語で語る登場人物が、意味深く織りなす芝居。岸田は怒るだろうが、社会的背景も盛り込まれているから大衆的な新派劇――ウエル・メイドで人情の機微をたっぷり入れ込んで演じたら、かなり成功する戯曲のように読めるから不思議だ。つまりは「紙風船」や「ぶらんこ」の多幕物版といってもいい。一幕物ではそうとは思えない情景が、多幕物になると肥大化されるのである。

久保栄が劇作派の作家達の戯曲を世態的リアリズムと命名し、「世態的エピソードと生活のディテールスの描写」

（「迷えるリアリズム」一九三五年）ばかりだと指摘した通り、そのお手本のような戯曲なのである。しかし菊池寛のような「劇《はげ》しい」芝居を否定し、日常的瞬間を描く、言い換えると〈ぬるま湯〉芝居がまさに岸田戯曲であるから、そこに劇的な状況を求めて分析するのは無理というものだろう。
先に指摘した〈別れ〉〈脱出〉を考慮に入れて読み解き、別れがそれぞれの出発でもあることに注目すると興味深いことが浮かび上がる。

やはり焦点はさとだ。彼女がどのように表象されているかを見ていこう。さとは、渡邊一民が「藤本さとというもっとも日本人らしい古風な女によって、真壁は結局みずからの自由の誇りを捨てざるをえぬ状況に追いこまれてしまう」（『岸田國士論』岩波書店一九八二年）と評した女である。そして真壁もそんな男だったのか……ということだ。ここには渡邊の過大な思い込みがある。

やすとの対話をみるといい。確かにさとは真壁と別れるが、この地に住んで八号といわれる娼婦の館にもう一度勤める気はないし、フランス人の妾になるつもりもないという。あるいは真壁の別居中の妻ローラが訪ねて来て「真壁に会はせてください」と言うと、返事が出来ずト書きには「そこへ立ちすくんだまま返事が出来ずにゐる」とある。こうしたさとの行為が「日本人らしい古風な女」と評される像を与えたのだろう。更には写真師岡が登場し、写真をただで写したいといいながら「あんたが、ムッシュウ・真壁と二年間一緒に暮したのも、商売気を離れてのこと、僕があんたの姿をカメラに納めて置きたいと希ふのも、これや」と思いを告白、一月でもいいから「僕の傍にをつてくだはり」と頼む。が、さとはそれに応えない。すると岡は「あんたは、ムッシュウ・真壁とさういう風に平気で別れられるぢやなかですか。」「平気……？　どうしてそぎやんこついはるツとな？」「どぎやんして別れられんと云ふんぢやなかでせう。」「そぎやんこつ云ふでも、しよんなかもね。」「つまりそこたい。しよんなかごつさせたのは誰な？」「もう、わかつとるけん、やめちくはり。わしも、馬鹿ぢやなかけん……。」と問いを断つさと。岡の愛に応えないさとをみて渡邊のような評価が登場したのだろう。しかしさとはもう少し醒めている。

二幕、真壁とさとの部屋。三谷夫妻の歓迎パーティーに出たくないと言うさとのセリフで始まる。真壁は三谷夫人に気兼ねはいらない、「お前だつて堂々たる真壁夫人だ。（略）あと一日で、もうあの先生たちと顔を会はすことは」ないから出ろという。それには応えず、さとがローラのことに触れると真壁は即座に正反対のことを言う。お前は奥さんじゃないから余計なことを考えるなと。さとは私は奥さんじゃないとはっきり口にする。

「世の中の奥さんたちみたいに、男の苦労まで背負ひ込む女になつちやおしまひだ。女は、自分だけで背負ひきれないくらゐの苦労があるんだからな。」と身勝手な理屈を言う真壁。さとはこれには応えず「また髪が抜け出した。困つてしまふ。」といい、真壁はローラとの結婚生活を話しだす。全くすれ違っている二人の会話。「紙風船」の若い夫婦を思い出す。ここでの二人はほとんどかみ合っていない。それぞれが別のことを考えているのだ。真壁は自己愛満載で酔ったように自分の過去を語りだし、現在や未来にまで話を進める。「紙風船」の若い夫によく似てる。

さとは最後の朝ご飯を部屋で二人で食べたいと言って真壁の許可を取る。これは象徴的である。二人の関係はこういうものだったということだ。しんみりした別れ、それは一種の儀式で、さとはそうしなければいけないと考えていたようだが、実際にはそうはならなかった。

さと「わしや、初手から見ると、よつぽど変つたか知らん…？」

真壁「おれのところへ来てから、少しは利口になつたくらゐのものだ。おれはお前を教育しようと思つたことはないが、お前はなかなか心掛がよかつた。」

真壁が決して対等ではなく、女を導くという家父長制下の男たちと同じ発想を持っていることが理解され、にもかかわらず父親のもとに返すのは「なんだか、あぶないやうな気がする」「此の土地にゐた方が、何かいいことがあるやうな気がしやしないか。（略）おれに気兼ねはいらないよ。お前は全く自由なんだ。」とフェミニストぶる言葉を吐く真壁がいる。自分の都合のいいことばかり並べている真壁に対するさとの沈黙は、二幕の最後で真壁が「お前はまだ迷つてる」というような、ここに残るか帰国するかの迷いではない。

さとは言葉に出来ない怒りと哀しみを感じているのだ。誰に対する怒りと哀しみか？　真壁にであり、自分自身にでもある。愛や結婚などとは無縁の関係――いってみれば年期奉公のごたつとる――そんな関係で二年間一緒にいたと割り切りながら、他方でフェミニストをきどっている男と、年期奉公だと知りながら恋とか愛とかいう言葉には出来ないが嫌いではない、そんな思いを男に持ってしまった自分に怒りと哀しみを感じている女との別れを、この場は描出している。

いかにも自分は違うと思っている真壁が、しょうもない男であるのは三幕の宴会の場でも明らかだ。日本人はいない、コスモポリタンだ、植民地ゴロだ、などと大きな口をたたく真壁は、結局鵜瀞や島内と一緒にこの地でやってこなくては生きることができなかったわけで、彼らと少しも変わりないのだ。自分は違うと彼らを軽蔑することはできないはずだがそれをする真壁。まさに喜劇だ。

宴会の場から皆が立ち去り、酔いが覚めたさとはいう。「男と別るるこた、もちつと辛かもんだらうて思ふとたりや、そらあ、自分でも不思議なぐらゐ何のこたなか……。今朝でん、（略）泣かんばならんとばいて思ひながら、そるが、どぎやんして泣かれんだツたつ」、別れるのだから礼儀としても泣かなければならない、そう思っているさとは、ここでも孤独であったのだ。同業者のやすも、嫌いではなかった真壁も、さとの心は読めない。

はっきり云つとくよ。お互いに心残りはない筈だ。何時までも別れた人間のことを思ひ出すなんてことは、おれの性分ぢやない。お前は、誰のことも考へないで、一人で、自分の運命を切り開いて行け。おれも、今度の仕事で、店に二十万といふ穴をあけたが、これで、どうやら商売人らしい度胸もついた。おれにも、新しい未来が見え出して来た。二千頓の塩が、あの大雨に流れ去つた光景は、おれの過去四十年を葬る儀式だ。

（二幕26頁）

真壁は、何だかんだ云っても自分の未来が重要なのだ。自分で運命を切り開けと大層にいう真壁の真意をさとはこんな風に話す。

あんな人ん気持ちから云へば、わしば国に戻したかつだもね。国に戻つたてちや、わしが仕合せになるとは思つとりやせんとなるばつ。そツでんが、やつぱ、わしば国に戻した方が安心すツとたあ。

（三幕53頁）

やすは、真壁の気持ちなどどうでもいい、自分の好きなようにしろと助言するが、さとはそれが出来ないという。真壁を見抜いているのだ。真壁が、四幕で三谷夫人に語る言葉を引こう。

計画を変へさせようかと思つてみたんですが、どうもそれが云ひ出せない。（略）自分の眼の前で、あの女が、これから歩いて行く方向を決めやうとしてゐる場合、僕の意志がそこに働くことを非常に恐れてゐるといふだけなんです。（略）僕といふ人間の存在が、あの女の運命を決定することになると大変だと思ふだけなんです。

（63頁）

真壁はすでに逃げだしているのだ。国へ帰ることがさとのためにはならないと思いながら「一度は、普通の女になるといふこと」が真壁にとって重要なのだ。性を売る女ではない女になること、それが救い出す事に繋がると真壁はたとえ瞬間にしろ思った。そしてそれが欺瞞であることも理解している。しかし「結婚してもいいと思つてゐるんです。しかし、さうすると、あの女が可哀想ですよ。僕は、半年経たないうちに、あの女を棄ててしまふでせう。」まさに勝手な理屈をこねて自己正当化を図っているだめな男である。五幕の別れの場でも真壁は寝た振りをして逃げる。どこまでも自分の未来を重要視する男であった。そしてそれをさとは気付いている。さとにとってはハイフォンで生活するのも日本に帰ってダメ親爺と暮すのも、実は同じ事なのだ。どこまでいっても自分が救われないことをさとは知っている。男に頼ってもだめなことを知っている。

真壁は岸田國士だったのだ。岸田がハイフォンで性を売る女と生活をしていたかどうかは明らかではない。しかしそうしたことの推測は可能だ。デカダンな生活をしていたらしいし、パリではフランス女と同棲していたという話もある。[*6]岸田にとって「牛山ホテル」は全ての過去の清算、言い換えると贖罪の芝居であったとみてもさほど誤りではないだろう。真壁のみっともなさと未来への期待が何よりもそれを語っている。岸田はこれを書くことによって過去を密かに自己批判し、封印しそして次のステップへと歩みを進めることができた。それゆえに天草弁に固執してハイフォンの日常を描いたのである。

註

＊1　今村忠純「『牛山ホテル』論」（大妻国文26、一九九五年三月）には、初出とその後の改定稿「別稿牛山ホテル」（『浅間山』所収一九三二年）との異動を説明し、さらには「牛山ホテル」の先行論文紹介があり、岸田初学者に便利な論文であるが、残念ながらこの戯曲に対する氏の新しい見解は見られない。先行論文は渡邊一民『岸田國士論』（岩波書店、一九八二年）、大笹吉雄『ドラマの精神史』（新水社、一九八三年）、阿部好一『ドラマの現代』（近代文藝社、一九九三年）。

なお、本稿の「牛山ホテル」および岸田國士の文章は、『岸田國士全集』全28巻（岩波書店、一九九二年完結）から引く。

＊2　田村秋子・内村直也『築地座』（丸の内出版　一九七六年一〇月）によれば、演出岸田國士、装置伊藤熹朔、照明遠山静雄、

よね―田村秋子、とみ―月野道代、さと―瀧蓮子、やす―杉村春子、真壁―東屋三郎、三谷―汐見洋、三谷夫人―石川由紀、岡―友田恭助、ローラ―マダム・ハザマ、鵜瀞―御橋公、納富―中村敬太郎、などであった。初日はこの配役だが、二日目は高熱を出した瀧にかわり、田村がさと、毛利菊江がよね。尚、築地座と岸田に関しては、拙稿「日本の近代劇――リアリズム戯曲を中心に」(『近代演劇の扉をあける』所収)でふれた。参照されたい。

＊3 これらの劇団と岸田との関係についての私の独自の視点は、『20世紀の戯曲』第三巻の序論「演劇の一〇〇年」や、「平田オリザ著『演劇のことば』批判」(『シアター・アーツ』二〇〇五年春号)にも記した。築地座と田村・友田について、村山知義は次のように書いている。「藝術に對する眞面目な地道な態度、二ヶ月に亙ることもあるといふ熱心な稽古、實際の生活を出來るだけリアリスティツクに――しかし眞の現實は彼等の眼から遂に覆はれてゐるのだが――舞臺的に實現しようとする意圖、これをわれわれは學ばなくてはならない。築地座を見て私が驚いたのは田村秋子の進境である。(略)少くも彼女は日本一の女優である。」(『文学界』一九三五年一月)

＊4 井上理恵『近代演劇の扉をあける』(社会評論社、一九九九年)に「関係の平行線――岸田國士『紙風船』」を入れた。近代社会における家と家庭の関係については、西川裕子『近代国家と家族モデル』(吉川弘文館、二〇〇〇年)に触発され、多くを学んだ。

＊5 拙稿「慶応義塾三田講演の波紋」(『近代演劇の扉をあける』所収)で岸田と小山内の関わりにふれた。

＊6 辰野隆「巴里に在りし日の岸田國士」『文芸』岸田國士追悼号　一九五四年五月。

「沢氏の二人娘」論――「父帰る」を補助線として

林　廣親

1　作品論のモチーフと仮説

「沢氏の二人娘」（昭和一〇年一月、『中央公論』）は、岸田が創作の力点を小説に移しつつあった時期に書かれた戯曲の一つである。これを収録し昭和一五年に刊行した改造社版『新日本文学全集』第三巻の「あとがき」で彼は次のように述べている。

「沢氏の二人娘」と「歳月」とは、同じ年の一月と三月とに、相次いで発表したもので、この頃、私の戯曲創作熱が再燃しかけたことを証明している。

――中略――

たゞ、このへんで、私は、「戯曲のための戯曲」といふ創作態度を翻然改めるべく決心したことを附言しておかう。

恐らく、これらを最後として、若し私に将来戯曲作品を発表する機会があるとすれば、それはや丶面目を一新したものになるであらう。

「戯曲は如何に書かるべきか」という修行は、もう私をうんざりさせた。そろそろもう、「戯曲によつて何をかたるべきか」といふ課題が私を捉へはじめてゐるのである。
かういふ迂遠な道を辿らねばならなかつた、「私たちの時代」を、後世の文学史家はとくと研究してみねばならぬと、ひそかに私は信じてゐる。

のっけからやや長い引用になったが、この発言は、「沢氏の二人娘」と「歳月」とをもって自らの劇作の〈中仕切り〉とする意思表明と見てよく、別の箇所での「この集に入れた戯曲三篇は、それぞれ、劇作家としての私にとつて、ある意味での記念作」[*1]ということばと合わせて極めて興味深いものである。引用はもとより周知の言説に違いないのだが、時期的に作家論的関心が強く働くために、これを作品論の契機とする発想はほとんど見られない。いったい「沢氏の二人娘」や「歳月」は、果たしてどのような意味での「記念作」であり、〈中仕切り〉にふさわしい戯曲なのか。この問いをめぐり作品の読みを通じたアプローチがあってよいと思うのである。

引用の文脈をたどれば、「沢氏の二人娘」は、岸田にとって「『戯曲は如何に書かるべきか』という修行」の終わりを意識して書いた最初の作に当っている。[*2]その「迂遠な道」を彼に強いた「私たちの時代」の研究は後世に託されたわけだが、それについては越智治雄の精緻な論考に従い、現代戯曲の旗手として期待された岸田が直面したヂレンマ、すなわち日本における近代戯曲の未成熟という問題を想起すればここでは足る。[*3]拙論の関心は、「沢氏の二人娘」が〈岸田國士の修行時代〉の終わりにどうふさわしい戯曲なのかという問題にある。〈「戯曲は如何に書かるべきか」を知りたければ、これらを読んでみよ〉と言いたげな「あとがき」の口ぶりも興味を引く。

岸田が「二つの戯曲時代」[*4]において先輩格の劇作家を評し「久保田の文体、菊池の主題、山本の構成」と述べたことは良く知られているが、彼らの新劇史に占めた地位を思えば、岸田にとって「『戯曲は如何に書かるべきか』という修行」の時代とは、つまるところ彼らの書いた〈日本の近代戯曲〉との格闘時代に他ならなかったのではないか。「沢氏の二人娘」（また「歳月」）がその時代の終わりを画するものなら、それはいわば〈修行時代〉の〈卒業制作〉に等しい。ならば、それにふさわしい「記念作」として自他共に認め得るドラマはどのようにして可能か。これは難問である。

副題に示したように、以下の章では菊池寛の「父帰る」を補助線に措くことからアプローチを試みるが、この〈近代戯曲〉の大定番との関連付けが岸田流の難問解決の方法だった、というのが私の仮説である。駆出しの頃、岸田はその舞台を見て泣いたという。劇評「春秋座の『父帰る』」[*5]の中で、彼はその「傑作」から「非常な感動を受け」たことを認めながらも、それは「単なる常識的感動」であり、それによって「芸術品の『効果』を期待するのは、私に云はせれば芸術の邪道である。」と断じている。「父帰る」に涙したのは舞台での父子の衝突が彼自身の体験に重なったためだとするのが通説であるが、同時にフランス演劇を学んだ劇作家としての不覚の思いが想像されてよい。おそらく岸田にとってこの観劇体験は心に深く刻まれた記憶として生き続けたに違いない。と言うのも、つかこうへいの「出発」のようにあからさまではないが、「沢氏の二人娘」も「父帰る」のパロディの一種と見なしうる戯曲だからである。管見の限りではこうした観点からの作品論はまだ無いようだが、この「傑作」を梃子として岸田が〈卒業制作〉を企てた可能性は高い。「あとがき」の口ぶりは、その目的を果たし得たという自負によるものではないか。

2　「父帰る」への通路

「沢氏の二人娘」と「父帰る」は一見かけ離れた印象のドラマだが、父親の性格や過去の行状には本質的な共通点がある。

「父帰る」の宗太郎は、家族を捨てて出奔後二〇年を経て帰宅する。一方の沢一寿もみずから称するところ「海外放浪二十年」、長期にわたり家族を顧みない身勝手な半生を送った点では全く同じである。旧友である神谷の

「さう云へば、この奥さんだな、（壁の写真を見ながら）苦労をさせたのは。留守宅俸給を逆為替で巻き上げたりなんかしてさ。」という冗談口に、一寿は「いや、ほんとの苦労は、それから先だ。マドリツドで首を切られた後、十年間義務不履行といふ時代があつたんだ。」と応じている。

第一場の神谷とのやりとりで、一寿の海外生活には領事館員時代と免職後の時代があることが分かる。また「留守宅俸給」の話題によって、彼が最初から単身で海外に赴任していたことが分かる。つまり一寿という父親は「留守宅俸給を逆為替で巻き上げ」るほど身勝手で、家族の困窮を顧みない外国暮らしを楽しんできた男なのである。〈一寿「忘れたかい、クレベエルのカフエーでさ、月給前になると、――エ・ギヤルソン、ドウウ・ブランなんて呶鳴つたもんだ。」神谷「競馬で摺つた後なんかもね。」〉というのは、それをおのずと髣髴させる対話であり、「副領事になると、とたんに、首が飛んだ」のも、おおかた羽を伸ばし過ぎた報いだろう。

「女房は、しかし、泣きごとを云つて寄越さなかつた。吾輩は、アルヂエリヤへ渡つて、一と旗挙げるつもりでゐたところが、ほら欧州大戦だ」。神谷の台詞に一度ならず「レジオン・ドヌウル」が出て来るのは、帰国の旅費さえなかった一寿が、フランス軍に義勇兵志願した結果であろう。（ちなみに第一次大戦でフランス軍に志願し、レジオン・ドヌールを受けた例として、男爵でパイロットの滋野清武が知られている）つまり、「十年間義務不履行」の時期には兵士として勇戦し栄誉をうけた得意の日もあったのである。このエピソードは「父帰る」の宗一郎にも興行師として羽振りのよい時期があったことを連想させる。[*6]

戯曲であれ小説であれ岸田作品に海外での生活経験がある人物が出てくると、それに〈デラシネ〉というわびしい、何となく悲劇的な印象の言葉がよく当てられるのだが、沢一寿は例外と見なければならない。[*7] 彼の家族に対する無責任さや奔放な行状、その暢気さは、むしろ〈バガボンド〉にふさわしいもので、その意味でも「父帰る」の〈父〉との同類性を強く感じさせるのである。

＊

次に作品から読み取れる範囲で、家族関係を整理しておきたい。ドラマの始まる時点で沢氏は五五歳、妻の危篤による帰国は「一九二四年」である。ただし〈時代〉は「昭和年代」とあるだけなので、帰国後何年が経ったのかは直ちには分からない。しかし注意して読むと、家政婦らくの娘桃枝の台詞中に「十年も前に死んだ奥さん」とあることから、第一場の現在はおよそ〈一九三四年〉という答えが出る。ところが、さらに家族の年齢と合わせて考えると奇妙な事実が見えてくる。

一寿の愛子に向けた台詞に「お前が四つ、姉さんが六つの時には、もうわしは日本を離れ」とあり、姉妹は現在二六歳と二四歳である。「海外放浪二十年」を引き算すればなるほど辻褄は合うようだ。ところが、桃枝の台詞に従って帰国後の年数をプラスすると矛盾が出る。一寿の離日から現在までを通算すれば三〇年で、姉妹の現在の年齢を超えてしまうのである。この無理をどう考えればよいのか。文学座四五周年記念公演（加藤新吉演出）[*8]の録画を見たが、家族は一足先に帰国したとするナレーションを冒頭に入れ、幕開きのらくと桃枝の台詞を大幅にカットする演出で辻褄を合わせ？　ていた。しかし岸田のような作者がこの矛盾を知らなかったはずはない。

帰国の「一九二四年」、その後の「十年」、姉妹の年齢は動かない、とすれば一寿の「海外放浪二十年」が矛盾の種で、これを岸田が意識していたとすれば、受け取り方は一つしかない。「父帰る」の「家出して二十年」との符合をねらったと考えてはじめて納得がいくのである。「海外放浪二十年、多少は法螺も吹けるしね。若い医者を煙に捲くぐらゐなんでもないさ。」という調子で出てきた数字だから、「法螺」混じりの誇張だと説明する逃げ道もある。舞台では部分の印象は全体より強いもので、観客の意識に残るのは「海外放浪二十年」という言葉の方に違いなく、矛盾に気付く観客は先ずあるまい。それも承知の上での遊び心（パロディ精神）を想わせるのである。

＊

「沢氏の二人娘」の家族史を時系列にそって整理すると次のようになる。

「海外放浪二十年」

一寿離日（一九??）————帰国（一九二四）————現在（一九三四）
一寿　?歳　　五五歳
母　?歳　危篤・死去（三〇歳台）
初郎（二〇歳前後?）　死亡（三〇歳前後?）（船員）
悦子　六歳　二六歳（小学校教師）
愛子　四歳　二四歳（会社員）

こうして見ると、姉妹の年齢が手がかりとしては最も確かで、妻の写真の年齢からしても一寿の「海外放浪二十年」は計算に合わない。ちなみに「父帰る」の場合は次の通り。

「家出して二十年」

宗太郎出奔————現在
宗太郎 三八歳　五八歳
母　三一歳　五一歳
賢一郎 八歳　二八歳（下級官吏）
新二郎 三歳　二三歳（小学校教師）
おたね 一歳　二一歳（花嫁修業中）

両者を比較するとまるでアナグラムで、共通性と差異いずれにも偶然とは思えないものがある。父親不在の「二十年」という数字に加え、どちらも本来は五人家族であり、子供達の年齢も似通っている。二番目の子供は性別が違うが職業は同じく小学校教師である。注目すべき相違は、「沢氏の二人娘」における長男の不在である。この春に死亡した彼の年齢は友人の田所理吉（二九歳）に近いと考えるのが適当で、妹との年齢差からもそう言える。すなわち「父帰る」の賢一郎とほとんど同年輩ということになる。新二郎と悦子は性別の入れ替え、三番目のおたねと愛子にはいずれも結婚話が持ち込まれている。それに対して長男は年齢のみ共通して、その他の違いが大きい。下級官吏の賢一郎に対して初郎は船員、しかも母親と同じくドラマの現在ではもう亡くなっている。そして、おそらくはこの長男の不在こそが「父帰る」のパロディたる「沢氏の二人娘」の発想の要であろう。

＊

一寿が日本を離れた時、初郎はおよそ一〇歳前後。賢一郎と同じく、父のいない家の長男として彼がどのような生活を送ったか。一寿は領事館勤めの間も留守宅手当を巻き上げ、後の一〇年間は「義務不履行」という父である。家族は苦しんだに違いない。その生活の様子を窺わせるのが次のやり取りである。

悦子　どうせ気まぐれなんだから……。子供のころの、なんとなく薄暗い生活が、かういふ人間を作ったんでせう。やつぱり、お弁当のおかずで卑下をした記憶が、どうしても抜けきらないからよ。
田所　初郎君からもよくそんなことを聞かされましたよ。お父さんのお留守中でせう。

兄弟三人の性格が皆極端だという話題の中で、その原因として過去の記憶がちらりと顔を出しているが、彼らの貧乏はこの程度に止まり、初郎は「父帰る」の賢一郎のように「俺達に父親があれば十の年から給仕をせいでも済んどる」というまでの苦労はしていない。一寿が神谷に「玉の輿……？　おい、おい、これでも氏は正しいんだぞ。」と言う台詞があるが、ある程度まで親戚の援助に頼れたのかも知れない。それゆえ初郎には「お前や、おたねのほんたうの父親は俺だ。父親の役目をしたのは俺ぢや。」とまで言う資格もなかった。しかし次の台詞はその

巧妙なパロディとして読めるのである

悦子　兄さんが学校のお友達を大勢連れて来て「やい、みんな、欲しいやつに、おれの妹やるぞ」なんて呶鳴つてたの、あれ、幾つぐらゐの時か知ら……

悦子は「兄は暢気でしたね」というが、田所が語る船中でのエピソードは、暢気を通り越して奔放無頼な性格を暗示している。悦子と田所の対話は、長男が家父長の代役を強いられた「父帰る」への通路を示しつつ、同時に初郎が賢一郎と似て非なる長男であったことを告げている。そのような性格設定がなぜ必要だったのか。

妻危篤の知らせで帰宅した一寿と初郎の出会いはどんなだったか。彼も長男ならさぞかし「父帰る」に劣らぬ…、と想像しかけて初めて気付くが、その折の様子を知る手がかりがこの戯曲には一切無い。妻の危篤と船員だったという初郎の人物設定が、家族再会の異なるありようを暗示しているが、それも読者（観客）が自由に想像すればよい、自分が書こうとするドラマの場はそこにはない。自分は菊池寛とは違うのだ、というのが作品のメッセージだと考えられる。つまり、沢氏はとにかく家に迎え入れられた、問題はその後、なのである。

ちなみに、ドラマをどこに見出すかの問題に岸田は早くから意識的で、例えば「戯曲以前のもの」[*9]では「喧嘩の話を戯曲に仕組むにしても、必ずしも喧嘩の場面を使わなくてもいい」「喧嘩が済む。見物は散つて了ふ。額の血を拭きながら横町に消えて行く男の心持などは、もう誰も考へてはゐない。戯曲がそこから始まつてはなぜいけないのか。」と述べている。前章で話題にした岸田の「『戯曲は如何に書かるべきか』という修行」とこのドラマ観が別々のものであったとは思えない。そして「喧嘩の場面」と〈見物が散って了った後に来る場面〉の比喩は、「父帰る」と「沢氏の二人娘」の関係をも説明し得るものだろう。岸田にとっては、家族再会の場にドラマを設けるのは「常識的感動」に訴えるやりかたであり「芸術の邪道」なのである。「父帰る」を補助線にして考えると、この戯曲の方法意識に関わる論理が浮かび上がる気がするが、それこそ作者の望むところではなかったか。「沢氏の二人娘」は長男と母親がいない「父帰る」である。幼い頃に別れた〈二人娘〉には新二郎やおたねと同様、父に対する抜き難い恨みや抵抗感がない。つまり「沢氏の二人娘」は日本の近代戯曲の大定番への通路を示しながら、いわば〈見せ消ち〉によってその対立軸を断って見せ、そこから自らのドラマを立ち上げようとしている。

3　愛子はなぜ家を出たのか

さて補助線に関わる話は一段落として、岸田のドラマを読んでみよう。「沢氏の二人娘」は三場構成だがドラマ展開はきれいな起承転結で、起と承は神谷と田所の訪問が軸になった愛子の結婚に関わる話、転に当るのは第二場の終り、愛子が家を出る決心を告げる場面である。それは沢氏の〈家〉が消滅する先触れとしてドラマの山場をなしており、〈家族再会〉の「父帰る」とは対照的な志向性を明かしている。第三場はその後日譚としての結である。

第二場の幕切れで愛子は言う。

（冷たく）パパ、あたしは、今日から、この家を出てくわ。なんにも心配しないで頂戴ね。いろんなことが、だんだんわかつて来たからだわ。自分の生活は、お父さんや姉さんのそばにないつてことがわかつたの……。

彼女はなぜ父や姉との暮らしに見切りをつけたのか？　とりあえずその問題を念頭に読みを進めたい。

題名からすれば当然なのだが、従来この戯曲の主な興味は姉妹の性格にあるとされてきた。例えば源高根による「主軸は、悦子、愛子の恋愛と結婚にまつわる姉妹相互の秘密の告白と実行の展開」[*10]という解説があるが、確かに第二場には愛子の、第三場には悦子の深刻な〈告白〉場面がある。しかし〈告白〉はそれ以外にもある。すなわち第一場の終わりで、一寿が家政婦との愛人関係を「突然」「宣告」する行為である。つまり「沢氏の二人娘」は三つの告白からなるドラマに違いない。一寿の〈告白〉は目立ちにくいが、それに対する愛子の態度から考えればドラマトウルギーの重要な柱と見なければならない。

第一場の終わり方、一寿はらくを叱った愛子のことばを聞いてしばし（瞑目）した後、「おい愛子、それから悦子、お前達に云つておくがね……（長い間）この女《ひと》は、もう雇人ぢやないんだよ。」と告げる。続くト書には（この突然の宣言に、女たち三人はそれぞれの驚き方で、すくむやうに後退りをしながら、互いに妙な会釈を交す。）と共通した反応の指示がある。次いで、また一寿の「『お母さん』と呼ばせるかどうか、そこまではなんとも云へない。」「ただ、かういうことは、内証にしておくべきでないと、今ふと考えついたんだ。」という台詞がある。その後のト書では、（らくと悦子とは、云ひ合わせたやうに顔を伏せる。愛子は、ひとり、昂然と。父の方を見据ゑてゐる。）と、前とは異なる愛子独自の反応が指示されている。それは愛子の反発が愛人関係よりも、〈告白〉の動機にふれた父の言葉にあったことを示唆している。では、いったいなぜ一寿は「今ふと」秘密を打ち明けたくなどなったのか。

神谷が去るまでの彼の言動にその気配はまるでない。したがって一寿の心境変化の要因は田所の速達をめぐる対話にあるはずだ。そこで目を引くのが姉の悦子の態度である。田所の手紙を一寿が読み上げたすぐ後に次のやりとりがある。

愛子　なんだか変ね（悦子の方をみる）
悦子　（小声で）知つてるわよ。
一寿　小生一身上の問題か……。御親父たる貴下のご配慮とは、どういふ筋合のもんかな。
悦子　兄さんの代りにお父さんに心配していただかうつていふのよ。
一寿　それはわかつとるが、何を心配しろといふんだ。

愛子　そんな話聞かない方がいいわ。他人のことまで心配してたらきりがなくてよ。

やがて愛子に面会しようと訪れる田所に対する態度をそれぞれ予告するようなやりとりで、悦子の事を好む心が頭をもたげたのが分かる。深入りを避けたがる愛子に取り合わず、悦子はさらに「兄さんのことからいろんなことを思ひ出したわ」、今晩は「あたし、少し、しんみりしようつと」とひとり決めしてみせ、やがて「ねえ、お父さん、同胞《きやうだい》や親子の間に、何か秘密があるつてことは不幸じやない？」と一寿に語りかける。「親同胞つてもつと近いもんぢやないか」「お互に、知らないことが多すぎる」という畳み掛けに、それは「お互が一番頼りにならないから」と愛子が応じて意見が対立するが、やがて悦子の「今日は、三人で、約束しませうよ。お互に、心配なことはなんでも相談し合ふこと、いつさい秘密を作らないこと」という提案に話は行き着く。この家族関係再構築の提案に愛子は気乗り薄であり、一寿は特に反応も示さない。ところがその後の思い出話が一段落した後に「かういうことは、内証にしておくべきでないと、今ふと考えついた」という唐突な〈一寿告白〉の場面が来るのである。

それが「両方とも正しい。わしが折衷案を出す。」と言っていた中立的立場からの逸脱であることは言うまでもない。愛子の「ひとり、昂然と。父の方を見据ゑて」という態度はそれを一種の裏切りと感じてのことと受け取れる。〈告白〉の思いつきは悦子の提案にうっかり乗せられた結果だが、一寿はうかつにも自分のしたことの意味に気付いていていない。

＊

もともとこの姉妹には一種のライバル意識があるようで[*11]、第一場の後半から第二場にかけての悦子の言動には、田所の出現に乗じて父の心を愛子から引き離そうという画策が読み取れる。三人の間では「いつさい秘密を作らない」という提案は、父に知られたくない秘密を抱えた愛子の逃げ道を塞ぐための布石に違いない。愛子の反応は半ばそれを予想してのことであったろう。姉妹は原理的に相容れない生活信条の持ち主であり、愛子は徹底した個人主義者だが、悦子が田所に「変りましたよ、以前と……。冷たいつていふのか、強いつていふのか、」と語るように元々そうだった訳ではない。

第二場の力点の一つは、彼女の性格変化の必然性を伝えることに置かれている。「お互が一番頼りにならない」という愛子の自尊自立の信条は、一年前に田所によってもたらされた理不尽な処女喪失体験を、誰一人相談相手も無いまま乗り越える中で必然的に培われたものと解し得る。「新しい女の一つの型」（田中千禾夫）[*12]と見えても、流行風俗の産物では決してないのである。田所の求婚をめぐるプロットには、女性の人格を無視して憚らぬ社会習慣への告発を読むこともできるが、それは戯曲のテーマとはまた別で、愛子の極端な言動に対する読者（観客）の共感に関わる意味が大きい。「世の中の面倒な問題、何が解決してくれると思つて？一に勇気、二にお金、三に時間よ。名誉心や、同情がなんになるもんですか。」というのは、いわば自らの血で贖われた信条であるゆえに、「同胞《きやうだい》や親子の間に、何か秘密があるつてことは不幸」とか「いつさい秘密を作らないこと」という悦子の主張は、愛子には馬鹿馬鹿しいのみならず、生理的に耐えられないものなのだ。「かういうことは、内証にしておくべきでないと、今ふと考えついた」と語った父親に対する愛子の「昂然」とした態度は、自らの信条を支えに、人は人自分は自分、と思い定めたその心のあり方を示している。

*

第二場の終わりに置かれた愛子の〈告白〉は、自ら望んでされたものではない。その点で一寿のそれとも、また第三場での悦子のそれとも異なっている。一寿は悦子の〈家族に隠し事なし〉路線を自ら実行したばかりか、次には愛子にもそれを強いる結果となった。田所の来訪は愛子を圧迫したが、彼を無視し通す強さ[*13]を彼女は持っている。致命的だったのは一寿の言動に違いないが、ここでも彼はその意味に気付いていない。そのために愛子はかつて田所との間に生じた肉体関係を白状せざるを得なくなる。悦子はまるでメフィストのように動いている。田所から事の真相を巧みに聞きだし、暗示によって父を操る狂言回しの役割は彼女の台詞やト書きにはっきり示されている。

悦子　両方の話を綜合すると、あたしには、ほぼ見当がつくわ。
一寿　そりや、わしにもついとる。愛子の奴、手でも握ぎらせよつたんぢやらう。
悦子　さあ、それくらゐならね、向ふもああまでは云はない筈よ。
一寿　さうか知らん……。
悦子　あああ、人つてわからないもんだわ……。
一寿　どうでも、こいつ、白状させてやらう。

その気になった一寿は、愛子に「わしは、お前の方に弱みがあるなといふ気がした。—中略—こいつはひとつ、わしの耳に入れといてもらはんと困る。強いことを云ふて、あとで引つ込みがつかんやうになつたら、赤恥をかかにやならん。」と要求し、悦子は横合いから「ひとりで苦しんでるのは損よ。」と後押しする。それらのことばは「名誉心や、同情がなんになるもんですか」という思いを逆なでしながら愛子追い詰め、田所との関係について、彼女にとってもっとも知られたくない相手である父への〈告白〉を余儀なくさせるのである。

その際一寿に言われて座を外す悦子の様子について（更に、愛子の耳元で何か囁いた後、妙にいそいそとその場を立ち去る）という卜書きがあり、また愛子の話が終った時には（忍び足で、入り口に現はれ、父の方に目くばせをして、快げな微笑を送る）とあって、してやったりという彼女の心の動きがよく見える。

悦子から（快げな微笑）を送られた一寿には、（それに応へる代りに、静かに瞼を閉ぢる）というしぐさがあって、彼がようやく自分のしてきたことの意味を悟ったらしいことが分かる。愛子が姿を消した後の二人について、卜書きには（悦子は、しばらくそれを見送つてゐるが、ふと、父の眼に涙を発見し、急いで、自分もハンケチを取り出す）とあるが、これは駄目押しであろう。愛子が「自分の生活は、お父さんや姉さんのそばにないつてことがわかつた」と告げて家を出るのは、要するに一寿が自分のみか彼女にも秘密を話させてしまったがためである。悦子の画策は効を奏したのだが、問題は一寿がなぜそれに乗ったか、あるいは乗せられたのかである。

4　バガボンドの悲喜劇

一寿の性格について、例えば田中千禾夫の「日本の家族制度から解放され、個人本位の生活をしている、つまり自由人でありながら、あらそえない日本人の血の濃さを抱く、その矛盾、可笑しさが痛々しい。」という評がある。[*14] しかしこの説明は、後日譚としての第三場についてはともかく、それ以前の場に関しては有効ではなく、むしろ一寿の心に継起したドラマへの理解を妨げるものでしかない。

年金を娘たちの小遣(にしては七〇円は大金だが)に提供する事一つにしても、彼はまるで「自由人」ではない。「父帰る」の父親の最後の台詞に「せめて千と二千と纏つた金を持つて帰つてお前達に詫をしようと思つたが、……」という贖罪意識を示す台詞があったが、それと思い合わせれば、年金をすべて提供しながら「何時もびくびくもんで――そのうちに突つ返されやしまいかと思ひながら――それこそ、顔も見ないやうにして放り出すんだ」という一寿の台詞の必然性も良くわかる。要するに彼はそのようにしないと父親である気がしないのである。なお、この「放り出すんだ」は、エピローグにおける愛子の「(紙幣を卓子の上に投げ出す)」行為と首尾呼応しており、一寿が意固地になってその受け取りを拒む場面はいかにも皮肉である。

また一寿が神谷に「娘たちと一緒に暮らすことさへ、気兼ねだ。そこで、此間も、どうだ、お前たちは、もつと自由な空気を吸へ、アパート生活でもしてみる気はないか、さう云つてやると」と打ち明ける台詞があるが、「もつと自由な空気を吸」いたいのは彼自身に違いないのである。

帰国後娘たちと暮らして一〇年も経つことを思えば、この「気兼ね」はいささか過剰である。彼はなぜそうなのか。「娘たちの意思に逆らふまいとすればするほど、父親の見栄といふやうなものが、事毎に自分を臆病にする。さうなると、もうしてやりたいことも、おつかなびつくり伺ひを立ててからといふ始末だ。」と歎く台詞もあるが、一寿は要するに娘たちとどう付き合ったら良いのか分からない。「一切干渉はせんといふ主義」はむしろ弥縫策と見るべきで、娘が四歳と六歳の時には家を離れたということもあろうが、もともと家父長向きの性格ではなかったのだろう。

そう考えれば、一寿の唐突な告白の由来も分かる。田所からの速達が話題になった場面で悦子がした提案には、家族というものの関係のあり方に関わる一つの具体的指針がある。「お互いに、心配なことをなんでも相談し合ふこと、いつさい秘密を作らないこと、お互いに気がねなんかしないで注文を出し合うこと……」ということばには、はっきりしたイメージを喚起する力がある。それが悦子の思惑を超えて一寿の心に響いたというのはありうることだ。

家政婦のらくとの「内証」の関係を明かした後、「『お母さん』と呼ばせるかどうか、そこまではなんとも云へない。」と続けた彼の台詞には、家族関係を再構築しようという家父長的発想が窺えるのだが、そのことに確信的でない彼の心も示されている。〈家族〉をめぐるこの惑いがあったからこそ、一寿は悦子の提案に「ふと」乗ってしまうこととなり、日ごろ標榜していた「主義」を知らぬ間に逸脱して愛子に愛想をつかされる結果に至った。

もともとバガボンド的な気質の男が家族の新たな構築をふと思ったばかりに、家族解散の憂き目を見ることになった。それが「沢氏の二人娘」に託されたいわば[*15]〈蕩児たる父親の帰宅後の物語〉、あるいは〈父帰る―それからの物語〉である。ことの経緯を通じて一寿は改めて身のほどを知ったに違いない。悲劇とも喜劇とも呼びうる展開であるが、しかしそこに一つの心のドラマは確かにあったと言える。

第三場はそのドラマの後日譚として、沢氏にとってすべてが然るべき形に収まったことを告げている。娘たちにそれを勧めた当人のアパート暮らしは皮肉な成り行きにしても、彼はどことなく気楽そうである。第一場と同じ唄を口ずさんでいること、相変わらずのフランス語を交えた応対、らくとの接吻の儀式にも元来の暢気な性格が見えている。（長男初郎の「暢気」にも然るべき意味はあったわけである）愛子が家を出てから、らくと悦子との三人暮らしの時期もあったが、結局皆別々の今の暮らしになった、それで良いのだ、と言う彼が家父長役に懲り懲りしているのは明らかだ。

言うまでもなく第三場で最も印象的なのは、悦子の告白とそれに対する愛子の〈目には目を〉の応対だが、物語に収まりをつけるためのプロットに過ぎない。悦子の切羽詰った訴えは誰を動かすものでもないからだ。一寿は姉妹の激しいやり取りを聞きながら「あああ、いい加減によさないか？わしは腹がへつて来た。（さう云ひながら、室内を歩きまはる。喧嘩がすむのを何時もの通り待つてゐるのである）」という我関せずの態度である。

悦子が「もう、今日限り会ふこともないでせう」と捨て台詞して去った後、「姉さんはどうしたんだ？　なにを怒らしたんだ？」と父に聞かれた愛子は、「また素敵な仲直りをしたいもんだから、思い切り、腹を立てたふりをするのよ。パパは姉さんの味方をしなきゃ駄目よ。」とまるで駄々っこをあやした後にも似た口ぶりである。姉の悦子はつまるところ〈愛情乞食〉で、この戯曲がその生き方を肯定しているとは思えない。しかしまた、自立のためならば結婚も手段と割り切る愛子の生き方をよしとしているのかと言えば、必ずしもそうではなさそうだ。一寿が「また喧嘩をはじめたのか。月に一度、云ひ合いをしに此処へ来るんなら、わしやもう、部屋を貸してやらんぞ」と言うように、二人姉妹は父の前で喧嘩することで繋がっている。そのような皮肉な視線が「父帰る」のような家族の激しい愛憎劇を典型とした〈近代劇〉とは明らかに異質な岸田國士のドラマ感覚を思わせるのである。

＊

表現の技法の問題などさらに論じる余地はあるが、紙数の余裕も無くなったのでそろそろ切り上げにかかりたい。

沢一寿は「父帰る」の父と違ってどことなく可笑しみのある人物である。それはパロディには付き物の遊び心を思わせる。モロッコに皮革工場を持つフランス人の子爵と愛子が結婚するのは、映画「外人部隊」[*16]を記憶する当時の読者（観客）へのサービスに違いないし、一寿の「義勇兵志願」もそれに引っ掛けたエピソードかも知れない。先に指摘した「海外放浪二十年」という数字のトリックもある。第三場では、姉妹の激しい口論の後で彼が「なにを怒らしたんだ？」と愛子にたずねる場面があるが、一間だけのアパートでそれが本当に聞こえなかったのかどうか。幕明きのあと間も無くのところで「（相手の耳が遠いのに慣れてゐるらしく）お茶は苦い方にいたしませうか？」と彼に話し掛けるらくの台詞はあっても、これはまるで申し訳のようなもので、このト書きによるしぐさを憶えている読者（観客）はまずいそうにない。それゆえ第三場では、一寿が見て見ぬ振りをしていたのか、二人の喧嘩に慣れきっているのか、あるいは本当に聞こえなかったのかはっきりしない。解釈の仕様で悲劇的にも喜劇的にもなる仕組みも、肩の力が抜けた作者の姿勢を感じさせる。

エピローグは「戸棚からパンのカケラを取り出し、チーズを片手につまんで、あちこちと歩きながら、代る代るそれを口に運ぶ。ラヂオの音楽がこの情景の底を皮肉に彩つて」という光景であるが、そこに「海外生活の長いコスモポリタン沢氏の老境の孤独」[*17]を見るかどうか。むしろその姿に〈そしてめでたく元どおり〉の落ちを見ても良い気がするのである。福田恆存は、岸田作品には「すでに自分を投げてしまつたやうな人物」が出て来るとし、それを代表する一つに「沢氏の二人娘」を挙げている。[*18]しかし一寿の内面に継起したドラマを読むなら、彼の心は一度は立ち上がろうとしたのである。その思いつきの悲喜劇めく顚末にこそ作品のメッセージがあり、それは「父帰る」を指差しながら、そのドラマ感覚との距離を明らかに示そうとするものと言える。

なお福田が説くようにバガボンド的性格が岸田自身にもあり、それが戯曲の男性主人公に投影されて来たのだとすれば、この作品はほとんどそのモチーフを描き切ったと言ってよい。その意味でも〈中仕切り〉の時は来ていたのである。

註

＊1　「ママ先生とその夫」、「沢氏の二人娘」、「歳月」の三篇。なお「ママ先生とその夫」は昭和五年一〇月の『改造』に発表された戯曲であり、後の二作よりかなり早い時期の作品である。

＊2　「歳月」については、「『歳月』前記」（『歳月』　昭和一四年九月、創元社）に「これが偶然私の「戯曲を書くために何かしらを云ふ」最後の作品となった。」とある。

＊3　越智は『明治大正の劇文学』（一九七一年九月、塙書房）所収の岸田論の中で、「未完成な現代劇」「新劇運動の二つの道」などの評論を引きながら、フランスから帰国した岸田が「その夢見る明日の演劇と日本の演劇環境のあまりにも大きな落差の上に足をかけねばならなかった」とし、「写実主義の基礎さえもまだこの国にはなかった」日本の演劇情況が彼に負わせた困難な課題を論じている。

＊4　昭和二三年一月、岸田國士編『近代戯曲選』（東方書局）の「解説」として書かれ、後に『現代演劇論・増補版』（昭和二五年一一月、白水社）に収められた。

＊5　大正一三年四月、『演劇新潮』の「東西南北」欄。同じものが五月号にも再掲載されている。

＊6　新二郎　何時か、岡山で逢つた人があると云ふんでせう。

　母　あれも、もう十年も前の事ぢや。久保の忠太さんが岡山へ行つた時、家のお父さんが、獅子や虎の動物を連れて興行しとつたとかで、忠太さんを料理屋へ呼んでご馳走をして家の様子を聞いたんやて。其時は金時計を帯にはさげたり、絹物づくめでエライ勢いであつたと云ふとつた。あれは戦争のあつた明くる年やけに、もう十二、三年になるのう。

＊7　福田恆存は「岸田國士論」（『豊島与志雄・岸田國士集』（現代日本文学全集33）昭和三〇年三月、筑摩書房）で岸田自身にヴアガボンド的傾向があったとし、「ヴアガボンドとは、つまり家庭の羈絆をのがれて、一人身の自由を楽しまうとする放浪者のこと」だと述べている。

＊8　NHK20世紀演劇カーテンコール、一九八八年六月一〇日放送。

＊9　大正一四年五月『演劇新潮』「吾等の劇場」欄。

＊10　「沢氏の二人娘」（『日本現代文学大事典　作品篇』、平成六年六月、明治書院）。

＊11　第一場の思い出話の中で、子供の頃どちらがより可愛いと思ったかと愛子に聞かれた一寿が笑いに紛らす場面など暗示的であ

る。あるいはその後の「和蘭人形」を誰が貰うかという話題にもそれが現れている。

＊12　作品鑑賞「沢氏の二人娘（岸田國士）」（田中千禾夫編『劇文学』近代文学鑑賞講座第二二巻、昭和三四年九月、角川書店）。

＊13　訪ねてきた田所の面会を愛子が拒み通すのは、おそらく人格を無視してそれが分からない相手には、人格を無視して返すしかないという思いからであろう。第三場の悦子に対する扱いにも現れているように、彼女の行動には〈目には目を〉の傾向があり、この場合は彼女の意思を無視して関係をいきなり強いた田所の行為へのへの返礼であったとも言える。

＊14　註＊12に同じ。

＊15　菊地寛の「父帰る」は、イギリスの戯作家ジョン・ハンキンの「蕩児帰る」にその着想を得たものという。なお〈蕩児の帰宅〉は新約聖書のルカ福音書一五章にある喩え話の一つとして知られている。

＊16　日本では昭和六年（一九三一）に公開され、初めて日本語字幕をスーパー・インポーズした映画として大ヒットした。

＊17　田中千禾夫「岸田國士」『日本近代文学大事典第一巻』（昭和五二年一一月、講談社）。

＊18　「岸田國士論」（註＊7に同じ）。

演劇論として読む「歳月」——「何を」から「いかに」へ

宮本　啓子

はじめに

一九三五年（昭和一〇）四月発行の『改造』に掲載された「歳月」について、岸田國士はこの作品が自分の「芝居を書くために何か知らを云ふ」最後の戯曲になったと記している。[*1] 周知のことではあるが、「芝居を書くために何か知ら云ふ」とは、岸田が二四年（大正一三）に書いた揚言、「『或こと』を言ふために芝居を書くのではない。／芝居を書くために『何か知ら』を云ふのだ。[*2]」をさしている。実際、翌三六年に岸田は「歳月」の次に「『或こと』を言ふため」のはじめての戯曲である『風俗時評』を書いて方向転換を図っている。晩年になって彼は、この揚言を、「当時の日本の戯曲界に対する私の立場を明かにしようとするもので、この宣言は、もちろん私の創作活動を通じて、後年徐々にその偏狭さを是正する必要に迫られた。[*3]」と回想し、この揚言を批判してさえいる。

しかし戯曲執筆にあたって、「何を」ではなく「いかに」書くかに注意を向けるべきとするこの提言は、「いかに」書くべきかが等閑にふされていた当時の日本の演劇界にたいする極めて重要な問いかけであったと言える。そして岸田の戯曲において、この「歳月」は、テーマに奉仕するのではなく、芝居を書くとはどういうことか、さらに言えば、演劇とは何か、という根源的な問いのために書かれた最後のものとして、その存在の意味は大きい。それにもかかわらず、これまで本戯曲を岸田の演劇論として読んでいる先行研究はない。だが、この作品は岸田が

「純粋演劇」をラディカルに追求した戯曲であるという、その点において評価されるべきではないだろうか。よって本稿は、「歳月」を当時の岸田の演劇論そのものとして読み解くことを試みるものである。そしてその際鍵になるのは、一人の不在の人物である。

「歳月」は、浜野家を舞台に一人娘八洲子とその一家の一七年間を描いている。第一幕は、八洲子が高等学校の学生、斎木一正の子を宿し、死ぬ決心をして海岸の別荘にいるのを友人礼子に連れ戻されるところからはじまる。八洲子の斎木を庇いながらの釈明は要領をえない。退役知事の父計蔵にこの不祥事をどのように話そうかと、母の駒江、長男の計一そして次男の紳二が困惑しているところで幕になる。第二幕はそれから七年後。紳二と礼子は結婚している。八洲子は入籍したものの斎木に同居を拒まれ、娘のみどりと実家で暮らしている。そんな或る晩、斎木が不意に来訪し八洲子に離婚を申し入れる。その時はじめて八洲子は、七年前、斎木に自分を本当に愛しているなら自分の将来のために自殺してほしいと言われたと、その経緯を家族に明かす。第三幕はさらに一〇年後、他所に居を移した計一、紳二礼子夫妻が父計蔵の七回忌の法要で実家に集まる。そこへ斎木が突然訪れ八洲子に復縁を求めるが彼女はその斎木を本当の彼ではないと拒絶し、これからも斎木を待ち続けると宣言する。斎木が去り、みどりがグリーグの「春」を演奏するなか幕となる。

「歳月」には、一度も舞台上に姿をあらわさないにもかかわらず物語を展開させる人物、斎木一正が描かれている。もちろん「驟雨」、「葉桜」等にも姿を見せない重要人物が描かれているが、舞台上に登場させない設定の周到さにおいて、本戯曲は他の作品をしのいでいる。例えば、斎木は二度も浜野家を訪れるが、彼は舞台となる部屋の奥の間に通され姿を見せない。くわえて第二幕では斎木と紳二は言い争うが紳二の叱責しか聞えない。また八洲子は斎木を悪い人ではないと言い張っているが、家族は斎木を悪人とみなしており、斎木像がまったく異なっている。このように、声、姿、そして八洲子と家族の語る斎木像、すべては曖昧のまま、その実体は宙づりにされている。岸田は、「見物がひとりでそれを判断し、洞察し翫味するところに新しい芝居に対する新しい見物の要求がある」ので劇作家は「見物にも考へる余地を残して置いて貰ひたい」[*4]、と書いているが、本戯曲において斎木の設定こそ観客の「考へる余地」に相当するのではないだろうか。そこで本稿では、斎木の不在をこの戯曲の意味生成の磁場であるとの観点に立ち、斎木の不在が何をもたらしているのかに目を向けて戯曲を分析していくことにする。

先行研究においても、この斎木の不在は本戯曲の特徴としてあげられているが、その多くは彼に統一的なひとつの人格を想定して論を展開している。たとえば、山本修二は、家族と八洲子の斎木像について、斎木にたいする家族の見解を第一のイメージとして、「斎木一正という人間は、われわれは一度だってお目にかかったことはないが、ほかの性格が彼について語る言葉や挙動などで、彼がどういう人間であるかというイメージが浮かびあがる。ここまでは今までの戯曲の『目に見えぬ敵役』と大して違ったことはない」と解説し、八洲子の抱く斎木像を第二のイメージと名付け、「この第二のイメージが命じると八洲子は死をも選んだし、たとえ離婚を言い渡されても八洲子はこれをうらまない。では最後に斎木のほうから復縁を持ちだした時にどうして八洲子は黙っていたか。この時はじめて彼女は第一のイメージを見たからだ」と分析している。[*5] この山本の論にたいして河内夫佐子は、第三幕で八洲子がはじめて斎木の「正体」に気づいたのなら、ト書きにあるように、家族の前に彼女が「意外にも、軽い微笑を含んではいつて来る」ことはありえないと反論している。[*6]

このト書きは、河内が指摘しているように、八洲子を理解するうえで重要である。なぜなら、第一幕で家族の前で涙ぐみ、第二幕で離婚話に泣き崩れる八洲子を、岸田はこの時にはじめて微笑ませているからである。八洲子の、この微笑は、斎木の現実に気づいたのがこの時でないことを示唆しているが、そうであるなら、八洲子が現実の斎木に直面したのは何時なのかという疑問が浮上する。そこで第二幕に注目したい。これまで八洲子の一七年間はひとまとめに論じられ、第二幕の八洲子の変化に注目する論考はなかった。しかし、八洲子が第三幕で、斎木を「この十年間、信じつづけてゐた」と言っていることからもわかるように、第二幕までの婚姻中の七年間と、離婚後の一〇年間の彼女の斎木像は異なっているのである。そうであるなら第二幕で、彼女に何がおこり、それがどのように第三幕へ接続するかを読み解く必要があるのではないだろうか。

先述の河内の論は、斎木にたいするこのふたつのイメージを「斎木という一つの実存の一つの行動に関する二つの解釈にすぎない」とした点で、それまでの第一のイメージを実体とする先行研究とは画期をなす。しかし惜しむらくは、上演においては「斎木に対して善人のイメージを想定することは困難」であり、山本の分析を「上演する限りにおいて恐らく正当なもの」であると、最終的には山本の論に回帰し、それゆえ「『あの人』だけを待ち続ける事しかできない」八洲子の第三場の宣言は「皮相的なオプティミズムとしてしか把握しえない」と結論している点である。後に述べるが、「待ち続ける」八洲子の斎木像の変化にこそ、岸田戯曲のなかで最も長い物語である「歳月」の重要な意味があるのであり、それは今村忠純も述べているように、この第三幕の幕切れに「岸田の近い将来におぼえる、一種すがすがしい憧憬がひめられていたのかもしれない」[*7]のである。本稿では、斎木の不在を中心に据え、第二幕を八洲子の転換点として、彼女の斎木像の変遷を岸田の演劇論と関連付けて読み解いていく。それを通して、本戯曲が、岸田の一連の「芝居を書くために何か知らを云ふ」戯曲の集大成、演劇論そのものとして読み得ることを論証できるのなら本稿の目的は果たされる。

1　八洲子の斎木像の変化とその意味

はじめに八洲子の斎木像がどのように変化を遂げていくかを見ていきたい。

第一幕、八洲子は、斎木について、「学校もよく出来」、「図々しいところ」もなく、「みんな尊敬して」いる、「欠点つて云へば、とても気が弱いぐらゐ」だが、「それも純粋すぎるからだつて云へるの、でも、あたしたち、はじめから好意をもち合つたんですもの。(間)ギタアが上手なの」と計一に語る。八洲子の方から三歳年下の斎木を「誘惑」したのかと、計一が訊ねると、彼女は、「あら、そんな覚えないわ。ただ、二人つきりになると、あの人、何時でも泣くの、愛し方が足りないつて泣くの。」と身ごもった経緯を説明する。その返答にあきれた計一は、「お前の年で、そんな夢みたいなことを考へてる女はないよ。第三者から見れば、お前たちは、不純な恋愛遊戯に耽つてゐたといふことになる。」と言う。この計一の見方は通俗的にすぎるが、ふたりの恋愛の一面を言い当ててもいる。「僕を、ほんたうに愛してくれるなら、どうか、僕のゐないところで」死んでくれと言う斎木と、「先のことは、あんまりどつちからも云ひ出さなかつたわ。信じ合つてゐるといふことだけで、なにもかもうまく行くんだつていふ気がしてたの。」という二三歳の女性としては無分別な八洲子の恋愛は、傍目には「遊戯」のように映るのである。

この恋愛に妊娠という現実が侵入するが、それさえも八洲子を現実へ向かわせない。斎木に自殺を求められると彼女は承諾し、その方法を夢想するが、「あたしには向かないのばかり」と、何一つ実行に移さない。「毎晩々々、それこそ、どうしたら死ねるかと、そのことばかり考へて、頭がふらふらして来たわ……御飯をまる一日たべずにゐたこともあつてよ。」と言う彼女の言葉に現実感はない。由起草一は、八洲子の自殺について、「彼女は死のうかとは思っているが、まだ何か試みたわけでもない。つまり自殺未遂者ですらない。」「死というこの上なく深刻な問題を前にしての、このような一種余裕のある態度は、当然喜劇味を醸し出さずにはおかない。」[*8]と述べている。

ここで注意しなければならないのは、八洲子の描写する斎木像が分裂しているという点である。みなに尊敬される優秀で純粋な人間と、二人きりになると「愛し方が足りない」と泣くかと思えば、立身出世のために「僕のゐないところで」死んでくれという身勝手な男の間には、明らかに齟齬がある。それにもかかわらず八洲子が、斎木の「値打は見る人で違ふ」けれど、「自分の心だけは信じてゐます。」と主張するのは、彼女自身、自らの語る斎木像が妊娠や自殺の根拠として薄弱であると知っているからなのではないだろうか。ふたりの関係を「恋愛遊戯」ととらえ、「何を」したかを聞きだして斎木の「正体」をつかもうとする計一に、彼女は頑なに自殺の経緯を話さない。それは、そのことが家族の斎木像を決定的に悪化させることを知っているからである。第一幕で読み取るべきは、分裂した斎木像を抱えながら、それでも斎木を信じようとする八洲子の姿である。

七年後、第二幕での八洲子の第一声は、「あたし、もう、いやだわ」である。八洲子は、会うことさえ拒む斎木に苛立ち、その責任を無理に籍に入れさせた家族に向け、「名義だけの夫婦なんて、結局どつちのためにもならないわ。」と別離さえ口にする。彼女の変化を端的にあらわしている台詞が、「夫は、妻と同棲を拒むつていふことできないでせう?」である。第一幕で八洲子は、「何を」したかで斎木を判断しようとする家族に抵抗していたが、第二幕になると、彼女は家族の論理で、彼の「同棲を拒む」行為を批判する。ここから推測できるのは、第二幕の八洲子が家族のなかで彼女自身の斎木像を見失っているということである。計一が、「今はもう死にたくないか?」と尋ねると、「生きてゐたくもないわ。」と答えるほど八洲子の日々は虚しいのである。

そこに斎木が来訪し、離婚話が切り出される。紳二は斎木に、八洲子に「七年間の犠牲的生活」を強い、みどりの「父親として義務」を欠き、「別居生活が女に与える苦痛」を「わかつてゐて、それを平気で見てゐた」と、彼の所業を数えあげる。紳二の批判も、斎木が「何を」したか、あるいはしなかったかを根拠においている。

斎木が去った後、これまで斎木をかばっていた八洲子が、突然の離婚話に追いつめられて、自殺の真相を家族に暴露する。八洲子は、「あなたが若し、僕を、ほんたうに愛してくれるなら、どうか、僕のゐないところで……「東京から成るべく遠く離れた場所で……ひと思ひに……ひと思ひに……。」と斎木の言葉を言いながらこらえ切れずに泣き伏す。しかし、重要な変化はその後におとずれる。それを聞いた家族が、「お前は、それを黙つて聴いてゐたのか?」と問うと、八洲子はこう答える。

あたしは、馬鹿ぢやないつもりです……。それが、どんなことか、あたしにはわかつてゐます……ええ、わかつてますとも……。ちやんとわかつてますわ……。でも……でも、あの人が、それを、どんな風に云つたか、どなたも御存じないからですわ……。いいえ、いいえ、決してわるい人ぢやありません……一正は……。

正直に、困つた気持を云つただけです……。あたしは、それが、憎めないんです……恨むことなんかできません……どうしても、さうしてあげなければならない……さうするのがほんたうだと思つたんです……あの人のために、さうするのがうれしかつたんです……。[*9]

この台詞には「……」が多い。それは八洲子が、自分の心に問いかけながら言葉を紡いでいるからである。この台詞から八洲子の心の動きを読み取っていきたい。

まず八洲子は、斎木が何を言ったかわかっていると三度も繰り返す。これまで自殺の真相を隠してきたのは、先述したように家族の斎木像が悪化するのを恐れたためだが、同時に自身の斎木像の分裂から目を逸らすためでもあったと考えられる。この一件が家族の目から見れば馬鹿げたことであると知っているからこそ、八洲子は「あたしは、馬鹿ぢやない」と言うのである。しかしここで彼女は、「でも……」と言いよどみ、また「でも」と言う。ふたつの「でも」の間にはさまれた「……」は重要である。この時、八洲子に自殺を乞う斎木の姿が蘇り、彼女の心はかつての斎木のイメージで満たされる。しかし八洲子はそのイメージを家族に伝えることができない。そのもどかしさのなかで、彼女は斎木を知っているのは自分だけであることに気づく。これまで彼女の心を動かしたのは、斎木の佇まいであり、物言いであった。言語化することはできないが、それらこそが彼女にとってかけがえのない斎木なのである。そこで八洲子は、斎木が「それを、どんな風に云つたか」を知らなければ、斎木をわからないのではないか、と家族にはじめて問う。これが八洲子の斎木像の核心である。ここで分裂していた八洲子の斎木像が一つに収斂し、彼への愛情が確信に変わる。八洲子は、「正直に困つた気持を云つた」斎木を「わるい人ぢや」ないと思い、自殺は彼女の選択で、「あの人のために、さうするのがうれしかつた」のだと言う。ここには自分の不幸を他人のせいにして不平を言い募る二幕はじめの八洲子の姿はない。紳二が現在の斎木への気持を訊ねると彼女は、躊躇しながらも、「やつぱり、あの人が好きですわ……。」と彼への思いを家族に伝える。

自殺の真相とともに自分の心にも蓋をしていた八洲子は、斎木の事実に向き合ったことで、斎木を、さらに彼女自身を発見する。これが第二幕の八洲子の重要な変化である。この時はじめて八洲子は、家族のもつ斎木像と自分のそれとの根本的な相違に気づく。これまで八洲子の心を動かしてきたのは、斎木が「何を」言動したかではなく、「いかに」語り、「いかに」行動したかであったことに思いいたったとき、八洲子は彼女の斎木像を獲得し、それが家族の斎木像を凌駕する。これこそが「歳月」の最も劇的な「発見」であり「逆転」である。

さらに八洲子は「もうかうなつたら、何時までも生きてゐて、あの人の、立派な仕事をみさへすればいい」と、斎木を見守る決心をする。彼女はそこで悶えるように床に突っ伏す。八洲子は、単に別離を悲しんで泣くのではない。離婚という最悪の事態によって、八洲子は、現実・実体としての斎木と一旦は決別するが、その瞬間に彼女にとっての斎木を発見し、共に生きることを決意する。斎木との物理的な別離と、精神的な再会のなかで八洲子は身悶えているのである。

では、第二幕で斎木への愛情を確信した八洲子が、第三幕でなぜ幸福であるはずの斎木の復縁話を拒否したのだろうか。第三幕の終盤、彼女はその心境を次のように語っている。

なにか、予期してたことが、その通りになつて行くみたいに……。待つて頂戴……それでゐて、あの人の情熱は、目に見えるだけで、心に触れて来ないの。どう云つたらいいか知ら……。今、自分の前にゐるのは、あたしがこの十年間、信じつづけてゐた、あの一正だとは、どうしても思へないんです……。何処が変つてゐるとも云へません。あたしが、待つていたのは「この人」ぢやない、「あの人」だつていふ気がして……いちいちの言葉をうれしく聴きながら、こつちは、誰に応へていいか、その相手が見えないんです……。*10

八洲子はこのように言っているが、舞台上に登場しない斎木が、かつてどのように「あの人」であったのか、また今回訪ねてきた彼がどのように「あの人」でないのか、は観客には判断しがたい。確かなのは、八洲子が一〇年間斎木を待っていたにもかかわらず、その復縁話を、彼が「あの人」ではないという理由で退けたことである。八洲子は、斎木の「何がそんなに変つたのか、どうしてもあたしには分らない。」と呟く。それにもかかわらず今の斎木が「ほんたう」ではないということに揺るぎない自信を持っているのは、言語化できないもののなかに、八洲子にとって大事なものがあるという発見が彼女を強くしたからである。第二幕で獲得した斎木の鮮烈なイメージは、時を経てもその力を失わず、現実の斎木を駆逐する。第三幕で描かれているのは、「いかに」八洲子が彼女の斎木像を信じ続けたか、八洲子が彼女の斎木像を抱いて生活する、その姿である。

「歳月」には、第一幕で、家族の論理的で説明可能な斎木像に抵抗し、第二幕で、家族の斎木像に絡めとられながらも、遂に現実の斎木ではなく自身の斎木像を獲得し、第三幕では斎木を拒否することによって自身の斎木像を家族に示すという、八洲子の一七年のプロセスが描かれている。冒頭の問題に戻ると、第三幕で、彼女が微笑を含んで家族の前に戻ってくるのは、彼女が、彼女の斎木像を、そしてそれを獲得した歳月を肯定しているからである。さらに言うなら、岸田が八洲子に微笑を与えたのは、「何を」ではなく「いかに」こそ、人の心を動かしうるという、八洲子が持つ信念を岸田が肯定しているからであると解釈できるのではないだろうか。

2　演劇論としての「歳月」

冒頭で、「歳月」を、演劇とは何か、という問いのために書かれた戯曲であると述べた。これまで八洲子の斎木像の変遷を見てきたが、では、「いかに」を信じる八洲子をとおして、岸田は何を描こうとしたのだろうか。またそれがいかなる意味で演劇論として読むことができるのかを、岸田の演劇論によって答えていきたい。

先の揚言を書いた一九二四年（大正一三）に、岸田は、「演劇の本質を戯曲のうちに見出すより外はない」との理念を示したうえで、「要するに戯曲のもつ『美』は、文学の他の種類に於ては、求め得られない、—少くとも第一義的ではない—『語られる言葉』のあらゆる意味に於ける魅力、即ち、人生そのもの、、最も直接的であると同時に最も暗示的な表現、人間の『魂の最も韻律的な響き（動き）』に在る」[*11]と述べている。つまり、「芝居を書くために何か知ら云ふ」戯曲において、「語るべき何か」の空位を埋めるのが、この「『語られる言葉』のあらゆる意味に於ける魅力」であると推察される。さらに「歳月」を著す二年前、岸田は「純粋演劇の問題」で次のように論じている。

はつきり云はう。人間が生きてゐるといふ事実、そして、その「人間」が生きてゐるのを感じるといふことが、先づ、われわれにとつて第一の「興味」である。しかも、今眼前に、その「人間」の一人が、われわれの「夢」を生活して見せるといふ神秘の芸当は、更に大きな「見もの」である。彼は「語り」彼は「動く」。彼が何を語り、何のために動くかといふことよりも、彼が如何に語り、如何に動くかといふことが、この興味の重点である。なぜなら、われわれは、この「人間」が幸福であらうと不幸であらうと、善人であらうと悪人であらうと、自分は固より、この世の誰彼に何の係りもないことを知つてゐるからだ。われわれは、ただ、一つの魂の微妙な韻律、その韻律の奇怪にして自然な交響楽に耳を澄ます。過去と未来、夢と現実、表と裏の、かの無限に拡大された生活の相と、その生活刻々の「呼吸」に触れ、空間と時間を超越して、所謂、「心理的リリシズム」の陶酔に浸れればいいのだ。[*12]（傍線は筆者による）

揚言から一〇年余りの年を経て、岸田は、戯曲の文字言語を「語られる言葉の魅力」に変換する「俳優」に視線を移し、「『或こと』を言ふために芝居を書くのではない。／芝居を書くために『何か知ら』を云ふのだ。」という主張を、俳優が「何を語り、何のために動くかではなく、如何に語り、如何に動くかといふことが、この興味の重点である」と言い換える。しかし楊言に示された岸田の姿勢に揺らぎはない。

右の引用から、八洲子の「いかに」による斎木像が、同時期に書かれた「純粋演劇の問題」と見事に呼応していることがわかる。もちろん作家の演劇論が戯曲に反映されているのは当然であるが、八洲子はその範囲をはるかに超えているように思われる。

これまで見てきたように、八洲子は斎木との別れをきっかけにして、「何を」ではなく、「いかに」でとらえた斎木を、「ほんたう」の「あの人」として一〇年間を生きる。そして岸田が「歳月」執筆まで一貫して主張していたことも、人の心を打つものは、現実やテーマといった「何を」にはないということである。岸田は、「テーマ性」・「問題性」のみが主題とされていた当時の日本の演劇にたいして異議を唱えていたのである。だとすれば、八洲子の斎木像の獲得のプロセスを描く「歳月」そのものが、八洲子をとおして、岸田の「彼が何を語り、何のために動くかといふことよりも、彼が如何に語り、如何に動くかといふことが、この興味の重点である。」を肯定する、まさに岸田の「演劇を語る演劇」と結論することができるのではないだろうか。

これまで「いかに」と「何を」を対立させ、岸田の演劇論における「いかに」の重要性について論じてきたが、それが具体的にはどういう形で「歳月」で表現されているかは、まだ明らかになっていない。その手掛かりになるのが、「ギタアが上手」な斎木である。第一幕の「あたしたち、はじめから好意をもち合つたんですもの。(間)ギタアが上手なの。」が、八洲子が斎木を具体的に表現している唯一の台詞である。[*13] くわえてこれは、第三幕の礼子の台詞「お母さまのおつしやるほんたうのお父さまつて、あたしも、ちやんと識つてるわ……。ギタアが、それやお上手だつたのよ……。今日来た人は、きつと、そんなもの弾けないでせう……。」によって繰り返される。「ほんたうのお父さま」とギターが上手であることを等号で結ぶ礼子に、八洲子も同意する。つまり第一幕で斎木は「ギタアが上手」な恋人として八洲子に愛され、第三幕では「ギタアが上手」であるはずはないとして拒否される。第一幕と第三幕の一七年間をつなぐ「いかに」は、「ギタアが上手」な斎木というイメージである。

そうであるなら戯曲を横断するこのイメージに岸田は何を託し、この表現が岸田の演劇論にどのようにかかわるのだろうか。再び斎木像に戻ると、八洲子の斎木像が「ギタアが上手」であるのにたいして、計一にとってのそれは「立身出世主義の亡者」であり、紳二にとっては「天下の卑劣漢」である。一見して「ギタアが上手」という形容は、家族のそれに比べて感覚的であり、観客に斎木を想像させるヒントを与えるだけで、斎木の統一的な像を結ばせることも、論理的な解釈を成立させることもない。むしろ、そういった確定・意味の付与をかわす、しなやかな強度を持った表現ではないだろうか。つまり、この「ギタアが上手」という表現によって斎木の実体がいささかも解明されないことこそが重要なのである。

では家族の斎木像は斎木の実体といえるのだろうか。先述したように山本が実体であるとしたこの家族の斎木像も実は第三幕の終盤で亀裂を見せる。もし斎木が家族の考える「立身出世主義の亡者」であれば、第三幕ですでに三六、七歳に達している会社員の彼は、それに見合う家族を持っていて然るべきであろう。その証拠に、岸田は、紳二に、訪ねてきた斎木が「こんだ《ママ》の女房と、子供の三人も連れて、松坂屋の食堂をうろついてると思つたら間違ひはない。」とあえて予想させ、そのうえで斎木が実際には未婚であることを明かしている。もちろん彼が未婚でなければ復縁という展開はないわけで、彼を未婚にする必要はある。しかし、この紳二の台詞によって、家族が考える「立身出世主義の亡者」も「天下の卑劣漢」も推測にすぎず、彼らの斎木像も疑いを差し挟む余地があることが判明するのである。これによって、斎木が加害者で、八洲子が彼の犠牲者であるといった物語が成立しなくなり、むしろ斎木こそが八洲子とその家族に翻弄され続けてきたという仮説さえ成立可能となる。

つまり「歳月」で描かれているのは、斎木の決定不能性である。では彼が決定不能であることは何を意味するのだろうか。先に引用した「純粋演劇の問題」で岸田は、「演劇は『進行』するのだが、その『進行』に、今云つたやうな『期待』をもつことは、已むを得ないといふだけで、『演劇的』には、重要なことではない。さういふ『期待』を忘れて、瞬間瞬間の『影と動き』に注意を惹きつけられるやうに、見物は訓練されなければならぬ。」と記している。岸田が観客に求めるのは、筋を追うことではなく、現前性を楽しむことである。もし仮に斎木が実体を持ったなら、「歳月」は筋を紡ぎはじめ、テーマを持ちはじめる。岸田はそれを阻止するために、斎木を不在にし、決定不能にしたのである。さらに言うなら、「歳月」で描かれているのは、斎木の「いかに」によって構築された八洲子の斎木像を、彼女が「いかに」信じつづけていくか、そのプロセスである。つまり「何かしら云ふ」要素を徹底的に排除し、二重の「いかに」だけで劇全体を組み立てることによって、岸田は「純粋演劇」の極北の形を「歳月」で現出させていると言える。ここに斎木を不在にした、真の意味があり、本論が「歳月」を岸田の演劇論であると主張する証左もある。

演劇が観客の関与で完成するのなら、「何を」を排除した「歳月」は、観客が「何」を埋めるという関与を可能にした戯曲である。つまり、この作品は観客の無限の解釈を可能にするのだが、どの解釈もそれが正解であると確定されないために、すべての解釈をはねつけもする。結果として観客が目にするのは、舞台上の八洲子だけである。この八洲子が「ほんたう」のあの人を待つというだけの筋で成立する本戯曲は、原理的には因果律が成立しえない人間の生そのものを、舞台上に映し出している演劇である。このように「歳月」は、岸田が言うように、彼の演劇論の「実践の一形態」であるだけでなく、岸田の演劇論であり、「純粋演劇」の集大成である。さらに演劇による人間表現の本質的な試みであると解釈することも可能ではないだろうか。

「歳月」はその題目から、一七年間を扱った戯曲であることは明らかであるが、今村忠純は、その「年」について興味深い指摘をしている。すなわち第一幕の「時は大正八年頃の初春」が、岸田のフランスへの旅立ちの年に当たるというのである。[*14] 第三幕はそれから一七年後であるから、この「歳月」を発表した翌年になる。つまり八洲子の一七年の歳月は、岸田が演劇を志してフランスへ旅立ってから「歳月」執筆までの時期と重なる。八洲子の斎木像を獲得する歳月と、岸田がフランスで演劇に出会い、日本で「純粋演劇」を希求していく歳月との一致は、極めて興味深い偶然である。

さて冒頭で述べたように、「歳月」は、「芝居を書くために何か知らを云ふ」最後の戯曲であるが、阿部至が「岸田戯曲のテーマ」[*15]で指摘しているように、「戯曲家岸田國士の実質的処女作」は、フランスでの上演を想定した「古い玩具」[*16]ではなく、日本人観客のためにはじめて書いた「チロルの秋」[*17]であると思われる。

「チロルの秋」では、旅先で出会ったアマノとステラは、一晩の余興で相手をお互いの思い出の恋人に見立てる「空想の遊戯」をする。しかしアマノはステラの母親が日本人であるという事実を知って遊戯に没頭できなくなった彼はステラの拒絶され、ふたりの遊戯は中断する。チロルを舞台にした「ハイカラ」なこの戯曲は、当時の日本の家族を描いた「歳月」とは異なった印象を与える。しかし、山崎正和は古山高麗雄との対談で、「現実そのものに対してうまくほどのいい感情をもてない人物」として「歳月」の八洲子と「チロルの秋」のアマノとステラをあげ、この二戯曲の類似性を指摘している。[*18]ここでは、この「芝居を書くために何か知らを云ふ」最後の戯曲が、その最初の戯曲とどのように異なるのか、その変化をとおして、岸田の「純粋演劇」追究がどのような足跡をたどってきたのかを見ていくことにしたい。

「チロルの秋」は、外国に材を取り一夜限りの遊戯を描いた、一見現実離れした戯曲である。しかしこの筋を急展開させるのは、ステラの母親が日本人であるという事実であり、その点で、この作品は、「古い玩具」のテーマである「日本人であるという意識の悲劇性」[*19]を引き継ぐ「何かしら云ふ」戯曲であると言える。一方、当時の東京の山の手に住む八洲子を主人公にした「世態的リアリズム」の典型のような「歳月」は、日本という現実のなかで、一七年間におよぶ恋愛を描いている点で、一見通俗劇のような作品である。しかしこれまで述べてきたように、この作品は、「何かしら云ふ」要素を削ぎ落として岸田のとなえる「純粋演劇」に肉薄した戯曲でもある。つまり「歳月」は、「日本」という場を舞台に、一七年という時の流れを描きながら「純粋演劇」がどのように描けるか、それを試みた作品である。ここに劇作家として登場して一〇年余り経てもなお、変わらぬ岸田の「純粋演劇」への意志を見ることができるのではないか。日本の現実を長い時間のなかで書き込んだという点に、「戯曲のための戯曲」の最後の戯曲である「歳月」の真価があるのである。

本戯曲には、もうひとり楽器を演奏する人物、八洲子の娘みどりが登場する。みどりは、浜野家の唯一の後継者である。第三幕終盤に、八洲子が「何時か、ほんたうのお父さまが、あたしたちを迎ひに来て下さるわ……。待つてゐませうね。いつまでもよ。『早く』なんて思つちや駄目よ……。」と言い、最後に「もう、しばらく御辛抱を……」と言うと、それを機にみどりは、厳しい冬のあと雪解けの小川を彷彿させるグリーグの「春」を演奏する。それを見て八洲子は舞台を去り、幕が下りる。岸田は、この曲を一七歳のみどりに演奏させるが、この幕切れに、道半ばにある岸田の「純粋演劇」実現への希望と次世代に託さざるをえない岸田の諦観を読み取ることができるのではないだろうか。

結び

これまで「歳月」に描かれている八洲子の一七年の変化について詳細に論じられることはなかった。しかしこの作品は、「何を」ではなく、「いかに」による斎木像を、八洲子が「いかに」持ち続けたか、その変遷を描いた戯曲なのである。そして八洲子の変化の軸となるのが不在の斎木である。斎木が不在であるからこそ、斎木は決定不能となり、その結果、「歳月」は、「何か知ら云ふ」要素を排除する戯曲になったのである。

岸田は先述の「純粋演劇の問題」で「人間が生きてゐるといふ事実」、そして「その『人間』が生きてゐるのを感じる」こと、それが観客の楽しみであると語っているが、八洲子の斎木への態度は、まさしく岸田が考える観客のそれである。八洲子の「いかに」による斎木像は、言語化することができない。言語化できないゆえに、彼女もまた斎木の「何を」愛したかではなく、「いかに」愛したかだけで舞台に存在する。観客は、意味に回収されない「瞬間瞬間」を生きる八洲子を目にする。このように、人間が舞台上に存在することだけが顕在化する「歳月」は、岸田の考える「純粋演劇」の極北であるとは言えないだろうか。

岸田は後に、「『戯曲は如何に書かるべきか』といふ修行は、もう私をうんざりさせた。そろそろもう、『戯曲によって何を語るべきか』といふ課題が私を捉へはじめてゐるのである。」[*20]と記している。この「戯曲は如何に書かるべきか」の最後の戯曲である「歳月」は、先に述べたように岸田の演劇論の「実践の一形態」であることをはるかに超え、岸田の演劇論ともなり、「純粋演劇」の集大成でもある。岸田がその後、「戯曲によって何を語るべきか」に転じるのは、時代の要請であるかもしれないが、「歳月」で彼の目指す演劇を完成させてしまったその結果とも考えられるのである。

註

＊1　岸田國士「前記」、『歳月』（創元選書、一九三九年）。『全集二八』、岸田國士「あとがき」『新日本文学全集第三巻・岸田國士集』（改造社、一九四〇年）。『全集二八』。
＊2　岸田國士「言はでものこと」『都新聞』（一九二四年四月二〇日）。『全集一九』
＊3　岸田國士「あとがき」『古い玩具』（岩波文庫、一九五二年）。『全集二八』
＊4　岸田國士「懐かし味気なし　五年振で見る故国の芝居」『読売新聞』（一九二四年三月二三日）。『全集一九』
＊5　山本修二「劇文学における幻想と現実」『演劇芸術の問題点』（あぽろん社、一九七一年）
＊6　河内夫佐子「岸田国士『歳月』について」『金城国文』（金城学院大学国文学会、一九七七年）
＊7　今村忠純「岸田国士の歳月」『國語と國文学』（東京大学国語国文学会、一九七五年）
＊8　由紀草一「歳月」『二〇世紀の戯曲　日本近代戯曲の世界』（日本近代演劇史研究会編、社会評論社、一九九八年）
＊9　岸田國士「歳月」。『全集六』より引用。三三四頁。
＊10　同右。三五四頁。
＊11　岸田國士「演劇論」『文芸講座』（文芸春秋社、一九二四年）。『全集一九』
＊12　岸田國士「純粋演劇の問題」『新潮』（新潮社、一九三三年第二号）。『全集二二』より引用。四五―四六頁

＊13　早稲田大学演劇博物館図書室所収の杉村春子（八洲子役）の台本には、この台詞の前に「(間) を入れる」、ギターの前には「長い間」、そしてギターの箇所には、「自慢するように」と書き込まれている。

＊14　今村　前掲書

＊15　阿部到「岸田戯曲のテーマ」『演劇学』（早稲田大学演劇学会、一九七九年）

＊16　岸田國士「古い玩具」『演劇新潮』（一九二四年三月号）。『全集一』

＊17　岸田國士「チロルの秋」『演劇新潮』（一九二四年九月号）。『全集一』

＊18　山崎正和、古山高麗雄「対談　発想の転換　実人間・岸田國士に触れて」『新劇』（一九七六年九月号）

＊19　渡邊一民『岸田國士論』（岩波書店、一九八二年）

＊20　岸田　前掲書（一九四〇年）

「生々しさ」の二つの審級――「麵麭屋文六の思案」「遂に『知らん』文六」

日比野　啓

1　はじめに

本稿では、「ちょっとハイカラで、気取った風」（里見弴）「気取りと、嫌味と、遊びの外に何もない」（小山内薫）と指摘されてきた岸田戯曲において、生活感のない主人公たちより低い階級に属する脇役が、しばしば「生々しい」と言えるまでの存在感を持っていることをまず指摘する。

次に、目立たないけれども、脇役たちの「生々しさ」に拮抗しようとするかたちで、主要登場人物の空想がきわめて生々しく描かれようとしていることに注目する。もっと正確に言えば、登場人物たちの生きている現実に、主人公が抱く幻想が「荒々しく」侵入し、それが現実を支配するさまを岸田は好んで描いた。しかし結局のところ、観念が生々しく現実に息づくのはつかの間である。岸田は観念の存在に対する優位、精神の肉体に対する優位を信じつつ、同時にそのことを疑っていた。多くの岸田の戯曲作品において、主役たちの観念の生々しさが、脇役たちの存在の生々しさに究極的に敗北するのは、そのような岸田の思考を跡づけるだけでなく、西洋文明からの借り物の思想が前近代的因習に敗北するという多くの日本の知識人が抱いた恐怖に通底している。[*1]

最後に、「麵麭屋文六の思案」（一九二六年、以下は「思案」と表記）「遂に『知らん』文六」（一九二七年、以下は「知らん」と表記）という二つの一幕物をとりあげ、岸田作品における「生々しさ」の二つの審級が、これらの作品において例外的に錯綜していることを指摘し、整理され明確な二項対立として表象される以前の岸田の原型的想像力が蠢く様子を見ていきたい。「思案」から「知らん」へ、考えがさまざまに揺れて一つにならない状態から現実の認識そのものを拒否する身ぶりへ、という題名の推移が暗示するのは、観念が存在に敗北するという判断を下すことができずに迷い、揺れ、そのことに目をつぶろうとする岸田自身の「思案」なのだ。

2　卑俗な脇役たちの存在の生々しさ

「牛山ホテル」（一九二九年）において、実質上の主人公であり、根無し草のインテリという点ではかつて仏領インドシナに滞在していた頃の若き岸田本人を思い起こさせる真壁と、その妾であり、無教養だが芯の強い藤木さと、どちらが観客に強い印象を与えるだろうか。真壁は観念の人である。透徹した認識とそれを表現するだけの言語能力を持つがゆえに真壁は優柔不断で、なかなか思案を行動に移せない。対してさとは行動の人である。彼女は自らの将来の見通しが暗いまま、あるいは暗いことすらろくに認識できないまま、帰国の途につく。どちらの立場に身を置くかによって受ける印象は違うだろうが、多くの観客は、ある種の蛮勇さというべきさとの行動力に驚嘆し、真壁とその仲間の日本人たちが、空疎な理屈ばかり並べて生きることに真剣になれずにいることを皮肉とも愛惜ともつかぬ調子で描く、岸田の距離のとりかたに居心地の悪い思いをするだろう。

「牛山ホテル」において真壁がさとの「生の意志」に圧倒されているかどうかははっきり書かれていない。しかし、幕切れにおいてさとの見送りに出ることをよねに促された鵜瀞が「おれは行くのは止めとかう。腹が減つて動けん」[*2]と言いながら畳の上にごろりと寝ころがったり、同様にさとを見送らずにいた真壁がパジャマ姿のままで階段の途中まで降りてきてじっと下を見下したりする、という図像学的配置から、男たちは言葉に出さずともさとの盲目的な行動が生み出す一種の迫力に気圧されているのだということは伝わる。この作品では、行動に結びつかない理念と、理念を持たない行動との対立がドラマに仕組まれているのだ。
日露戦争を背景とした「動員挿話」（一九二七年）においてそのことはもっと明確になる。この作品の最初の山場は、陸軍少佐宇治が戦地に赴くにあたり、馬丁友吉を連れて行こうとするものの、友吉の妻数代が、自分たちは一身同体（「一心同体」どころではない！）なのだと言って、夫の同行を敢然と拒絶する場面だ。身分の差をものともせず「わたくし共に取つて、名誉は紙屑と同じで御座います」「御主人御一人の御機嫌を損じたゞけで、夫の命を拾うことができれば、こんなうれしいことは御座いません」[3]と堂々と言い放つ数代の迫力に押されてたじたじとなり、空疎な理念や体面を取り繕うための言葉しか出てこない宇治少佐やその夫人鈴子はほとんど滑稽なまでに描かれている。

もちろん、「牛山ホテル」の真壁と違い、宇治は決意と行動の人間ではある。だが死をも覚悟して出征するという「気高い」「勇ましい」宇治の行動が、結局のところ観念的な、底の浅いものでしかない、ということが、夫が名誉欲に駆られ翻意したことを知った数代が絶望のあまり自ら命を絶つ、という衝撃的な結末と対比されることで明らかになる。数代が自らの生の拠り所としていたのは、夫婦の愛というようなきれいごとではない。「あたしのからだはあんたのもの、そのかはりあんたのからだはあたしのもの」[4]という彼女の言葉が端的に表しているように、それはもっとどろどろとした動物的な情念である。数代は、歌舞伎に出てくる鴛鴦のように、相手が死ねば自分も悲しみのあまり死んでしまうほど深いところで互いの存在にからめとられた生のありようを示す。そうすることで、「男子の本懐」を遂げることを旨とする宇治や、疑問は抱くものの基本的には夫の価値観に従う鈴子がいかに薄っぺらい生を生きているかということが明らかになるのだ。

さとや数代は、主人公とはいえないかもしれないが、他の登場人物と同じぐらい頻繁に舞台に登場する。「沢氏の二人娘」（一九三五年）における家政婦奥井らくは、それほど多くは登場しないが、さとや数代と同様、きわめて現実的な人物として描かれ、主人公沢一寿やその二人の娘悦子と愛子が観念的であったり空想を弄ぶ癖があったりするのと対比されている。幕が開いた途端「卓子の上で通帳を調べてゐる」[*5]らくを目にする観客は真っ先に彼女の計算高さを印象づけられることになる。再就職の目処もつかぬまま、恩給を全て娘たちの小遣いにやる一寿や、学校勤めの薄給でありながら恵まれない子供の家庭に「有りつたけのものをみんな、洗ひざらひ放り出す」[*6]寄付をすることが生き甲斐の悦子、四百円のピアノをぽんと買う愛子の経済観念のなさとそれは対照的である。

たしかに沢一家の三人はそれぞれに享楽的であり、現世的な欲望を抱いている程度には生々しい。「動員挿話」の宇治少佐にはそうした生々しさは全く感じられない。「牛山ホテル」の真壁は、肉の快楽を十分知っているはずだが、それでもその言葉は書生臭く観念的で、生々しさをもって迫ってくることはない。とはいえ、沢一家たちが突き動かされる欲望は、生活に直結したところがなく、中産階級の遊戯に見える。それに対してらくの欲望は観念と結びつかず、生き延びることを中心に据えている点で、生々しさの度合いが異なる。二人の娘と仲違いしたのち、尾羽打ち枯らしてアパートで独居生活を送る一寿のもとに、娘の学費が必要だから以前のように三人で暮らすようにしてくれと頼みに来るらくのエゴイズムは毒々しくすらある。

主人公よりも社会的階級が低かったり、かつ／あるいは、教育や品性の点で劣っていたりする卑俗な人物たちが、主人公たちより生きることに執着し、気迫において主人公たちを圧倒する、というのが岸田戯曲の数多くの作品に見られる特徴であることは以上で見た通りである。上記三作品ではそうした脇役はみな女性であったが、それは岸田にとって女性のほうがこのような人物造形により適していたということだけのことであり、生活力旺盛な女性に頭でっかちの男性が敗北する、という男女対立の構図が示されているわけではない。たとえば「村で一番の栗の木」（一九二六年）では、主人公亮太郎の弟保次郎が、生命力の象徴となっている「村で一番の栗の木」と同一視されるかたちで描かれている。「喋りたいといふ本能は死も恐れないといふ話がある。このまま黙つて寝ろと言はれれば、僕は、潔く死を選ぶ」[*7]という亮太郎にとって、観念は生よりも重要である（と亮太郎は頭の中で思っている）のだが、村に帰ってきて以来彼の生は保次郎の物言わぬ存在によって脅かされることになる。

ほかにも「チロルの秋」(一九二四年)では別役実が指摘するように、恋人ごっこを繰り広げるホテルの滞在客アマノとステラの会話のとりとめのなさに対して、ホテルの娘エリザと、その恋人である姿を見せない少尉と、やはり姿を見せず声だけが聞こえるエリザの叔父との関係が「最も手触りの確かな生活空間を形造っている」。[*8] ここでも男女の差というより、おおざっぱに階級と言えるものの差(ホテルの滞在客のほうが、現地の従業員やその知人より裕福だろう)が「生々しさ」の度合いを決定している。

興味深いことに、岸田自身は自作に登場するこうした卑俗な脇役たちの存在の生々しさについて目立った言及をしていないし、批評家たちも注目してこなかったようだ。だが少し見方を変えると、別役実であれば日常の手触りの生々しさ、とでも名づけただろうものを自分は描くのだ、と岸田は言っていることに気づく。

人間が生きてゐるという事実、そして、その「人間」が生きてゐるのを感じるといふことが、先ず、われわれにとつて第一の「興味」である。しかも、今眼前に、その「人間」の一人が、われわれの「夢」をも生活して見せるという神秘な芸当は、更に大きな「見もの」である。彼は「語り」彼は「動く」。彼が何を語り、何のために動くかといふことよりも、彼が如何に語り、如何に動くかといふことが、この興味の重点である。なぜなら、われわれは、この「人間」が幸福であらうと不幸であらうと、善人であらうと悪人であらうと、自分は固より、この世の誰彼に何の係りもないことを知つているからだ。われわれは、ただ、一つの魂の微妙な韻律、その韻律の奇怪にして自然な交響楽に耳を澄ます。過去と未来、夢と現実、表と裏の、かの無限に拡大された生活の相と、その生活刻々の「呼吸」に触れ、空間と時間を超越して、所謂、「心理的リリシズム」の陶酔に浸れればいいのだ。[*9]

何度となく引用されたこの有名な一節について、岸田が現実の「生々しさ」を抽出することを目指していたのだ、という解釈はこれまでされてこなかったように思われる。あるいはそれは、ここで用いられている「心理的リリシズム」という言葉が躓きの石だったからだろうか。繊細な心理を描くのに繊細な筆致が用いられるとは限らないのに、「心理的リリシズム」という言いかたで括られることで、岸田の戯曲には野に咲く一輪のスミレのような、か弱いものだけが存在する、という思い込みが生まれてしまったのではないだろうか。

だが「一つの魂の微妙な韻律、その韻律の奇怪にして自然な交響楽」は、「耳を澄ま」さなくては聞き取れないほどかすかな音であるかもしれないが、それでも耳を近づければ、複数の旋律が応答しあって交響楽をなしていることがわかる。「無限に拡大された生活の相」という一節の意味はこの文脈だけでは不明瞭だが、たとえば別役がハロルド・ピンターの劇世界のことを、「裸の空間に投げ出されたそれ自体はきわめて生々しい甲虫の足の一本の細密画のようなもの」「局部的リアリズム」[*10]であると述べていることを思い起こせば、細部に宿るリアルさを岸田國士が舞台において大写しにしようとしていた証であると解釈できるだろう。対立のないドラマ、内心の葛藤だけが描かれて解決に至らない岸田流のドラマにおいて観客の（あるいは読者の）興味を引きつけておく装置とは、劇的因果律とは別個に存在する、日常の生々しい手触りだったのだ。

3　主要人物の観念の生々しさ

岸田戯曲において、脇役たちの存在の生々しさとは別に、主役たちにも別種の生々しさが宿っている。それは観念の生々しさである。とはいえ、こちらもまた、これまでの批評研究において「生々しさ」だとは認識されてこなかった。会話の中でいささか唐突に開陳される主人公たちの空想は、他愛もない、取るに足らないものだと片付けられてきた。だが、個人の幻想が複数の登場人物の共同主観性から成り立つ現実を蹂躙する行為は、本来暴力的である。たとえば「ぶらんこ」（一九二五年）は、朝、サラリーマンの夫が気持ちよく会社に出かけられるように色々気遣う妻を無視して、夫が自分の見た夢をひたすら語る、というのが唯一の筋らしきものだ。石原千秋は、この夫婦は朝の時間を共有しておらず、妻は「夫によって現実から置き去られてしまう」[*11]と書くが、これは正確ではない。現実を生きているのは妻で、夫は自分の幻想に生きているのだから。にもかかわらず、石原が書くように見えるとすれば、それは夫が自分の幻想こそが現実だと観客に信じ込ませることに成功している、ということである。妻の住まう現実の時空は次第に夫の妄想によって覆われ、消失してしまう。これが想像力の暴力である。空想を語る夫の言葉は、暴力性を内包した生々しい凄みを帯びている。

もちろん、身体の痛みを伴わない「暴力」はそれ自体が観念に過ぎない。だが「『人間』の一人が、われわれの『夢』をも生活して見せる」ことを「神秘な芸当」だととらえる岸田は、台詞の中で語られる作者の「夢」によって俳優の身体が暴力的に変形することを想定している。大道芸人が口から火を吹く芸当によって、口内に火傷を負うように、俳優は現実に存在しないことを口に出すことによって、自分の身体に無理な「芸当」をさせる。想像力が暴力だというのは、ただ台詞の次元で他の登場人物たちの現実を否定し去るからだけでなく、その妄想を語る俳優の身体を現実に痛めつけるからなのだ。

観念の生々しさを俳優の身体に残る暴力の痕跡として形象化しようと考えたのは岸田ばかりではない。岸田の六歳年下、ほぼ同時代人であるアントナン・アルトーが残酷演劇を唱えたのはその極北だが、ヨーロッパ近代劇の主流であったリアリズム演劇はどの流派でも舞台上で観念が俳優の身体を変形させることに関心があった。それはリアリズム演劇の素人主義や一回性の重視とも関係してくる。すなわち、十九世紀半ばまでの玄人俳優たちは長年の訓練によってすでに身体を痛めつけてきており、またその結果として、伝統的な台詞回しや演技術を身につけることになった。十九世紀半ばまでのヨーロッパ演劇の「リアルさ」はこれらの台詞回しや演技術がいつも／すでに担保しているものであって、舞台上であらためて身体を傷つける必要はなかった。それに対して、リアリズム演劇では素人に近い俳優たちが、どのように台詞を言えば、どのような所作をすれば、私たちのうちにある生の実感に触れるのかを試行錯誤しながら探るという方法論をとった。

結果として舞台の上でリアルな演技ができたかということよりも、過程においてリアルさをたぐり寄せる作業がともすれば重要視される、あるいは上演のたびごとに達成度が異なることを許容する、このような素人主義を大成したのは、言うまでもなくスタニフラフスキイである。そしてコポーに師事した岸田もまた、二十世紀ヨーロッパ演劇の素人主義の系譜に連なることになる。「チロルの秋」の恋人ごっこが、スタニフラフスキイシステムの「魔法のもし」を思い起こさせるのはたんなる偶然ではないし、「職業」（一九三三年）のような、新劇団の稽古場でおこなわれる俳優たちのエチュードつまり即興演技の訓練の現場を描く、日本人としてはきわめて珍しい戯曲があるのも、稽古の途中で台詞が突然リアルなものへと変貌を遂げることに岸田が関心を持っていたことを示す。

したがって岸田戯曲において主人公たちが開陳する空想の観念性とは、身体化され舞台上で形象化され、つまりは「生々しい」ものとして表象されることを期待されながら、結局それに失敗したときに私たちの目に映るものである。その失敗とは、第一義的には新劇という演技の制度の失敗であるが、大本をたどれば私たちの想像力の失敗であるとも言える。岸田の戯曲は、演劇が持つ可能性について書かれた演劇、すなわち、観念が現実を変貌せしめ、ある人間が別の人間になり変わることについて書かれているのだが、私たちはそのことを実際に上演された舞台から十分に想像することができない。それゆえに主役たちの観念の生々しさは、下層階級の脇役たちの存在の生々しさと同様看過されてきたのである。

岸田は一方では、生々しさの二つの審級が生み出す対位法的効果を狙っていたはずだ。脇役たちが行動を、主人公たちが無行動を選ぶ、という岸田戯曲の基本的な構造もまた、そのことの傍証となるだろう。というのも、ベケットが「ゴドーを待ちながら」を書いたときにそうであったように、あるいはシェイクスピアが「ハムレット」を書いたときにそうであったように、劇作家はある程度の勝算がなければ主人公がアクションを起こさない、という制限をもうけないものだからだ。

他方、その戯曲が実際に上演される際、主人公たちの空想が単なるみすぼらしい観念としてしか表象されないことに、岸田は倒錯した満足感を感じていたのかもしれない。新劇の俳優術に対する不満をたびたび述べつつも、新派に提供したいくつかの作品を除けば、岸田は自作の新劇での上演にこだわり続けた。この事実は観念が生々しい実在となることを希求しつつ、同時にその不可能性を認識せざるを得ない岸田の原型的思考を浮き彫りにしている。紙面の都合上詳細な議論はできないが、「力としての文化」（一九四三年）をはじめとする、十五年戦争期において戦争遂行のために岸田が紡ぎ出した言説もまた、観念の実在にたいするほとんど宗教的といってよい信頼の裏面に、その断念が見え隠れする奇妙なものであったことに思い起こしてもよい。「ママ先生とその夫」（一九三〇年）で朔郎が言う台詞、「君は実際家のやうにみえて、ほんたうは空想で生きてゐるんだ。僕には実行力こそないが、なんでも裸にしてみる癖がある」[*12]とは、こうした岸田自身の二面性についての自己言及にも思える。

4　「麺麭屋文六の思案」「遂に『知らん』文六」における「生々しさ」の審級

小山内薫が「チロルの秋」を「気取りと、嫌味と、遊びの外に何もない」[*13]と評したのは、舞台で繰り広げられる主要登場人物たちの「ごっこ遊び」を真剣に演じられなければならない対象としてとったからである。生真面目な小山内にとっては、人生斯くの如く生きるべし、と教えを垂れる劇作品しかリアルに演じる価値はないものだった。岸田の意図が、たんなる「遊び」をリアルに、すなわち「生々しく」舞台の上に形象化しようとするものだ、と小山内は考え、反発した。これまで多くの演出家たちもまた、同様に考え、失敗してきた。

もっとも、フランス語ならいざ知らず、日本語の戯曲で言葉だけでやりとりされるごっこ遊びなど、面白くなろうはずがない。最初からこの想像力の遊びは陳腐なものとして、「生々しく」なりえないものとして提示されている、と考えたらどうだろう。岸田は滞仏時の舞台体験を通じて「肉化」された観念、「現実化」された思考がいかに生々しいものになりうるかを一方では確信しつつ、他方では結局それは（しばしば「思考」とは無縁の）「行動」の前には一個の観念の遊戯にすぎないのではないか、とりわけ日本語において表現する際にはその限界がよりはっきりと露呈するのではないか、という不安に終生つきまとわれた。その不安とは、明治以来の知識人が常に抱いてきた、ヨーロッパ近代の精神は日本の風土には根付くことはないのではないか、「文物」（柄谷行人）としての合理主義を「土着」の非合理が呑み込み無効化するのではないか、という不安と軌を一にするものだった。

とはいえ、生々しさにおいて存在が観念を圧倒する、という岸田戯曲の図式は静的なモデルとして捉えてはならない。脇役の存在の生々しさは、主役の言動をもっぱら注視する観客の慣習的な見方によって薄められてしまうし、主役の俳優が身体を傷つけて観念の生々しい実在を開示する可能性は常にある。観念と存在とが取り結ぶダイナミックな関係にドラマを見出すことも岸田戯曲の可能性と言えるだろう。そしてその可能性を極限まで示してくれるのが、「思案」「知らん」の二作である。

「思案」「知らん」の二作品は、七十を数えようという岸田の戯曲の中でも異彩を放っている。独立した一幕物として発表されながら、後者が前者の続篇になっている、という点でも異色だが、何よりも物語の展開が意表を突く。元老院の元書記で、現在はパン屋を営む五十五歳の主人公河津文六には、四十五歳になる妻せい、二十三歳になる息子廉太、十七歳の娘ちかという家族がおり、ほかに丁稚で十六歳の常吉、下宿人で四十二歳の小学校教員梶本京作とともに一緒に暮らしている。娘ちかが、既婚者でありながら単身文六の家に下宿している京作と道ならぬ関係に陥っていたことが明かされる、という世話物じみた第二場半ばまでの物語から、彗星が地球に衝突して人類が滅亡するという突然もたらされた知らせで人々が右往左往するという、アルトーの「もう天空はない」（Il n'y a plus de firmament）[*14]を思い起こさせるその後の非日常的な展開を予想することはほぼ不可能だろう。さらに「知らん」では、文六の見た夢として、彗星衝突の後死んで亡者となった文六が地獄の城門までやってくる、という場面が導入され、夢幻劇の趣すらある。

他にも、「思案」における文六と息子廉太による神学論争、「知らん」第二場で描写される、文六とともに地獄の城門にやってきた実際の人間の戯画化であるらしい亡者たちなど、岸田は当初「思案」を発表する意図はなかったと聞けば[*15]、なるほどとうなずけるほど、この二作品は綺想に満ちており、写実的作風を基調とした岸田らしくない。それでもこれらの作品を取り上げるのは、岸田の想像力が自己検閲の過程を経ずして、もっとも原型に近いかたちで表現されているからである。これまで見てきたように、ごっこ遊びというかたちで観念の実在についての懐疑を紛れ込ませるわけでもなく、空想癖のある人間を主役へ、実際家を脇役へと配分することで観念と存在との対立の図式をより明快なものにするわけでもない。そうした意識的な工夫が施されていない分、この二作品は舞台に鮮明な像を結びにくい。越智治雄が「岸田國士論序章」において、軍人として育てようとした実父への反逆が岸田戯曲に共通する父子の相克という主題に反映されている、という説を主張して、その例として「思案」「知らん」を取り上げているのをのぞけば[*16]、この二作品について目立った論考がないのもそのせいだろう。だがその分、深い分析に耐えるものになっていることも事実である。

そして拙論との関連で注目すべきなのは、この二作品において、観念の生々しさは、存在の生々しさに拮抗しており、「知らん」の幕切れでは一見すると観念が存在に勝利したかのようにすら思われる点である。実際にはこれから見ていくように、他の岸田戯曲と同様、この二作品においても存在が観念を圧倒する結果にはなるのだが、曖昧さの残る決着になっている点で、他の岸田戯曲作品とは一線を画している。

では具体的に見ていこう。河津文六は主人公でありながら、岸田作品にありがちなインテリでも有産階級でもなく、パン屋を営む商売人である。「思案」は文六一家の夕食の場面からはじまる。彼らの会話や所作は妙に生々しい。浅蜊汁を啜って「おせい、また生姜を忘れたな。浅蜊に生姜、豆腐に葱、台所に貼り付けとけ」と妻に文句を言う文六も、「飯を頬張りたるまゝ」「あれだけおちかに云つといたんだけれど……。縁の取れた目笊の中に、いつかのがまだありやしないかい」という妻せいも、そして「指で口から髪の毛を抜き取りながら」「常公、お前忘れたね、いやだ[*17]」と反論する娘ちかも、思ったこと感じたことをそのまま口にし、体で表現する庶民として描かれる。

自らの感覚や生理の追求を反省や躊躇よりも優先するという意味で、反知性的といってもよい家族の中でただ一人、観念的なのは息子の廉太である。廉太も文六もキリスト教徒であるが、「人類の使命と宇宙の神秘」という題名の丸尾牧師の説教を一緒に聞きに行こうと誘う息子と、「云ふこた六ケ敷くつて、おれなんかにやわからん」(二一四)と答える父親とでは、宗教についての考えもだいぶ異なる。文六は信仰心を日々の実践に移す。「思案」において、新聞記者の浜木万籟が彗星の衝突を伝えたあと、「一日の糧を貯ふるものは一日分を頒ち与へよ」と言うと、文六が「立ちて店の方に行き、次で、箱を戸外に出す音がする」(二三五)のは、自分の店のパンを人々に供出しようと考えたからである。「知らん」において、廉太は「僕は、うちへ麺麭を取りに帰ろうかと思つたんです。然し、見つかると可笑しいから、この人を来て貰つたんです。店先には、まだ、箱一杯、食パンが残つてゐたさうです[*18]」と言うことからもそれがわかる。

とはいえ、文六が抽象的な思考をしないわけではない。むしろその逆である。廉太が「自分の哲学、自分の宗教と云ふものがなくつちや、なんにもならない」し、「人のキリスト教ぢやいけないんだ。自分のキリスト教といふものがなくつちや」(二一七)いけないと父親に向かって説くと、文六は「お前、神様つて云ふものが、ほんとにあると思ふかい」(二一八)という鋭い問いを投げかける。さらに「神様は人間が造つたのかもしれない。神は人間の心に宿るとまで云ふぢやないか。すると、人間がみんな死んでしまへば、神様なんて云ふものもなくなつてしまふわけだ」と神学論争に踏み込むと、廉太は「それやさうよ、(間)む、待てよ。丸尾さんに聞いて見ら、そいつあ」(二一九)とあっさり引き下がってしまう。若者らしく観念的にものを考えることが好きな息子より、文六は深いところまでものを考えている。冒頭の場面でも、自分が浅蜊汁の実にけちをつけたことから、いらだった廉太が妹に暴言を吐いて泣かせると、「よせよせ、泣くのは。洒落るつもりでもなかつたらう。おれが贅沢を云つたのが悪かつた。此の寒空に温かいものも食べられない人間がいくらもあるんだ」（二一二）という慈愛に満ちた発言をおこなって、生活から観念の世界を立ち上げる。文六は、存在の生々しさを漂わせながら、観念の生々しさをも開示する、岸田作品のなかでは希有な形象なのだ。

この二作においては、自らの観念的な思考ゆえに自滅あるいはそれに近いところに追いやられるインテリは主役ではなく、脇役に配置される。梶本京作もその一人である。「思案」において、ちかとの仲が露見したあと、冷静に対処し、あえて理由を述べずに家を出てくれるようにと要求する文六に京作は一通りの謝罪をしたあと、以下のようなおよそ身勝手な空想を披露する。

実を申せば、いかなる事情も二人の仲を裂くことが出来ないやうな、一つの結果を、私は待ち望んでゐたのです。その結果は、二人の愛に勝利を与へるものだと思つてゐたからです。その勝利を見ることが出来ないのはかへすがえすも残念です。然し、その望みは、まだ全く棄てなくともいゝ、さう云ふ気がします。おちかさんのからだに、万一、わたくしの愛の形見が残されてゐたら、それを知るときが来たら、おちかさんはわたくしのものです。わたくしはおちかさんのものです。（二二六）

興味深いことに、自分の不幸な結婚について述べる段になると、京作の台詞は抽象的な観念から妻との生活の「生々しい」描写へと移行する。

（だんだん興奮してくる）わたくしは現に結婚してゐる身です。それを否認はしません。しかし、その結婚は名のみの結婚です。わたくしが妻と呼ぶべき女は、病身と云ふ名目で郷里に帰してはありますが、岩のやうなからだと、氷のやうな心の持主です。彼女は、一匹の魚を買ひ、自身は背中のもり上つた肉をさらへ、わたくしには、あばら骨と腸とをあてがふ女です。彼女は、わたくしの職務上必要欠くべからざる時計を質に入れ、隣家の大学生と共に、子安海岸へ海水浴をしに行く女です。それだけならまだよろしい。彼女は、一月分の俸給を受け取るや、月末の払ひも済さずに、それを懐に入れて郷里へ帰つてしまつた女です。（二二六）

ト書きにはこの台詞の直後に「文六、おせい、だん〳〵この話に引き入れられて、大きくうなづいたりなどする」とある。前半の京作の空想には引き入れられなくても、観念的な夫を圧倒する生活力旺盛な妻の話には興味深く聞き入るのだ。

しかし文六は京作本人に同情したわけではない。なんとか話が済んで、二階に引き下がる京作の姿が見えなくなると「あれぢやどうにもしやうがない。すつかり見損なつたわい」「男のくせに魚の腸ばかり食はされて黙つてゐるやつが何になる」（二二八〜二二九）と娘に言い聞かせるからだ。ここでも、存在は観念に対して優位を主張している。

三人目の観念的な思考の持ち主である新聞記者の浜木万籟は、廉太や京作と違って他の登場人物にやり込められたり、嘲笑の対象になったりすることはない。それどころか、彗星衝突による地球滅亡を知らせたあと、文六の家に迎え入れられた万籟が柱にもたれて座り、ディオニソス的狂乱を説きはじめると、それは周囲の人々の行動に影響を及ぼす。

神はあるかないかではない。信じるか信じないかだ。僕は信じない。信じないと云ふことが一つの信仰だ。僕は人類が神を信ずる為めに向上したとは思はない。神を信じる為めに幸福であり得たとも思わない。最も高い文化、最も楽しい生活は、人類が、自己の力に最も大きな期待を持つたときに生まれるのだ。死に瀕して神に祈る心は静かにには違いないが、死に面して己を讃美する華やかな瞬間に及ばない。生への執着は時間的観念を超越している。生命の最後の幕が、歓喜と陶酔の中に閉ぢられるならば、死は一つの休息である。否、寧ろ歓喜と陶酔との連続である、延長である。吾人は、残された一日を如何に過すべきかを考へなければならない。楽しかつたことは繰り返せ。求めて得なかつたものを求めよ、好きな酒は飲め、歌ひたきものは歌え、踊りたきものは踊れ。（二三四）

なおも続く万籟の演説を聞きながら、その言葉に感化されたとおぼしき京作とちかは文六の目の前で寄り添って愛情を確認し合う。文六は「それを見て見ぬふりをする」。せいは「万籟と文六とに酒を注ぐ」。今度は、岸田の理想どおり、観念によって現実が変貌しかけていることがわかる。

だが「思案」は、観念の存在に対する勝利の危うさを暗示するかたちで終わることになる。せいが出した酒で酔っぱらった万籟は演説を終えると「あふむけに寝ころがる」。京作は「そつと、その顔をのぞく」。通常のように立ってではなく、腰を下ろして演説を行うことで、すでに万籟の身体は観客の視線において前景化されていた。演説の高揚した調子にもかかわらず、克服できない身体の疲労を示すことで、精神の身体に対する劣位はすでに示唆されていた。寝転がることで、万籟はさらに精神が身体に屈服する瞬間を示してみせる。京作がその顔をのぞくのは、先ほどまで自分たちを鼓舞してきた万籟の精神が、たやすく身体に屈服したことが信じられないからである。京作の言葉に導かれるようにして人々に供出するためのパンを外に出しに行った文六は、「帰り来りて、此の有様を見て驚く」（二三五）。岸田はその理由を示さないが、文六も同様にだらしなく弛緩した万籟の身体に驚くのだろう。

文六たちを支配していた万籟の観念の呪縛が解けたかのように、せいは「廉坊は大丈夫か知ら」と言う。すると文六は「（何かしら、思ひ当つたやうに、慌てゝ表に飛び出し）廉坊、廉太、おうい廉坊……」（二三六）と廉太を捜しはじめる。この文六の反応は一見、奇妙に思える。というのも、地球滅亡の知らせを聞いた廉太は、「若し、神がゐなくなるんなら、僕、このまゝ死ぬのはいやだ」と言って、丸尾牧師のところにあらためて神の存在の有無について聞きに行ったのだし、その際に文六は「早く聞いて来い」（二三四）と廉太を促していたのだから、騒動に巻き込まれるかもしれないと心配しているのだとしても、今更狼狽するのはおかしいからだ。とはいえ、承諾を与えたとき、文六は一時的に観念の存在に対する勝利を信じていたものの、だらしなく弛緩した万籟の身体を見て、その虚妄に気づいたと考えれば、辻褄が合う。神の存在の有無について問いただすことよりも、息子が騒動に巻き込まれて身体を傷つけることが文六の関心事になるのである。

そして「知らん」において、彗星衝突による地球滅亡の知らせが誤りだったとわかることで、京作の歌い踊れという煽動はその論拠を失うことになる。このように見て行くと、彗星が地球に衝突する、という設定そのものが、想像力が現実に暴力的に侵入してくる、という岸田戯曲の基本構造を象徴的に表現したものではないか、と思い当たる。一九一〇年に接近したハレー彗星と、そのときに起きたパニック状態を岸田がもとにしたことは容易に想像がつくが、二種類の全集などでは「思案」は「大正×十×年の冬」、「知らん」は「大正×××年一月三十二日」となっており、この話がフィクションであることが強調されている。ところが、『落葉日記』収録時の「思案」には、大正八年（一九一九年）と具体的に時が設定されており、ハレー彗星の接近とは関係のないこの年に岸田がフランス留学のため故国を離れたことに越智は注目し、父権の失墜を描いているという自説と結びつける。[*19]

だが一九一九年は岸田の頭のなかで、フランスという観念が生々しく実在するようになった年でもある。フランスという観念が自らの存在に侵入してくることで岸田は滅び去ることを覚悟したが、現実にはフランスは観念にとどまり、存在は傷つけられなかった、という岸田の実体験が反映されていると考えることはそう難しいことではない。「知らん」の冒頭で、文六夫婦が家にいると、外では地球が滅亡すると信じている群衆が歌い喚く声が聞こえ、次に「舞踏者の群れ」がやってきて男女入り乱れ踊り狂う影が映るのだが、最後に三味線や太鼓、笛などの囃子が聞こえてくる。岸田作品において日本の伝統音楽が用いられる珍しい例だが、この時期の岸田の心象風景に、谷崎潤一郎がほぼ同時期、関東大震災後に関西に移住して以降おこなったとされる日本回帰に類するものすら見え隠れしていたのだと考えると興味深い。

観念の存在に対する敗北はまだ続く。「知らん」第三場において地球滅亡説が誤りであると知らされたあと、騒動と、再び三味線と笛の囃子、そして今度はラッパと太鼓の楽隊も聞こえる。混乱を収拾するために軍隊が出動したという噂が流れ、一転して寂寞となったところへ廉太が戻ってくる。留守で丸尾牧師に会えなかった彼は、戻り際新町公園に立ち寄り、男たちに乱暴されていた元洋食屋のウェイトレスである二十歳位の女、園を見つけ、連れて帰ってきたところで、家族たちにむかって彼女と結婚すると言う。「恐ろしくけばけばしい紛《な》りをした、それでゐて、ひどく不格好な」「図々しい媚びのある目附」の園は存在の生々しさをむき出しにする岸田作品の脇役の典型であるが、園と朝方まで一緒に踊っていたという廉太は今や観念を捨てて存在の側についたように思われる。

ところが、公園で人々が歌い踊っていた様子について廉太が語り始めると、観念が再び実在するかのような雰囲気が生まれる。そもそも、滅亡を目前にして人々が歌い踊るという事態は万籟の演説が具現化したものである。万籟が語ったときは空虚な幻想でしかなかったものは、廉太が自分で見聞きしたこととして生々しく語られる。

いつの間にか、空がからりと晴れて、春のやうに暖かい風が、そよ〳〵と吹いて来ました。はじめのうちは、一とこ二とこ、三とこ四とこ、さういう風に聞えてゐた歌が、だん〳〵、声の数が殖え、起る場所が拡がつて、しまひには、公園全体が、合唱団のやうになつた。すると、今迄、黒く低く、塊のやうに動かなかつた人影が、一斉に起ち上り、コオラスに合せて踊り出したのです（こゝから、彼は手真似身振りを交へ、殆ど我れを忘れたる有様となる）まあ、想像して御覧なさい。芝生の上、池のほとり、グラウンドの中、橋の袂、並樹の蔭、そこは、今まで、われわれが見たこともない地上の楽園です。一組が、くるりと廻る。その度ごとに、交る交る、男と女の顔がぱつと明るくなるのです。風に翻る袖、ほどけかゝつた肩掛け、それが、木の葉のやうに光りま

す。（二一六〜二一七）

この廉太の台詞からは人々の存在の生々しさは伝わってこない。火照った身体の熱さや蒸れた汗の匂いは感じられない。同時代人であった宮沢賢治の散文を思わせる幻想的な光景の描写は、存在ではなく観念が生々しく現実に息づく、岸田の理想を体現したものだろう。

しかし廉太は最後に以下のように語り、観念の実在について再び疑問を呈する。

こゝで一つ考へなければならないのは、世の中に、みんなが一緒に踊れる踊りといふものは、ちやんとある、兎に角ある。それだのに、みんなが一緒に歌へる歌といふものが、さつぱりないことです。殊に踊りながら歌へる歌といふものがないことです。（二一九）

踊りは直接身体を興奮させるが、歌は歌詞を介してまず精神を昂揚させる。そしてラ・マルセイエーズを例にとるまでもなく、共同体の成員が声を合わせて歌うことができる歌は、成員間の精神的紐帯を作り出す。「踊りながら歌へる歌」とは精神と身体の調和のもとに想像の共同体が誕生することを示唆しているのだろう。とすれば、この謎めいた台詞で岸田が暗示するのは、存在の生々しさを通じて人々が結びつくことはできるが、人々が連帯できるような観念はない、ということだろう。そのもとで人々が連帯できないのであれば、その観念は生々しい実在とはなりえない。つまり、廉太は観念が生々しく実在しかけている状況について語りつつ、同時に生々しく実在する観念は存在しないと言明していることになる。岸田の理想と断念はこうして一つながりの台詞に表現される。

これらの台詞を聴く他の登場人物たちの反応を見てみよう。京作とちかは廉太の描写に聴き入り、園は廉太の言葉にいちいちうなずく。せいは文六の様子を気にかけている。文六は「眼をつぶつたり開けたり、耳を掻いたり、鼻をほぢくつたり、時によるとまた、廉太の云ふことよりも、何処かほかで、誰か別の人間が饒舌つてゐるのを聞き入るやうに、首を傾け、眼を細くし、唇をゆがめなどする」（二一六）。仕草が事細かに指定されることで、文六の存在の生々しさが強調される。だが、「思案」における文六は、存在だけでなく観念においても生々しさを持ち合わせていたことを思い起こしてほしい。ここでも同様である。廉太の発言に相槌を打つ京作に合わせて文六もうなずくが、その口からは「オイチ、ニイ……オイチ、ニイ……オイチ、ニイ……」（二一六、二二〇）という声が漏れる。それは第二場の文六の夢の場面に登場した赤鬼の掛け声で、地獄にやってきた亡者たちの歩調を合わせ行進させるためのものである。文六は廉太の演説を聞きながら、地獄の夢を再び見ているのだ。夢もまた観念の一つであり、夢に取り憑かれるということはその観念が生々しく実在するようになることだとすれば、ここでは観念と存在との対立ではなく、二つの異なる観念の生々しさの拮抗に、焦点が当てられていることになる。

ただし、どちらの夢の中でも「調子を合わせる」ことは身体を通じてのみ実現できる、と示唆されていることを見落としてはならない。人々の自発的な踊りなのか、鬼によって強制される歩調なのか、という違いはあるものの、人々を組織し、共同体を編成できるのは身体の統一を通じてであって、観念ではあり得ない。廉太の台詞と同様、ここでも理想と断念が表裏一体のものとして表現されている。

幕切れで、観念は存在に敗北するが、一見それは明白ではないように思える。廉太が持ち込んできた観念の生々しさに触発されて、京作もまた観念を実在のものにしようとするからだ。

僕から、こんなことをいふのも可笑しいですけれど、どうでせう、一つ廉太君の望みを叶へてあげて下さいませんか。総ての人間は、今、生れ更つたところです。過去の歴史を持たない人間が、これから新しい生活を創めようとしてゐるのです。廉太君が、過去の罪を——若しあるとすればです——過去の罪を脱ぎ棄てゝ、無垢な人間になられた、それと同じ時、同じ場所、恐らく、同じ樹の蔭、同じ池のほとりで、此の御婦人も、未来への新しい希望を見出されたことゝ思ひます。早い話が、私と、おちかさんとが、やはりさうです。我々は、一度、一切の羈絆、一切の束縛、一切の思い出から解放されたのです。われわれは、愛の力が、何ものよりも強いといふことを知りました。その愛の力です、廉太君に、あゝいふことをいはせるのは。その愛の力です。僕をして、かういふことをいはせるのは。あなたは、親です。父親です。一人の息と一人の娘とが、今あなたの前に跪いて、生涯の幸福を祈り求めてゐるのです。（二二〇～二二一）

勢い込んだ京作の口調とは裏腹に、この台詞は空虚に聞こえる。「愛の力」という理念を持ちだしてきたところで、自分たちの恋愛の成就という利己的動機は明らかだし、また地球滅亡の危機が回避された以上、「愛の力」のような抽象概念が何の役にも立たない平凡な日常生活が戻ってくることは容易に予想できるからだ。さらに「思案」における京作が嘲笑の対象であったことを知っている観客や読者にとって、京作の言葉は廉太の高揚した調子を下手に真似した滑稽なものでしかない。

観念が存在に敗北したことが明白にされないもう一つの理由は、文六の反応である。京作の台詞を聞くと、文六は「突然また炬燵に顔を伏せ何を思つたか、泣声にて」以下のように言う。

おれや、知らん、知らん、知らん、知らん、知らん、知らん、知らん、知らん、知らん……。（二二一）

「思案」において京作が同様の虫のよい空想を開陳したときと同様、文六は京作の申し出を冷静にあしらってもよいはずだ。ところが文六はここで明らかに動揺している。山崎正和は、典型的な岸田戯曲の主人公とは「軽いニヒリズムとユーモアをたたえた、自己抑制の極致ともいうべき生活責任者」であると述べ、さらに「家父長としての過剰なまでの責任感が、一方では庇護する家族のために崩壊を避けようとし、他方ではその緊張の苦しさから、崩壊の先手をうって自ら崩れてしまおうとするのである」[20]と指摘するが、文六はその典型のようにも思われる。けれども山崎ならば自己崩壊と言っただろう文六の反応は、同時に文六の身体表現であり、観念と存在のバランスをうまくとっていた文六が、存在に屈服し、その生々しさが一気に開示される瞬間でもある。「一同あつけに取られて、文六を見る」（二二一）という最後のト書きは、「思案」の幕切れで酒に酔って仰向けに寝転がった万籟を見て文六が驚くのと対比を成している。どちらの場合も観念が敗北して、身体が露わになったことで登場人物は驚くのである。

かくして、存在と観念のがっぷり四つに組み合った戦いは、存在の勝利で終わる。これ以降に書かれる戯曲と違って、観念と存在の生々しさを担う登場人物が描き分けられていない分、また存在の観念に対する勝利が明白ではない分、「思案」「知らん」における二者の対立構造を解き明かすことは難しい。しかしだからこそ、私たちは岸田の思想上の格闘の跡をこの二作品に見出すことができるのだ。

註

岸田國士作品は作者名を省略した。

＊1　したがって、観念が存在に拮抗しつつ敗北する、というドラマは岸田國士作品だけに見られるわけでない。本稿の初稿では、同時代の芥川龍之介「羅生門」（一九一五年）や画家の岸田劉生の提唱した「でろりの美」などにも同じドラマを見出し、とりわけ劉生の『近藤医学博士之像』（一九二五年）、『田村直臣七十歳記念之像』（一九二七年）、『岡崎義郎氏之肖像』（一九二八年）などの肖像画において、浮世絵の大首絵のように生々しく「卑近に」描かれた顔と、人物たちが手に持つ陳腐な草花とがそれぞれ存在と観念とを象徴していることを論じたが、紙面の都合で省略した。社会的に低い階層に属する人間たちが、自分たちにはない「生の意志」（ニーチェ）を持っていることを発見して、半ば怯えつつ、それを形象化した昭和初年前後の芸術家たちについては、また稿を改めて考えてみたい。

＊2　「牛山ホテル」『岸田國士全集　第四巻』（岩波書店、一九九〇年刊）七四頁。

＊3 「動員挿話」『岸田國士全集　第三巻』（岩波書店、一九九〇年刊）七三頁。
＊4 「動員挿話」『岸田國士全集　第三巻』六八頁。
＊5 「沢氏の二人娘」『岸田國士全集　第六巻』（岩波書店、一九九一年刊）一七一頁。
＊6 「沢氏の二人娘」『岸田國士全集　第六巻』二〇七頁。
＊7 「村で一番の栗の木」『岸田國士全集　第二巻』（岩波書店、一九九〇年刊）九五頁。
＊8 別役実「『チロルの秋』の構図」『電信柱のある宇宙』（白水Uブックス、一九九七年刊）一二五頁。
＊9 「純粋演劇の問題」『岸田國士全集　第二十二巻』（岩波書店、一九九〇年刊）一六五～一六六頁。初出は『新潮』第三十年第二号（一九三三年二月一日）。
＊10 別役実「ピンターの方法」『台詞の風景』（白水Uブックス、一九九一年刊）一七九頁。
＊11 石原千秋「日曜日の妻たち　初期の岸田國士」『演劇人』第六号（二〇〇〇年）
＊12 「ママ先生とその夫」『岸田國士全集　第四巻』二七九頁。
＊13 小山内薫「劇場の中に観た人生」『都新聞』一九二五年九月十四日付。
＊14 邦訳は上野陽一訳「もう大空はない」『肉体言語』第十一号（一九八三年十月十日）「特集　アントナン・アルトー」に収録。
＊15 初出の『文藝春秋』第四年第三号（一九二六年三月一日）の文頭に菊池寛の「『麵麭屋文六の思案』に就いて」と題する一文があり、「発表は岸田氏の本意ではない」とある（今村忠純「後記」『岸田國士全集　第一巻』三五六頁）。
＊16 越智治雄「岸田國士論序章」『明治大正の劇文学』（塙書房、一九七一年刊）四〇一～四〇二頁。
＊17 「麵麭屋文六の思案」『岸田國士全集　第一巻』（岩波書店、一九九〇年刊）二一一頁。以下、「思案」からの引用は註記せずに引用箇所の後に括弧書きで（二一一）のように示す。
＊18 「ついに『知らん』文六」『岸田國士全集　第二巻』二一八頁。以下、「知らん」からの引用は註記せずに引用箇所の後に括弧書きで（二一八）のように示す。
＊19 越智治雄「岸田國士論序章」『明治大正の劇文学』四〇二頁。
＊20 山崎正和『劇的なる日本人』（新潮社、一九七一年刊）一七頁。

遂に至る喜劇の表現へ
――「道遠からん、―または海女の女王はかうして選ばれた」を中心に

斎藤偕子

1　喜劇への道

大正から昭和前半の戦前において、岸田國士は、笑いを中心とした要素を持つ作品――それを喜劇というよりファルスと呼んでいるが――について、少なくとも意識の底では多少卑小なものと見なし、むしろ見下していたのではなかろうか。これは当時の西欧近代的教養を身につけたエリート演劇人の多くが共有していた価値観だともいえようが、リディキュラスな人間の営みへの笑いを誘う芝居にたいして、積極的に受け入れる気持ちにはかなり抵抗があったと見える。それでも戯画的な作品を書いており、関心はあったのだ。終戦の一九四八年になってだが、その一つに関してこう述べる。

「可児君の面會日」〈一九二七年（昭和二）〉は、私のファルスに對する関心を示したいくつかの作品の一つで、現代日常生活の戯画化がどの程度文学性を保ち得るかといふ試験を、私はいくたびか繰り返し、その度毎に、自分の才能に疑ひをもつ以外、何の得るところも無かつた。近代ファルスであるためにも、文学的な意味をもつためにも、いづれも何かしら足らぬものがある中途半端な作品だといふことだけは言ひ添へておかなければならぬと思ふ。*1

もちろんこの作品などに関して「現代日常生活」という言葉で第一にイメージしていたことは、彼のほとんどの作品の背景となっている、どちらかというと知的労働者といってもよいサラリーマンなどの生活だったのではないか。職人や商人などむしろ体や手の技術などを用いた職業を持つ庶民生活はあまり思考のなかに入っていなかったと推察できる。言い換えると、いわゆる知的な自己規制的教養やモラルを持つ近代人を描く彼にとって、比較的自由に肉体的な知恵や感性で行動する素朴な庶民の生活は身近にはなかったのだ。戦後の作品はさておいて、後者のような庶民の生活を描いた「麵麭屋文六の思案」(一九二六年)、「遂に〈知らん〉文六」(一九二七年)、「留守」(一九二七年)などの作品もあるのだが、その場合は当然のように距離をおいてシチュエーションを構築する喜劇的なタッチで描かれており、あまり文学性などということを意識しないで筆を進められたのでないか。

しかし、岸田は身近な知識人を描いても、喜劇的な志向を持っていたことは注目していい。右の引用では、「文学的な意味を持つ」ということにこだわり、自分の才能に疑いを持ったというが、文学性、あるいは文学的な意味ということは、まじめで真剣な、つまりシアリアスな内容を意味したであろうし、少なくとも文学性をもつ部分はシアリアスな表現が必要だと考えていたのだろうか。あるいは、彼自身が述べているように、あからさまな諷刺は、対象に届かない浅ましさ惨めさを思い、有効な表現手段とは考えなかったのだろう。[*2] 広く知られた初期の代表的名作といわれる「チロルの秋」(一九二四年)や「紙風船」(一九二五年)などは、叙情性の濃い雰囲気で人生の決定的な瞬間を、一見さりげなく、あるいは微妙な心理の動きを深いところで止揚して、まじめな筆致で書いていた。だが同じ時期に、「可児君」以外にもファルスともいうべき「命を弄ぶ男ふたり」(一九二五年)や「戀愛恐怖病」(一九二六年)などを、その後もコミュニティの中の人間愚行を描いた「犬は鎖につなぐべからず」(一九三〇年)のような賑やかな作品も発表している。そこでも近代的教養人への客観的な人間模様に向けた洞察の鋭さは前者と変わりはない。むしろ大局的視野から人間の営みをリディキュラスであると見なして笑う精神には、より苦い現実認識と人間へのシンパシーがある場合がある。書き上げたものを、作者自身は満足できず表向きにも重視していないようにに見えるのではあるが、社会的視点も加味されているこれらの作品には、「まじめな」劇に決して劣ることのない優れた小品があるのだ。

ところで、多作な岸田は戦争中の長い沈黙期を経て（一九四三年のいわば戦争協力劇とも読める「かへらじと」や他に小説も書いているが）戦後になり、笑いを誘う表現にたいして考えを変え、より積極的に書きたいと思うようになっている。ちなみに戦後、正確には一九四八年から一九五一年までに発表された五編の舞台作品のうち少なくとも最後の三編は、一見して喜劇として描かれている。もはや、ファルスということばを用いず喜劇と呼びながら、その重い意味について、一九五〇年に言及している。多少長い引用になるが、晩年の岸田の到達した自分の表現したい世界を喜劇に求めている創作姿勢とその内容を、彼自身のことばで示しており、それは本論の主要な前提にもなるので、以下に記す。

わたくしは、自分の劇作といふ仕事を通じて、現代に於ける「喜劇」の存在理由をますます強く感じるやうになり、その精神の探求と形式の確立に、おぼつかない努力をこれまで拂つて來た。その努力は今もつて實を結んだとはいへないけれども、どうやら一つの方向だけは、これできまつたといふ気がする。必ずしもそれはまつたく新しい方向ではないかもしれない。しかし、わたくしは、わたくしの視角のなかにとらへ得たその方向を、もう見失つてはならない年齢なのである。……

「喜劇」はまづなによりも、人間と時代とに對する深いかなしみから生れるものだといふことを、わたくしは信じる。かなしみのまゝに終れば、それは、絶望に通じる。わたくしは、そこで立ち止まらないために、あらゆる鞭を自分に加へた。灰色のかなしみから、褐色の憤りが煙のやうにたちのぼるのを、自然の結果とみるほかはなかつた。だが、その時はじめて、自分のうちに、鬱積した「笑ひ」が出口を求めてやまないのを知つ

た。「喜劇」は、外になくして、内にあつたのである。（略）

人世批判が諷刺のかたちをとつて喜劇を生むことも事實である。しかし、その事實はまた、批判者が批判に堪えなければならぬといふ意味を含んでゐる。しよせん、喜劇は他のすべての文學作品と同様、或はそれ以上に、鏡にうつる作者の像である。[*3]

まず、第一に、喜劇の存在理由の肯定的な方向性を、精神と形式の両面の内容から積極的に受け入れようとしたこと。第二に、喜劇を時代＝社会と人間の関係の中にとらえ、絶望すれすれの「かなしみ」から立ち上る怒りを見つめていること。第三に笑いが自分の中に鬱積して存在していた表現衝動であったと悟ったこと、である。

第一に関しては、もはや「文学性」などということばを出さなくても、喜劇という形式を追求することが、それ自体で芸術の表現そのものの深みへの追求であること、つまり作者にとっての自己追求であることを、自覚するに至ったことを意味する。

第二の点では、芸術表現に関して、制度とか政治、歴史、道徳ほか文化通念など、さまざまの要素で成り立つ社会というものと、客観的に見ると愚行を重ねるこの世の営みをする人間というものが、切り離しえない関係で結ばれていることを前面に出した。もちろん戦前の作品でも、とくに喜劇的タッチの作品に於いてはこの傾向は見られないわけではない。だが、人生というものの真実を追究するに当たって、内面の経験によるドラマも大切だが、むしろさまざまの矛盾を内包する社会と、そういう社会のあり方に培われる存在としての矛盾や歪みをもつ人間、この両者の相互関係でなる人物の外面の言動に人生の重さを止揚する方向だ。その観点から、作家としての表現の欲求を痛切に抱くようになったこと。

第三に、以上に関連して、自分の中から笑いが表現を求めて噴出することを感じるに至ったこと。それは彼にとって「鏡に映る作者の像として結ばれる」ことでもあったという。金や既成価値に縛られた愚か者、詐欺師、恋する人、情の薄い朴念仁等々は、結局彼自身の中に見つめた欠陥だらけのおかしな人間性の延長にあり、そういう人物として笑い飛ばしたい表現意欲につき動かされるに至ったということだった。

これらの三点は、戦時中から戦後の作者の戦争体験や妻を失ったことなど苦い内面の心のありようが反映されていることはいうまでもあるまい。それは日本人である自分自身でもある。一九四八年に彼は『日本人とは何か』(雑誌連載の日本人観を論じた「宛名のない手紙」を纏めた)を刊行している。その中の一項目に「日本人畸形説」というかなり刺激的な日本人の歪みを示唆するタイトルをつけていたり、全体としても社会的存在としての日本人に関して、個としてのあいまいさや表面と内部の二重性を強調している。それまで彼の中で考え抜いてきた彼自身も含めた自分たちの姿を(おそらく)痛みを込めて客観的に捉えているわけだ。そこには、彼なりに西欧的個人主義理念も含めた人間への理想を抱いていたから、日本人という社会的存在の現実の姿を苦く捉え、変えたいという気持もあったに違いない。ただ、彼の語る調子は穏やかなのである。一冊の本として出版するときの「まへがき」でも(まず「露骨な表題をつけた」と述べるあたり彼らしいことばの感覚だ)、自分が現実主義者でも単なる理想主義者でもなく、現実はあるがままに受け入れ、理想は本来の形で信じる、が、現実は非情で理想には眼もくれぬと、こう述べている。*4

理想の追求と理想主義の抵抗は、…行動としてもはや現実の中に含まれるといふ意味で、現実のすがたにより好ましいひとつの変貌をもたらすものである。かゝる現実の歴史に、なにものかをつけ加へる労を私は惜しみたくない。

戦後の彼の喜劇は、このような日本人観の延長上にあり、客観的目線でこの社会的にゆがんだ人間模様を滑稽なものとして描くことが、逆説的に彼自身の理想への思いをこめた表現だったのではないか。福田清人の『岸田國士』でも、「この頃から〈戦後二、三年〉岸田は、人間の生や愛情というものに刻一刻懐疑的になって行った。……これより彼は興味をコント、諷刺喜劇に移行させて、哀《かな》しみを朗唱《ろうしょう》するようになる」[*5]と、いささか大仰な調子ではあるが指摘する謂だ。わたしは岸田の場合、大正昭和の激動時代を通して比較的波乱のない道程を歩んできた作家として、諷刺や憤りは、決して逸らしているわけではないのだが、特性でもある柔らかい叙情性の一表現としての「かなしみ」というオブラートを通していると受け止めるのである。これは岸田の魅力でもある。ただ喜劇としてはやはり、もどかしさに通じ、疑問に思う点でもある。たとえば本気で彼は、社会システムにメスを入れたかったのか、現状のままあいまいに生きる日本人のあり方に憤りをぶつけたいのか。あるいは彼自身が自分をあいまいなままに任せたかったのだろうか。そう疑いたくなるように諷刺の向けられる矛先はかすんで映る。その是非はここではさておき、字義通りの直截的なことばでの思想表明や批判的表現にたいして一種の知的教養のはにかみと人の良さが働いているのだ。ただ、それは従来われわれが考えてきた作家岸田のいわば詩的文体の本質に含まれていたことであたのでなかったか。その視点にたつと、喜劇作品に於いてもせりふの運ぶ劇展開や場面の味わいなどから優れた成果を挙げていると受け止められないか。たとえ彼が喜劇などで直接的なことばを使うことがあっても、人物が社会的立場を代弁する場合か、ほかの人物に代わって語る場合か、あるいは教養よりも直感で生きるものの素朴な感情の表現として語られる場合がほとんどを占める。それゆえ、われわれは言動の曖昧さや人物の描き方などの個々の欠陥よりも、味のある岸田文体が浮き上がらせる場面や人間像の色艶の中で、本音と立場のずれに由来するちぐはぐさのもたらす喜劇性や、人びとの中にある二重三重の自己矛盾を通して伝わってくる諷刺の一端を感じることも出来ると肯定できないか。

　以下の作品論では、なるべくそのような点に目を向けたい。そして、作家として、大きな視点から人間の営みを距離をおいて見つめているが、結局はマイルドタッチで人物の言動が止揚され、外的であると同時に内的な矛盾やずれから生じる笑いが、穏やかな喜劇性という特徴を生んでいると、指摘しておきたいのである。

2　海女の中心にいる社会構図のドラマ

大正から昭和初期に書かれたファルスはここでは考慮に入れない。取り上げる作品「道遠からん―または海女の女王にかうして選ばれた―」（四幕）は、一九五〇年〈昭和二五〉に雑誌上で発表され、同年文学座によって初演された。[*6] これは、前項で述べた岸田國士が到達した喜劇への創作意欲に関する三点に沿って書かれ、数少ない一晩物劇の最後の大作であり代表作の一つだ。[*7] 加藤道夫の評をそのまま借りると、「婉曲な諷刺法故に、十分辛辣な氏獨得のシニシズムを感じとることが出來る。溢れる會話を驅使し、テーマそのものゝ暗示的な表現に成功してゐる」[*8] 作品なのである。

海女の生活圏を持ち込んだことは、前の年に志摩半島、鳥羽海岸地方へ映画『虹色の幻想』の脚本執筆のために出かけた取材旅行で、立ち寄った御木本の養殖場のことがヒントになった。だがあくまでも、岸田がオリジナルに創造したフィクションのコミュニティ世界である。とはいうものの、現実に存在する海女が経済の実権を握っている社会がモデルとなっており、家庭経済のみでなく政治の実権も持つ人びととそうでない人びとから成るヒエラルキーの働く社会を設定して、歴史や社会風俗や人間の性による関係などの変遷、そしてその中の人間性そのもののなりわいを描くにあたって、好素材となった。

それに関しては、岸田自身のことばが、テクストの最初の件りで示唆している通りだ。[*9] まず、過渡的な時代を設定したということ。つまり「原始の面影」と「近代文明」を混ぜ合わせたような地方の漁村、ということで、変遷期の時代そのものの価値観の新旧混在する世界が描かれる。それぞれの長短が明確になり、ぶつかり合う矛盾などが、滑稽に映ること、その喜劇性が、客観的筆致によってリアルに示すことが可能になっている。さらに、女性が家庭のみでなく社会そのものの主導権を握るという「風俗の転倒」（現在までも保守的な日本においてなお「転倒」なのだ）が見られると述べる。「転倒」そのものが笑いを呼ぶこともちろんある。つまり全体の設定自体が戯画化だということだ。だが、細部において海女社会の構図と人物の言動をリアルに描いているために、転倒は絵空事にならず、ある種の説得力をもって示され得ている。とはいうものの、風俗の転倒そのものは、社会構造からいうと、男女が逆になってもならなくても、社会的強者の価値観（結局は歴史の培ってきた価値観だが）がはびこっていることに於いて、同じことであると示唆している。つまり海女たちは、経済的実権を持つ男社会の男たちと同じような、変遷期の新旧混ぜ合わさったような矛盾や横暴性までそのままに含む価値観を、当然のように持ち合わせている。家庭に於いては夫が稼ぎになる仕事をするなど妻の沽券に関わるとこだわったり、夫は子育てさえしていればいいと見下したり、多少尊敬して教養をつけて助けてくれる夫を誇りにしたり、とにかく男社会にもいろいろの男がいるようにいろいろな女がおり、例外もあるのも同じだが、おしなべては夫を平等に思うのでなく従えている。社会的役割に於いてもそっくりのことを海女たちは受け継ぎ、男社会の矛盾や抑圧システムはリアリティを損なわない程度の真実味をもってなぞられている。ただ、女が多少誇張した男のように振舞うので戯画的に見え矛盾が見える、が、描写においては、典型を抽出する戯画的スタイルをとらなくても、むしろ細部のリアリズムそのものが説得力を持つ。いずれにしろ作者は結論として、結局「人間の思想にも心理」にも未来がみえず、「男は男、女は女」にすぎないと述べて、彼のシニカルな思いを吐露している。その上で全体では、それぞれの人物にそれなりのふつうの人間としての矛盾した存在感が付与されているのだ。

四幕構成であるが、筋の展開は単純だ。海女の稼ぎによって経済は支えられ、政治も社会的営みも女性がすべて担っている小さな村において、生活手段である海女の技が、県内の村対抗競技に用いられ、名誉・権威欲を煽り、犠牲者が出る。犠牲者は、技と美が競われるコンクール参加を主張し、意地を張って命を失った代表者の一人で優れた技を誇る年長の海女だ。だが、この悲劇には、真の生活への自覚を人びとの間に目覚めさせるという結末はなく、ただ、性関係のおかしな開放に向けられるという落ちがつく。

いわば村の女性たちを中心に描いた群像劇なのだが、彼女たちの中でも中心人物となっているのは、「イワ」だ（社会的ヒエラルキーと個人の性格をかねた象徴的な名前が多い）。彼女は、海女の技術にも長け、家族の生活を不自由ないように支え、強引だが夫を愛し、夫の教養や考え方なども尊重して誇りに思う家庭の主人である。その一方で、社会にたいしても直感的に思慮深く物事の正否を表明し、本をよく読む夫に自分を代弁させるなど知性も重んじ、またほかの人たちの意見にも従う良識のある人格者である。その両面から、村の女たちからも信頼されているのだ。だが競技大会に反対する彼女の立場を支持するのは夫のみで、その意見は彼女の信頼する女性インテリ校長先生によって論理的に代弁してもらうものの、女の意地と名誉をかけた競技を主張するリキ――結局、代表となり自縛的に教条的価値観の犠牲者となった――の前に引っ込まざるを得ない。

校長に代弁してもらう反対理由は、海女の海中作業は、純然とした生産的職業で見世物にすべきではない、技以外に見てくれを優劣の評価に入れることの弊害、自由意志で命を賭ける場合もある職業に競争意識で不慮の災害をもたらすことがありうる、ということだった。だが現実は、一種の熱狂の中で良識など埋没してしまうという人間社会の陥りがちなからくりが明確に提示されている。ところが良識人イワは、みなの賛成で決まったことだからだとコンクールの応援にまわる。だから犠牲者が出た後も、それはそれで仕方がないと受け止めているらしい。これは彼女の見識の限界だ。

ところで、このような物語の主要な筋の展開は、決して荒唐無稽なものでもなくごく自然なリアリティに沿ったもので、それ自体には風刺も滑稽さの要素もない。

しかし、諷刺要素はその次に来る。イワは、競技を見ているうちに、こともあろうに技よりも移ろいやすい肉体の外見の美を肯定するのだ。競技への村のもう一人の代表者で若さに輝く肉体で群を抜いて優勝したタケの魅力を目の当たりにして、自分の愛する夫に、自分ひとりを守ることから解放してタケに相手をさせようと決心する。この作品の中では主に女の若い肉体美のみが価値の対象にのぼる。今日の傾向や古代に於いてのように男のイケメンが人間の価値観に組み込まれることの希薄な近代について、岸田は問題にしないまま、その男性観にのった世界をかなり偏向的に逆転させているわけだ。いずれにしろイワの決心も、愛情を既成価値観に依存して考える硬直した感性の限界であり滑稽さである。しかも実をいうとタケには、ぞっこんほれ込んで口説いている恋人がおり、忠実そうな夫も実は校長ガクとの間で不倫感情を芽生えさせている。だが、そんなことなどイワには思いも及ばない。良かれと思う通りにする力が自分にあると信じて疑わない。

みながリキの遺骸を運び去った後、夫シゲが校長ガクと親密に話しているところに妻のイワが来る。あわてる二人を前に夫婦の話だが校長も聞いてかまわないとして、リキの不幸を見て人生は歳を待ってくれないと考え、決心した、と述べはじめる。*10

イワ　…　あの、タケの眩しいやうなからだに歯がたつもんか。シゲ、お前は、おれのいい亭主だ。申分のない宿六だ。だが、おれは、タケのもつてるものを、お前にやることはできない。わかつたか。万事、おれにまかせな。タケは、明日から、お前のもんだ。おれにないものをタケから貰へ。おれは、お前の臭いだけ嗅いで、へツツイと海の底とを往つたり來たりする。それで、ちつとも、損をすると思つちやゐないから……。わかつたな。どうだ、ガクさん、名案だらう。

校長　〈ガク〉　（黙つてシゲの方をみる）

シゲ　（その視線を、そつと避け）ほんとに、お前がその気なら、わしは、決して、逆ふ気はない。だが、タケは、それを承知するかい？

イワ　馬鹿野郎、おれの力がまだわからないのか！　タケがうんといはなきや、首でも片足でもやるよ。

美しい肉体は、いわば愛するものへの贈り物なのだ。人間の微妙な情の動きや、社会通念との間のずれなど眼中になく善意を押し付ける彼女の、既成価値観に曇らされ愛の微妙な現実〈真実〉に盲目な姿は、滑稽であると同時にかなしい存在であると感じさせる。

作品全体を、もう一度冒頭部分の岸田の解説に関連させて纏めておこう。過渡期の社会描写にかなり鋭い観察が利いているものの、結局、ジェンダーの問題や新旧の思想問題に揺れる人間性と社会構造との関係において、社会の中の個人が真に変わりうる方向への追求の仕方は漠然としたままに置き去られている（これを福田恆存の言を借りると、岸田の日本人的潔白さ、あるいは崩壊を避けようとする意識・教養ゆえ、ということになろう）。もちろん現実の人世の中には理想の解決策などないことを、作者岸田自身が十分に知っていた。そこに彼の絶望の要因もあった。ただ絶望は、踏みとどめている。つまり何度も指摘するように、少なくとも作品全体のトーンから、痛いばかりの激しい調子は感じられない。岸田の、喜劇でも苦すぎる毒舌調にならないこと自体が、絶望もそこから抜け出したい切実さも、マイルドになって響く。これも彼の、優しさというより教養に由来しようか。

岸田の力は、人間性に溢れた登場人物の言動の描写に関して、引用箇所からも伺えるように、絶妙な雰囲気を広げていく点にある。つまり、喜劇においても、場面設定や人物たちのせりふのやりとりによって、作品全体の味わいが発揮されているのである。

3　男女関係、社会システムの絆を超える愛情表現の描写

人間の感情というものは、思想も、論理も、社会的な常識、モラル、理念などというものをも越えて、人間を突き動かす。とくに恋愛感情などはその傾向が大きく、それゆえ行動自体にさまざまの戯画的な軋轢をもたらす。古来喜劇の素材として最もうってつけなのである。この作品においても、作者は、その手を十全に取り入れ、作品の中心主題を社会構造よりも男女関係に重点を置いている。女性が主導的になりながら、典型的な男女・夫婦模様を

織り込んだ場面やせりふが、近代的リアリズムの手法に沿って心理的ふくらみを加える。つまり社会的な、あるいは道徳的なヒエラルキーを逆転した行動を取りながらも、それに加味される女、あるいは男、というものの個々の性《さが》をどこかに残している。これも近代的人間描写のリアルな文体が生んだ人間像ということにならないか。

まずイワの場合、先に述べたとおり、この社会の妻の理想の鏡ともいうべき典型である。夫のシゲに対する優しさや愛し方も、好きな読書を通して自由に思想を培い意見も一応は述べた上で妻には右へ倣えをする夫を、愛のしるしと思うこと自体が妻らしい。女の肉体性（若さ＝美への普遍的願望）も自分の肉体に照らして肯定しているから、夫の男の肉体的願望も大事にしたい。夫もそれゆえ先に引用した箇所で困った立場にいても、つまり不倫の恋人の前であっても、若い娘をあてがうという妻の提案はまんざらでもないらしい。つまり不倫相手の校長の前から引き立てられるように妻の後についていく彼は「泣きたいやうな、笑ひたいやうな表情」をしている。男として、経済的地位的安定を与えてくれる頼もしい妻と、肉体の新鮮な喜びにも配慮してくれる女らしい妻公認の夜伽相手と、知的な欲求を満たしてくれる秘密の恋人という三様の女性を持つことは、「男の冥利」だろうし、その各々にたいして彼なりの誠実さでほどほどにぶれずに紳士的に振舞うずるい男と見えてくる。この夫婦への岸田のシニシズムも、ある意味で、かなしい。

それにしてもインテリ体制順応派の二人、夫シゲと校長ガクの恋愛模様であるが、男に厳しい姦通罪が復活している社会で、競技大会反対の論戦打ち合わせを理由に妻や夫のある男女二人だけで逢うことを持ち掛けたのは、校長のほうだ。彼女は、夫を子育て屋と軽蔑し、仕事一点張りで肉体性や感情面でも木偶の坊だ。それが不倫話に変わっていく場面では、社会的役割を第一とする二人の論理的な会話にぎこちない心理的な感情表現が入ってくる過程が、実に巧みに表現されている。*11

「因襲を重んじる社会、型にはまつた世間で育てられたあたしたちには、惰性といつてもいい感情の、馬鹿に出来ない力がまだ支配してゐるのよ」と校長が述べると、「秘密にして二人だけのことにすればいい」と、誘われて積極的になるのが男のほうである。

校長　さ、かうして、ぢつと、あたしの胸に顔を寄せかけて……静かに目をつぶつて……わかるかしら……呼吸《き》が、こんなに早いのが……のどでゴロゴロ音がするのが……。
シゲ　わかる、わかる。おなかがぴくぴくうごいてる。
校長　あんたの手は、あたしの背中で、なにしてるの？
シゲ　字を書いてるんだ。
…
校長　ふむ、キッス、なるほど……。それがどうしたの？
シゲ　いやだなあ！
校長　ああ、さうか。それをあたしに求めてるのね？　ほんとに、それがあつたわね。ちやんと知つてゐたんだけれど、ついぞ今まで、その経験がないもんだから、…

万事がこのようにぎこちなく感情もちぐはぐにそらされる調子だが、結局シゲが抱きつこうとしたところに人が入ってきて、彼女はとっさに彼を柔道の手で投げ倒し、防御法の手ほどき中と弁明、愛の行為も中断する。つまり、おかしさばかり目だって、実りはない。

ところで、イワも校長も、さらにイワにことごとく対抗するリキも、それぞれ社会的に尊敬されている年長者だ。ただ、彼女たちの夫婦関係は各々異なる典型を示しているが、精神の底流では社会体制維持の点で共通する。リキは偏狭なばかりに事毎に世間体と言い、意地と見栄で生きているようなところがある。裁縫をしたいという夫の望みも労働意欲も自分の沽券に関わると封じ、自由に遊んでいろと抑圧する。妻のいう自由など嫌いだ仕事をしたいと思う夫が、うんざりする結婚から解放されたいと切望し、妻の死を喜んだのは当然なのだ。対照的で共通するのは、二人も子供を成している校長ガクの夫との関係である。愛情なく夫婦になったのみで夫を軽蔑しきって、事毎に邪険にこき使う。そんな校長に、夫は卑屈に仕え、嫉妬心すら燃やすのだが、一層夫婦関係を疎まれ、妻を知的なシゲに惹かれる方向に押しやる結果になっている。こうみると、イワも、リキも、校長も、それなりの年齢を重ねた社会の重鎮であるはずなのだが、表面とは裏腹に肉体や感情の感受性に基づく人間的な関係に於いて、ゆがんだ夫婦関係を維持している。社会的「畸形」なのである。彼らの男女関係の描写は、既成理念の硬直性への批判にも通じるのだ。

いっぽう、若いタケの場合はどうだろう。彼女の美しさは、第一に若さにあり、社会システムに縛られない柔軟な率直さにある。ナミという自由な精神の持ち主である若者にほれ込んで、ストーカーまがいに彼にいい寄る。その場面は、心身柔軟であるとともに自分の情熱や要求をストレートにぶつける女らしい女と、受身だが若い感情も知性も豊かで自分のすべてを受けとめてくれる相手の真情も理解する男らしい男との、二人の掛け合いで成り立ち、愛すべくして笑いを誘う魅力溢れる一場となっている。*12

夫婦になれといい寄る彼女に彼は、女の情熱に身を焼く姿に風情や詩があり、それに魅かれるのに、といい、女は自分には元気な体があり技があり、なにより男の何もかもが好きだと強調する。彼はそれにこのように受けていくのだ。

ナミ　よし、よし。もうわかつた。どら、その手をかしてごらん…おれの頸にまきつけて、その瞳を、かうして、おれの眼に近づけて、かすかに笑つてみな。
タケ　まだ笑へないよ。お前の鼻が冷たいからだよ。
ナミ　そんなら、お前の胸で、この鼻をあつためてくれ。さうだ、かうしてゐると、だんだん、笑ひたくなつてくるぞ。

タケ　くすぐつたい。

なんども笑えといわれてもくすぐったいと男を押しのける女に、女の血が流れているか試しているのだ、夫婦になったとしても四つ年長のおれとでは物笑いになるし、先に爺さんになるぞ、と彼はいう。だが彼女は、爺さんが好きになると答え、可愛がると断言する。

ナミ　おれは旅が好きだから、時々は家をあけるぜ。淋しがらずに留守をするね。

タケ　淋しくつても、おとなしく留守をするよ。なるたけ早く帰つて来ておくれ。

ナミ　ケッ！　こんなにものわかりのいゝ女房だとは知らなかつた。タケや、お前は、まるで昔の女みたいぢやないか。

この場も、一種のオチで括られているのだが、互いにことばですれ違いつつ次第に体と心で分かり合ってくるせりふの展開が、心理的暗示に富んでいて、実に爽やかに二人の情の若々しい率直な豊かさを感じさせるのだ。

ところで、作中で作者は、床屋を夫が営む女性サダに、このようにいわせている。「村の男らしい男は、根性のすわっているイワの夫のシゲと、この小粋で歯切れのいいナミと、仕事を楽しみ経済的にも自立し気兼ねなく振舞う自分の夫のサキだ」[*13]と。

三人は、作者自身の自分の中に見る多様な面をそれぞれ投影させているのかもしれない。そうだとすると、岸田の男女愛に対する考えには、男の側からの興味深い三つのあり方が見て取れる。第一に、教養があり、世の中のことを深く見つめ洞察する力を備えている。ただ、いささか女性に対しては受動的な男性だ。第二には、若いという特権を持つ柔軟な男性で、古風だが情の深い女性を愛する心と感性を持っている。そして、最後には仕事もし、女性を敬い、お互いに満足し自立できる仕事を持ちながら愛おしく大事にしあう男性だ。それぞれが岸田の理想の一面を具現しており、妥当なのは最後のケースだとも認めつつ、それぞれの面に捨てがたい憧れを抱いて受け止めているのでないか。

最後にこの作品で岸田は何を描こうとしたのか、もう一度振り返ってみよう。これは一種の群像劇であると述べたのだが、戦後強くなった女性の生き方を謳歌し、男性のだらしなさを批判する作品ではない。女性の横暴さも魅力も男性のだらしなさも立場の逆転で目立つ要素なども、性を越えた「日本人」という曖昧さに含まれる特性だとして、批判しつつありのまま描いていく、それが人間であり社会を成す人間の姿であると示したかったのではないか。確かに岸田の姿勢にはあいまいさが残るが、人間関係の微妙なあやを、随所に散りばめている人間性観察の鋭さと文体力が、作品に魅力を添えているのである。

4　戦後の喜劇的世界への展望

すでに述べたとおり、喜劇への傾斜がある岸田の戦後の五作のうち最後の三作は純然と「喜劇」だといえる。彼が物故したのは一九五四年だが、この最後の三作（一九五〇年に「椎茸と雄辯」と「道遠からん」が、一九五一年に「カライ博士の臨終」が雑誌に発表された）こそは、まさに晩年になって彼が到達した地点、自分の内側にあるものが噴き上げて来る表現が喜劇のかたちをとったという思いを抱いた作品だったのではないか。

それにしても、これらの作品の舞台はどのように受け止められたのだろうか。一九五五年に発刊された新潮社刊の『岸田國士全集第三巻』の作品年表に記されたその時点までの上演記録によると、最後の作品は上演された形跡はなく、「道遠からん」は発表年の一一月に文学座によって、「椎茸と雄辯」は翌年俳優座によって上演されている。

俳優座のほうは、青山杉作演出になるが、評判は、ひとえに作者に働きかけて許可を取り出演した千田是也に負うのではないか。千田は戦中に投獄されていて、直接築地小劇場と岸田との反目に関わっていないが、ただ、敵愾心を抱いていたものの獄中で岸田の演劇論を読んで日本で真に西欧風芝居をこなした人なのだと感じるところがあったこと、戦後はいろいろと世話になり、「椎茸と雄辯」の上演許可もいただいた、と書いている。[*14]「道遠からん」も上演したいと申し込んだが文学座に先を越されたのだが、とにかく一見対照的に見える千田が、戦争を挟んだ岸田の当時の作品の喜劇の姿勢が自分の志向に近いとの思いを抱いていたのではなかろうか。この舞台の評をした戸板康二は「…岸田氏戦後最大のエッセイ『日本人とは？』に連なる作品であるが、作者のえがいた典型…俗悪さを代表する二人のうち、千田のアオガサキの面白さは、けだし圧巻である。デフォルメの底に流れる《人間観察》の見事な演技だ」[*15]と評した。このことは、喜劇作品が適切な俳優を得ることで、内容が生かされた例だったのかもしれない。「かもしれない」というのも、千田の役は人を食った食用椎茸の研究者である主人公ではなく、それに対立する登場人物、すなわち農産業会社の二人の社長のうちでもむしろ小さな役のほうを演じている。作品自体は、作者のいいたいことがストレートに描かれ、ある意味ではかなり図式的で、その点から明快な作品であり、全体の喜劇性の要素は、ぬけぬけとした主人公の行動が中心にあり、したがってそれを演じる役者の演技に第一にかかっている。戸板評は、それにもかかわらず千田の存在感が突出しており、舞台を弾ませたといいたかったのだろう。

岸田自身は、自分の作品が、日本の新劇俳優の未熟さによって生かされないと考えていたことは、知られているが、この舞台について全体としては肯定的になれたかは不明だ。

それより一足先に上演された「道遠からん」の文学座の舞台は、客は沸いたらしいが、岸田自身と福田恆存が演出しているにもかかわらず、批評は演技力の点から辛口になっていた。『朝日新聞』（一一月五日）評では、岸田のせりふが利いていて笑いを誘うものの、杉村の芸格の広さに感心しても、半裸体で登場する女優たちが怒鳴ってばかりいて、全体にはアチャラカ芝居に映ったという。『東京新聞』(一一月五日)などは、月足らずで生まれた子供のようにひ弱で、俳優が喜劇のせりふを身内に吸収する力を持っていないからだ、と手厳しい。作品自体は、破綻のない構成や人物配置を持つとはいい難いかもしれないが、これまで述べたように、岸田らしいスタイルが通っており、魅力的な作品になっている。それゆえ舞台では役者の喜劇の芸格とリズム感に富む展開が一層求められるのだ。

まじめな舞台の演技とは異なり、一層の演技力を要求される喜劇を演じるには、期は熟していなかったのではないか。戦後新劇は再編成を経て新しい意欲で再スタートをしたとはいえ、日本の新劇そのものが喜劇に慣れていなかったともいえる。多少八方破れで人物の出入りの多い点はさておいても、喜劇というだけでなく重層的な心理描写の表現力に富む作品に、拙い多くの俳優を用いてアンサンブルの取れた舞台を構築するには、演出者岸田自身にとってすら――福田と協同演出になっているが、岸田一人だったと杉村は回想している――荷が重すぎたと見るのだ。

それにしても、戯曲そのものは、今日、スピード感と演技力を備え喜劇そのものに慣れている日本の現代劇などでは、十分生かしてその世界を生き生きと創造できる愛すべき喜劇作品である。発表された当初の評価でも、それは受け止められていた。

加藤道夫は「きわめてリアルな面で描かれている」この作品が興味を惹くのは

創作態度の根底に伏在するシニックな批評眼であり、更に劇作家として氏の體驗が獲得した戯曲の生きたシステムである。そこでは一切の事件や人物像が巧妙に關聯し合つて生きてゐる。「技巧的」と言ふことを殆んど感じさせない生きた技巧のなかに周到な諷刺精神が躍つてゐるのである。

と述べ、最後に「…我々の國の社會のあらゆる場合に似てゐる。畸型的人間達が集つて織りなす畸型的社會風俗の喜劇である。眞の理想社會に續く道は遥かに遠い。之も亦今日の「風俗時評」か？」と結論づけた。[*16]

さらに渡邊一民は、一九五〇年という時点で「椎茸と雄辯」と「道遠からん」をもって戦後の空しさをこれほどまでに痛烈に描き出した岸田は、「新しい喜劇の創始者としてふたたび新劇界にカムバックするのであり、しかも彼の新劇界への復活は、彼自身がそれを先導することによって、日本の演劇そのものの戦後における復興をもたらすのにほかならなかった[*17]」と持ち上げた。このような位置づけの判断はできないのだが、少なくとも愛すべき戯曲「道遠からん」についての存在価値を強調することにやぶさかではない。

註

＊文書名著書名の前に著者名が記されてないものは、すべて岸田國士のもの。テクストなどの引用は『岸田國士全集（岩波書店一九八九〜一九九二年刊）による。この全集は『全集・巻号』で示す。

＊1　「まへがき」『序文』（百花文庫・創元社、一九四八年）。『全集28』

＊2　「続言葉言葉」（一九三六年）『全集23』

＊3　「あとがき」『道遠からん』（創元社、一九五〇年〈昭和二五〉刊）p・187〜195。『全集28』

＊4　これは雑誌『玄想』一九四八年に連載された「宛名のない手紙」を同年纏めて養徳社で刊行されたときの題名であるが、一九五一年目黒書店から再刊されたときには『日本人とは？』と変えられ、それを底本として『全集 27』に所収。また「まへがき」は、雑誌連載中に批判が寄せられたことに応えた『玄想』（六月号）掲載の「『宛名のない手紙』の批判に答える」を、各単行本の「まへがき」でほぼ取り入れてる。

＊5　福田清人『岸田國士』清水書院、一九六七年、pp87〜88

＊6　一九五〇年六月初出〈しかし著者自身によって破棄〉。『道遠からん』（創元社、一九五〇年）底本。『全集7』

＊7　この作品の一年後に、「カライ博士の臨終」（一九五一年）を書いてはいる。『人間』

＊8　加藤道夫「畸形的社會風俗の喜劇―岸田國士作「道遠からん」評〈一九五〇年『人間』六月號〉―」「付録№8」新潮社『全集』一九五五年
＊9　『全集7』p199。テクストは『全集7』（pp198〜300）使用。以下テクストからの引用や参照は断らない限りすべてこれにより、頁ナンバーのみを示す。
＊10　pp298〜299
＊11　pp250〜256
＊12　pp246〜249
＊13　p270
＊14　千田是也「岸田先生とツキジ」（一九五〇・六「コメディアン」）『千田是也演劇論集　第2巻』一九八〇年
＊15　戸板康二、『スクリーン・ステージ』六月二六日号。（倉林誠一郎『新劇年代記〈戦後編〉』白水社、一九六六年、p239）
＊16　加藤道夫「畸形的社會風俗の喜劇―岸田國士作「道遠からん」評」
＊17　渡邊一民『岸田國士論』岩波書店、一九八八年、pp268〜269

参考文献

岸田國士（戯曲、評論、など）
『岸田國士全集　1〜7』（戯曲）岩波書店、一九八九年〜一九九二年
『岸田國士全集　19〜23』（評論）岩波書店、一九八九年〜一九九二年
「あとがき」『道遠からん』創元社、一九五〇年
千田是也「岸田先生とツキジ」（一九五〇・六「コメディアン」）『千田是也演劇論集　第2巻』一九八〇年
「作品年表」『岸田國士全集　第一巻〜第三巻』（作品〈上演〉年表）　新潮社、一九五四年〜一九五五年
「付録No.1〜No.10」『岸田國士全集　第一巻〜第十巻』新潮社、一九五四年〜一九五五年
田中千禾夫「岸田國士論（1）岸田戯曲の一般的理解」「同（2）（續）」（付録№1、№2）新潮社、一九五四年
福田恆存「人柄について―岸田國士論　その一―」、「ヴァガボンド的―岸田國士論　その二―」、「劇と精神の自律性―岸田國士論　その三―」「岸田國士論（3）、（4）、（5）」（付録№3、№4、№5）新潮社、一九五四年、一九五五年
加藤道夫「畸形的社會風俗の喜劇―岸田國士作「道遠からん」評〈一九五〇年『人間』六月號〉―」（付録№8）新潮社、一

九五五年
倉林誠一郎『新劇年代記〈戦後編〉』白水社、一九六六年
福田清人／竹中作子『岸田國士・人と作品』清水書院、一九六七年
古山高麗雄『岸田國士と私』新潮社、一九七六年
安田武『定本戦争文学論』第三文明社、一九七七年
渡辺一民『岸田國士論』岩波書店、一九八八年
今村忠純「後記」『岸田國士全集　1～7』（戯曲解説）岩波書店、一九八九年～一九九二年
大笹吉雄『日本現代演劇史　昭和戦後篇Ⅰ』白水社、一九九八年

II

能楽「発見」

伊藤　真紀

1　「能楽」との出会い

良く知られているように岸田國士に大きな影響を与えたのはフランスの文学、演劇であった。一九世紀から二〇世紀にかけてのフランスの文化潮流は大きな流れとなり、傑出した才能を産みだしたが、岸田の師であるジャック・コポーもその才人の一人であった。岸田は、一九二〇年から約三年半のフランス滞在中にコポーのもとで演劇修行をした。帰国後の一九二六年三月、「あの日あの人―巴里劇壇回顧―」（初出は『演劇・映画』〈第一巻第三号、一九二六年三月一日〉。『言葉言葉言葉』〈改造社、一九二六年六月〉ほかに収載。岩波版全集二〇巻）では、フランス時代を回顧して「コポオは、かたはらに居合せた私に、『能を御覧になつた眼で、此の芝居は見られないでせう』と言ったと述べ、その語調を訳す事は出来ないが「心持はよくわかった。」とし、それに対して「『全く別ものですから……』と答へる処だった。」と書いている。これはコポーによるジッドの「サユール」演出（一九二二年六月）の際の逸話として記されたものである。また岸田は、「能楽にヒントを得て、その作品を物したと称せられる男が二人ある。」とし、「一人は仏蘭西人、一人はアイルランド人だ。」と書いて、おそらくはポール・クローデル、ウィリアム・バトラー・イェーツの例に言及している。岸田と能楽との結びつきを考える時、コポーのほかにこの二人からの影響も考慮すべきかもしれない。だが二人については「能楽の精神を解してゐたかどうかは怪しいもの」（「劇壇左右展望」、初出は『新潮』〈第二九年第一〇号、一九三二年一〇月一日〉。後に『現代演劇論』〈白水社、一九三六年一一月〉に収載。岩波版全集二一巻）と述べているから、その可能性はどうであろうか疑問である。いずれにしても岸田が滞仏前から日本の演劇として、能楽を強く意識していた様子はうかがわれないように思う。外国人によって能を知らされた岸田は、やがて自ら提唱する「純粋演劇」の理想型として能楽を意識するようになる（「純粋演劇の問題—わが新劇壇に寄す—」『新潮』〈第三〇年第二号、一九三三年二月一日〉。後に『現代演劇論』に収載。岩波版全集二一巻。以下「純粋演劇の問題」とする。）。すでに岸田が日本へ帰った後のことではあるがヴュー・コロンビエ学校は「邯鄲」上演に挑む（一九二四年）（J・ラドリン著・清水芳子訳『評伝　ジャック・コポー　二〇世紀フランス演劇の父』未来社、一九九四年四月）。結果的には公演は実行に移されずに終わるが、岸田も、もちろんこのことを知っていたであろう。その後、一九三三年に書かれたのが、「純粋演劇の問題」である。

戦後、岸田が監修した『演劇』（毎日新聞社、一九五二年四月）という名前の毎日ライブラリーの一冊があるが、このなかの「わが国演劇の現状」（執筆は尾崎宏次）は喜多実の『演能手記』（謡曲界発行所、一九三九年九月）から次のような一節を引用している。「皆さんは彫刻を御覧になるでしょう。あの彫刻は永久に動かない形をとっています。しかし動かない彫刻を動かないとしか見ることのできない人は、芸術鑑賞眼の低い人だと思います。あの動かない彫刻のうちには—但しそれが名作の場合ですが—作者の全精神、全生命というものが、非常な大努力、大精進のもとに溢れんばかりに織り込まれているのであります。能はちょうどその彫刻のいくつかを連続したものと見ていただけばよいかと思います。」。

尾崎宏次が引用した喜多実の言葉は、小山内薫が一九一二年に『演芸倶楽部』誌上に発表した「霊魂の彫刻」という文章から、直接かあるいは間接的に影響を受けたものと思われる[*1]。小山内は、能の身体表現を「霊魂の彫刻」と呼んだ。「能には霊魂が溢れてゐます。寧ろ霊魂その者が裸で出てゐます。能を見る事は霊魂を直視する事です。能は霊魂の彫刻です。霊魂の彫刻の連続です。」（『演芸倶楽部』第一巻第六号、一九一二年九月）。岸田國士が、尾崎の引用したこの文章を読んだ時、どのように思っただろうか。岸田が小山内の能楽観を知っていたかどうかはわからない。ただ、小山内が能を「霊魂の彫刻」と呼んだような身体表現への視線は岸田にも十分に通じるものであったと思われる。たとえば岸田は俳優の演技について「裸の舞台の上に、一人の『人間』が、黙つて立つてゐる。それが、なんとなく美しく、眼を惹き、心を躍らせれば、もう既に、それは『演劇的瞬間』である。」（前掲「純粋演劇の問題」）としている。これは師のコポーを思わせる発言であるが、この感覚を持ってすれば能の身体表現を「彫刻」になぞらえた、かつての小山内の発言は理解できたのではないかと想像される。また、後述するように、岸田は能について述べた文章のなかに、そこに刻々浮かび上がる「生命の象徴」を見ていた。

この小山内による「霊魂の彫刻」という文章は、最初のヨーロッパ演劇視察に出かける以前に書かれたものだが、そもそも「霊魂の彫刻」との表現は、エレオノーラ・ドゥーゼの演技が「絶え間なき彫刻の連続」と言われたことから発想されているものであるし、また近代演劇の革新者であるゴードン・クレイグの「超人形」の理論からも影響を受けている。[*2] したがって小山内は、文献を通して得た知識により、未だ実見はしていなかった当時最先端の西欧演劇の舞台感覚を通して、能の身体表現を「発見」したと言える。そして岸田の能楽観の場合にも、背景にはジャック・コポーの影響があると思われる。さらにはそのコポーもまたクレイグの影響を大きく受けていると考えられるが、[*3] つまりは小山内も岸田も、クレイグやコポーと言った西欧の演劇人の目を通して能楽を「発見」したということになる。

2　岸田國士の能楽観

さて、岸田が「演劇」としての能について高い評価をしていたことは、すでに羽田昶により次のように指摘されている。「その昔、といっても明治の中ごろから戦後の一時期までの長いあいだ、能は演劇ではないというテーゼがまかり通っていた。それは、『演劇』とか『戯曲』とか『劇的』とかの用語を狭隘に―ということはつまり十九世紀ふうの近代劇の概念にとらわれて解釈した結果で、要するに誤謬にすぎない。戦前でも、二十世紀演劇へのラディカルな展望を視野におさめていた演劇人、―たとえば岸田国士は、『劇』概念の多様な拡がりのなかに能を演劇として位置づけていた。」（羽田昶「能の作劇法と演技」別冊太陽『能』平凡社、一九七八年一一月）。

右の文中にあるように、能楽界が、長い間能を「演劇」（＝芝居）として認めたがらなかったことはたしかであろう。小山内薫のような新しい演劇や文学に携わる人間とは異なり、能楽界、というよりもむしろ明治から大正にかけて活躍した能評のパイオニアたち、なかでも坂元雪鳥や、山崎楽堂といった人物は、登場人物どうしの対立等の「劇」的な展開を含まないもの、能のなかでもより詩的「余情」を感じさせるものに魅力を感じていたと思われる。この点に関しては、稿をあらためる必要があろうが、今ここで、明治期に雑誌『能楽』に掲載された座談会記事に触れておきたい。一九〇二年に能楽プロデューサーの先駆けである池内信嘉が創刊したの能楽専門誌『能楽』では「謡曲放談会」という、謡曲についての各自の考えを自由に述べる座談会が行われ、その記録が雑誌に掲載された（一九〇三年から一九〇五年まで『能楽』に連載）。この座談会の主な出席者は池内信嘉とその実弟の高濱虚子や、ほかに河東碧梧桐や内藤鳴雪といった面々で、メンバーの多くが松山出身の正岡子規門下であり、時には同郷の囃子方の川崎利吉（後に九淵）らが加わって行われ、毎回テーマとなる曲を設定して開催されていた。そして後には同様の座談会（大正期の名称は「能楽放談会」）に夏目漱石の「漱石山脈」につながる人々、すなわち後に能楽評論家として知られるようになる坂元雪鳥や山崎楽堂、そしてまた野上豊一郎らも参加するようになる。これらの座談会記事を通読してみると、特に明治期の「謡曲放談会」で能に求められていたものは「余情」や「簡潔」、そして「品格」であることがわかる。[*4] そしてこの傾向は大正期にも受け継がれていたように思われ、大正期に行われた「能楽放談会」のうち「安宅」等の「現在物」[*5]をテーマとした回（「能楽放談会記事」『能楽』一二巻三号、一九一四年三月一日）では、河東碧梧桐が「〈謡曲の〉趣向は劇に近くても劇的に取扱はれてゐなけりやいゝ、我々は能が劇的になるのを好まないのだから……」と述べている。そして野上を除くほとんどの出席者がこれに同調する意見を述べているのである。

　さて、小山内の場合と同様に、岸田の場合も能楽に特に詳しく言及した文章が残されている訳ではないが、前述のように一九三三年には能楽を、彼の理想とする「純粋演劇」の一例、と書いている（「純粋演劇の問題」）。自身の唱える「純粋演劇」について「私は今、具体的に一例を頭に描いてゐるのだが、どうもうまく云ひ現はすことができない。しかも、説明のために強ひて、過去の形式の中にその例を求めれば、やはり、能楽などは、『純粋演劇』に最も近いものであり、ただ、その古典的色彩のみが今日、われわれの目指すものと凡そ隔りがあるといふばかりである。」とされている。しかし、右の文中で、なぜ能楽なのかについて詳しくは説明されていない。そこで我々は岸田が唱える「純粋演劇」と能楽とがどのように結びつくのかを、この文章全体から読み取る必要がある。以下に「純粋演劇の問題」の能楽への言及がある部分の少し前から引用してみたい。「この限られた記述の中で、私の所論を的確に要約することは、甚だ困難であるやうに思ふ。ただ、『純粋演劇』とは如何なるものであるかを理論づける上に、先づ、文学に於ける純粋詩、純粋小説（ブレモン、ヴァレリイの詩論及び作品、ジイド、プルウストの評論及び小説）、造形美術に於ける印象派以後の運動、音楽に於ける交響楽の原理殊にドビュッシイの手法、映画に於ける『伯林』、『ひとで』等の所謂『純粋映画』の傾向等は、極めて示唆に富むものであるが」と書かれており、岸田の理想は、「ブレモン、ヴァレリイ、ジイド、プルウストの文学、ドビュッシイの音楽」にあることが明らかにされている。これに続けて岸田は「それ以上に、根本の研究として、希臘劇、シェイクスピイヤ、ラシイヌ、モリエル、その他、東西の重要なる劇作家を通じて、その『文体』に共通する一つのリズミカルな生命を摘出することが企てられなければならない。」（傍点　伊藤）と記す。

　岸田はここで歴史を古代にまで遡り、ギリシャ劇やシェイクスピア、ラシーヌ、モリエール、と言った西欧演劇の伝統を「根本の研究として」行うべきだとしているが、それはあくまで、日本人には未知である西欧演劇の基盤となっているものをふまえる、という前提として書かれていよう。ただし、そのなかに流れている共通の「リズム」（「リズミカルな生命」）を指摘している点は重要である。この点については後で触れたい。

　これに続けて岸田は「そして、更に、舞台の幻象《イメエジ》を形づくる要素が、果して、今日まで、一定不変であつたかどうかを考へてみる。その上、それらの要素が、如何なる関係で、そこに現はれ、また現在如何なる価値をもつてゐるかを判断する。さうした結果、演劇に必要なものと、必要でないものとを区別することができるだらう。」とし「必要なものだけで、ある『演劇』が組立てられるとして、それが、如何なる条件で、『美』の観念と結びつくかを考へる。」と記している。

　岸田は「純粋演劇」の追求において、最終的に必要なものだけを採ろうとする。すなわち一種の消去法、とも言えよう。その消去法を行いつつ、なおかつ「美」的表現として成立するものは何か、というのが課題となる。いまや「詩、小説は固より、造形美術、音楽、舞踊、さては、まだ生れて幾らにもならぬ映画の方面でさへ、あらゆる社会層への食ひ込みを目ざす一方、かの『純粋』の名を冠せられる真摯な運動が、今日では、立派に、存在理由をもつてゐるに拘はらず」（「純粋演劇の問題」）、演劇部門だけはこの運動が中途半端に終わろうとしているのは、どうしたものであろう、と言い「私の知る範囲では、『演劇の純化』を標榜するフランス自由劇場以後の諸運動乃至その指導者も、未だ嘗て、『純粋演劇』といふ問題には触れてゐないやうである。」（同前）なかで、ひとり、演劇の「純粋化」を目指そうとしているのが、岸田自身、ということになる。

　たしかに一九世紀から二〇世紀にかけて「芸術家も批評家も〈純粋〉絵画を口にし、文学においても詩人は〈純粋〉な詩をめざした。」と言われる（ロナルド・タムプリン編・多木浩二監修・井上健監訳、二〇世紀の歴史第一一巻「一九〇〇―一九一四ヨーロッパという中心」『芸術（上）一九〇〇―四五年　伝統への反逆』平凡社、一九九二年一一月）。そして「芸術家たちは外部の〈不純物〉―日常生活、政治、歴史、はては人間といった固有の主題―なしで作品に意味を与える道を模索した」（同前）という時代に岸田も生きたのである。

3　小山内の能楽観と岸田の能楽観

さて、岸田が能楽に言及した「純粋演劇の問題」が発表されたのは一九三三年だが、その前年の一九三二年、この年、岸田は明治大学の文科専門部文芸科の講師となっているが、同年に発表された次の一文は、能を高く評価しているものであり、「純粋演劇の問題」に書かれている能楽評価の根拠を推察するために重要であろう。すなわち「凡そ世界の演劇史を通じて、最も偉大且つ高貴なるモニュメントとして残るものは、チエホフの戯曲と能楽の舞台であらうとは、私の予予信じるところであるが、前者は、戯曲の生命にはじめて決定的な文学的表現を与へ、それを今日にまで生かしてゐる点、後者は、同じく、舞台の幻象《イメエジ》が、最も単純な姿を以て最も深きに達してゐる点、共に比類なき芸術と呼ばるべきものであつて、何れも、東西演劇の原始精神が、期せずして、後世、見事な花を開いたとも云へるのだが、私は、この二つの例を並べてみて、総て、純粋なものに共通な特質といふものをはつきり見出し得るやうな気がするのだ。」(「劇壇左右展望」)と記している。

こうして、岸田の演劇論のなかで、能楽はチェーホフと並び称され、「舞台の幻象《イメエジ》が、最も単純な姿を以て最も深きに達してゐる」、「原始精神」が開花した「純粋演劇」の見本となるのだが、このなかで、岸田は自身にとって、能楽の魅力がどのようなところにあるのかをさらに語っている。「誰か文壇の批評家で、謡曲のうち、最も『意味の通じない』曲を、ひとつ、文学的に評価してみるものはないだらうか？　これは最近仕入れた知識であるが、能楽の舞台に於ては、さういふ曲こそ、最も純粋な魅力を発揮するものであるらしい。」(傍点　伊藤)としている。そして、これは「言ひ換へれば、物語の筋及び、その構成の如きは、能楽としては寧ろ第二義第三義的なもので、描写の如何、その他直接感情に愬へる言葉の意味さへ、殆ど能楽全体としての効果から云へば計算に入れなくてもいいのだ。結局、謡曲なるものの、所謂『物語としての』文学的発展、殊に、所謂『劇的』な内容は、能楽の高い鑑賞には却つて邪魔つけなのだ。」と書いている。

ここで、岸田の能楽への視線を捉えるために再び小山内の能楽観との対比を試みたい。小山内は「霊魂の彫刻」では、身体表現を中心に述べていたが、その後、一九一二年一〇月には喜多会を鑑賞し、その折りの談話筆記(「弱法師から芝居、芝居から能」)が、一九一二年一一月に『能楽』(第一〇巻一一号、一九一二年一一月一〇日)に掲載されている。そのなかで、小山内は能の内容に関して次のように述べている。この時、小山内が鑑賞した能の番組は「小督」「藤戸」「女郎花」であったが、この三曲のなかでは「女郎花」を最も好み、哀れな「小督」や、母の悲哀を見せる「藤戸」よりも「人生を一段超越して、冷熱の堺を絶した、然し筋のあまり通らぬ女郎花の方が、強い感興を起させる」(傍点　伊藤)と語っている。「現在物」である「小督」や、あるいはまた「藤戸」は人気の高い曲であるが、「小督」は帝の命を受けた源仲国が、身を隠していた小督の局を、琴の音に導かれて探し出す、という静かななかに雅びやかな味わいのある曲であり、また「藤戸」は、戦陣争いのためにわが子を犠牲にされた母親の、悲哀極まる訴えが見どころと言える曲で、どちらも平家物語に材をとっている。それに対して、「女郎花」は、男女の恋愛がテーマであるが、愛のために地獄に堕ちた男がこの世に戻り、苦しみを訴える、という設定は、いわば宗教劇的な展開でもあり、ストーリーによる魅力、というよりも中世的なパッションを持つ典拠不明の曲である。

岸田の場合、具体的な曲名があげられてはいないが、興味の持ち方は小山内の感覚に近いと言えよう。右の小山内の談話筆記である「弱法師から芝居、芝居から能」のなかの傍点部分「筋のあまり通らぬ」曲が、岸田の文章で言えば、傍点を付した『意味の通じない』曲に当たると思われる。両者の見解には共通の感覚を見い出せるのではないだろうか。

すでに拙論(「小山内薫と『霊魂の彫刻』―『象徴的演劇』としての能―」[*6])でも述べたように、小山内や岸田の能楽観は、実は大正期には特異なものではなく、モーリス・メーテルリンク等の流行をみた明治末から大正期を通じて、むしろ自然なものであったと思われる。それはつまり象徴的なもの、メーテルリンクや、あるいはレオニード・アンドレーエフの作品に現れているような「気分」や「夢幻」と言ったものに魅惑される傾向がこの時期にあったためである。すでに田代慶一郎が『夢幻能』（朝日選書　一九九四年六月）に記しているように、ちょうど大正の最後の年、一九二六年に佐成謙太郎がラジオ放送で使用して以来、今日でも良く用いられる「夢幻能」という言葉自体も、明治末から大正期にかけて移入された「夢幻」を思わせる文学や演劇の影響を受けて誘引されたものであるかもしれないのである。

このことは、たとえば小山内から観能案内を頼まれたことがきっかけとなり高濱虚子の発案で開催された一九一三年六月の『ホトトギス』主催「文芸家招待能」により、能を観た時の「文芸家」の感想でもうかがえる。*7 与謝野鉄幹は「第一の長所だと感じるのは此サンプリシテな型であつて、之が最もよく複雑微妙な気分の象徴に適して居ると思ふからです」、「今でも部分々々に此型が充実した或気分の渾然たる象徴になつて、其間の抜けた歌詞の到底追随し難い微妙な世界にまで飛躍し、言ひやうの無い感銘を折々観者に与へるところのあるのは、日本の他の舞踊や歌舞伎劇の全く及ぶ所でない。」とし、「型ばかりが面白いのでない、行と行との休止の間に味を出さうとする未来派の詩の様に、型から型へ続くあの静黙の際に無限の気分が顫動して居る。言はば其れも能に於て卓絶した一種の型でせう。」としていることにも見られるであろう。そして岩野泡鳴は「あのこなしや楽曲に於ける簡潔な而も多くのことを含む発想法は、俳句か、然らざれば、仏蘭西表象派の詩に於てのみ発見せられませう。」と述べて、その表現方法が、象徴的であり、それは「俳句」と「フランス表象派の詩」に通じる、と見ており、岩野においては能と俳句と「フランス表象派」の詩が結びつけられてイメージされている。

前述のように「純粋演劇」について「文学に於ける純粋詩、純粋小説（ブレモン、ヴァレリイの詩論及び作品、ジイド、プルーストの評論及び小説）」を理想とした岸田が、フランスの象徴的傾向の強い作品と俳句や能との共通点を見いだしたとしても、それは決して特異なことではないのである。

なお、俳句に関して言えば、岸田の場合には、逆にフランス文学に俳句を結びつけており、たとえば、理想的な文学者としてしばしばあげたジュール・ルナールの表現について「『暗示《シユグジエスチヨン》』と『想念喚起《エヴオカシヨン》』が、あなたの制作の手法だとすれば、且つまた、自然の吐息に耳を傾けることが、あなたの無二の歓びであつたとすれば、僕は寧ろ、あなたの芸術的心境が、わが俳人のそれと一味相通ずる審美観念の上に置かれてあると云ひたい。」（「訳者より著者へ」『葡萄畑の葡萄作り』〈春陽堂、一九二四年四月〉の序文。岩波版全集一九巻）と記している。

4　演劇の「純粋」化と能楽の声

右にみたように、岸田の能楽観は決して特別なものではなく、すでに明治末から大正期に訪れたメーテルリンクなどの流行下における文学者の能楽解釈の傾向に通じるものでもある。良く知られた築地小劇場スタート時の論争以来、対立が強調される小山内と岸田であるが、能楽の捉え方については岸田は小山内と共通した感覚を持っていたのかもしれない。さらに岸田の場合には、独自の演劇論として重要な演劇の「純粋」化の理論と結びつけられているのであるから、それがどのように結びつくのかを、能のなかでも特に『意味の通じない』曲を重んずるというその姿勢に鑑みて整理してみたい。

先に述べたように、岸田の「純粋演劇」論を近代演劇における一種の消去法と考えてみる。小山内薫の能楽観は直接ゴードン・クレイグの影響を受けたものであり、また岸田の場合も師であるコポーがクレイグの影響を受けている訳だが、その近代演劇の改革者としてのクレイグについて岸田は、「演劇に於ける脚本の位置といふ問題は、今日まで殆ど異論がありません。たゞ一つ、ゴーヅン・クレイグの演劇論が、文学として存在する戯曲の運命を予言して、これを将来の舞台から駆逐しようとしてゐます。」（「演劇一般講話」『文芸講座』〈文藝春秋社、一九二四年九月より一九二五年五月〉。『我等の劇場』〈新潮社、一九二六年四月〉ほかに収載。岩波版全集一九巻）とし、クレイグは舞台から「文学」を排除しようとした、と考えた。だが、クレイグのように舞台から戯曲という「文学」を排除する消去法を用いずに「純粋」化を目指した岸田は、戯曲における「闘争」や人間どうしの「葛藤」といった「筋」を排除したのである。

岸田は「戯曲」について次のような考えを持っていた。「『戯曲的』といふ言葉の内容が示す通り、従来、事件乃至心的葛藤の客観的形象を戯曲の本質と見做してゐたのであるが、古来の名戯曲が、よつて以てその名戯曲たる所以を発揮してゐた『美』の本質が、寧ろ、より主観的な、『魂の韻律』そのものにあることを発見して『これからの戯曲』は一層この点を強調する心象のオオケストラシヨンにあらゆる表現の技巧を競ふであらう。その結果『何事かを指し示す』戯曲より、『何ものかを感じさせる』戯曲へと遷つて行くであらう。」（「これからの戯曲」〈岩波版全集「後記」によれば初出未詳〉。『現代演劇論』の文末日付は一九二九年六月。『新選岸田國士集』ほかに収載。岩波版全集二一巻）と述べられており、これが岸田の考える「戯曲」ということになる。

また前述のように、多くの文学者が影響を受けたメーテルリンクについては岸田は、一九二八年五月に書かれた「劇作を志す若い人々に」（『若草』〈第四巻第五号、一九二八年五月一日〉。岩波版全集二一巻）で「ヘンリック・イプセンが舞台に初めて『生活の断片』を示し、メエテルリンクが見事に『争闘』のないドラマの型を築いたほどの花々しさはなくとも、過去三十年の劇界は、文学的にも、舞台的にも、著しい進化の跡を遺してゐます。」と日本演劇について述べながらメーテルリンクに言及している。すなわち「劇的」とされる「争闘」のないドラマを創ったのがメーテルリンクであるとしているが、そうした「劇的」な内容を必要としない希有な演劇が日本の能である、と捉えたと考えられるのではなかろうか。

しかし、もし右のように考えられるとして、岸田の消去法の結果、最後に残る「純粋演劇」の核は果たして何であったろうか。前に掲げた「純粋演劇の問題」のなかで岸田は、近代フランスの文学を重視しながら、また一方では「希臘劇、シェイクスピイヤ、ラシイヌ、モリエエル、その他、東西の重要なる劇作家を通じて、その『文体』に共通する一つのリズミカルな生命」を摘出すべきであるとしているが、これは岸田がしばしば語る「魂の韻律」

や「生命のリズム」に通じる言葉である。

ここで岸田が能の声に注目した一文に注目しておきたい。この文章は、決して能楽賛美の文章ではないが、岸田が能楽の視覚的表現よりも先に聴覚的表現について述べているのが興味深いからである。この文章は一九二八年一一月に発表されたものである。岸田が能楽に言及している文章を岩波版の全集収載の「評論随筆」から拾うと、一九二六年八月に『都新聞』掲載の「演劇漫話」(岩波版全集二〇巻)で能の専用劇場である能楽堂を「純芸術的劇場」として捉え、また狂言に言及した文章も一九二六年一〇月の「トリスタン・ベルナアルに就いて」(『近代劇全集 第一五巻』〈第一書房、一九二八年一〇月〉。『ふらんすの芝居』〈三笠文庫、一九五三年二月〉に「トリスタン・ベルナアル」として収載。岩波版全集二一巻)を見い出すことができる。そして、一九二八年の一一月に書かれたのが「『語られる言葉』の美」(『悲劇喜劇』〈第二号、一九二八年一一月一日〉。『新選岸田國士集』〈改造社、一九三〇年二月〉ほかに収載。岩波版全集二一巻)である。この文章で岸田は能の声を特異なものと書いている。すなわち「声楽で正しい鍛へ方をしたものは、一番合理的で、近代的で、繊細複雑な感情の表現に適してゐるだらう。従つて、最も純粋な意味で美しい声と云ふべきである」と「声楽」の訓練による声を第一として、そのほかの邦楽、義太夫や長唄、清元などの声については「感情生活の明暗をうつすに応はしい美声」と言いつつ、「被圧迫階級の忍従性」が感じられるとし、また謡曲の場合はそれが「特権階級の優越感」によつて塗り代へられていると述べて「従つて、これも、ある時代には美声の代表的なものとなり得るであらうが、今日では、少なくともデモクラシイの精神に反する声である。変な声があつたものだ!」(同前)と記している。このように「音曲」をある「社会的階級」と結んで論じることは、明治期の「国楽」論の系譜に連なるものでもあり[*8]、ここには岸田の声と「階層」についての社会的な感性が語られていようが、肝心の能の声に関しては否定的とも言える見かたをしている。しかし、この「『語られる言葉』の美」のなかでは、当時の新しいメディアであるラジオに関して「ラヂオ・ドラマといふ形式についても、いろいろ考へたのだが、結局、擬音といふやうな機械的な効果はそれほど問題ではなく、『語られる言葉』のあらゆる効果と、その効果による聴取者の想像力が、将来のラヂオ・ドラマを決定するのだと思つてゐる。この種の想像力は、ある程度まで舞台演劇の鑑賞にも必要であつて、能や歌舞伎劇の多くは、就中、その著しい例であるが、ラヂオ・ドラマは、特に、この想像力を極度に利用すべき表現形式を取らねばならぬ。」と述べている。小山内の場合と違い、岸田が「純粋演劇の問題」で能楽を、「純粋演劇」の一例とするまでの間に、どこでどのような能に出会ったのかはわからない。あるいは未見であったかもしれない。しかし、もし舞台で能を見た経験がないとしても音声でそれを聞き、その上で能楽の「様式性」が高く、そのぶん鑑賞者の側にイメージを喚起させる性質を重視していた可能性も考えられる。一九二五年以降、謡曲も電波に乗っている。右の文中で岸田は『語られる言葉』のあらゆる効果」と、それに対する「聴取者の想像力」に興味を持っているが、「語られる言葉」こそ、すなわち「語る」声と「語る」行為により引き起こされるイマジネーションこそが、岸田の「純粋演劇」の核になるものなのではないだろうか。それは、たとえラジオ・ドラマという二〇世紀が生んだ新しいドラマのなかでも、消え去ることのないものである。

　前にみた小山内の能楽観には、俳優の身体表現への興味がうかがわれたが、岸田の能楽観は、演技よりもむしろ、声に重きがおかれていたように感じられる。それは「せりふ」の言葉に重きを置いた、というよりもその根本に演劇の始原へ向かうベクトルがあるのではないだろうか。すなわち「純粋」化の過程で、演劇の始原の一つである声による「語り」を重視したのではなかったろうかと思う。能楽の声を「変な声」と呼びながらも、その「想像力喚起」の力については評価している。岸田が「語られる言葉」を重視するのも、演劇を「純粋」化し、つまりは、その始原に立ち戻ったものと考えることもできよう。したがって「純粋演劇」の理論は、消去法であるとともに、遡源する方向性を持ち、最終的に残るものとして人間の声を核とし、そこから舞台上に立ち上がるものを求めたものではないかと思われる。洋の東西を問わず、演劇のルーツとしての「語り」や「詠唱」は人間生活のなかに永く生きてきた。たとえば、もともとは小説も声に出して語られるものであり、声を出さずに語られるようになったのは、一七世紀末から一八世紀にかけての手紙と新聞の普及による。そのことにより、聴覚的時間的な世界は小説から少なくなり「語ること」(telling)から視覚的空間的な「示すこと」(showing)が拡大していったとされている(川端柳太郎『小説と時間』朝日選書 一九七八年一〇月)。

ただし、今ここで指す「語り」は一人称による「語り」ではない。あくまでも西欧演劇の伝統に生きているような「対話」のなかでのひとりひとりの「語り」であり、朗唱である。能の声に注目したことを「語り」への遡源と述べたからと言ってわが国の演劇伝統の根にある「語り物」的な世界を目指したということではない。岸田は「純粋演劇の問題」で、能楽や歌舞伎の直接的摂取を否定しているし、「日本劇の伝統には、厳密な意味での心理的要素はなく、従つて、俳優の心理表現は、単純で類型的なのである。」(「劇壇暗黒の弁」『新潮』〈第二八年第七号、一九三一年七月一日〉、後に『現代演劇論』に収載。岩波版全集二一巻)とも述べており、そうしたことを言うつもりはない。ただ岸田自らが「言葉」の作家、というレッテルを否定しているように、岸田にとって重要なのは「言葉」というよりも声そのものであろう。「せりふ」の声が、誰にどのように発せられるかが重要なのである。

5 声と身体とイメージ

ここで能楽の身体表現についてあらためて考えておこう。近代になって「夢幻能」と名付けられた能の曲、特に世阿弥作と考えられるそれは、叙情的な詩的世界を舞台上に繰り広げ、ことさら人物どうしの「闘争」や「葛藤」を表現しない。主人公(シテ)の行動も実際の「事件」を再現することに主眼がおかれている訳ではないので、観客の注意はより主人公の内面に注がれることになろう。「芸術上の近代主義(モデルニスム)とは、あらゆる既成美学への挑戦であり、伝統の破壊運動であり、新奇と自由の探求であり、客観より主観への突入であります。」(「演劇一般講話」)という岸田にとって能楽は「主観」の世界を身体を通じて生き生きと発揮する芸術と映ったかもしれない。能は特にシテの内面深くの表現に身体全体でせまる。それだけに音楽における一音一音のように、一瞬一瞬をゆるがせにしない高い密度の身体表現が必要になるので、小山内は能を「霊魂の彫刻」と呼んだが、岸田は、「それは飽くまでも、演技化された『言葉の魔術』だ。」（「劇壇左右展望」）と語っている。そして「『言葉』の音と意味とが、何れともつかず渾然と同化して、瞬間瞬間の『幻象《イメエジ》』を繰りひろげ、その幻象が、刻々生命の象徴として視覚的に浮び出るのだ。連鎖なき言葉の幻象にこそ、超現実的生命が流れるので、そこにこそ、自然ならざる『真』を感じる悦びがあるのだ。」（同前）と述べている。特に「刻々生命の象徴として視覚的に浮び出る」というとらえ方は、小山内が能にデューゼの演技について言われている「絶え間なき彫刻の連続」という言葉を連想した感覚に通じるように思われるが、岸田においては、言葉の「音」と「意味」がまずあり、身体表現にそれがつながるのである。

岸田における重要なキーワードに「魂の韻律」という言葉がある。そして先に紹介した「純粋演劇の問題」におけるギリシャ劇、シェークスピア劇、ラ・シーヌ劇等の「リズミカルな生命」もまた類似の表現であるが、その他に「イメージのリズム」（「築地小劇場の旗挙」（『新演芸』〈第九巻第七号、一九二四年七月一日〉、掲載時は「言語のイメージ」。『我等の劇場』収載時に「イメージのリズム」とする。岩波版全集一九巻）という言い回しがあることにも注意したい。そして「最近一部の舞台芸術家は一斉に『演劇をして再び演劇たらしめよ』と叫び出した。これは演劇の本質が『言葉』にあることを発見して、一切の劇的効果を『声と動作とによる』幻象《イメージ》の中に求めようとする運動であると云へます。」（「演劇一般講話」）とし、また「戯曲とは、取りも直さず、劇的詩であります。主題と結構と文体―この三者の融合から生れる雰囲気の流れであります。言葉の幻象《イメージ》を透して感じ得る生命の躍動であります。」（同前）と記している。岸田の場合、先に見たように「語り」、すなわち声を重要視したものと考えられる。しかし、優れた演劇表現は、せりふと動作が一体化してはじめて舞台上に成立するものであるから、せりふによる聴覚的側面にも、また動きによる視覚的側面にも「リズム」が重要となろう。それらの「リズム」の融合によって、はじめて舞台上に「幻象《イメエジ》」（「イマアジュ」）が立ち現れるのである。岸田は、将来の観客像を「『どうなるか』といふ興味につながれて幕の上るのを待たなくなるであらう。人物の一言一語、一挙一動が醸しだすイマアジュの重畳は恰も音楽の各ノオトが作り出す諧調に似た効果を生じることに気づくであらう。俳優の科白は、単に『筋』を伝へるものではなく、常に、ある『演劇的モメント』を蔵してゐることがわかるであらう。」(「これからの戯曲」)とし、「イマアジュの重畳」という言葉で舞台上の世界を表している。

以上、主としてコポーの影響から能楽に着目したと思われる岸田の能楽観について探ってきたが、消去法にしたがって演劇から「筋」を排除し、またその始原に立ち返った時、そこには声があった。声は身体表現と融合し、イマージュが立ち上がり重なること、それが岸田にとって重要な演劇の成立プロセスであり、「純粋演劇」論では、その典型を能楽に見た、ということになろう。

註

＊1　高村光太郎にも「能の彫刻美」という文章がある。増補版『高村光太郎全集』第五巻(筑摩書房、一九九五年二月)所収。

＊2　拙論「小山内薫と『霊魂の彫刻』―『象徴的演劇』としての能―」『文芸研究』第九八号、二〇〇六年二月二八日

＊3　J・ラドリン著・清水芳子訳『評伝　ジャック・コポー　20世紀フランス演劇の父』未来社、一九九四年四月

＊4　明治期の放談会における能の「余情」等の重視については、拙論「雑誌『能楽』(明治三五年〜三八年)について」(『大正演劇研究』第五号、明治大学大正演劇研究会、一九九四年一〇月二二日)にすでに述べた。

＊5　「現在物」は横道萬里雄による「現在能」とは異なる用語。シテが亡霊としてではなく、現在生きている人間として登場する能で佐成謙太郎のいう「劇能」にあたる。

＊6　＊2に同じ。

＊7　以下の引用は拙論「小山内薫と『霊魂の彫刻』―『象徴的演劇』としての能―」と重複するが、本稿でも重要であるので再び引用した。

＊8　「国楽」については中村理平著『洋楽導入者の軌跡―日本近代洋楽史序説―』(刀水書房、一九九三年二月)を参照されたい。

参考文献

古山高麗雄著『岸田國士と私』新潮社、一九七六年一月
田代慶一郎著『夢幻能』朝日選書、一九九四年六月
ロナルド・タムプリン編・多木浩二監修・井上健監訳、20世紀の歴史第一一巻『芸術（上）一九〇〇―四五年　伝統への反逆』平凡社、一九九二年一一月

岸田國士と歌舞伎――距離を置く態度とその理由

寺田詩麻

はじめに

筆者は今まで、歌舞伎の劇場経営について小論をいくつか書いている。そのような筆者が岸田國士について何か考える場合、ほぼ自動的に新劇の作家・演出家である岸田が歌舞伎をどのような演劇としてとらえていたかに関心が向く。

雑誌『文芸』の追悼特集に掲載された今日出海「モラリスト岸田國士」[*1]は、岸田の歌舞伎に対する態度を次のように記している。

　後に明治大学の文芸科の科長になつた時、演劇科を設けたが、ここで歌舞伎を講義したり、歌舞伎の見学をすら認めようとしなかつた。学生の要望で、講座だけは設けたが岸田さんの本意ではなかつた。新劇の発達に歌舞伎は害になると堅く信じていた。

と同時に日本の所謂お役者の生活や習慣を唾棄していた。

また、岸田の次女今日子は、雑誌『演劇界』のインタビュー[*2]で次のように述べている。

古典に対しては、決して否定する態度ではありませんでしたが、演劇に関しては日本の場合歌舞伎と新劇とは繋らないという考えでいたようです。歌舞伎を一度と文楽を一度、一緒に連れて行つてもらいました。〃見ておくことは必要だ〃という主義で、そしてそれ以上のものではなかつたようです。

履歴を自伝的記述や評伝で検討しても岸田には、たとえばともに文学座の監事であった岩田豊雄や久保田万太郎[*3]のように、歌舞伎に積極的に親しんだ時期がない。そして全集の評論を通読して得た印象から先に述べておくと、岸田は歌舞伎に対して意識的に距離をおいて眺めようと努力しているように見える。

本稿はおもに評論「歌舞伎劇の将来」と戯曲「命を弄ぶ男ふたり」の歌舞伎俳優による上演を取り上げ、岸田の歌舞伎に対する主張の具体的な内容と、岸田が歌舞伎に対して距離を取った理由について若干の検討と考察を試みるものである。

1 『歌舞伎劇の将来』前半——歌舞伎の演劇としての問題

「歌舞伎劇の将来」は一九二九年（昭和四）四月、岸田自身が編集する雑誌『悲劇喜劇』第七号にコラム「無地幕」として発表された。岩波版全集では二一巻に収録されている。

内容は二つに分割できる。前半は歌舞伎という演劇について、後半は歌舞伎俳優について述べている。まず前半の内容から要約し、検討する。以下、引用の必要な場合は岩波版全集による。

前半で岸田は、歌舞伎が「国劇の主流」であることは「如何なる点から見ても不合理であり、不自然である」とした上で、歌舞伎俳優は新劇の作品を上演して一定の成果を収めているが、それは「滑稽な猿真似」にすぎない、歌舞伎に代わる演劇は所謂「新劇」ではなく「新鮮なスペクタクルであり、刺激的で、同時に解り易き物語であり、美しく、勇《ママ》しく、意気で、聡明な俳優によつて演ぜられるところの、『現代通俗劇』」であり、それと対抗してはじめて本当の新劇運動が起こるべきだと述べている。そして歌舞伎が将来的に与えうる影響として

歌舞伎劇の美は、生活の様式化に出発した趣味と習慣を基調とするものであるから、遠き将来に於て、わが国民生活の様式的統一が完成した暁には、必ず、歌舞伎劇の舞台的条件が、その時代の演劇中に取り入れられるであらう。

尤も、今日以後、所謂新作史劇中には、脚本、演出、演技を通じて歌舞伎的手法が、いろいろの形で現はれるに相違ないが、新作の名の前に、そこでは却つて意識的な旧来の効果が避けられるため、歌舞伎劇の本質的なものを逸する結果になるだらう。

そして歌舞伎は「あまりに横暴な親爺であり、あまりに敏腕な先代」で、一度離れるのもよいのではないかと述べる。

以上から提起される疑問をいくつか考えてみる。

1、歌舞伎が国劇の主流であるのが不合理・不自然であるのはなぜか。

2、歌舞伎の俳優が上演した新劇が一定の成果を収めていると書いている一方で、それが「猿真似」になるのはなぜか。

3、歌舞伎に代わる演劇として、日本で行われてきたそれまでの新劇を評価せず「現代通俗劇」を提案している。それはなぜか。また「現代通俗劇」とは具体的にどのようなものなのか。歌舞伎を改革するという選択肢がないのはなぜか。

この評論は、これらの疑問に対して呼応する形で答えを述べない。一読して論旨がはっきりしない印象を受けるのはそのためで、明らかにするには、補足するような他の評論を合わせて読む必要がある。以下はしばらく、必要に応じてそれらを参照しながら考えることにしたい。

まず1は、岸田にとって、演劇は近代人の生活と思想に合致するものでなければならなかったからである。これはさまざまな形で『現代演劇論』[*4]の中に繰り返され、岸田の演劇観の根幹となる主張であるが、たとえば比較的初期の評論である「新劇運動の一考察」[*5]で、従来の「新劇」に欠けている要素は「近代生活の中に含まれる特殊な戯曲的雰囲気の把握」と「近代人の鋭敏な感覚に訴へる戯曲美の創造」であると述べることを挙げよう。

また後年彼は「純粋演劇の問題」[*6]で、歌舞伎が新しい芸術になり得ない要素として「形式の固定」と「近代性の欠如」を挙げ、「演劇本質論の整理」[*7]では現代劇に歌舞伎の手法を生かせという主張に対してこう述べる。

歌舞伎劇の伝統は歌舞伎劇の伝統であつて、その発生進化には、独特の文化的背景があり、その文化は今日、如何なる形に於て、我々の生活に交渉があるか？　すべての進歩的思想は、かの歌舞伎劇を生み育てた時代を近き過去に有することを、どれほど苦痛に感じてゐるか？

もちろんこの疑問は反語で、歌舞伎は現代と交渉を絶った時代に生まれ、現代に合わない形式で上演される演劇であるという内容である。

ただし「劇壇暗黒の弁」[*8]を見ると岸田は、古典劇として様式を持つ歌舞伎の価値は認めている。しかし歌舞伎はまだ現代に交渉を持ちうる商業演劇でもあり、純粋さを保てないことが問題であるともいう。岸田はこの評論で次のように述べる。

如何なるものも、独特さを保つためには他の「影響」を受けない必要があり、影響を怖れる以上は、他との交渉を絶つより外はないのである。

日本の歌舞伎劇さへも、詳細に観察すれば、何等かの意味で、「近代文明」の影響を受けてをり、純粋な歌舞伎の伝統は次第に失はれつつあるのである。

歌舞伎劇に、今日の大衆性をもたせるといふことは、芸術的には、殆んど望めないことであり、それを無理に持たせようとするところに、歌舞伎の芸術的破産と、大衆の倦怠が生ずるのである。

2については、「歌舞伎劇の将来」の後半が俳優の問題を扱うため、後述する。

3については、まず新劇の問題から考えることにする。

先にも引いた「新劇運動の一考察」によれば、岸田はその以前の新劇運動を「近代劇運動」と呼び、将来起こるべき「新劇運動」とは分けている。その上で近代劇は「歌舞伎劇流の類型的心理乃至生活を近代人の敏感さと繊細さを以て描き出さうとするもの」か「近代精神の一面を歌舞伎劇的な冗漫極まる叙述に託さうとするもの」のどちらかであるという。ちなみに後年、「わが演劇文化の水準」[*9]では、日本の近代劇の先駆者として具体的に坪内逍遙、小山内薫、島村抱月を挙げている。そこで岸田が、歌舞伎から離れた新劇を普及させる前段階にクッションとして置こうとするのが「現代通俗劇」である。

「現代通俗劇」とは何かを考えるために補助的に読む必要があるのが、一九三三年（昭和八）発表の「現代大衆劇は斯して生れる」[*10]である。この文章は、現代を描く演劇として新派はもう古い、それに代わる組織と資本力を持った劇団が成立する希望はあるかという中村正常の質問に答える形で書かれている。岸田はここでやはり、現代を描く「現代大衆劇」が起きた後、それと対抗する形で本当の新劇運動が起こるべきだと述べている。これによれば「現代大衆劇」とは、「初めからさういふところへ目標をおいた劇団」が、西洋の俳優術を学び、日本人の生活表現に適用して自然かつ合理的な演技精神を獲得し、外国の「芝居らしい芝居」を「新派調」にならないよう、原作の「演劇的リズム」を生かして翻案し「芝居の新しい面白さ」を大衆に会得させる意気組みでやるものであるという。

ひとまず以上から、岸田が考えた日本の新劇の進化のモデルは、まず当時の日本にふさわしい表現を西洋から学びながら確立し、それを使用した「現代通俗劇」あるいは「現代大衆劇」を浸透させ、現代に合った演劇を受け入れる土壌を整え、その上で岸田本人を含む日本人の書く戯曲による「新劇」をつくるというようなものだったと考えられるのではないだろうか。そして岸田から見て、近代性がむしろ欠如していなければならない歌舞伎がここへ入り込む余地はないのは明白であろう。

そこで先に引用した、歌舞伎の将来的な影響について述べた前半の結論部分に至るが、将来「所謂新作史劇」の中で歌舞伎の手法が取り入れられたとしても本質的なものを逸するという記述は、むしろそうなるべきだという意味を含むものと思われる。

2 「現代通俗劇」にならない演劇

歌舞伎の中に、近代的な事物や思想を歌舞伎の方法で描こうと試みた劇がなかったわけではない。想起されるのは、坪内逍遙の史劇に始まり、岡本綺堂、岡鬼太郎らの世代でスタイルが出来上がり、昭和初期には真山青果、長谷川伸らの作品が一定の人気を博していた、現在一般に「新歌舞伎」と呼ばれている作品群である。これらの中には繰り返し上演され、映画化されるものもあった。

あるいは、歌舞伎に対抗する新しい演劇として明治二〇年代に生まれた新派は、昭和初期には「新派大悲劇」という言葉が表すようなある種のスタイルを持つ一方、新作が多く書かれていた。また沢田正二郎によって設立され、昭和初期にはまだ新興劇団であった新国劇も意欲的な作品を多く上演していた。両者に共通しているのは岸田の作品の上演を手がけていることである。

すると、たとえば新歌舞伎、新派、新国劇が岸田の言う「現代通俗劇」の役割を担う可能性は考えられなかったのだろうかという疑問が生ずる。しかし岸田によれば、それらはまさに「芸術的に破産」する危険をはらんでいたようである。

たとえば一九三五年（昭和一〇）一一月発表された「現代日本の演劇」[*11]の中で、彼は真山青果について次のように書く。この時期真山は、新歌舞伎の代表作として現在もしばしば上演される連作『元禄忠臣蔵』を発表中である。

真山青果は、秀れた技術家である。彼は、現在では時たま良心ある問題劇を提供する以外、商業劇場の註文に応じて、興味本位の通俗劇を数多くでつち上げてゐる。

『元禄忠臣蔵』がはたしてどちらの範疇に入るのか、これだけでは判断できない。だが「技術家」という評は、真山の仕事を肯定する言及ではないだろう。

「新派劇と新派俳優」[*12]によれば、岸田は新派による自作上演を見て、若手俳優の演技にブールヴァール劇俳優としての可能性を見いだそうとした形跡がある。しかし「新劇復興の兆」[*13]では、新派は「極端なマンネリズムが、時代を消化しきれず、辛ふじて「出し物」の流行的標題で定見なき見物を引いてゐる」とする。

新国劇については、たとえば「新国劇の『屋上庭園』を見て」[*14]で

〔新劇は〕日本の既成劇団が今まで持つてゐなかつたものを舞台の上にしめし得るものだといふことを、今まで新劇といふものに親しみのない観衆に知らせる機会を少しでも多くしたい

との意図から上演を許可した自作の上演を見て、沢田の演出が原作を変形させていると述べ、一般受けを狙って通俗になることを戒めている。後年、沢田の演技については「在来の旧劇新派の型から『完成味』を引いて、煽動性を加へたやうな誤魔化しが大部分」[*15]と述べたことすらある。

そして先に挙げた「現代大衆劇は斯して生れる」で岸田は次のように述べる。

劇作家は、なんと云つても、その時代の俳優に応じた脚本しか書けないのです。〔中略〕その戯曲の戯曲たる本質的生命に於ては、やはり、その時代の俳優の表現能力を遙かに凌駕するといふことは不可能であります。

劇作家の書く作品の内容と水準は、俳優の持つ表現能力を越えられない。彼がこのような認識に至るには、彼が多大な影響を受けたヴュー・コロンビエ座のジャック・コポーが、せりふの理解と表現に卓越した技能を持っていた俳優でもあったことが影響しているが[*16]、この論理に従うと、従来の演劇が芸術的に破産する危機を抱えるものとなるのは、演じる俳優に問題があるからということになる。そのため、「歌舞伎劇の将来」の後半で岸田は歌舞伎俳優の問題点を挙げ、批判を行うのである。

3 「歌舞伎劇の将来」後半――歌舞伎俳優の問題

歌舞伎俳優について岸田は、門閥・階級制度へ固執し、不必要に多数の弟子を持っていることがふさわしくないと述べ、能力のない俳優が家柄によって重用されることや観劇における連中制度の弊害についても触れている。ただし、これらは歌舞伎の問題として他の評論家や作家もしばしば指摘することがらで新味はない。

岸田らしいと思われるのは、続く「現代人の諸種のタイプに対し、全く観察を怠つてゐる」という箇所である。彼は次のように述べる。

　彼等は、近代的な表情と、姿態と、語調と、雰囲気とに鈍感であり、殊にその心理的陰翳に関して無神経そのものである。かういふ俳優が、近代的色彩の濃い作品を演じるのは無理であるし、「多少でも近代的教養をもつた人物」になれよう筈はないのである。

この指摘はそれまでの岸田の論を読んでくると一見首肯できるように思うが、しかし二代目市川左団次、二代目市川猿之助、一三代目守田勘弥のような、近代劇・新劇の上演に一定の成果を残したとされる俳優についても妥当な指摘なのだろうか。このことについては本稿の終わりに再びふれるが、さらに岸田は次のように言う。

　私が歌舞伎劇を観て、一番厭や《ママ》になるのは、その脚本の時代遅れなことでもなく、演技そのものの不自然でもなく、ただ、諸種の人物に扮する俳優が、如何にも観客を甘く見てゐる、あの態度である。甘く見てゐるといふのは、彼等が、旧時代の教養や非個性的趣味から割出した演技の「トオン」を、さも大事らしく見せびらかすことである。

確かに歌舞伎俳優には、演じるために先人から教わる口伝や、日本舞踊を基礎とする、身体を動かすための独自のメソッドがある。たとえば多くの俳優が残している「芸談」というジャンルの読み物によって、部外者もその一端を知ることができるが、そうした口伝やメソッドを「近代的教養」と同列視しない理由は何か。岸田は次のように答える。

今日、凡そ封建思想ほど滑稽で、不愉快なものはない。その思想は、せめて舞台上の俳優によつて、一度は十分に客観化されねばならぬのに、それがこのまま、俳優の演技を色づけてゐるのだから、馬鹿馬鹿しいのである。

つまり歌舞伎俳優には、彼らの口伝やメソッド――「芸」とまとめることもできる――を検討する客観性――近代的知性といいかえることも可能であろう――が欠けている、ということであろう。そしてこの文章は「現在の歌舞伎は、観客として、知識階級を失つた。遠からず民衆の悉くを失ふだらう」と結ばれる。

「歌舞伎劇の将来」は一読しただけでは論旨がよくわからない。だが以上のようにたどってくると、その理由は展開上詳しく書くべきところを省略しているためであると考えられる。他の評論で補いながら読むと、歌舞伎が「現代」を描く演劇として古く、現代に適した新たな演劇によって乗り越えられるべき存在であるにもかかわらず、適当な演劇が現れていないために、能や狂言のような古典にならず演劇の主流であり続けていること、俳優が自らの持つ芸と演じる作品の内容を、現代的教養によって客観化しないことが問題だと述べているのがわかった。

しかし「歌舞伎劇の将来」には、現代にふさわしい演劇を求める岸田の姿を見ることはできても、歌舞伎とその俳優については、将来的な見通しも含めて全否定の意見しか読み取ることができない。なぜ岸田はこのような文章を書かなければならなかったのだろうか。

そこで次に初出誌を振り返って、この評論が書かれた背景について考察したい。

4　歌舞伎批判から見えてくるもの

『悲劇喜劇』は「岸田國士編輯」と銘打った第一書房発行の月刊誌で、一九二八年（昭和三）十月から翌年七月まで一〇号が刊行されている。先にも書いたが、「歌舞伎劇の将来」は二九年四月発行の第七号に掲載された。この号の特集は「歌舞伎劇の新研究」である。しかしそれは二号さかのぼった、五号の刊行前に急遽変更されたものであった。

五号の編集後記を引用する。

四月号は、予定を変へ、臨時に、「歌舞伎劇の新研究」といふ変つた試みをする積りです。日本の古典劇が欧米の劇界に投じた波紋が、如何にわれわれの仕事に影響するかを批判することも目的の一つです。所謂歌舞伎通の「眼」以外に、歌舞伎を観る「眼」があることも知らなければなりません。

「波紋」とはなんであったか。それは一九二八年七月から八月にかけてモスクワとレニングラードで行われた、二代目市川左団次らによる歌舞伎ソ連公演である。これは松竹の公式記録では初の歌舞伎海外公演[*17]で、前年ソ連を訪問した小山内薫がきっかけを作ったものであった。ただし小山内は宿痾となった心臓病のため公演に参加できず、池田大伍が同行している。

当時、ソ連はヨーロッパより地理も感性も日本に近い国と考えられていた。また、太田丈太郎によれば、歌舞伎に関心を寄せた演出家のひとりであるメイエルホリドは、岡本綺堂の作品『増補信長記』の上演を訪ソ公演の前年である一九二七年に企画している。本作は紆余曲折を経て他の演出家による演出・脚色で上演されたが、翻訳者コーンラドは同年来日しており、訪ソ公演にも何らかの関わりがあると推定される日本学者である。[*18] 歌舞伎初の海外公演がソ連で行われた背景にはこのような素地があった。

公演の準備過程、詳細な日程、上演作品、現地の批評については、一九二九年二月刊行された『市川左団次歌舞伎紀行』[*19] により、極めて不十分な日本語訳ながら大体を知ることができる。ちなみにこの刊行は『悲劇喜劇』第五号と同月である。

筆者はロシア語の知識を全く持たず、現在この本で判明する範囲でしか、当時のソ連公演の現地における反響を知るすべがない。にもかかわらずそこから明らかになるのは、同時通訳はもちろんなく、上演はロシア人の複数の日本学者による解説の後に行われたこと、かなり作品の筋が理解されているが、劇評は、演出効果としての色や音、女形の存在、外側から見てわかる俳優の演技についての記述が多いことである。

しかし映画監督として著名なエイゼンシュタインの評論によれば、彼やスタニスラフスキイは、着目点に違いはあるものの、歌舞伎に彼らの手がける演劇・映画に通じる可能性を見たようである。エキゾチシズムが喜ばれただけで終わらなかった結果から見れば、公演はある程度成功をおさめたと言える。

岸田にとってむしろ重要だったと思われるのは、ソ連公演が一定の成功を収めたことが、日本の演劇界に衝撃を与えたことである。日本の演劇雑誌や一般新聞の文芸欄はソ連の新聞記事を紹介したり、現地からの伝聞として批評を掲載したりした。岸田はそうした風潮について、『悲劇喜劇』第一号の「無地幕」で次のように述べている。

一二新聞批評らしいものも伝へられはしたが、あんなものは当てにならない。

露西亜人は、他の欧米人に比べて、東洋芸術の真髄に触れ得る国民だとは思ふが、いきなり、あの舞台を観せられて、何がわかるだらう。〔中略〕

日本人には変な癖があつて、西洋人が歓びさうなものをわざわざ観せる——自分たちの観せたいものは外にあることを知らずにゐるのである。

そして歌舞伎が海外で受け入れられたと単純に喜ぶのではなく、現代の演劇として通用する点があるかどうか「新研究」を試みる特集を組んだのが、同誌第七号だった。通読して明瞭なことは、論者の立場はさまざまながら、特集のテーマは、訪ソ公演の反響を契機としつつ、あくまでも歌舞伎の世界の外側から見た、歌舞伎が現代と直接関わりを持つ可能性についての考察である。[*20] 唯一の幕内関係者である河原崎長十郎は、ここではエイゼンシュタインに会った印象を述べるに終始している。この号に岸田が「歌舞伎劇の将来」を発表したことには、ではどのような意味があるのだろうか。

歌舞伎史の観点から見ると、関東大震災以降一九三〇年（昭和五）までの時期は、東京の劇場がほとんど失われた後、ほぼ全ての歌舞伎俳優が関西出身の興行師である松竹の傘下に入り、土地建物全てがはじめから松竹所有で、昭和歌舞伎の主要な劇場の一つとなった東京劇場が歌舞伎座の斜め向かいに開場するまでの期間にあたる。つまり、明治末から徐々に東京に進出していた松竹が、一気に東西の歌舞伎の興行権を掌握する時期である。またレパートリーとしてなかなか定着せず、成功したとはいいにくい場合が多かったが、大正から昭和にかけて、歌舞伎の作品を書くことを本業とはしないさまざまな立場の作家たち、たとえば谷崎潤一郎、山本有三、菊池寛、武者小路実篤などが書いた新しい作品が上演される機会は明らかに増加している。

そして昭和初期は、震災前から続いて劇場のありかたが問題となっている時期でもある。国立劇場設立運動が続き、小劇場と大劇場では上演される劇の内容と客層は違うものであるべきだという議論が行われた。歌舞伎も当然その影響を受けた。

以上のような理由から、当時は演劇に関わるさまざまな人によって、歌舞伎の今後のあり方について、比較的保守的な論調の『演芸画報』においてさえ継続的に議論されている。この流れの中で常に歌舞伎との関係を模索しているように見える演出家が、岸田が近代劇運動の先駆者のひとりとして挙げる人物でもある、小山内薫である。

小山内はもともと若年の折から歌舞伎と人形浄瑠璃に親しみ、交友のあった二代目市川左団次とは自由劇場を興している。大正半ばから数年間、当時若手役者の六代目尾上菊五郎らを抱えていた東京の歌舞伎の劇場市村座に顧問として関与した後、松竹の映画部門に関わり、自らも映画に出演する。震災後は築地小劇場での活動に邁進する。先にも述べたが、彼は歌舞伎訪ソ公演のきっかけを作った人物でもある。

そうしたさまざまな活動の中で、小山内は歌舞伎について多くの劇評や論考を発表している。詳細な検討と考察はすでに藤波隆之氏が『近代歌舞伎論の黎明　小宮豊隆と小山内薫』[*21]で行っている。藤波氏の論に拠りつつ小山内の歌舞伎論を読んで感じるのは、近代劇の実践を通じて獲得した「離れた見方」を提唱しながら、歌舞伎の形式が持つ美に、藤波氏の言を借りるならば「傾斜」する揺れである。

岸田國士が『演劇新潮』でデビューしたのは震災の翌年、一九二四年である。以前からのしがらみに縛られず、現代に適合した自分のスタイルを持つ演劇を確立しようとしていた岸田がしばしば小山内と立場を異にしたことは自身でも記し、よく知られている。また後年先駆者として名を挙げる他の二人、坪内逍遙と島村抱月について考えてみても、抱月はやや資質を異にするが、文芸協会を含めた逍遙の演劇活動から歌舞伎の影響を切り離すことは不可能である。先駆者たちの行ってきた「近代劇」とは違う「新劇」を目指す岸田にとって、機会を見て歌舞伎を明確に全否定しておくことは、自らの立場が先駆者たちと違うのを広く示すために必要なことだったのではないだろうか。

「歌舞伎劇の将来」と初出誌『悲劇喜劇』第七号からは、歌舞伎には今後も外から批判的に見るだけで関わりは持たず、自らの新しい演劇を作りたいとする岸田のアピールが読み取れる。そして以上によりそのアピールは、震災後に行くべき方向を模索しつつ、左団次訪ソ公演の反響に揺れていた日本の演劇界を対象に行われたものであったと考える。

5　「命を弄ぶ男ふたり」上演から見えること

「新劇の発達に歌舞伎は害になる」「歌舞伎と新劇は繋らない」——冒頭の今日出海の追悼文と岸田今日子へのインタビューを見ると、「歌舞伎劇の将来」に見られるような岸田の歌舞伎否定の姿勢は晩年まで一貫して続くものだったことがわかる。しかし岸田の他の評論や発表当時の演劇界の動向を踏まえつつ岸田の主張を検討すると、そこからは、歌舞伎から意識的に離れ、歌舞伎に影響を受けてきた従来の新劇の指導者たちとは立場を異にしていることを鮮明にして、現代人のための新しい演劇を確立することを目指している、とアピールする彼の姿が浮かび上がってくる。

そして歌舞伎が現代に生きる商業演劇として興行で実際に岸田の戯曲を上演した時、観客がどう受容したのか、ある程度まで知ることのできる実例がある。最後にその受容のありさまと、上演が岸田にもたらしたであろう影響について考え、論を結びたい。

歌舞伎俳優が歌舞伎の興行で岸田の戯曲を上演した例はいくつかある。最初は一九二七年（昭和二）九月帝国劇場で一三代目守田勘弥らによって上演された「動員挿話」であるが、この興行には女優が加入していた。その次が、奇しくも『悲劇喜劇』第七号が刊行された五か月後、一九二九年九月東京明治座で上演された「命を弄ぶ男ふたり」である。俳優は六代目尾上菊五郎と一三代目守田勘弥であった。今回は、歌舞伎俳優が岸田戯曲を上演した際の問題がより鮮明に現れている後者のケースを取り上げる。

一九二五年（大正一四）雑誌『新小説』に発表された「命を弄ぶ男ふたり」が四年後上演に至った経緯は不明である。とくに当時歌舞伎に対して否定的なことがすでに鮮明であった岸田が、歌舞伎での自作の上演を許可したのが不可解である。

ただ、松竹が興行を行っていた新派では岸田の戯曲をすでに上演している。また渥美清太郎は、当時の菊五郎が、長年出演していた市村座が松竹の経営になったことによって前年に松竹所属となって以来、松居松翁「高野長英」永田衡吉「信州義民録」真山青果「血笑記」など多くの新作を次々上演していることを指摘し、それは「菊五郎をテストする意味も相当にあつたのではないかと思う」と述べている。*22 その指摘に従い、プロデュースする松竹の立場から見れば、「命を弄ぶ男ふたり」の上演はことさらに岸田作品を選ぶというよりも、むしろ菊五郎に対する「テスト」の一環として企画したものと考えられる。そうであれば新劇に経験が深く、岸田戯曲も上演しており、市村座時代から気心の知れている勘弥を相手役に配したのも松竹の配慮によるものであろう。

だが、演じる役の傾向がかなり決まっていて、それを観客が周知している俳優が新たに何らかの役を演じる場合、歌舞伎の観客は、その役が演じる俳優の身体的条件と今まで演じてきた役の傾向、歌舞伎の用語で言えば「ニン」や「柄」に合うかどうかを作品の筋と同等、あるいはそれ以上に重要視するものである。だからこそ歌舞伎の興行では、繰り返し上演されてきた複数の作品のハイライトシーンを取り出し、上演する見取り形式が通常のスタイルとなり得ており、観客はその形式を受け入れている。

この時併演されたのは菊池寛の「新釈地震加藤」、河竹黙阿弥作の舞踊「茨木」、同じく黙阿弥の「梅雨小袖昔八丈」で、それぞれ筋の首尾一貫した作品である。厳密には見取り興行といいにくいが、菊五郎は「茨木」の真柴と「梅雨小袖昔八丈」の髪結新三を勤め、勘弥は「新釈地震加藤」の秀吉と「梅雨小袖昔八丈」の手代忠七・家主の三役を勤めている。とくに菊五郎の髪結新三と勘弥の忠七は市村座時代から評価の定まった、歌舞伎愛好者なら誰でも知っている世話物の役で、多くの観客は上演の結果をある程度予測して見ていたはずである。

こうした文脈の中で岸田の戯曲が上演される場合、ではどのような結果となるだろうか。

筆者は実際の配役を確認する前に戯曲の本文を読みはじめ、菊五郎が包帯をした男、勘弥が眼鏡をかけた男を演じたのであろうと思った。もちろん彼らの実際の舞台を見たことはないが、筆者は年表形式で明治三〇年代から一九二八年（昭和三）までの市村座における彼らの活動をまとめたことがある。[*23] その折知った、彼らの演じた役の傾向から見て逆の配役は考えにくい。企画だけ見れば適度に意外性もあり、優れた企画である。

しかしこの戯曲が歌舞伎の文脈で上演されるなら、それぞれの役が俳優に合っていればいるほど、観客はなおさら役が俳優に合っている度合いばかりを重要視することになり、戯曲そのものはその役を動かすために必要な筋を示す道具としてしかとらえなくなるだろう。『演芸画報』所載の三宅周太郎の劇評[*24]はそのことをよく示している。

> 真の新劇役者がやると却つて失敗し易い芝居だらう。新派の花柳〔章太郎〕と伊志井〔寛〕のやうな人がやつて丁度似合な作であらうか。
>
> それを菊五郎勘弥でやるのだ。幕があくと、観客はこの二人きりの舞台を見て、わあつと喜んでしまふ。所謂「いよう御両人」と云ふ調子で酔つてかかる。本来は新劇として危険の多いこの脚本が、この観客の陶酔のために却つて危険を逃れてゐる。偶然な幸福と云ふべきである。
>
> 併し、演出は二人とも上等と云へぬ。菊五郎勘弥共に乙である、決して甲でない。二人の新しい芝居では、外に幾らもいいものがありさうな気がする。
>
> 舞台面は変つてゐる。この脚本はこの舞台面を捕へた点に手柄がある。

ここで指摘されているのは「脚本」ではなく「菊五郎勘弥」に注目する観客の視線である。そのおかげで作品そのものは「偶然な幸福」を得ているという。

『東京朝日新聞』所載の岡鬼太郎の劇評[*25]はさらに極端で、二人の「死を遊戯の如くにしてゐる工合は、昔でいへば黄表紙」で「人を食つたもの」としつつ、菊五郎と勘弥の演技は「自然に、上手に演つてゐる」、汽車の通る音や灯火のひらめきを「女子供はうれしがつてゐる」とする。

演じる菊五郎と勘弥がこの戯曲を具体的にどう理解していたのか、演技の「トオン」だけで処理できる作品と考えていたのかどうかは全くわからない。しかし三宅と岡が示した「命を弄ぶ男ふたり」上演の受容のされかたを見るかぎり、観客の興味は、岸田の戯曲そのものや、演じる俳優の演技が対話を表出する上で適切なものであるかどうかではなく、深夜の鉄道の線路際という変わった「舞台面」で、いつもおなじみの菊五郎と勘弥が現代人の役に扮して何をするのかに多く向けられたとはいえそうである。

今回調査した限り、岸田がこの上演について記した文章は見つからなかった。しかし、以上からすればこの上演は岸田にとって不本意な、「偶然の幸福」ではなく「偶然の不幸」で、三宅・岡の劇評が示す方向で評価が高ければ高いほど、岸田は自らの芸術が歌舞伎によって「破産」させられていると感じたのではないか。

彼はこの上演により、従来とは違う新しい新劇を創造しようとする自らの意志・理想もたとえ「猿真似」にしろ取り込める範囲で消化し、上演の結果を役者個人の芸に重きを置いて評価させてしまう歌舞伎という演劇の特性を、具体的にわがこととして知ったはずである。そうであれば、この上演は岸田を歌舞伎に近づける役には立たず、いよいよ避ける方向に仕向ける影響しか与えなかっただろう。

おわりに

先にも書いたが、岸田以前の近代劇の先駆的な指導者である坪内逍遙や小山内薫、また岸田とともに文学座の監事となった久保田万太郎や岩田豊雄には、歌舞伎に自分から進んで積極的に親しんだ時期がある。通常の興行で上演される歌舞伎の演出に関わった者もあり、その経験を隠すこともしない。

だが昭和初期までの日本において、人間が舞台の上で自らの肉体を使って演じる、最も近い時代に成熟していた演劇が歌舞伎であった以上、演劇に関心を持ち、新たに創造しようとする立場の者にとって、歌舞伎の作品の内容と演技・演出の方法に関心を持つことは、最終的に親しいものとするにしろ、乗り越えるべきものとするにしろ、両方の感情の間で悩むにしろ、むしろ自然な態度であった。その意味では、渡仏するまで歌舞伎との明確な接点がなく、帰国後から近代劇を乗り越える新劇の創造をアピールした岸田の態度の方が特殊である。

特別な関心を持たなかったからこそ、岸田は歌舞伎と一定の距離を保ち、古典演劇としての様式は認めても、商業演劇として芸術的に破産している同時代の歌舞伎のありかたは切り離して客観的に否定できたとも考えられる。その理論と照らせば、たとえ歌舞伎で自作が上演されても、その方法で時代に合うように消化される限り、結果ははじめから認めることのできないものであった。またもし認められる結果が出たとすれば、西洋に学びながら新たな戯曲と俳優の演技を段階的に創造しようとする岸田の理論に根本から矛盾が生じる。だから、すくなくとも同時代演劇としての歌舞伎は彼にとって、結局どうあろうと「立場として認めてはいけない」ものであっただろう。

岸田は終生、歌舞伎は見ておくことは必要だがそれ以上のものではないとの態度を崩さなかった。以上により、その態度からは単純な好悪の感情ではなく、自分の立場からは認められないため問題にしないという、岸田独特の厳格主義のあらわれを読み取るべきであると思われる。

註

＊1　一九五四年五月。
＊2　「岸田國士氏令嬢今日子さんに訊く　父を語る一〇」、一九五四年一〇月、インタビュアー・構成有吉佐和子。
＊3　とくに岸田『芝居と僕』（『劇作』一九三七年一月、岩波書店版全集二三巻）、古山高麗雄『岸田國士と私』（新潮社、一九七六年）。
＊4　白水社、一九三六年。
＊5　『新小説』一九二五年七月、引用は岩波書店版全集二〇巻による。以下の引用も岩波書店版全集により、初出と収録巻を示し

た。

＊6　『新潮』一九三三年二月、全集二二巻。
＊7　『新潮』一九三四年九月、全集二二巻。
＊8　『新潮』一九三一年七月、全集二一巻。
＊9　『帝国大学新聞』一九三五年五月六・一三日、全集二三巻。
＊10　『読売新聞』一九三三年二月二二日、全集二二巻。
＊11　『劇作』一九三五年一一月、全集二三巻。
＊12　『悲劇喜劇』第六号、一九二九年三月、全集二一巻。
＊13　『都新聞』昭和七年四月二四～二七日、全集二一巻。
＊14　『演劇新潮』一九二七年二月、全集二〇巻。
＊15　「新劇復興の兆」、註（＊13）に同じ。
＊16　「純粋演劇の問題」、註（＊6）に同じ。
＊17　『松竹百年史』本史「演劇の百年」昭和三年の項（松竹株式会社、一九九六年）。
＊18　「レニングラードの『織田信長』―歌舞伎訪ソ公演再考―」（『異郷に生きるⅣ―来日ロシア人の足跡』〈成文社、二〇〇八年〉所収）。
＊19　大隈俊雄編、平凡社。
＊20　特集の執筆者、表題、内容の要約は次の通りである。
河野通勢「旧劇の背景」…歌舞伎の色彩感覚についての所感、特に不満はなし
吉田謙吉「歌舞伎劇における舞台装置の長所について」…歌舞伎の舞台装置はすぐれているが、新劇的な装置を歌舞伎に使用できる可能性はない
高橋健二「ハナミチ礼讃」…ベルンハルト・ケラーマン著『日本漫歩』の紹介
エイゼンシュタイン（今日出海訳）「日本劇」…ソ連公演を見た所感。歌舞伎の表現には聴覚と視覚の混在があり、発声映画の目指す表現と接触するもの。原題「思いがけない出会い」として『芸術生活』一九二八年三号に発表された論文のほぼ全訳。
河原崎長十郎「タワリシチ・エイゼンシュタイン」…現地で会った印象

＊21　大江良太郎「歌舞伎劇私考」…歌舞伎は「即した見方」をして特殊な妙味を味わうもの、今のうちに形式を保存すべき
北村喜八「現代歌舞伎の形貌」…現代の歌舞伎は伝統・役者・資本主義的経営法による劇場の三つで成り立つ、伝統が民衆の支持を失えば歌舞伎の姿は転換するはずだ
舟橋聖一「真綿で包む飼殺し」…歌舞伎は「現代人にとつて逃避的な役割をする一つの文化的存在としての古典劇」になったが、役者は昔と変わらない。本当の姿に還すか、新しい演劇の創造に関わるか、どちらかにすべき
學藝書林、一九八七年。
＊22　『六代目菊五郎評伝』（冨山房、一九五〇年）。
＊23　拙稿「二長町市村座年代記―菊五郎と吉右衛門の活躍を中心に」（『歌舞伎　研究と批評』二三号、歌舞伎学会、一九九九年）。
＊24　「明治座の九月」（『演芸画報』昭和四年一〇月）。
＊25　「新、旧、新、旧―明治座の九月狂言―」（『東京朝日新聞』昭和四年九月一二日）。署名は「鬼太郎」。

演出観とその軌跡――「『築地小劇場』の旗挙」から「演劇の様式―総論」へ

小川幹雄

はじめに

岸田國士は劇作家であると同時に演出家でもあった。一九五四年の死の間際も、劇団文学座公演ゴーリキー作「どん底」の演出に携わり、その舞台稽古の最中に倒れたのであった。舞台監督を務めていた戌井市郎によれば、「岸田國士による最後の演出となった『どん底』上演において、岸田が用意周到、理論的にも実際的にも確としたコンセプトを持って稽古にのぞみ、立稽古の前日には装置家に模型舞台を持って来させ、人物の配置から出入りまで綿密にプランをたてたことについて、演出助手、または舞台監督としてこういうタイプの演出家との出合いは千田是也氏以来だった」と述懐している。[*1]

では岸田の演出とはどのような特徴を持っていたのであろうか。その演出観は、他の演出家と大きな相違点を持っていたのであろうか。特に、築地小劇場において演出の役割を定着させた小山内薫の演出方法との相違点は如何なるものであったのであろうか。度々、岸田によって言及される築地小劇場や小山内との対比を検証することによって、岸田の演出観についての考察を試みたいと思う。

1　演出者と築地小劇場

岸田は一九三三年に『劇作』に「演出について」という文章を掲載した。その冒頭で演出者と築地小劇場について以下のように述べる。「以前は単に『舞台監督』と呼ばれていた者が、今日では『演出者』という名称を与えられ、その下に、更に『舞台監督』なるものや、『演出助手』なるものが従属するようなシステムを、少くとも新劇団体の間で採用しているのは、多分築地小劇場あたりの『独逸流演出法』から範をとったものだと思われるが、近代における演劇革命の一特色が、舞台労役の組織化にあったとすれば、この大がかりな命令系統の樹立は、あながち無益なことではあるまい」。

無論、築地小劇場で「独逸流演出法」に範をとり、演出者、演出助手、舞台監督等による舞台労役の組織化を樹立したのは小山内薫である。「『舞台監督』という名称を今後はもう使わないで『演出者』と称する」と、一九二四年、小山内は宣言し、実際、築地小劇場の第一回公演より「演出」というタイトルを定着させた。その宣言とは、同年に出版された「芝居入門」の冒頭にある小引の中で述べられたものである。小引では更に「最後の章に『舞台監督』の事を述べたが、私の言う『舞台監督』はヨーロッパで普通に言うRegisseurのことで、今日では私達はもう『舞台監督』という訳語を使ってはいない。『演出者』と称している。併し、日本では長い間『舞台監督』という名称が行われていたし、今日でもまだその方が一般には通ずると思ったから、態とその方を用いておいた。併し、今後はもう使わないつもりだから、そのつもりでいて貰いたい。『舞台監督』という詞は内容の誤解を招き易い。『演出者』という方がレジッスウルの訳語としては適当だと信ずる」。

小山内は一九〇七年にゴードン・クレイグの著書「The Art of the Theatre」の梗概を「演劇美術問答」として著した折に、クレイグが提唱したStage Directorと、その人材となるべきStage Managerに対して「舞台監督」

の訳語を与えた。その舞台監督の仕事を実践するにあたり小山内は、脚本選択を始め様々なプランや準備に精力を傾けるに止まらず、上演に際しては、現場のスタッフ・ワークにも従事することで、築地小劇場以後における「演出家」の仕事と、それに伴い新たに設けた「舞台監督」の仕事のすべてを実践しようと試みたことは、田中栄三著「明治大正新劇史資料」や、水品春樹著「小山内薫」にも指摘されているところである。

2　「レジッスール」の解釈について

小山内の言う「演出者」としての Regisseur とは、一八八九年に、森林太郎（鷗外）が「今までの日本劇場にては、作者は安排者 Regisseur と別なきゆえ、此を認めて彼としたりき」と著作権に関する文章の中で触れて、舞台をほどよくまとめ、作者とは別に独立してあるべき役割が日本にはまだないと初めて紹介した。[*2] その後、一九〇二年にカアル・ハアゲマン（Carl Hagemann）がその著書「Regie」でまとめたものが、一九二〇年に新関良三の完訳初版「舞台芸術」として出版された。そこには「レジセールというフランス語から転化したドイツ語は、本来、管理者とか執事とかいう意味であるが当今は時々や々形式的に、さして人の注意も惹かずに、演出指揮者という意味で劇場の番附に記載されるのが常である」と訳出され、Regisseur に「舞台監督者」の訳語を充てて、「舞台監督者の任務は簡単に言えば次の点にある。その時の舞台の表現手段を用いて劇の作品を全体的芸術製作品として作家の意図に適応せるところの一つの方法に於て演出すること」とある。小山内の Regisseur すなわち「演出者」はこの意味に拠っていることは明らかである。

一方、岸田は「演出について」の冒頭の文章の後、Regisseur について、特にその語源に関して詳細に触れている。「旧称『舞台監督』は、無論 Regisseur の訳であつて、これは、独逸と仏蘭西とでは意味が違ひ、仏蘭西では、日本在来の『幕内主任』といふやうな役である。この意味から、最近の『舞台監督』が生れて来たのだとすれば、それはそれでいいわけになる」と述べ、フランスにおける意味合いから、Regisseur を「演出者」と定義するよりも、むしろ「演出者」とは別に新たに設けられた「舞台監督」を指しているのだと指摘している。そもそも「演出者」もフランス語の metteur en scène の訳だとして、元来、俳優の演技に付随する衣裳、舞台装置万端の工夫整頓を指すにすぎず、伝統を墨守する佛蘭西の一部劇壇人は、今日もなほ、mise en scène と云えば、舞台装置のことと解しているくらいであると述べている。

3　俳優の重視

岸田は、築地小劇場おける「独逸流演出法」に範をとった舞台労役の組織化を、あながち無益なことではあるまいと、一見、評価しているようであるが、一九二四年に書いた「『築地小劇場』の旗挙」の中では「舞台監督万能の時代は既に過ぎ去つた」と述べ、「然し、僕が最も遺憾に思ふのは、それだけの大きな抱負と尊い使命をもつて生れた劇団が、今日まで殆ど物質的努力の大部を劇場そのもの丶建築に用ゐてゐたやうに見えることである。僕に云はせれば、それだけの金力があれば、三年なり五年なりか丶つて、完備した法式による俳優の養成が出来たらうと思はれる」と、演劇創造において最も重視されるべきなのは、良き俳優を生み出すことだと強調したのである。やはり同年（一九二四年）に発表した「演劇一般講話」の中の「演出について」（一九三三年と同じ表題だが別の文章）においても、「脚本の演出者は、云ふまでもなく俳優であります」で始まり、「俳優のための脚本、俳優のための見物、俳優のための劇場、つまり俳優のための演劇」を生み出さねばならないと主張する。そして「こ丶で俳優の技芸の独立性が問題になるのであります」と述べるのである。

これに対して小山内は、一九二六年「文芸講座」第16号「戯曲演劇講座篇」のために「戯曲の演出」を著し、演出者の仕事について論じているのであるが（そこでは既に「舞台監督」という語は使用せず「演出」と「演出者」が主役である)、まず脚本の選択とその精読により演出者は「内的プラン」を立てることが最初の仕事であると説く。「内的プラン」を立案した後、次に「外的プラン」に移る。「外的プラン」には「物的方面」と「人的方面」の仕事があり、「物的方面」とは、舞台装置、舞台照明、衣裳、小道具、効果等のプランを立てる仕事であると論じている。そして小山内は次のように述べる。「演出者がしなければならない人的方面の為事というのは、主として俳優に関することである。そして、実を言うと、一つの芝居にとって、これが一番重要な仕事なのである。ゴオヅン・クレイグなどは、役者も舞台装置も舞台照明も、みんな芝居の一部分を成すものであって、その全体ではないのだから、その間に地位の甲乙はないという風に言っているが、実際問題として、舞台装置や舞台照明なしの芝居というものは考え得られるが、役者なしの芝居というものは考え得られないのだから、芝居というものにとっては、やはり『役者第一』だと言わなければならない」。久保栄が著書「小山内薫」の中で「外国語のレジイに当る仕事を、新劇の初期から『舞台監督』と言い慣らわしていたが、築地小劇場では、小山内の提案で、開場以来これを『演出』と呼び改めた。演技を導いて、戯曲の内容を舞台にしみ透らせる大事な創造者を、実務家めいた監督という名で呼ぶことを、とかくそう見られやすかった自分の過去に照らして、小山内は不当としたのである」と、演出家の演技を導く役割を重視している。この「演技を導いて、戯曲の内容を舞台にしみ透らせる大事な創造」が「戯曲の演出」における「外的プラン」の「人的方面」を意味するのであろう。岸田が舞台監督(演出者)は演技には過度に関わるなと主張したのに対して、演出者にとって俳優に関することが一番重要な仕事だと位置付けたのである。

4　俳優の独立性

岸田は「演劇一般講話」の「舞台監督について」の項で、「舞台監督は、前に述べたやうに、作品の精神を尊重すると同時に、俳優の独創力を或る程度まで尊重しなくてはなりません」「舞台監督の権限が過大視された余弊は、俳優の技芸練磨に、殊に頭脳の啓発に甚だしい障碍を与へた」「舞台監督は、その職分から云へば俳優を指導、教育すべきものではないのであります」「俳優としての経験を実際に有つてゐない舞台監督が、その空虚な美学的理論乃至純客観的批判者の立場から、俳優の技芸を矯正することは、俳優の芸術、殊に演劇そのものに対する一種の冒瀆であるとさへ云へます」と並べて、俳優の独立性と、舞台監督（演出者）の過度の関与を否定するのである。そして「ただ、俳優対舞台監督を問題とする以外に、舞台全体の効果を規正する舞台監督の職能は正に、俳優が一人物の役を演じ活かすのと同様―少なくとも―重大な職能であります」と述べ、舞台監督（演出者）の仕事は俳優にこだわっていないで、舞台全体に気を配るべきだと説くのである。

そして岸田は、演出者の人的仕事として役者第一に芝居に関わらなければならないとした小山内の仕事を、「演出について」（一九三三年）の中で以下のごとく痛烈に批判する。「敢て直言すれば、坪内逍遙氏、小山内、土方の両氏は、何れも、その統率下にある俳優を指導する立場にあつたのだが、その指導は、ある一点で、その任を越えてゐたと云へるのである。即ち、演劇に関する他の部門は兎も角、演技の実際的指導を如何にしたかといふ点で、少くとも、今日われわれに大きな疑ひを抱かしめる。恐らく無能な職業的俳優が自ら指導者の地位に立つたよりも、原則として無難であるべき筈だが、事実は、俳優の演技的センスを消滅させ、脚本から直接舞台の生命を嗅ぎ出す能力を衰退させたことは、何と云つても、『無理な指導的演出』の罪であつた」。

この「指導的演出」は「演出について」（一九三三年）のなかで、岸田が俳優に対する演出法をまとめた三つのうちの一つである。「これは、演出家が、一方俳優である場合か、俳優がづぶの素人である場合かでなければ成り立たない。演技指導には、模範又は一例を示すを原則とし、俳優に非ざる演出家は、絶対に、かくの如きことは不可能だからだ。これも、わかりきつたことだが、従来、日本の新劇は、俳優にあらざる演出家の指導的演出によつて禍され、誤られ、片輪にされ、生彩を失つてしまつた事実に気がつけば、今後どうすればいいかといふことが問題となる筈である」と手厳しい。他の二つは、俳優が相当の位置にあり、演出家はその技能貫禄に対して、ある程度の信頼と尊敬を払っているような場合の「協議的演出」と、演出家が一個の演劇理論家であり、また、舞台の実際的知識と劇芸術の創造的精神に富むものであれば、彼が俳優としての経験はなくとも、俳優の演技について、暗示的な、啓発的な意見と批判を加えることができる「批評的演出」とである。この「批評的演出」は、正しく、敏感な俳優にとっては、へたな指導以上にありがたいものであると説いている。

5　小山内薫の「指導的演出」

小山内が実際に如何なる「指導的演出」をしていたのか定かではないが、一つの例として、小宮豊隆が一九一五年に「演芸画報」に寄せた「小山内くんの『父』の批評に応ふ」の文章を引用してみる。「役者達の好かつた点だけを簡単に書くと言つて筆を置いた小山内君の、その役者達の『好かつた点』に就いても、沢山言ひたい事があるが、すべて端折る。ただ、鈴木ふく子のベルタが『全部好かつた』といふ事と、『殊に序幕の恐怖の出が好かつた』といふ事と、かういふ断言をする小山内君の心持に関係があるやうな又ないやうな挿話を一つ手短かに書いて、直ちに筆を置かうと思ふ。帝劇の稽古舞台で稽古をしてゐて、あと四五日といふ時である。ベルタを稽古してゐた鈴木ふく子が、どうしたのか随分『動き』のある型を持つて来て、是はいけないかあれはいけないかと、私に批評を乞ふた。精しくは覚えてゐないが、何でも蝙蝠のやうに正面の扉にペタリとくつつく型や、鏡を差しつけられた蟇のやうに恐ろしく肩で息をする型や、いろんな珍妙な型があつたやうに思ふ。私は西洋人の身振りを何等の批評もなくいきなり借りてくつつけたやうな『動き』を欲しないので、それらの大部分は、迚も『舞台協会』の『舞台』では許すべからざる事に考へた。然し兎も角も（誰れかに聞いたものには違ひないが）、それは奇特な事である。私は当人の熱心に対して、出来るだけその型を用ひてやりたいとも思つたので、私はそれを稽古舞台で再三再四繰返して演じさせて見た。然しどう手心をして見てやつても、其処には何の『心持』もなかつた。『心持』のない『動き』

は、いくら同情があつても採用する訳には行かない。私は中で比較的『心持』が出せてゐると思つた「序幕の恐怖の出」だけを残して、あとは全部外の型を採用する事にした。—其処が大方小山内君の眼についたものでもあらうか。ただ後で聞くと、鈴木ふく子の姉に当る佐藤濱子が、ふく子が私の前にさういふ型を持つて来る一日とか二日とか前に、ふく子をつれて小山内君を訪問したのださうである」。この文章を読むと、小山内は演技の型をつける演出を試みているように思われるのだが、小宮も「全部外の型を採用する事にした」[*3]と述べている以上は、同じように演技における型を重視しているようにもとれる。ただ、小宮は「心持」のない「動き」は認めないのであるが、これは歌舞伎や伝統芸能の型においても同じことが言えるであろう。因みに、小山内は「戯曲の演出」のなかで、歌舞伎の場合には、昔の名優が作り上げた「型」というものを誰かが覚えていて、その無形の「型」が演出者の役目を果たすのだと述べている。[*4]

小山内は、同じ「戯曲の演出」の「稽古」の項で、役者に対する演出法を具体的に開陳している。「演出者が役者に何かを教へる場合は、暗示的な方法をとる方が好い。いきなり舞台へ飛び上がつて、『かういふ風にやり給へ』などゝ言ふことは、先づやめた方が好い。それは役者の自発性や個性を殺すことになるからである。先づ暗示する。それで役者にやらせる。どうしてもそれが役者に出来なければ、そこで始めて自分がやつて見せる。先づ、この方法が一番好い。演出者は、稽古にかゝつてからも、初めの内は成るべく自分の考へを引つ込めて置く方が好い。これは二重の利益がある。一つは一度に余り沢山いろんなことを教へて、役者を当惑させない為である。一つは役者自身が自分の力で如何に自分の持役や境遇を発展させて行くかゞ見られるからである。どうかすると、役者の方が演出者より好い考へを出す場合もあるのだから。併し、かういふ状態を余り長く続け過ぎてはいけない。それでないと、役者がみんな自分流儀で堅まつてしまふ憂がある」「感動的な場面になると、役者は兎角古臭い科をしたがるものである。さういふ場合に、独創的な科を考へ出してやるのも演出者の仕事の一つである」[*5]。これらの文章を見ると、なるほど岸田の指摘するように「指導的演出」、それも必ず演出者が俳優よりも演技力が上であるという前提のもとに指導する方法を述べていることがわかる。

一方、岸田は、時系列で言えば「戯曲の演出」の翌年になるが、以下のように述べる。「私は、なるべく俳優の自発性を伸ばさせる方針で、そのアクチングにも、積極的な註文はあんまり出さないやうにしてゐる。頭の中で動きや形をつけて置いて、その動きや形に俳優を従はせるといふ行き方を排し、先づ俳優自身に動きや形をつけさせ、それを、消極的に規整する行き方を選んで見た」[*6]。小山内のように、あらかじめ演出者が俳優の動きや形を考えておくことを否定していることがわかる。更に「日本などは早くから独逸流の仕方を採用した結果、主に新劇について云へば、舞台装置とか、舞台監督とか、照明などつまり、趣向といふ方面では相当に新らしい充実したものを見ることが出来るけれども、それに比較して俳優の個人々々の芸が少しも進歩してゐない。近頃日本の新劇が行き詰まつて来たといふ声を聞くのは、要するに俳優自身の教育がおくれて、芝居が下手だといふことによるものだと私は思ふ」[*7]と、「独逸流演出法」の範を評価する一方で、俳優の演技力について進歩がないと指摘して、「『築地小劇場』の旗挙」で述べた通りになっているではないかと批判しているのである。

「演出について」（一九三三年）を発表する前年には、「西洋劇の紹介的演出を以て、新劇運動の基礎工事なりとしたかのオサナイズムの不幸な帰結をここに見得るのだ」と述べ、「そこで、俳優の演技についてこれを考へれば、戯曲中の一人物に扮する場合、その役を活かす代りに、その役を『紹介』するを以て足れりとした。その人物の『描かれてない生活』は、皆目、舞台の上に現はれてゐないのである。従つて、一つの役を裏附ける俳優の人間的魅力が、全然、新劇の舞台から駆逐されてしまつてゐる」と続ける。[*8]そして「個々の俳優が十年舞台を踏んだ揚句、まだ遺憾ながら、その『芸』によつて作品を活かし見物を魅了する底の修業は積んでゐないやうに思ふ。これは、『築地』に限らず、これまでの新劇といふものが、俳優を人形扱ひにしすぎた結果である。演出者万能主義の余弊ともいへるが、要するに、俳優が自分の職分なり、領域なりを自覚して、『人形扱ひ』を受けることを不満に感じ出せばいいのである」[*9]と演出者万能を批判し、俳優の自立を促すのである。その上、「将来、若し、日本の新劇が、この殻を破つて立ち直る時機があるとすれば、それはいふまでもなく、俳優術の革命からである」[*10]と唱える。また、「演出について」（一九三三年）の翌年には「結局、脚本の文学的価値と、『演出』なる特殊な技術にその重心をおいて、万事が解決されたものの如く考へてゐたのである。勿論、俳優の演技も問題にされないわけではなかつたが、これは要するに『演出家』の意図に従つて動作し、与へられた『台詞』を忠実に暗誦すれば、先づよいとされてゐた。俳優の素質及び才能は、甚だ消極的な標準を以て云々され、所謂舞台度胸のある素人が、意外な賞讃を浴びて演出家の鼻を高らしめ、歌舞伎乃至新派劇畑の俳優が、何等「新劇的」教養なくして新劇の舞台に立ち、これが、現代劇もこなせる俳優といふ折紙をつけられる有様であつた」[*11]と、小山内たちが実践してきた舞台創造のあり方を批判するのである。

6 「紹介的演出」の脱皮と俳優の成長

それでは、岸田の望む新劇における優秀な俳優が生れてくるのは遠い将来のことなのであろうか？　意外に早く、岸田は俳優の演技力の進歩を認めることになる。「ところが、最近、僕は若干の実例によつて、新劇は俳優がうまくなることによつて、先づ大衆化するものであり、同時に、俳優にその人を得さへすれば、脚本難は、たちどころにとまでは行くまいが、次第に解消されるものだといふ僕の持論を裏書きすることを得た。新協劇団所属の『北東の風』は、新劇として近頃誰がみても面白い芝居であつた。女子供を除いて、これなら新劇もみられるといふものになつてゐた。つまり、主題の普遍性、人物の類型ならざる典型、よく調べられた白などを二三の中心的な俳優が、殆ど完璧な『現代的演技』をもつて見物の前へ押し出してゐた。滝沢、小沢級の俳優が四五人もゐれば、新劇団は、立派に職業化し、しかも、脚本に事欠く筈はないのである」[*12]と、滝沢修、小沢栄（栄太郎）の名前を挙げて評価しているのである。続いて「北東の風」を書いた同じ作家、久板栄二郎の「千万人と雖も我行かん」を期待通りの公演であったと評価し、「滝沢をはじめ、俳優一人一人の持味の面白さ、また、その持ち味の生かし方には人間を捉へる頭の鍛錬が手伝つて、現代風俗画としての興味は甚だ深く、最も気の利いた装置とともに、現代劇としての舞台の調子はまづ申分なく整つてゐた」[*13]と俳優たちの演技を褒めている。戦後、新劇の歴史を振り返った折に、この時期について「これらの有為な俳優は、それぞれ好む道を歩いた。離合集散の過程はあるけれども、大きく別ければ、新協劇団系と築地座系とである。これに、やゝ特殊なテアトル・コメデイ系を加へてもよい。そして、そこに演技の成長が徐々にみられた。友田恭介、田村秋子、杉村春子、中村伸郎等を築地座系とすれば、滝沢修、千田是也、小沢栄太郎、東山千栄子、岸輝子等を新協劇団系とすべきであらう」[*14]と多数の俳優名を挙げて、演技の成長を認めている。

築地小劇場の後、なぜこの時期になって、岸田が認めるような俳優たちの成長が見られるようになったのであろうか。別の角度から見てみると、新協劇団の「千万人と雖も我行かん」を演出した村山知義が後に著した「現代演出論」に興味ある指摘がある。築地小劇場には、劇場構造においてプロンプター・ボックスが常設されていた。これは有名なクッペル・ホリゾントと並んで「独逸流」であると思われるが、その後の日本の劇場を見ても、オペラではなく演劇の公演において、プロンプター・ボックスの常設は特徴的であると言えるであろう。村山の言によれば「この舞台監督の席は、初期築地小劇場では舞台正面の中央に、客席を背にし、舞台に向いてのみ開いた。腰掛けた人一人を容れる大きさの箱の中にあった。観客が舞台を見るさまたげにならならぬよう、その高さは、舞台監督の目が舞台を見渡せることを限度とした高さであった。こういう設備は、外国には以前からあり、プロンプター兼演出者の席であって、プロムプター・ボックスと呼ばれている。旧築地小劇場でもそう呼んでいた。初めのうち、小山内、土方に指導されて、演劇の実験室であることを期していたころは、短期公演を連続常打ちしなければならなかったので、稽古がどうしても不充分であり、プロムプターを欠くことができなかったためである。次のプロレタリア演劇時代にも、検閲のために咄嗟の上演脚本の突き替えや台本の部分的変更やが絶えず起ったために、やはり欠くことができなかった。しかし新協劇団、新築地劇団の時期からは、充分に稽古を積むようになったので、プロムプターの必要はなくなり、従ってプロムプター・ボックスは影をかくした」。演劇の実験室における「紹介的演出」の時代が終わり、稽古を十分積んで、有能な演技を表現できる俳優たちが育つようになったということであろう。

おわりに

築地座の解散後、一九三七年の文学座創立にあたり、岸田は演技研究会を創設して俳優養成に本格的に取り組み始める。「われわれとしては寧ろ、この運動の主眼目を、俳優の訓練、即ち、劇団としての演技力の向上におかうと思つてゐる」「俳優術修業の正統的なメソードを発見することは、日本現代劇樹立のための第一の急務であると私は信じてゐるから、文学座の希望は、今のところ、かゝつてその成否にあるのである」[*15]。「『築地小劇場』の旗挙」で小山内たちに異議を唱えた岸田は、文学座の創立に当たりその理念を実現したのであった。

一九五一年になって、岸田は「演劇の様式—総論」を著すが、そのなかで次のように述べる。「演出とは、舞台指揮と舞台整備とを含む技術的職能で、演出家と称する専門家がこれに当り、その指令の下に、舞台監督が整備、運営の事務を担当し、その要求に基いて、舞台装置、照明、舞台効果等の考案、作業が進められる。演出家は、原則として、俳優の指導者でも教師でもない。俳優が自分では気のつかぬ、或は判断に苦しむ演技のバランスを、客観的な立場で測定し、裁断する役目をもつ。舞台の統一的な効果は、それゆえ、演出家の経験と感覚とによつて割り出され、それが決定的なものとなる」[*16]。

岸田は、小山内の演出についての方法論、特に俳優の演技指導を重視して、逆に俳優の自立性、或いは発展性を抑圧した点を批判し、舞台監督（演出者）万能論から一歩引いて、特に俳優の演技との関係において、客観的な立場を守り、過度に介入せず、俳優の自主的な創造を重んじることにより、却って、舞台全体の統一的な効果を生み出すことが出来るのだと説いたのである。その演出観に基づく「どん底」の演出において、本論文の冒頭に紹介した戍井の言葉にある「確としたコンセプトを持った演出」すなわち、俳優の自主性を尊重しながら、俳優を舞台の中心に据え、演出家は舞台指揮と舞台整備を含む技術を駆使して、舞台全体の統一的な効果を目指す演出を実践し得たと言えるのではないだろうか。

註

＊1　戍井市郎『芝居の道』芸団協出版部、一九九九、P59。
＊2　森林太郎「文学上の創造権」、『読売新聞』一八八九、『鷗外全集第二十二巻』、岩波書店、一九七三、P18。
＊3　小宮豊隆「小山内君の『父』の批評に応ふ」『演芸画報』一九一五、『演劇論叢』聖文閣、一九三七、P552〜553。
＊4　小山内薫「戯曲の演出」『文芸講座第16号（戯曲演劇講座篇）』文藝春秋社、一九二六、P3。
＊5　同上、P19〜20
＊6　岸田國士「稽古雑感」、『演劇新潮』一九二七、『岸田國士全集20』岩波書店、P259。
＊7　岸田國士「『チロルの秋』上演当時の思ひ出」『文章倶楽部』一九二七、『岸田國士全集20』岩波書店、P352。
＊8　岸田國士「新劇の殼」、『劇作』一九三二、『岸田國士全集21』岩波書店、P343。
＊9　岸田國士「新劇復興の兆」『都新聞』一九三二、『岸田國士全集21』、岩波書店、P118。
＊10　岸田國士「新劇の殼」、『劇作』一九三二、『岸田國士全集21』岩波書店、P344。
＊11　岸田國士「戯曲の生命と演劇美」『文学』一九三四、『岸田國士全集22』岩波書店、P204。
＊12　岸田國士「新劇の大衆化」『東京朝日新聞』一九三七、『岸田國士全集23』岩波書店、P183〜184。
＊13　岸田國士「新協劇団を観る」『都新聞』一九三八、『岸田國士全集28』、岩波書店、P515。
＊14　岸田國士「新劇の黎明」『文芸往来』一九四九、『岸田國士全集27』岩波書店、P360。
＊15　岸田國士「新劇の行くべき道」、『東京朝日新聞』一九三八、『岸田國士全集23』岩波書店、P351〜352。
＊16　岸田國士「演劇の様式―総論」『演劇講座4』河出書房、一九五一、『岸田國士全集28』、岩波書店、P304。

参考文献

戌井市郎『芝居の道』芸団協出版部、一九九九年
『岸田國士全集』19〜28、岩波書店、一九九一年
小山内薫『芝居入門』プラトン社、一九二四年
Edward Gordon Craig, *The Art of the Theatre*, T. N. Poulis, 1905
菅井幸雄編集・解説『小山内薫演劇論全集第一巻』未来社、一九六四年
『鷗外全集第二十二巻』岩波書店、一九七三年
田中栄三『明治大正新劇史資料』、演劇出版社、一九六四年
水品春樹「小山内薫」、時事通信社、一九六一年
カアル・ハアゲマン、新関良三訳『舞台芸術　演劇の実際と理論』内田老鶴圃、一九二〇年
小山内薫他『文芸講座第16号（戯曲演劇講座篇）』文藝春秋社、一九二六年
久保栄『小山内薫』文芸春秋新社、一九四七年
『久保栄全集第7巻』三一書房、一九六二年
小宮豊隆『演劇論叢』聖文閣、一九三七年
村山知義『現代演出論』早川書房、一九五〇年

モダン都市のレーゼ・ドラマ——岸田國士の一幕物の読まれ方

中野正昭

はじめに

岸田國士が登場した時代は「大正戯曲時代」と呼ばれ、明治・大正・昭和の中で最も文学的メディアとして戯曲が流行し、数多くの作家が表現のスタイルとして戯曲を選択した。例えば岸田がデヴューした一九二四年（大正一三）だけでも、正宗白鳥「人生の幸福」、谷崎潤一郎「無明と愛染」、武者小路実篤「だるま」、菊池寛「真似」、佐藤春夫「暮春挿話」などが高級雑誌だった『中央公論』『改造』に掲載されている。ただ、こうした作家が小説を足場に戯曲も書いたのに対し、岸田は戯曲が本職で、小説を手掛けたのは遅い。そして小説執筆後も基本的な足場は戯曲にあった。

岩波版全集によると岸田は七四本という膨大な戯曲を書いているが、初出未詳の四本を除く全てが雑誌発表され、その雑誌の大半は演劇雑誌でも文学同人誌でもない商業雑誌だった。大正戯曲時代に戯曲を手掛けた作家の殆どが昭和になると戯曲を書かなくなっていったのに対し、岸田は戯曲というスタイルに拘って文筆を続け、またそこに岸田國士という作家の需要があった。ただし、よく知られるように、岸田はその膨大な数の戯曲に比べ実際に初出発表時に上演された作品は少ない。彼の戯曲の需要は舞台よりも活字が中心で、従って「観客」よりも「読者」として岸田戯曲に接した者の方が多かった。多くの読者を抱える岸田國士は、「流行作家」とまでは言えなくとも、充分に「人気作家」だった。

岸田門下の小山祐士によれば、岸田の戯曲執筆が盛んだった大正末から昭和初期、一九二〇年代末から三〇年代半ばに掛けては「レーゼ・ドラマ」が流行した時代である。一九二七年（昭和二）から慶応劇研究会の仲間と演劇雑誌『舞台新声』の発行をはじめた小山は、当時をこう回想している。


私たちが『舞台新声』を出した少し前の時代までは、戯曲時代といわれて、新進も大家も、たいていの小説家が競って戯曲を書き、文芸雑誌や総合雑誌にも、かならずといっていいほど、小説家の戯曲が発表されていた。雑誌の文芸欄の六割が戯曲、といった月もあったが、演劇雑誌は一向に売れず、私たちが『舞台新声』を出した年の暮れには当時の『演劇新潮』も廃刊になった。それなのに、たとえば、そのふた月あとの昭和三年の三月号の『文藝春秋』には、長谷川如是閑、室生犀星、吉田絃二郎、吉井勇、小山内薫、岸田國士、高田保の七篇の戯曲が発表されていた。まことに奇妙な現象であるが、当時の多くの小説家は、会話形式による小説として、戯曲を書いていたようであるし、読者のほうも、地の文のない小説として、小説家の戯曲を読んでいたのではあるまいか。「レーゼ・ドラマ」という言葉が流行していた頃で、私たちは、よく「あれはレーゼ・ドラマだよ」などと言っていた。[*1]

その後、『演劇新潮』は飛ぶ鳥を落とす勢いの文藝春秋社から再刊されるが、やはり営業誌として維持することはできず、一年四ヶ月で再び廃刊となる。確かに演劇雑誌は不調だった。しかし小山が記すように、戯曲そのものが不人気だったわけではなく、会話形式の小説が多くの文芸雑誌の誌面を飾る人気形式となる。戯曲が「レーゼ・ドラマ」という形で新しい読者層を獲得したのである。

台詞という語られる言葉の美、劇的文体の完成を目指したとされる岸田の戯曲だが、同時代の中で岸田が多くの読者を獲得した理由は、レーゼ・ドラマという表現スタイルに負うところが大きかった。果たして岸田戯曲はレーゼ・ドラマ流行時代にどのように享受されたのか。本稿では主に一幕物に焦点を当てながら、岸田戯曲が同時代の文脈の中でどのように享受されたか、その一端を考えてみたい。

『文藝春秋』と大衆的知識人

岩波版全集の戯曲篇に収録された作品の内訳は、『演劇新潮』一九二四年（大正一三）三月号に発表した「古い玩具」から『群像』一九五四年（昭和二九）六月号の「虹色の幻想」まで七四本の戯曲――映画脚本二本、ラジオ・ドラマ六本、シナリオ一本を含む。そのうち掲載誌未詳が戯曲一本、ラジオ・ドラマ三本――となっている。

これを雑誌掲載順に分類すると次のようになる。『演劇新潮』五、『新小説』一、『女性』五、『文藝春秋』一二、『改造』七、『黒潮』一、『中央公論』一一（戦前九・戦後二）、『週刊朝日』五、『大阪朝日新聞』一、『婦人公論』一、『若草』一、『太陽』一、『婦女界』一、『時事新報』一、『文芸倶楽部』一、『新潮』一、『悲劇喜劇』一、『キング』一、『令女界』二、『朝日』二、『現代』二、『日本国民』一、『経済往来』一、『文学界』一（戦後）、『世界』二（戦後）、『人間』一（戦後）、『群像』一（戦後）。

最も掲載回数が多いのは『文藝春秋』で、次いで高級総合雑誌の『中央公論』『改造』となる。回数は必ずしも多くはないが婦人雑誌・女性誌への掲載も『女性』『婦人公論』『令女界』と多い。掲載回数最多の『文藝春秋』は、戦前だけで一二本という圧倒的掲載数だ。続く『中央公論』でも戦前・戦後合わせて一一本だ。多くの読者が『文藝春秋』を介して岸田戯曲にふれたと言ってよい。

一九二三年（大正一二）一月、菊池寛が創刊した『文藝春秋』は画期的な雑誌だったとされる。永嶺重敏『モダン都市の読書空間』は、大正末・昭和初期の『文藝春秋』を「『中央公論』『改造』の生真面目な生硬さや、あるいは『キング』の愚直な力強さとは対照的に、都市的な洗練された知的優雅さ・華やかさを漂わせる雑誌である。モダン趣味の都市生活者のサロン的雑誌とでも表現できようか」としている。[*2]
『文藝春秋』は、その体裁からして従来の文芸雑誌に馴れた読者には、思いも及ばぬ印象を与えたとされる。創刊号は本文二八頁、手の中に軽くまるめられる厚さで、定価一〇銭の格安さ。粗末な活版刷り黒一色の表紙は、そのまま目次を兼ねる簡潔さで、四段組の本文は第一頁の芥川龍之介「侏儒の言葉」から巻末の編集後記まで一九人もの作家の文章がギッシリと活字が詰まっていた。各文章の長さは一、二頁で、所謂「雑文」と呼ばれる軽いものだ。そしてこうした「知的な『軽さ』という要素」（永嶺）が、関東大震災後の新中間層に歓迎され、有力な総合雑誌へと成長することへと繋がった。

短い雑文は短時間で簡単に読み切ることが可能であり、しかも、記事の中身も談話調のくだけた内容で気楽に読むことができる。このように、『文藝春秋』の創刊号は物理的形態においても、内容においても、「軽やかさ」「読みやすさ」を特徴とする雑誌であった。そして、意外にも、薄くて軽いこの雑誌スタイルは当時の読書界に非常な新鮮さをもって迎えられた。
当時の知識人読者の読むべき雑誌の筆頭にあげられていたのは、『改造』『中央公論』に代表される総合雑誌であった。しかし、長くて堅い「重厚長大」型の論文や小説を特徴とする総合雑誌スタイルは、社会階層として確実にマス化の傾向をみせていた知識人読者のすべてをもはや満たしきれなくなっていた。例えば、『文藝春秋』の創刊された大正一二年一月号の『改造』『中央公論』は長大な論文・小説を満載し、総頁数がそれぞれ七四二頁、八七二頁という辞書並の大冊ぶりで、価格も二円、一円八〇銭と単行書のそれに近い。このような大部の重厚な学術論文を毎月読みこなせる読者は、知識人読者の中でも数少なくなってきていた。この点は、『新潮』をはじめとする伝統的な文芸雑誌に関しても同様に言えることであった。[*3]

初期の『文藝春秋』は主な読者層として知識階級を想定していた。とは言え、ここでの知識階級は明治大正の高等遊民やホワイトカラーばかりを意味する訳ではない。雑誌『キング』が小学校卒業レベルだったのに対し、『文藝春秋』は中等学校卒業レベルをターゲットとし、官公吏・教員・サラリーマン・職業婦人など（弁護士・医師などの自由業も加えられる）の都市新中間層と商工業を中心とする旧中間層、およびその予備軍としての学生・女学生といった広範な都市生活者が読者層として想定された。読者の中心は熱心な文学読者だが、それが男性だけでなく、菊池寛個人の女性ファン層が流れたこともあり、女性読者が一定の割合を占めた点でも特徴的な雑誌だった。

明治大正の知識人が一高、帝大から官吏や財閥大企業へと進むような少数エリートだったのに対し、大正末から昭和初期にかけて『文藝春秋』が読者層に選んだ知識人は、都市新中間層を主な担い手とした現代的な都市大衆社会が形成される中で過剰生産された大衆的知識人である。つまり岸田戯曲は、彼ら大衆的知識人のそれほど高くはない芸術趣味や知識欲を手軽に満足させる新種の「商品」として提供されたのである。岸田戯曲の高い需要性は、岸田の作家としての芸術性や演劇界の思潮だけではなく、新しく社会の主要な担い手として急速に増大する新中間層と彼らを購買層とした新しい文芸メディア産業の勃興期にあって、それが充分な商業的価値を持った商品だったことを物語っている。

レーゼ・ドラマへの接近

『文藝春秋』に掲載された岸田戯曲は「紙風船」（一九二五年五月）、「麵麭屋文六の思案」（二六年三月）、「驟雨」（同年一二月）、「留守」（二七年四月）、「ガンバハル氏の実験」（同年一一月、ラジオ・ドラマ）、「迷子になった上等兵」（二八年三月、ラジオ・ドラマ）、「ここに弟あり」（三一年一月）、「音の世界」（三一年一〇月）、「モノロオグ」（三二年六月）、「クロニック・モノロゲ」（三三年一月）、「職業」（同年八月）、「富士はおまけ」（三五年二月、ラジオ・ドラマ）。戯曲は全て一幕物と考えられる。つまり「軽い読み物」としての作品だ。

舞台上で俳優によって発せられる台詞の美しさを追求したとされる岸田だが、実際には観客よりも読者を意識して書いたと思われる表現は多い。

例えば「留守」の次のような描写は、俳優や演出家に指示を与える戯曲のト書きというよりも、読者の想像力を自然と読み物の上へと誘導するための効果を目的とした書き方である。（傍線は筆者）

お八重さん　（起って行き）あら、もう、後じまひすんだの、早かつたのねえ。御覧なさい、あたしはまだ、そのままよ。どうせお帰りは遅いんだから、何時だつてできるわ。お上んなさいよ。そんなとこに立つてないで……。

女の声　ぢや、上らして貰ふわ。まあ。……。（と云ひながら、茶の間にはひつて来る。お隣の女中おしまさんである）

お八重さん　一寸、見て頂戴……だらしのないことを……。

おしまさん　あんた？

お八重さん　いいえ、奥さんよ。

おしまさん　うちの奥さんは、それや几帳面よ。鏡台なんか、女中にはいぢらせないの。こんな風ぢや、簞笥の鍵だつて、かけてかないでせう。（かう云ひつつ、簞笥の抽斗を引張る。果して、抽斗が開く）＊4

初めは敢えて人物不明の「女の声」とし、次にその人物が茶の間に姿を現して漸く「おしまさん」という名前で台詞が記されるようになる。おしまさんの「簞笥の鍵だつて、かけてかないでせう」という台詞に続く「かう云ひつつ、簞笥の抽斗を引張る。果して、抽斗が開く」という一文も、人物の行動を示すト書きというよりは、読み進める上での読者の想像力の流れを意識した書き方である。

岸田の戯曲には、明確に全体の場・幕数が記されているものと、そうでないものがある。『文藝春秋』掲載作の中では「紙風船」は「一幕」、「麵麭屋文六の思案」は「二場」と全体の幕数・場数が題名に併記されているが、「ここに弟あり」「音の世界」などは内容から容易に一幕と判断できるものの、全体の幕数・場数は何も記されていない。また各場面の表記も「第一場」「第二場」としたり、「一」「二」とするなど異なる表記を用いている。文末に筋の終わりを意味して「幕」と書く時もあれば、そうでない場合もある。敢えて傾向らしいものを読み取ると、全体の場・幕数に関しては初期の「軌道」（一九二五）、「灯ともし頃」（同）が無表記で、その後一九二八年（昭和三）頃から無表記の割合が増え、三〇年（昭和五）からは無表記で統一される。が、再び戦後に有無があらわれる。文末の「幕」の場合は、「留守」（一九二七）「浅間山」（一九三〇）までは文末の「幕」は無表記で、その後また作品によって有無が出てくる。ちょうどレーゼ・ドラマ流行時代に、こうした戯曲上の表記の省略や簡略がなされていることになる。こうした読む上での簡略化や利便性への配慮に、形式上のレーゼ・ドラマ化をここに見ることができる。

各場面の短さも、上演より読書を意識したものと考えられる。「第一場」「第二場」ではなく「一」「二」と各場面を分けたコント風の戯曲は、実に短い場面で構成した作品が多い。「桔梗の別れ」（『令女界』一九三〇年八月号）の場合、人々がプラットフォームで汽車を待つ「一」から、「三」では車内へと場面が転じるが、「おい酒巻、眠るのはよせ。」「眠つてやしない。いゝ気持なんだ。」といった短い七つの会話が登場するだけで直ぐに「四」へと移る。まるで映画のシーンのように短い場面を重ねたテンポの良さが意識されている。

また「桔梗の別れ」の次のような視聴覚効果を使った場面は、そのまま舞台で再現することは難しい。プラットフォームで列車を待つ笛子とその母杉江。笛子のボーイフレンド酒巻と金津は、笛子のためにプラットフォームから離れて崖下で桔梗を摘んでいる。

笛子　おつこちないやうになさいね。
酒巻の声　金津は何処にゐます。おオい、金津……。

返事がない。長い沈黙。

軽便の近づいて来る音。やがて、列車がプラットフォームにはひる。

杉江　どうしたんだらうね。あの人たちは、……。とにかく乗らなくつちや……。
笛子　酒巻さん……。汽車が来たわよ。
杉江　さ、早くお乗り……。
笛子　金津さん……。もう、よくつてよ。
杉江　聞えやしないよ。そんなこと云つたつて……。さ、もういゝから……。

二人は、客車に乗り込む。

窓から顔を出して男たちの帰つて来るのを待つが、なかなか姿を現はさない。

発車の笛。軽便は静かに動き出す。

その時金津が、両手に大きな桔梗の花束を抱へ息を切らして谷を上つて来る。が、もう遅い。

軽便は、最後の客車の輪郭をはるかにトンネルの口にのぞかせて、今、彼の眼から消えさらうとしてゐる。

金津　（プラットフォームに立ち、花束を高く差し上げて、声をかぎりに）笛子さアん……。

彼は軽便がトンネルの中に隠れるのを待つて両手をぐつたりとおろす。
それと同時に、清々しい紫の束が、プラットフオームの小砂利の上に崩れ落ちた。
酒巻は、何時までたつても上つて来ない。[*5]

プラットフォームに入ってくる汽車、両手一杯に桔梗の花束を手に谷を上がってくる男、トンネルへと消えて行く汽車……ここでは明らかに映画的な視覚表現が用られている。留意しておきたいのは、こうした作品に岸田が「映画脚本」「ラジオ・ドラマ」といった名称を冠していないことだ。それらの執筆も多い彼が、「映画脚本」「ラジオ・ドラマ」と冠しなかったのだから、これらは岸田にとってやはり戯曲であり、レーゼ・ドラマへの接近だったと見なすことができる。岸田國士は、戯曲が上演のテクストであると同時に、雑誌を買った読者によって読まれる対象であることに意識的な、或る部分では肯定的な劇作家だったと言える。

書斎派の新劇人

戯曲を読むのは難しい、苦痛が多いとしばしば不満を言われる。舞台での上演を前提に書かれた戯曲を読むには、慣れと想像力と技術が必要だ。大正戯曲時代という戯曲流行を経た昭和初期も、その事情は変わらなかった。芹沢光治良は『中央公論』一九三六年三月号に掲載された戯曲「風俗時評」を評して、「舞台を頭で描きながら戯曲を読む不便はかなはないといふが、これは会話体ではあるが戯曲ではないから安心」だとして、こう感想を述べている。

どんな立派な戯曲を書いても上演される的がなければ、誰でも表現形式としてより自由な散文芸術を選ぶ筈だ。散文芸術でさへ近頃のやうに錯雑した現実を表現するには、困難であり不完全であると感ずるのだから、まして、戯曲は特殊な制約や形式を必要とするものであるから、それだけ困難なことであり、不完全なものである筈だ。［……］岸田氏は昨年も長い素晴らしい戯曲を二回雑誌に発表したが、終に舞台では見ることはできなかつた。あの戯曲が先駆的であるから上演できないのではない、その価値を損けることなしにいへることだが、ブウルバアル芝居として立派にとほるやうな作品だつた、それが日本では上演する希望さへ持てないといふ。［……］岸田氏が風俗時評に会話体を選んだのは、どうせ上演の希望がなければ、舞台を無視してやれといふのか、またはこの諷刺にこの形式が最も適切であるとして効果の上からか、兎に角読みやすくて面白いが、こちらが小説家のあさましさに、形態として普通の小説を選んだら、もつと効果的に渾然たるものにできたらうにと、一寸慾を出してみる。[*6]

小説家としての岸田は、一幕物の戯曲とは変わって、長編の新聞小説に得意の才能を発揮した大衆小説家の趣がある。同じ作家仲間からみて、小説も巧みな岸田が敢えて戯曲の形式を選んで創作を続ける理由は判然としないところがあったようだ。

しかし、岸田門下と言われるような若い作家達の受け止め方は、違ったようだ。岸田に師事した作家達の中には、演劇よりも文学の分野で独自の地位を築いた者が少なくない。一九二八年（昭和三）創刊の『悲劇喜劇』で編集を担当した中村正常、久生十蘭（阿部正雄）、今日出海といったモダニズム作家はその代表だ。この『悲劇喜劇』関係者を中心に、岸田の周囲にいた戯曲を書く人々が自作を持ち寄り批評し合う戯曲研究会があった。会に出席した小山祐士は、彼等のことを「書斎派の新劇人」と呼んでいる。

〔……〕十人近い人達が集まった。しかし、自作を持って来た人は一人もいなかった。その日集まった人たちのなかには、劇作に関心を持ちながらフランス文学を専攻している人や、小説や詩を書いている人たちが多かったせいか、「由利旗江」や、その頃、先生が翻訳を続けられていたルナールの「にんじん」の話や、フランス映画の話や、ミュッセやコクトウや、ポルト・リッシュの戯曲のことなどが話題の中心になっていたように覚えている。その集まりは、書斎派の新劇人といった感じで、私のようにやたらに芝居を観て歩いているような輩は、一人もいないようであった。*7

書斎派の新劇人にとって、必ずしも演劇は舞台を絶対とするものではなく、戯曲もそれ自体が上演とは別個の言葉の芸術という意味合いが強かったようだ。彼等は、戯曲を書きながらも、内容と表現上では上演と一定の距離感を持っている。こうした若い世代にとって、岸田の戯曲は、上演のためのテクストというよりも、文学上の新しい言語表現形式すなわちレーゼ・ドラマとして重要な意味を持っていた。

中村正常のナンセンス小説

岸田戯曲に共感した若い世代が具体的に作品をどう受け止めたかの詳細は、各作家論作品論で明らかにすべきであり、紙幅の都合もあって本稿ではそこまで踏み込む余裕はない。ここでは岸田戯曲の影響を受けながら、それぞれに大衆的知識人向けの知的な娯楽の提供者として成功した二人の人物に注目することで、レーゼ・ドラマとしての岸田戯曲の広がりを見ておきたい。

岸田のレーゼ・ドラマの作風を、モダン都市の商品として最も成功させた作家は中村正常だろう。中村は「エロ・グロ・ナンセンス」の時代風潮の中で、「ナンセンス文学」の代表作家として絶大な人気を得た。ナンセンス文学と言っても、もう一人の代表作家が井伏鱒二だったことを考えれば分かるように、文学的な定義よりもジャーナリスティックな興味の方が先行して名付けられた部分が大きかった。ちょうど岸田が度々「ハイカラ」と評されたように、従来の日本の枠に収まりきれない作家的感性を、この時は「ナンセンス」の横文字で表したのだった。

中村は第二回『改造』懸賞（一九二九年五月号）を受賞した戯曲「マカロニ」で実質的な文壇デヴューを果たし、翌年には新興芸術派叢書として『ボア吉の求婚』（新潮社、一九三〇年五月）、新鋭文学叢書として『隕石の寝床』（改造社、同年七月）の二冊の著作集を出している。こうしたデヴューの華やかさも師の岸田とよく似ている。元来演劇志望だったこともあり、演劇の現場にも多数携わり、心座の後期に参加した後、二九年には舟橋聖一、今日出海、池谷信三郎らと蝙蝠座を興し、日本には珍しい芸術ヴァラエティの上演に力を入れた。[*8]

岸田は中村を評して「その世界の狭さには一寸驚いた。狭いだけならそんなに驚かないが、その狭い世界をはっきり摑んでゐるのに驚いた。どの作品も、悉く『ある青年がある少女を 愛してゐるが、その少女は別に許婚なり恋人なりがあり、その青年をそばへ寄せつけておきながら、その青年の悩みを募らせることしか考へず、青年も亦恋の勝 利者たることは一向夢みないで、だが、その少女が時々自分の方を振り向いてくれるといふ不幸な幸福のために、あらゆることを忘れてしまふ』物語である」。「ユウモアとかぺエソスとかいふ言葉では現はし難い一種の遣瀬ない可笑味がある」[*9]としているが、これ自体が岸田が世間から与えられてきた評価と似通っている。

興味深いのは、岸田門下である中村のフランス文学観だ。彼の傾倒の仕方は当時のフランス文学を取り囲むやや特異な状況を教えてくれる。フランス文学派の同人を中心に創刊した雑誌『作品』の小特集「フランス文学を如何に観るか」（一九三〇年一一月号、寄稿者は中村の他に蔵原伸二郎、宗瑛、永井龍男、深田久彌、堀辰雄、吉村鐵太郎、小野松二）の中で、中村は彼なりのフランス文学への愛情を述べている。

［……］僕は、好んで自分の戯曲中に、フランスの詩句などを引用することが多い。この機会に僕は告白しよ

うと思ふが、あれはみんな嘘である。僕が作つた下手な文句のおしまいのところにフランスの詩人の名前を勝手にくつゝけると、その文句が少し上手にひとにめるのは不思議である。そしてこれは、なにも知らないフランスの詩人たちは何も腹を立てるには及ばないことである――これは僕の彼等に対する愛の示ではないか！［……］僕の戯曲はみんなフランス戯曲のまねである。たゞ、いつでも僕は祖国の言葉に希望をすてないのである。祖国の言葉は美しく涯しなき魅力をもつてゐる。ひとはたゞその上手な使ひ方を知らないだけである。僕は祖国の言葉でフランス戯曲を上手にまねさしたい。

これを受けて小野松二は「少し皮肉すぎるが」としながらも、「われわれがみんな日本人だから妙にフランス好みなのだらう」と同意をもってこう結論づけている。「われわれはわれわれの伝統を若返らせるために、外国文学――特にわれわれの妙に惹かれるフランス文学から滋養分を摂取せねばならぬ」のであり、「所謂プロレタリア文学がロシアの影響で、所謂モダニズム文学がアメリカの影響だとしたら」、それらに飽き足らない者達は「意識的に芸術の本場フランス」を顧みるのだ、と。すなわち、関東大震災後に一種の国際都市としての容貌を見せ始めた都市生活の中で、日本のアイデンティティに形を与える器として、同時代のフランス文学の方法を参考とするというのである。中村の「祖国の言葉でフランス戯曲を上手にまねさしたい」とは、その極端な物言いである。つまり、この頃の若い作家達は、日本人として日本を表現する新しい文学の形式を希求し、そこに一つのモデルとして岸田が存在したのだろう。

中村の作品は形式的には会話体の小説、レ・ーゼ・ドラマだ。いや、はっきり「戯曲」と銘打たれた初期の「マカロニ」とその後の「ナンセンス小説」との間に、特に大きなスタイルの違いが見られないことや、中村が自作を積極的に上演していたことを考えると、中村にとっては上演のための戯曲と会話体の小説の便宜的な区別などは問題ではなかったようだ。そうした創作上の自由な姿勢を含めたものを中村は岸田から学び取っていたように思われる。

中村にとって岸田は、「祖国の言葉でフランス戯曲を上手にまね」する手本として存在したのと同時に、岸田の戯曲が通常上の戯曲としてだけでなくレーゼ・ドラマとして読者を獲得するのを見て、戯曲の新しい形式と需要の在り方を見て取ったのだろう。重要なことは、作家だけでなく、同時代に暮らす多くの人々もまた、自らの生活を巧みに表現してくれる新しい文学の形式を求めていたという点だ。

会話だけで世界を表現してみせるレーゼ・ドラマは、さながら関東大震災後に急速な変貌をみせるモダン都市の表層をそのまま擬えて見せるかのような趣がある。洗練された感覚と遊戯性に秀でた会話を楽しむことは都市に生きる上では不可欠な素質である。岸田の戯曲の特徴の一つに、筋の起伏の乏しさが指摘されるが、それが大衆的知識人の日常生活を映したものなのであれば、これも当然のことだと言える。日常は必ずしもドラマではなく、そこにドラマを見いだす感性こそがこの時代に発明されたのだから。そしてそれを一幕物のレーゼ・ドラマという軽い読み物として展開したところに、中村正常ら若い世代が師と迎ぎ、多くの読者を魅了した岸田戯曲の新しい都市像があった。

伊馬鵜平の小市民喜劇

レヴュー劇場「ムーラン・ルージュ新宿座」の文芸部員として活躍した伊馬鵜平（戦後に「春部」と改名）は、岸田や中村が充分には成し得なかった上演と読み物の両面で、大衆的知識人の「娯楽」という地位を築くのに成功した劇作家だ。伊馬の商業娯楽として成功は、岸田のレーゼ・ドラマが小市民喜劇として広範な観客を獲得する可能性を抱えていたことを示唆している。

東京の西郊外阿佐ヶ谷に暮らした伊馬は、桐の木の生えた同じ横町に住む家々の交流や、中学受験をひかえた二人の少女とその家族達、父親が留守中の実家に夫と離婚するのだと息巻いて帰ってきた娘など現在で言うホーム・ドラマの傑作を次々と発表し、長谷川巳之吉、村山知義、長谷川如是閑といった多方面から評価された。岸田作品との類似性を早くから指摘されていた伊馬は、小市民喜劇という新しいジャンルの代表的作家として、商業演劇の中で観客の支持と劇評家の信頼を獲得していった。『犬は鎖に繋ぐべからず』のような、小市民の日常と世界観をリアルな言葉で舞台化し、知的な観客から爆笑ではなく微笑を誘うことで、大衆的知識人向きの舞台娯楽を成功させたのが伊馬の特徴だ。映画評論家の友田純一郎は、伊馬をこう評している。

僕は彼を誤つてレヴュウ界に身を投じた優れたドラマチストである、と思ふ。何故ならば、アトラクション・ショウの作者として新奇な形式を探求する熱意より、岸田國士風の戯曲構成に立派な天分を認められるからである。さらにその内容に到つては、娯楽の対象としては余りにも虚無的な陰影が、淡い抒情と掬ひ交ぜられて空間に奇しき靄を立籠めてゐるからである。*10

伊馬が得意とした小市民生活のスケッチは、後に「新喜劇」と呼ばれる広がりを見せるようになるが、そうした作風は伊馬自身が岸田國士を意識することで生まれてきた部分があった。作家として井伏鱒二に師事していた伊馬は、岸田戯曲の熱心な読者の一人で、小山祐士を介して直接的に岸田や久生十蘭らとも親しく交わりを持っていた。小市民スケッチへと大きく動いた最初の作品「溝呂木一家十六人」（一九三三年五月上演）の執筆時を、伊馬はこう振り返っている。

これはいわゆるエロ・グロ・なんせんす・アチャラカなどのムード視され概念視されていたいわゆるレビュー劇場の雰囲気をわざと無視した、純粋演劇形式の、いってみれば岸田國士流のさらさらとした、私としてみれば一種の観測気球みたいなものであったが、これが意外にウケタのである。[*11]

「純粋演劇」は岸田を論じる上での重要な演劇概念だが、レヴュー式喜劇からの脱却を計る伊馬や新喜劇作家達の用法はやや簡略的で〝ジョウ〟に対する〝演劇（台詞劇）〟という使い方をしている。自立的ジャンルとしての演劇の総称として新喜劇系の作家は岸田の演劇観を用いていた。留意しておきたいのは、その具体的な形として伊馬が「岸田國士流のさらさらとした」という表現を用い、友田が説明なしに「岸田國士風の戯曲構成」と記すように、岸田戯曲に対する共通した認識を持っていたことだ。伊馬の小市民喜劇に惹かれた人々にとって、岸田作品は「ハイカラ」といった西洋臭や、「言葉派」といった芸術主義的な趣ではなく、「さらさら」とした戯曲という部分に最大の魅力があった。小市民である大衆的知識人が岸田戯曲に魅了された部分もまた、イプセン的な社会性、観念劇から離れ、都市生活者の日常を「さらさら」と描いてみせる、その淡さに生活の実感を感じ取ったからだった。そして伊馬の戯曲もまた単なる上演テキストを超えて、一つの読み物として当時の多数の雑誌の紙面を飾り、商業演劇の作家としては珍しく新喜劇叢書『桐の木横町』（西東書林、一九三六年）、現代ユーモア小説全集第十一巻『募金女学校・かげろふは春のけむりです』（アトリエ社、一九三六年）など複数の戯曲集を出すほどの需要があった。

一九三〇年代は、小市民喜劇が登場し隆盛した時代でもあったが、ムーラン・ルージュの場合、新宿という土地柄もあり、学生やサラリーマンといった東京西郊外に住む大衆的知識人から圧倒的な人気を得ると共に、菊池寛、新居格、秦豊吉、斎藤茂吉、黒沢明、川島雄三などの文化人からも愛された。村山知義から「日本のルネ・クレール」と賞賛された伊馬や新喜劇作家の小市民喜劇は、良質で知的な大衆娯楽としての「現代劇」を期待されていた。一九三五年に同人三三名で創刊された雑誌『新喜劇』――中村正常も同人の一人。また伊馬と中村は井伏鱒二、吉行エイスケらを集め一九三四年に「ユーモア作家倶楽部」を結成、小市民物への組織的な展開を試みた――は、第五回直木賞（一九三七年上半期）の候補に選ばれるなど、従来の舞台娯楽の枠を超えた関心を集めた。彼らが舞台として描いた都市郊外は、それ自体が関東大震災後に形成された新しい空間であり、新しい風俗と文化の実験場である。通勤の電車で『文藝春秋』を読んだり、中村正常のナンセンス文学や伊馬鵜平の新喜劇を楽しむような小市民生活の拠点だ。伊馬はそうした中での牽引者であり、NHK嘱託としてテレビ実験放送用に「夕餉前」（一九四〇年）を書いてホーム・ドラマの先駆者ともなる。ある意味で伊馬は、岸田作品が内包していた娯楽性を最も巧みに展開させた作家だったといえるだろう。

岸田のレーゼ・ドラマから派生したような、この娯楽への広範な広がりは、言葉の美しさや劇的文体とは別の次元で岸田作品が孕んでいた可能性を示唆してくれる。

終わりに

岸田國士はあまり自分を語りたがらなかった作家である。彼の演劇論、戯曲論を読んでも、そこには個人が本音で語る美学とは別に、指導者たらんとする彼の側面がうかがえる。ただ、岸田が説いた様々な演劇論や戯曲論を一旦保留にして、当時の時代相の中で捉え直してみると、岸田國士という劇作家は、新中間層である大衆的知識人の急増、彼らを消費者とした新しい産業の勃興、小市民的な知性と趣味性を満足させる娯楽の形成という時代の要求を満たしながら戯曲の可能性を大きく展開した実に有能な人気作家だった。

モダン都市の大衆的知識人に好まれた岸田のレーゼ・ドラマが、商品的価値の高い知的娯楽物として享受されたということは、決してその戯曲的な価値を下げるものではない。むしろ新しい時代相を人々の会話や行動という表層的な部分を通じて捉えてみせるこの時代のレーゼ・ドラマは、現実と表現を繋ぐ回路という新しい機能を従来の日本の戯曲に付与してみせたように思われる。日常の瞬間を切り取って見せたかのような岸田の一幕物に対する商業的需要の高さは、それ自体が、岸田國士という劇作家の個性を物語る重要な特徴なのである。

註

＊1　小山祐士「私の演劇履歴書」（二）。『小山祐士戯曲全集』第一巻、テアトロ社、一九六七年。四四二頁。
＊2　永嶺重敏『モダン都市の読書空間』日本エディタースクール、二〇〇一年。九七頁。
＊3　同書。一〇一頁。
＊4　「留守」。『岸田國士全集』第三巻、岩波書店、一九九〇年。
＊5　「桔梗の別れ」。『岸田國士全集』第四巻、岩波書店、一九九〇年。
＊6　芹沢光治良「憤る岸田國士——風俗時評の投げた意義」。『報知新聞』一九三六年三月三日付。
＊7　小山祐士、前掲書。四五一頁。
＊8　蝙蝠座の第一回公演「ルル子」（舟橋聖一ら劇団メンバーが「七幕一五場」の各幕をそれぞれ脚本・演出で担当した合作）の中で中村正常は、岸田の「麺麭屋文六の思案」を捩った「パン屋文七の開店」を上演している。蝙蝠座については拙稿「蝙蝠座—演劇と昭和モダニズム—」（明治大学大学院紀要『文学研究論集』第一一号、一九九九年）でまとめて論じた。
＊9　岸田國士「中村・阪中二君のこと」。初出は「悲劇喜劇」一九二八年一〇月創刊号。『岸田國士全集』第二一巻、岩波書店、一九九〇年。
＊10　『キネマ旬報』ヴァリエテ欄、一九三四年四月一一日号。
＊11　伊馬春部「演劇人伝奇7　佐々木千里」『東宝』一九六九年五月号

主要参考文献（本文引用のものは除く）

・古山高麗雄『岸田國士と私』新潮社、一九七六年。
・渡邊一民『岸田國士論』岩波書店、一九八二年。
・渥美国泰『岸田國士論考　近代知識人の宿命の生涯』近代文芸社、一九九五年。
・佐伯隆幸『現代演劇の起源　60年代演劇的精神史』れんが書房新社、一九九九年。
・『豊島与志雄・岸田國士・芹沢光治良集』講談社、一九八〇年。解説・紅野敏郎。
・『文藝春秋三十五年史稿』文芸春秋新社、一九五九年。

・中村正常『ボア吉の求婚』新潮社、一九三〇年。
・中村正常『隕石の寝床』改造社、一九三〇年。
・涌田佑『井伏鱒二をめぐる人々』林道舎、一九九一年。
・江口雄輔『久生十蘭』白水社、一九九四年。
・伊馬春部『土手の見物人』毎日新聞社、一九七五年。
ほか、新潮社版および岩波書店版『岸田國士全集』、雑誌『文藝春秋』、『悲劇喜劇』、『劇作』、『新喜劇』。

戦時下の岸田國士・序説——「荒天吉日」を手がかりに

松本和也

1

アジア・太平洋戦争末期に書かれ、戦後一書にまとめられた岸田國士「荒天吉日」は、初出／単行本の間で大きな本文異同がみられないにも関わらず[*1]、およそ対極の作品として現象し、そのことが一読者でもある作者自身によって公言された奇妙な小説である。

書誌情報から確認しておくならば、「荒天吉日」の初出紙は『中部日本新聞』で、一九四四年三月一八日～同年八月三一日、伊藤廉の挿画を添えて一六三回にわたって連載された（三月二九日、四月二七日、四月三〇日、七月一九日は休載）。一九四四年の『中部日本新聞』朝刊の発行部数は七二九〇七四部で、前年比八八二六一部増である。とはいえ用紙事情は厳しく、「少ない紙面に、読者が求める記事をいかに多くのせるかということは、このころ〈昭和一九年四月以降〉としては最も苦心するところであった」[*2]という。終戦をまたいで、一九四六年五月、「本書出版についての覚書」を添えて開成館から単行本「荒天吉日」が刊行される。同作は、岸田國士その人を思わせる田丸公平を主人公とした身辺雑記ふうの物語である。隣組を中心とした戦時下の日常や、演劇移動本部の農村部長という田丸の仕事、妻を失い二人の娘がいる家族構成・再婚問題なども、初出連載時の（岸田本人をはじめ）現実世界の歴史と地続きのものだという印象を強くしている。[*3]

こうした設定もあり、勢い「荒天吉日」は同時代の大半の小説同様、遂行中の戦争を肯定する世界観をもち、あるいはナショナリズムに奉仕していく細部に満ちてもいる。ところが、アジア・太平洋戦争の終結という現実世界の出来事（大転換）に伴い「荒天吉日」の意味あいも反転する。単行本に付された「本書出版についての覚書」から引いてみよう。

当時〈アジア・太平洋戦争末期〉、言論一般が如何なる制約を受けてゐたかはここに喋々するまでもないが、作家として、また一国民として、若し需められて何かを言はねばならぬとしたら、そもそも何を言ひ得たであらう。この小説は、まさに、わが民族の大なる危機を予感しつつ、辛うじて良心の命ずるがままに、言ひ得る限りのことを言はんと試みた作者の努力に外ならぬ。／もちろん、今日、事ここに至つては、黙して語らざるに如くはなかつた。この意味では、この小説は、一片の反古であるかも知れぬ。しかしながら、作者が「荒天吉日」の主題によつて、飽くまでも祖国の苦難に立ち向ふ決意を示したことは、ひとたび敗戦の汚名に衂られた日本の運命を、全く新しい希望の中に見出さうとする同胞大多数の念願に通ずるものだと信ずるが故に、この物語も亦、われわれのいなむべからざる一精神の歴史として、戦後、再確認せらるべき性質の記録ではないかと思ふ。

作者その人が「荒天吉日」に下した「作者の努力／一片の反古」という両極の評価――それは、戦時下に書かれた小説の多くに関しても、戦後に生起したありふれた符牒ではある。「荒天吉日」／岸田國士が独特だとしたら、それは「今日、事ここに至つては、黙して語らざるに如くはなかつた」という自覚を公言しながらも、あえて「戦後」に「荒天吉日」を刊行したというその一点にあり、そこに本稿が「荒天吉日」をとりあげる最大の理由もある。今村忠純もまた、「敗戦の翌年、あえて岸田はこの小説を一書にまとめていた」ことにふれて、「いま問題にしなければならないとすれば、やはりその事実において小説「荒天吉日」を、文学の戦時下の、もしかしたら、たとえば小松伸六が「ゼロの文学」（『昭和文学十二講』所収、昭二五・一二、改造社）としてくくった空白の場への照射の一面にすえることができるのかもしれない」[*4]と、早い時期に指摘している。

本稿のねらいは、戦時下の岸田國士の言動を素描した上で、「荒天吉日」の小説表現としての特徴を検討しながら、その独自のポジションを具体的に論じるとともに、戦後、岸田が「荒天吉日」出版という行為に託した問題意識に新たな光を当てることにある。

2

本節では、戦時下における岸田國士の言論活動をみわたし、その要所を点描することで、戦中／戦後をまたいでいく「荒天吉日」を考察するための補助線を引いておきたい。

最初にとりあげたいのは、「リレー評論　文学者と愛国心」（『文学界』一九三六・八）に岸田が寄せた「日本に生れた以上は」である。転向を契機として「僕は、日本といふ国土と日本人といふ民族を愛する」と宣した林房雄「日本への愛情」、林論を承けて民族（文化）の独自性に「国土に対する愛」の根拠を見出す森山啓「独語」からバトンを受けた岸田は、逡巡の素振りをみせつつも「僕は日本人であることを恥ぢもしないし、矜りともしてゐない」と独自の立場を示し、それでいて次のようにして戦争にも言及していく。

他の国から征服されるといふこと、例へ文化の面だけでも、他国の優越的支配下に置かれるといふことは、ただに民族的自尊心を傷けるのみならず、そこからは、断じて新しい生活が芽を吹かないのである。過つて、敵に正義の名を奪はれても、戦争には負けてはならぬ。少くとも、国家の自由だけは存続させねばならぬ。ここのところ、政治的にはいろいろの方便があらうと思ふが、愈々戦争となつたら理窟はもう通らぬ。お互にお互の生命を守り合ふのが当然だ。そして、これは止むに止まれぬ「愛国的行為」である。

さらには、「自分が真の愛国者ではないと人から評されることを怖れはしない。しかし、日本を愛するが故に、日本の現状が堪へ難きまでに憂鬱であることを、訴へる権利と義務があると信じる」と述べ、林らの愛国心とは一線を画してバトンをつなぐ。つづく「この問題提起の根拠」で武田麟太郎は、「愛国心の問題」を「反フアッシヨの抵抗線上に置くべく努力したい」と述べており、リレー評論全体としてはそれぞれの左翼活動／「転向」体験を関数として四者四様の愛国心が論じられたことになる。この時期には、まだその程度には「愛国心」を語る振幅が許されていたようだが、執筆者としては一人岸田のみが右の体験を経ることなく、いわば自身の信条から「愛国心」を語っている点には注目したい。

一九三七年の日中開戦後、岸田國士はペン部隊として中国戦線を視察し、後に『北支物情』（白水社、一九三八）・『従軍五十日』（創元社、一九三九）にまとめられる文章を書く。前者に対しては「出色であり、かつ異色」[*5]、後者に対しては「すべての戦争文学が禁域としたところまであえて踏みこんで、日中戦争そのものについて徹底的に考察しようとする」[*6]点への、それぞれ高い評価があるが、座談会「支那を語る」（『文学界』一九三八・一）における「今度の戦争でも、僕は、日本人がどんなに勇敢に戦ひ、正義の旗印をかゝげても、ちよつとしたやり方で、支那民衆の感情を踏みにぢるやうなことがないかどうか？　それをはらはらしながら見て通つた」という発言にも明らかなように、戦時下の岸田の言論は、御用文学という枠組みのみでは捉え切れないことが多い。

こうした、戦争遂行を核とした国策に対する、岸田國士独特の両義性をもつ不可思議な身の処し方は、行動としては一九四〇年一〇月一九日の大政翼賛会文化部長就任に、作品としては「かへらじと」（『中央公論』一九四三・六）に、ひとまず極まるといってよい。

一九四〇年一〇月一九日、岸田國士は大政翼賛会文化部長に就任する。この役職自体が、文化全般が国策に呑みこまれていくことへの承認にして防波堤だとして、これまでも両義的に意味づけられ・評価されてきた。この間の岸田の足跡をていねいに追った安田武は、「岸田の「発言」について見るかぎり、太平洋戦争下といえど、彼は「変節」どころか、「年来の持説」を固持して譲ってはいない」と判じる一方で[*7]、戦中／戦後の岸田の動向を検討した北村日出夫は「一九四〇年という時点で、政治化していく文化状況に矛盾・疑問を感じながら、岸田はなおそれに順応し、「被治者としての国民」の立場を踏みはずすことなく、文学という拠り所を堅持することで、《「国のため」派》に踏み止まった」と論じている[*8]。となれば、歯切れの悪いものいいで古山高麗雄が、「私には岸田國士が、戦争には勝たなければならぬという考えの外に立とうとしなかったことは、崩壊を避け、しかも急ごうとした裏腹の意識の共存であり、また、勝つにしても、当時の政治家や軍人の唱える考え方に国民が同調してはいけないという基本的なものを堅持したことも、崩壊を避けることであったと同時に、崩壊を急ごうとしたことであったと考える」[*9]と述べるのも、当時の岸田の立場（言動）をよく表現し得たものといえるはずだ。

こうした、本来一つのものである岸田の言動に対して評価が割れるという事態は、実作「かへらじと」においても反復される。発表当時、それが移動演劇用台本であることをふまえつつ伊藤整は「六月の作品評」（『新潮』一九四三・七）で、「まとまりの良さ、地方生活で親しみの多い性格を使つてゐること、道具が手軽にすむらしいこと、納得を十分に、感動を強く与へるやうに線が太く描かれてゐること、演出に困難を感じさせるやうな場面や性格の複雑さを与へぬこと、品格ある事」を高く評価し、「円熟した一人の劇作家」を見出しては、「かういふ作品が存在する必要をわきまへ、それに応ずる才力の清潔な使ひかたが出来るといふことは、たしかに劇作家の名誉」だと評していた。当時の移動演劇の使命を考えれば、それによく応じた「かへらじと」は国策迎合的と評し得る作品ということになる。そこでは、召集や戦死が物語の主線を成していくが、素材やその扱い方のレベルに留まらず、個人（の死）が国家（への奉公）へと接続されていく様相も肯定的に描かれていく[*10]。実際、後に粗雑な読解を難じられるものの、宮岸泰治が「かへらじと」を「時局便乗の作品」[*11]と厳しく批判している一方で、それに反論を書いた原干代海は「『かへらじと』は便乗戯曲か。岸田國士は便乗作家か」と問い、「思想やイデオロギー」ありきの評価を排し、虚心に「戯曲の演劇性、芸術性」[*12]に向きあうことを説く。ここでも岸田という人物同様、その筆による「かへらじと」という作品は両極の解釈を招いていく。こうなると、「かへらじと」の執筆・発表・受容に関わる当時の状況をより広く参照し、あるいは論者の立場性を投企しないことには作品評価にはふみこみにくいままだ。その点「荒天吉日」は、作品内／外に検討すべき重要な手がかりが散見される。

その際、もう一つ考慮しておきたいのは、次の若き日の岸田國士による一文である。

日本がだんだん欧米化しつゝあるといふ見方は、或る意味で首肯できるけれども、それを悦ぶものも、それを嘆くものも、もう一段高い処から見て、総ての民族が世界化しつゝあるのだと思へば、人類の超国境的進化を認めないものゝの外は、さまで、日本のみが特殊な境遇に置かれてあると信じる必要はあるまい。

右はエッセイ「島国的僻見」（『文芸春秋』一九二五・六）の一節だが、そこには、軍人の家庭に生まれながらフランス演劇に親炙した岸田一流のバランス感覚が、コスモポリタンよろしく描出されている。とはいえ、右の一文も含め、文学者の言葉もまた戦時下日本という個別・具体的な歴史的文脈の中で意味作用を果たしていくことを忘れてはならない。つまり、岸田の書いた文章が、作者の意図に沿わない、あるいはそれに反して読まれることは充分あり得ることで、当時にあっては、こと西欧近代と日本とを対置してアジア・太平洋戦争を合理的に意味づける「近代の超克」以降のコードが強力に作用していたはずなのだ。

3

「荒天吉日」の新聞紙上での連載開始に先だって、連載予告「次の連載小説　明日紙上より掲載」（『中部日本新聞』一九四四・三・一）が掲載される。まず同文をみておこう。

丹羽文雄氏のあとを承けて次回連載小説を執筆するのは岸田國士氏――「荒天吉日」の題下に、試煉を超克して力強い生活を創造する真摯の姿を捉へて麗筆を揮ふことになつた。さきに大政翼賛会文化部長として国民の生活設計に深い関心を示した岸田氏が再び筆の人として読者に愬へるのは期待すべきものが深い。

つまり、「荒天吉日」とは連載開始に先だちその概要と読み方とが、ある程度予示され、読者にも方向づけられて出発した小説なのだ。実際、岸田も「荒天吉日」の「まへがき」で、「現在の小説は、いくぶん啓蒙とか宣伝とかの役目をつとめなければならぬとされてゐる」ことにふれて、小説の役割を「国民が知らなければならぬことを十分に腹に入れさせること」と定め、「この厳粛な物語りが、全体を通じて戦ふ国民としての読者諸君の、いくぶん楽しい日常の話題となり得ること」を「念願」している。ここに、時局に考慮しつつ、「戦ふ国民」に語りかけるという、「荒天吉日」の基本的な構えが体裁を整える。

そのことは「荒天吉日」冒頭部、語り手による物語世界の紹介の件にも明らかである。

大東亜戦争が始まつてまる一年にならうとする秋のことである。国内も戦場だといふ実感がひしひしと誰の胸にも迫つて来た。〔略〕しかし、なんと云つても、これが戦争だ、といふ覚悟、この戦さにはどうしても勝

たねばといふ気ぐみ、どうしたら一人一人の力がお国の役に立つであらうかといふ配慮が、ぐつと高まつて、
それが、街の空気のやうなものになつて来た。(空模様)

このように、現実世界の出来事(戦争に関するエピソードや単語)や時間指標を積極的に取り入れることで、「荒天吉日」は現実世界の再現(=表象)、もう一つの歴史と化していく。こうした特徴は同時代他作品に照らして珍しいことではないが、ただし「荒天吉日」に関しては、作者本人や作者に近しい人物が書く文章によっても虚構/現実が近接していく。

その第一は、「荒天吉日」の主人公・田丸浩平の職業とそこから展開される思考である。小説が始まってすぐ演芸移動本部の農村部長の職に就く田丸は、次のような感懐を抱く。

第一に、彼〈田丸〉の年来の主張は「農村に夢を取り戻せ」である。「夢」は詩である。郷土理想化の夢は、自然と歴史の美しさを歌ふ心の昂まりである。皇国農村の建設こそ、先づ「かくあるべき」日本農村の姿を、はつきりと喩に描き、それによつて胸を燃やし得る指導者の出現に俟つところが大きい。彼はこの主張のために戦ふ草深い戦場の一つをそこに見出した。(共同菜園)

こうして、まずは〝郷土理想化〟という主題(難問)が前景化されていくが、それは同時代文学の顕著な動向──〝国土〟への注目と軌を一にしたものであった。「国土と文学──文芸時評──」(『文芸主調』一九四三・三)で市川為雄は、「歴史小説に関する論議は稍下火になつたが、最近作家が関心をもつて描いてゐるものは直接の戦記ものを除いては、やはり歴史や歴史的人物、もしくは国土といつたものに注がれてゐる」とした上で、その根因として「国土への愛」・「われ〳〵日本民族の故郷への心の偏歴」を見出している。

また、移動演劇の意味づけも、「かへらじと」に舞台美術としてクレジットされていた伊藤熹朔による『移動演劇十講』（健文社、一九四二）での次の発言と共振をみせている。

移動演劇は単なる演劇運動ではなく、広汎な使命を帯びた国民文化運動であることを、先づ最初にハツキリして置かなければなりません。（略）これには大体三つの目標が考へられます、健全娯楽の普及、国民的信念の昂揚、国民文化の樹立、この三者を目指して移動演劇は展開されるべきであります。

地方の興行先で移動演劇の意義を問われた田丸は、「われわれはこの芝居といふ形式のなかで、民族の矜りと決意とを、非常にはつきり示すことができ、戦ふ国民の底力をぐんぐん養つていけるものと信じてゐます。」とその信念を表明し、演説を締めくくっている。

移動演劇とともに〝郷土理想化〟という主題に密接に関わる下位主題として、青年（論）・故郷（論）がある。隣組の勤労作業で、青年たちと話す機会を得た田丸は、「青年は今のままでいいか？　先づ訊きたいことは、諸君の故郷が何処にあるといふことだ。」と、唐突に故郷という話題をもち出す。田丸は自分もまた「根なし草」だとした上で、「ここで日常見聞きすること皆、祖国の運命を左右するやうな大事件の連続」と（再）認識し、隣組については「共に歓び共に苦しむ仲」・「同じものを、分け合つて食ふ間柄」であり、「死なば諸共の覚悟」をもつ組織と意味づけ、「われわれの住むところ、即ち故郷の延長なのだといふ国民としての真の自覚から、先づ隣組の郷土化に努めようぢやないか。」と語りかけるのだ。つまり、ここは戦場であると同時に故郷であり、隣組構成員すなわち「戦ふ国民」であり、隣組＝故郷と国家の関係はいわば部分と全体として深く結びついているのだという。論理的な飛躍は明らかだが、小説終盤でも田丸は隣組から出征することになった青年に対して、「やがて、忘れることのできない数々の想ひ出が結びつき、戦場の夢はきつとここへ通ふでせう。隣組は諸君の故郷だからです。」とエールを送っている。

こうした故郷論〜〝郷土理想化〟については、岸田自身も「隣組長として」(『婦人之友』一九四三・五)で持論を展開している。「はじめて、町内会の常会に出席し、当局の熱心な態度に敬服した」という岸田だが、「いはゆる『建設の目標』が何処におかれてゐるかさつぱりわからない」点には不満を漏らしている。曰く、「町内会の事業なり、運動の方向なりに、是非とも『町内の郷土化』更に進んで、『郷土の理想化』の精神が、その片鱗だけでも見えてゐたならと思ふ」、と。「『町内の郷土化』」とは、(個人としての利害を捨てた)国民としてそこを故郷と認識し、実感していくことであり、「『郷土の理想化』」とは、自身の故郷と化した郷土に祖先以来の民族的伝統を重ね、そこに何かしらポジティブなものを見出していくことだろう。次の箇所などが、その具体例である。

今日の国民に課せられた最も困難な役目は、おそらく、「私」の生活を「公」の生活から切り離さず、これを一体として身につけ、私生活の充実がそのまま公生活の原動力となり、公生活の秩序が、引いて私生活を豊かにするといふやうな工夫努力を積むことであらう。(生活戦)

こうした公/私の一体化という理念は、「荒天吉日」内/外における青年論にも見出せる。作中の田丸は、青年らが「遅かれ早かれ、武器をとつて起ち上らねばならぬ」ことを自明視しているが、『力としての文化　若き人々へ』(河出書房、一九四三)でも岸田は、「日本の青年の矜り」を「世界に比類なき歴史の上に立つて、次の歴史を更に新しく書きつぐべき最も若々しい力としての矜り」だとした上で、次のように述べている。

更に、青年の一番大きい特権は、男子にあつては、国の護りとして、陛下のお召に応じ得る年齢がそこにあるといふことは、女子にあつては、同じく、国の実を挙ぐべき妙齢と称せられる婚期が、もはや含まれてゐるといふことです。

兵士／母という役割を「青年の一番大きい特権」と位置づけるタイプの青年論は、同時代にあっては珍しいものではなく、むしろ主流である。[*13] 重要なのは、この時期に岸田もそうした青年論を小説内／外で書いていたことで、それは「青年の夢は、もとより国家の理想につながらなければならぬ」（『力としての文化』前掲）という一句に集約される。

このように、戦時下末期の岸田の発言は、小説内／外で同時代の大きな声に重なっていく。[*14]「地方文学の曙光」（『文芸春秋』一九四四・一〇）における、「あるがま、の地方生活のなかに、偉大な民族の悲劇的性格を発見し、周囲の苦悩とはるかな光明とを見つめる厳粛な眼ざしに接することは、近頃の最も大きな感動のひとつ」だという発言もその一例だろうし、「荒天吉日」では田丸の次のような戦局認識として語られる。

なるほど、この戦さは楽々と勝てぬ戦さだと、彼はしみじみ思ふ。そして、さう思ふしりから、いやいや、この戦さは、楽々と勝つてはならぬ戦さだ、と、思ひ直す。／神慮による国民の試煉、といふ言葉が、ふと胸に浮ぶ。／戦ひの惨苦は、第一線にのみあるのではない。国を挙つての悩みは、いつ、どういふ形で示されるかわからぬが、たとへ局部的にもせよ、戦線の後退、敵の凱歌は、全国民の腸を断ちつつある。〔略〕それもこれも、思へばみな、因つて来るところがあり、神は厳かに、われら国民に向つて、ひとつひとつの反省を求められ、しかも、決して、好い加減なところでお赦しにはならぬのである。（霹靂）

こうした「荒天吉日」を貫く歴史（の進行）との切り結びの規則から考えれば、田丸浩平と隣家の未亡人・矢代初瀬との再婚問題が、初瀬の母が体現する「家」の論理によって頓挫するのは必至である。しかもそれは、当事者や田丸の娘二人の間では既成事実のように整えられた上で、田丸の心情変化にさえも不可解さを残すような強引な仕方で、突如として破綻を迎える。その後で、田丸は初瀬に「その後いろいろ考へてみたんですが、お義母さんのおつしやることは、理窟や感情を超越したもので、あれはお義母さんのご意見といふよりも、日本の家の至上命令みたいなもんだと思ふんです」と説明するのだが、その背後には「僕は、今度の問題を、戦争に結びつけて考へる」という、個よりも公を重視する発想が、戦争（戦時下）という文脈と切り結びながら導入されていく。つづく田丸の言葉は、再婚を予定していた初瀬への言葉とも思えない程に、国家の論理が前景化していく。

「〔略〕国民はいつたい国家の至上命令といふものを、はつきり腹の底で感じてゐるかどうかと思ふんです。絶対的なものに従ふ習慣を、われわれは実に失つてゐる。第一、何がその絶対的なものかといふ、そこのところで、もう、われわれはじめ大部分のものが、いい加減なものの考へ方しかできなくなつてゐるんです。これぢやまともな戦争はできません」（荒天なんぞ悪日とのみ云はんや）

ここに至って、岸田が「まへがき」で述べていた「国民が知らなければならぬことを十分に腹に入れさせること」という「現在の小説」に課せられた「役目」の内実ははっきりする。ところが、つづく田丸の台詞を読み進めていくと、事態は複雑な様相をみせ始める。

「戦争はたしかに嵐だ。人類の頭上にくだる狂暴な災厄といふ意味にもなりますが、それより、民族の一切の力の覚醒を促すといふ意味に於てもです。〔略〕国民一人一人の苦難は、戦ひをひたすら戦ひながら、一方、私の生活を自ら営まなければならないところにある。嵐の試煉は、その私の生活のうへに先づ加へられます。お互に、戦争とはかういふものだといふことを、私の生活を通じて、心底から体得したわけです。さうでせ

う?」（荒天なんぞ悪日とのみ云はんや）

確かに右の引用部でも「民族」「国民」といった回路を通して「戦ひ」は積極的に肯定されていくのだが、一つ前の引用に比べれば、「私の生活」という個人の営みが尊重されているようにも解釈可能で、ここにも岸田特有の両義性が垣間みえている。そこで、本稿では「荒天吉日」をジャッジする尺度を、若き日の岸田國士に求めてみることにしよう。

かつて岸田國士は、文字通り「新聞小説」（『文学時代』一九三一・一〇）と題した一文で、「書くに就いては形式の上から云つても内容の上から云つても、自分が満足するだけでなく、非常に広い範囲にわたる読者へ相当興味の持てるやうなものをといふ事は自然考へてゐます」と述べた上で、その内実について次のようなハードルを自らに課していた。

で、その形式や内容から言つて極く広い読者層に訴へるやいな小説といふのは、結局現代の社会を作家としての自分の特殊な立場から見て、それにある程度の批判を加へたものでなければならない。

「ある程度の批判」という観点からみれば、ついに「荒天吉日」は、若き日の岸田が思い描いた理想の新聞小説たり得なかったといわざるを得ないだろう。ただし、本稿の興味は、そのような「荒天吉日」が戦後になって公刊されたという、さらなる展開にこそある。

4

岸田國士がアジア・太平洋戦争末期に書いた「荒天吉日」という長編小説は、同時代の大きな声に対して批評的な距離をもつことはなかった。戦後、作者その人もそのことを認めながらも、単行本に付した「本書出版についての覚書」には次のような文章がみられる。

小説『荒天吉日』は一応完結の形をとつてはゐるが、昭和二十年八月を界として、根本的な主題の発展がみられるであらう。作者は、この部分に於て、より困難ではあるが、一層率直に何事かを語り得ると思ふ。いづれ機会を得て「続篇」を書くつもりである。

末尾には「昭和二十年十一月」という日付も付されており、戦後に書かれた文章であることが明示されている。ここで興味深いのは、岸田が「荒天吉日」を「一応完結」だとしてその未完性を示唆し、「昭和二十年八月を界とし」た、歴史の流れに対応したモチーフの「発展」が、「続篇」を書き得るほどに膨らんでいるとした現状認識であり、作品評価である。こうした立場は、それ自体が、「昭和二十年八月を界」に大転換を遂げた文学シーンを含めた日本全体に対する「批判」たり得る。もっともそれは、戦中、大きな声に寄り添った自らの振る舞い——「戦後、再確認せらるべき性質の記録」——を、それをとりまいていた大きな声とともに戦後からの再審に晒す営みでもある。ここから伺えるのは、過去の自身の言動をなかったことにはせず、それを歴史ごと引き受けて、戦後の出発に建設的に活かしていこうとする倫理だと、さしあたりはいえる。そして、そのように口でいうことは実践に比べればいかにもたやすい。だがしかし、岸田國士は、口でいってすませることはなく、「荒天吉日」という問題含

み の小説を公刊するという実践によって、戦中の言動を自身のものとして受けとめ、総括しながら、戦後という戦中なくしてはあり得ない歴史的地平を文筆家として生きていくという難題に挑んだのだ。*15

ただし、そうした地平にとどまっては岸田國士の勇気を讃えることはできても、「荒天吉日」の潜勢力には届かない。戦後「荒天吉日」が刊行されたことの意義は、戦時下にはみえにくく、戦後はじめて、よく意味作用を果たし得る細部の存在にかかっていたはずなのだ。その核は、矢代正身をめぐるエピソードと、臼本圭方に対した田丸浩平の主張にある。

周囲との交渉を絶ち、国策美術への協力を拒みつつ自身の研究に励む矢代正身は、戦時下において〝芸術的抵抗〟にみえもする国策への非協力者として造形されている。その行く末はといえば、戦中に死を迎え、妻に託した研究も当時の水準には達し得ていない。ここからとりだせる教訓は、戦局や隣組をはじめ、周囲の社会情勢から孤絶していては、戦中、さらには戦後を生き抜いていくための〝知〟は育み得ないということである。

頑なに自己の信念を貫いた矢代正身の生き方に比してみれば、田丸浩平は職業や再婚問題への身の処し方に象徴されるように、いわば俗世にまみれ、時代に翻弄された存在といえる。にもかかわらず／それゆえ、歴史の渦中にあって当の「現実」を摑んでいた。

政治家・臼本圭方の「大東亜戦争は、道義と機械との戦ひであつて、道義は必ず機械に勝つ」という指導原理に「一種の詭弁に似た俗臭を嗅ぎつけ」、次のように論駁していく。

「お説の主旨はよくわかつたつもりですが、さういふ論理は誤解を招くばかりでなく、ほんたうに国民を納得させることはできないやうに思ふんですが、どうでせう？　つまり、道義と機械との戦ひではなく、一面、日本の道義と米英の似而非道義との戦ひであり、日本は既にこの戦ひには勝つてゐるのです。若し彼らに強大な機械力があるとすれば、われわれが用ふべきものは、その機械力を破砕するに足る霊妙な智能の働きぢやありませんか？〔略〕僕が国民の一人として、知りたくて知りたくてたまらないことは、敵の機械力、つまり物質を戦力化したものに対して、われにも亦、物質と精神とを含めたあらゆる「存在」を、より以上戦力化しつつありや否やといふことです。恐らく、それはなされつつあるでせう」（歳寒く）

ここで田丸は、「道義」（日本）／「機械」（米英）という素朴な二分法を、「道義」（日本）／「似而非道義」（米英）、「物質と精神とを含めたあらゆる「存在」」（日本）／「機械力」（米英）へと組み替えて問題を再設定している。ここでポイントとなるのは、「道義」だけでは戦争に勝てないという田丸の判断であり、その超克に必要なものこそ、田丸がそれと語れなかった「物質と精神とを含めたあらゆる「存在」」の内実に違いない。

ここで想起されるのが、精神／機械を論じて認識の齟齬を噴出させた、座談会「近代の超克」二日目の議論（『文学界』一九四三・一〇）である。「アメリカといふものは物質文明と機械文明の素晴らしい力を持つて居る」と認める津村秀夫（朝日新聞記者）は、「人間の精神は機械を造り出したが、今度はそれに食はれ出した。そこで機械文明に人間生活が食はれないやうにこれを統御せねばならぬ。より高い文化の理念が必要になつて来る」と論じて、「荒天吉日」でいうところの、「道義」（日本）／「機械」（米英）といった二分法がもはや成立しないという認識に立ち、田丸に近しい立場で「高い文化の理念」の構築を目指していく。このテーマに関する議論は次のように展開され、平行線をたどる。

津村〈秀夫〉　機械文明は絶対に避けることは出来ないが、逆手を取つて、それをこつちから使ひこなさなければならん。

河上〈徹太郎〉　然し僕にいはせれば、機械文明といふのは超克の対象になり得ない。精神が超克する対象には機械文明はない。精神にとつては機械は眼中にないですね。

小林〈秀雄〉 それは賛成だ。魂は機械が嫌ひだから。嫌ひだからそれを相手に戦ふといふことはない。
河上 相手に取つて不足なんだよ。
林〈房雄〉 機械といふのは家来だと思ふ。家来以上にしてはいかんと考へる。
下村〈寅太郎〉 それで済まないと思ふ。機械も精神が作つたものである。機械を造つた精神を問題にせねばならぬ。
小林 機械は精神が造つたけれども、精神は精神だ。
下村 機械を作つた精神、その精神を問題にせねばならぬといふのです。
小林 機械的精神といふものはないですね。精神は機械を造つたかも知れんが、機械を造つた精神は精神ですよ。それは芸術を作つた精神と同じものである。
下村 機械を造つた精神そのものの性格が問題ですよ。これは新らしい精神の性格である。この精神は近代の吾々の中に実際に事実として生きて居るから、それを単に嫌ひだと言ふだけでは問題を避けて居るにすぎない。これは単に魂だとか、覚悟だけでは済まないと思ふ。さういふ魂は謂はゞ古風な精神で、勿論そのやうな精神は我々の底に必要であるが、しかし近代の超克といふ問題には機械を作つた精神と同様にこのやうな単に古風な精神の超克も問題になると思ふ。*16

「荒天吉日」における「道義」を右にいう「精神」と重ねてみれば、臼本圭方に近しい河上・小林・林と、田丸に近しい津村・下村の対立図式が描ける。ここで要をなしているのは「機械」という概念（の内実）であり、その裏返しとしての「精神」である。右の座談会では臼本型の議論が優勢となっていくが、「荒天吉日」でも臼本の議論は（直感的に）国民に受け容れられ、逆に田丸の議論は諌められてしまう。なぜか。それを解く鍵は、田丸が臼本の議論へ差し向けた痛烈な言葉、「忌憚なく云へば、先生の論法は、戦争の現実を直視する冷静さと勇気とを欠いた論法だからです。」に隠されている。「道義」にしろ「精神」にしろ、具体的な内実を欠いた概念が、それゆえ戦時下という文脈の中で大きな意味作用を果たし、そのことで「現実」はみえにくくされているのだ。逆にいえば、戦時下という文脈が消失し、「道義」・「精神」といった単語を覆っていた魔力が落ちた戦後になれば、臼本の、河上・小林・林らの議論は、その無惨なまでに空疎な様を露呈するだろう。

そうではあっても、田丸は戦時下において隣組を支え、青年に〝郷土理想化〟を語り、移動演劇を広め、戦勝を期していた。そうした歴史の渦にもまれる中で、そのことによってのみ、田丸は「戦争の現実を直視する冷静さと勇気」という〝知〟を育み得たのだ。さらにいえば、こうした田丸の身の処し方は「荒天吉日」の作者のそれとも重なる。そうであれば、戦時下に書かれ・発表された「荒天吉日」には、時限装置よろしく「根本的な主題の発展」が秘められていたのであり、その意義を「昭和二十年八月を界」とする戦後に身を賭して問いかけるため、岸田は「荒天吉日」刊行に踏み切ったのではなかったか。

翻ってみれば、こうした岸田の態度は、「荒天吉日」においても田丸に託すように書きこまれていたはずだ。曰く、「決意とは口で言ふことではない。身を以て行ふことである」。戦中／戦後と歴史的文脈を異にしても、こうした岸田のスタンスは一貫している。ここにこそ、「昭和二十年八月」をまたいだ「荒天吉日」（刊行）という長編小説の意義が見出せるはずだ。

註

＊1　今村忠純「後記」（『岸田國士全集15』岩波書店、一九九一）参照

＊2　中日新聞社史編さん委員会編『中日新聞三十年史　創業八五年の記録』（中日新聞社、一九七二）

＊3　「岸田國士は、生涯、私小説を書かなかったし、身辺のことを題材にしたエッセイも、ほんの数えるほどしかない」という古山高麗雄『岸田國士と私』（新潮社、一九七六）の指摘があるように、「荒天吉日」はその意味でも特異なポジションをもつ岸田作品である。

＊4　今村忠純「岸田國士の戦時下――『生活と文化』と「荒天吉日」と――」（『日本近代文学』一九七六・一〇）
＊5　注＊4に同じ
＊6　渡邊一民『岸田國士論』（岩波書店、一九八二）
＊7　安田武『定本戦争文学論』（第三文明社、一九七七）
＊8　北村日出夫「敗戦の《跨ぎ方》――岸田國士の一九四〇年頃の言説分析――」（『評論・社会科学』二〇〇一・一二）
＊9　注＊3に同じ
＊10　この時期の死の文学的表象については、若松伸哉「戦時下における〈個〉の領域――太宰治「散華」論」（斎藤理生・松本和也編『新世紀　太宰治』双文社出版、二〇〇九）参照。
＊11　宮岸泰治「太平洋戦争下の劇作と今日」（『テアトロ』一九七三・八）
＊12　原千代海「岸田國士は便乗作家か――「かへらじと」について＝宮岸泰治氏へ」（『テアトロ』一九七三・一〇）
＊13　一例として、特集「青年と現実」（『中央公論』一九四一・二）参照。
＊14　ここでは、対米英戦開戦後の一二月八日をめぐる言説に対して、河上徹太郎が「新しき歴史の心――文芸時評――」（『文学界』一九四三・二）で、「一億国民のしかも同音の大合唱」の中で「一と声際立つた独唱の歌声なんて聴える筈のものではない」と語った状況を念頭に置いている。拙論「小説表象としての〝十二月八日〟――太宰治「十二月八日」論――」（『日本文学』二〇〇四・九）も参照。
＊15　例えば、戦後の『日本人とは何か』（養徳社、一九四八）なども、こうした戦中／戦後の岸田のスタンスをふまえて検討すべきテクストであるだろう。
＊16　引用は、河上徹太郎・竹内好他『近代の超克』（冨山房、一九七九）に拠る。
＊　岸田國士テキストは、『岸田國士全集』（岩波書店、一九八九～一九九二）に拠った。

岸田國士をめぐる実験――ケラリーノ・サンドロヴィッチの場合

嶋田直哉

1　はじめに―岸田國士の「化学反応」

ケラリーノ・サンドロヴィッチ（以下ケラ）「犬は鎖につなぐべからず　岸田國士一幕劇コレクション」（以下ケラ版）（青山円形劇場、二〇〇七・五・一〇～六・三）はその題名通り岸田國士の一幕劇を中心にコラージュした作品である。ケラといえば作品中にナンセンスな笑いを随所に散りばめ、狂気や性、そして暴力といった主題を不条理ともいえる物語展開によって描くことを得意とする劇作家だ。物語構造は過去、現在、未来といった時間軸を大胆に横断し、時には主人公ばかりでなく他の登場人物たちを多元的に焦点化しながら、一つの事件を全く異なる複数の視点から描き出すなど複雑な構成の作品が多い。[*1] このようなケラの作劇法は例えば渡邊一民が「紙風船」を例に指摘する「何ひとつついわゆる事件らしい事件はない」[*2] といった岸田作品の特長が引き出される演出とは大きくかけ離れているようにみえる。しかしケラもまた岸田作品について宮沢章夫、別役実、岩松了といった現代の劇作家との共通性を確認しながら、[*3]「何かが劇的に変わるわけでもなく、心の中で何かがちょっと動いたところで終わる」ような「日常におけるリアリティを感じさせる」作品であることを十分に理解し、[*4] さらに「コラージュをする場合は、やはり、原作の面白さを生かしつつ、組み合わさったがゆえに生まれてくるもの」、言い換えればそうした「化学反応を、岸田さんのホンなら起こせるんじゃないかなと思った」（P177）と語っている。つまりこれまでのケラ作品とはほど遠い「劇的」なものが決定的に欠落している岸田作品を「日常的」という言葉によって肯定的に捉えつつ、彼はまさにその「事件らしい事件はない」ことを起点とし、コラージュという方法で岸田國士の一幕物から「化学反応」を起こそうとしているのだ。

このようなケラの方向性を理解した上で、最初に確認しておきたいのは岸田作品の特に一幕物のコラージュ、あるいは実験的な連続上演はこれまでも繰り返し行なわれてきたという事実だ。コラージュの代表例ではケラも言及している成瀬巳喜男監督（水木洋子脚本）「驟雨」（東宝、一九六五・一）を挙げることができるだろう。この映画は「紙風船」「驟雨」「ぶらんこ」「屋上庭園」「隣の花」「犬は鎖に繋ぐべからず」「かんしゃく玉」などを織り交ぜながら並木良太郎（佐野周二）と妻文子（原節子）を中心に夫婦の倦怠期を淡々と描いた作品である。東京の郊外の新興住宅地を舞台とし、その広がりの中で作品を接続させていく点などケラ版との共通点も多い。また連続上演では「屋上庭園」「動員挿話」の同時上演（新国立劇場　二〇〇五・一〇・三一～一一・一六、再演二〇〇八・二・二六～三・九）が記憶に新しい。この上演では「屋上庭園」の並木（山路和弘）とその妻（神野三鈴）、三輪（小林隆）とその妻（七瀬なつみ）のキャスティングがそのまま「動員挿話」の宇治少佐（山路和弘）と少佐夫人鈴子（神野三鈴）、馬丁友吉（小林隆）と友吉妻数代（七瀬なつみ）にスライドされている。それぞれ主題の全く異なる二作品における二組の夫婦が同一の役者によって演じられることで多くの岸田作品の基調となる夫婦関係というシンプルな物語構造が前景化してくる意欲的な上演であったといえるだろう。

岸田作品をめぐるこのような実験の成果を確認した上で、それではケラは岸田國士の一幕物のどのような点に注目してコラージュしたのだろうか。本論で考察したいのはケラが試みる「化学反応」の過程で浮上してくる岸田作品の物語構造とその特質である。

2　岸田作品の物語構造――〈点〉と〈線〉

ケラ版で採り上げられる岸田の一幕物は以下の八作品である。発表年代順に並べてみよう。丸数字は後述するようにケラがそれぞれの作品に断片化を施した場面である。

「ぶらんこ」（『演劇新潮』一九二五・四）
「紙風船」（『文藝春秋』一九二五・五）①〜②
「驟雨」（『文藝春秋』一九二六・一二）①〜②
「屋上庭園」（『演劇新潮』一九二六・一二）①〜②
「隣の花」（『文芸倶楽部』一九二八・四）①〜④
「犬は鎖に繋ぐべからず」（『中央公論』一九三〇・六）①〜④
「ここに弟あり」（『文藝春秋』一九三一・一）①〜③
「カライ博士の臨終」（『世界』一九五一・一）

一見して分かるように「カライ博士の臨終」を除けば多くは大正末〜昭和初年代の代表作品に集中していることがわかる。ケラはこれら八作品を計二〇の場面に断片化し、「岸田國士の原作を大きく変えず、ある町内のそこかしこで繰り広げられる人間模様としてまとめ上げ」[*5]ようとしているのだ。ケラ版においてこの二〇の断片は以下のように二幕に分けて配置されている。

第一幕　犬は鎖に繋ぐべからず①／隣の花①／☆／驟雨①／★／ここに弟あり①／屋上庭園①／ここに弟あり②／カライ博士の臨終／ここに弟あり③／☆／屋上庭園②／隣の花②／屋上庭園③／☆／隣の花③／★／犬は鎖に繋ぐべからず②／驟雨②／☆

第二幕　（驟雨②）／★／隣の花④／☆／犬は鎖に繋ぐべからず③／紙風船①／ぶらんこ／犬は鎖に繋ぐべからず④／紙風船②☆

第二幕冒頭「驟雨②」は幕間の休憩時間をはさみながらも、第一幕の末尾と第二幕がスムーズに接続されるために挿入された場面である。続いて始まる★の箇所では井手茂太（イデビアン・クルー主宰）振付のダンスが展開され、役者のダンスと共に大幅に舞台装置が入れ替わり、また☆の箇所では暗転して岸田國士の作品名と配役クレジットがスクリーンに投影される。ケラはこの作品があくまで岸田作品の断片の集積であることを時に過剰に、時に衒学的に強調しながら、しかし同時にある一つの統合のとれた物語として再構成していくのだ。そしてこの断片化と統合という相反する志向がケラ版において共存可能となるのは、ケラがこれら岸田作品における一幕物の物語構造を以下の二点に集約させて展開させたからに他ならない。

一点目は「犬は鎖に繋ぐべからず①〜④」[*6]を中心に展開することで物語の空間的及び時間的な広がりが獲得される点である。例えばケラ版の冒頭、隣家の黒林家の女中芳澤（安澤千草）が今里家の飼犬ペスが黒林家の女主人朋子（松永玲子）の「ボツボツの模様のついた」（P11）靴をくわえて行ったという苦情を言いに来る場面がある。これを発端として今里家の主人である今里念吉（大河内浩）と息子甲吉（植木夏十）の二人がその靴を町中探しまわるプロットが展開されることになるが、以後彼らは断片化された各物語に突然登場し、それらがいずれもある町内の出来事であることを明示する機能を果たしていく。それと同時に今里親子がペスのくわえて行った靴を探し出すという目的によって展開されるプロットはケラ版全体の時間的経過を示すことになり、最終的には第二幕「犬は鎖に繋ぐべからず④」で開かれる町内会議で多くの住民が今里家への不満を語り、「どんな犬でも鎖に繋ぐことは絶対に不賛成」（P160）という議案が成立することでその到着点を見出すことになる。つまりケラ版は「犬は鎖に繋ぐべからず」を第一幕と第二幕に等分に配置し物語の中軸となる「縦のライン」（P178）を強調し、さらに断片化された物語の随所に今里親子を登場させることで常に物語構造の空間的及び時間的な骨格を明示しているのだ。付言すれば岸田は多幕物を書くようになってからもそれらのほとんどは「一家」の範囲で劇世界が完結されており、それと比してみるとき「犬は鎖に繋ぐべからず」は「町内」という狭いながらも社会を舞台とした岸田の例外的な作品の一つである。それゆえ「犬は鎖に繋ぐべからず」を中軸に据えてコラージュをするという発想は岸田作品全体をふまえてみるとき、至極妥当な構成方法といえるだろう。

二点目は「犬は鎖に繋ぐべからず」によって獲得された空間を利用して各作品の登場人物たちに接点を持たせ、物語世界が人物の関係性によって、ケラの言に倣うならば「横のライン」を拡張していく点である。例えば先述した「犬は鎖に繋ぐべからず」に登場する黒林家の女中芳澤は、そのまま「驟雨」の女中であり、その黒林家は同時に「ここに弟あり」の洪次郎（萩原聖人）と紅子（長田奈麻）が住む長屋の大家であるという具合だ。また劇中に繰り返し流れるピアノの音は「隣の花」の雛子（新谷真弓）が練習をしているという設定で、その音は「犬は鎖に繋ぐべからず」「驟雨」「ここに弟あり」の場面でも聞こえることからも、それらの物語の展開する空間が極めて限られた範囲であることが理解できる。さらには「屋上庭園①」で並木（植本潤）と三輪（大河内浩）がデパートの屋上から目撃する交通事故（P51）を「隣の花」で一緒に活動小屋に出かけた久慈（みのすけ）と雛子も目撃していること（P143）などケラは全くの独創で物語世界を拡大し、あるいは存在しない設定を数多く盛り込むことで「ある町内のそこかしこで繰り広げられる人間模様」が描かれる空間を広げていく。つまり登場人物を単に各作品中の〈点〉としてではなく、作品同士を結びつける〈線〉として描くことで「ある町内」における物語世界の空間が人間関係を基調として獲得されていくのだ。

これら二点のうちケラが特に重視したのは後者の作品同士を〈点〉から〈線〉へと結びつけてゆく方法だ。それが特徴的に表現されるのはケラ版でもクライマックスとなる第二幕の後半、「隣の花」「紙風船」「ぶらんこ」「ここに弟あり」が接続されていく場面である。「隣の花」の夫婦、久慈と文子（緒川たまき）がそのまま「紙風船」の夫婦となり、二人は空想の鎌倉旅行を始める。その中で二人が「ここに弟あり」の洪次郎と紅子を話題にしていると、舞台にはその二人が登場し、そのまま「ぶらんこ」の物語が始まる。つまりケラ版における「ぶらんこ」はあくまで「紙風船」における久慈と文子の会話を視覚化したもので、後述するように舞台奥にはこの二人が位置し、途中からは文子が舞台に登場したり、また久慈も背後から二人に対して発言をするなど、物語の水準差を自在に超えることで物語進行に注釈を加えていくという、いわばメタ演劇の構成になっているのだ。

確かに岸田作品では単に夫婦の会話として描かれていた「紙風船」が、ケラ版では「隣の花」の物語を経た夫婦としてその関係にふくらみが出ると同時に、「ぶらんこ」に「ここに弟あり」の設定を重ねることで四作品の夫婦及び男女の関係が重ねられ、それらが一挙に描かれる点はケラ版の中でも最も独創的な場面であるに違いない。しかしここで注目したいのはこのようなケラの確かな手腕よりも、むしろこのような構成を可能にする岸田作品の基本的な物語構造だ。一見すると強引なコラージュがなぜ可能になるのかといえば、それはこれら四作品、さらには他の「驟雨」「屋上庭園」を加えた六作品がいずれも若干の相違はあれ概ね「東京（郊外）・サラリーマン夫婦・日常」を描いたという共通項を持つからである。[*7] 特に「屋上庭園」は当時の都会人の貧富を描いており、共通項の時代背景を具体的に説明する上で重要な機能を担っているだろう。[*8] つまりケラは「犬は鎖で繋ぐべからず」を「縦のライン」に据え、隣近所といった狭いながらも世間という社会に「横のライン」を拡張し、その中にこれら六作品を先述した共通項によって接続することで〈点〉として存在していた登場人物たちに〈線〉の関係性を加え、さらに時代背景の注釈を施しながらケラ版における物語世界を再構成していったと考えられるのだ。[*9]

3　岸田作品との乖離――「隣の花」を中心に

このように岸田の一幕物の代表作の基本的な物語構造を明らかにし、それを〈点〉から〈線〉への関係性によって展開していったケラ版は十分に岸田の作品論たり得ていると考えられるのだが、しかし問題はこのような達成がありながらもケラ版は先述した第二幕後半から次第に岸田作品と乖離し、やがて主題論的には正反対の結末を迎えてしまうという事態だ。その様子を前述したケラ版の中心的な〈線〉となる「隣の花」について岸田のテクストとケラ版の演出を比較しながら検証してみよう。

岸田國士「隣の花」は全三場からなる作品である。第一場はある日の早朝、隣同士に住む目木・久慈両家の主人が庭先の竹垣越しにそれぞれの結婚生活への不満を語る場面から始まる。彼らはお互いに自分の妻への不満と相手の妻を褒め合うのだが、それはどこにでもあるような「日常」的な会話だ。やがて久慈が妻の文子に呼ばれ、交替するように文子が庭先に登場し目木との会話が始まる。目木は久慈に語るのと同様に妻雛子への不満を語り始めるが、それはいつしか自身を「女の力になり得る男だと信じてゐます。」[*10]と語り、「奥さん。僕を信じて下さいますか。」「奥さんのお返事次第で、今すぐにでも、あいつを追ひ出して見せます。」[*11]というように文子へのほのかな欲望を感じさせる言葉へと変質していく。第二場は同日の夕方、この第一場を反転／反復した内容だ。夫たちの会話で始まった第一場とは対照的に妻たち—雛子と文子の庭先の会話から始まる。彼女たちは夫たちの会話を反復／反転するように、自分の夫への不満を語り、相手の夫を褒め合う。そして後半は文子と交替するように会社から帰宅した久慈が庭先に登場し雛子との会話が始まる。久慈は文子の年齢を引き合いに出し、彼女の容貌を貶しながら、雛子に「あなたは、近代女性のあらゆる素質を備へておいでになる。(中略)僕は、さういふ女から、思う存分苦しめられて見たいのです。」[*12]と語りかける。この場面の設定は物語構造的には第一場の目木と文子の会話の反復でありながら、しかしその言葉には目木以上に雛子への欲望が明示されている。そして第三場は数日後の日曜日の昼下がりに目木家と久慈家の両夫婦が一緒に活動写真を見に行くために、妻たちが身支度する場面から始まる。その間に夫たちは縁先や庭から竹垣越しに会話を交わしている。が、久慈家では支度途中で文子がどうしても気乗りがしなくなり、また目木家では妻雛子の勝手な言いつけに目木が次第に腹を立て、活動小屋へ行く気をなくしてしまう。そして最終的には目木家に詫びを言いに来た久慈と雛子が一緒に活動小屋に出かけるという結末になる。岸田

のト書きには久慈と一緒に出かけるようになった雛子を「雛子は、夫の存在を忘れたる如く、もう一度鏡に向ひ、髪をなほし、あたふたと玄関の方へ走り去る。」[*13]と彼女の浮き立つ様子が明確に記されているが、それとは対照的にそれぞれの家に残された文子と目木については以下のように記されている。

文子は、これも落ちつかぬらしく、隣家の方に気を配りながら、縁側の方に歩み寄る。小首を傾ける。流石に、庭へ出て見る勇気はなく、またもとの座に帰る。

目木は、いよいよ辛抱ができなくなり、それでも、はやる心を押鎮める形でひそかに、隣家の垣根に近づいて行く。[*14]

久慈と雛子との関係が強調されるのとは対照的に、残された目木と文子の関係は至って曖昧だ。そして両者に共通するのはそれぞれの関係のその後については一切記されず、ただその余韻だけがさりげなく残されるに過ぎないということだ。つまり「隣の花」は物語構造の側面から考えてみれば第一場と第二場で反転／反復した場面設定の中で二組の夫婦の間で交錯する欲望のまなざしを対照的な強度で描き、第三場において両家を等分に描くことで非常にバランスのとれたテクストになっているのだが、物語内容の側面から考えてみた場合、本来ならば描かれるべき方向性が備えられていながら、両者の関係性がそれぞれの強度を保ちつつ、その顚末については余韻だけが残されるといった至って曖昧な状態にあるのだ。

ケラはこの「隣の花」で以下の二点について注目している。まず一点目はこの二組の夫婦間で交わされる関係性―欲望のまなざしの交差だ。ケラがそれに重点を置いていることは「隣の花」が実際には全三場であるにもかかわらず、第二場を分割し、雛子と久慈の関係性をより前面に出した「隣の花③」が独立して存在することからも理解できるだろう。そしてそのことがさらに明瞭に理解できるのはケラ版第二幕冒頭に配置された「隣の花④」であ

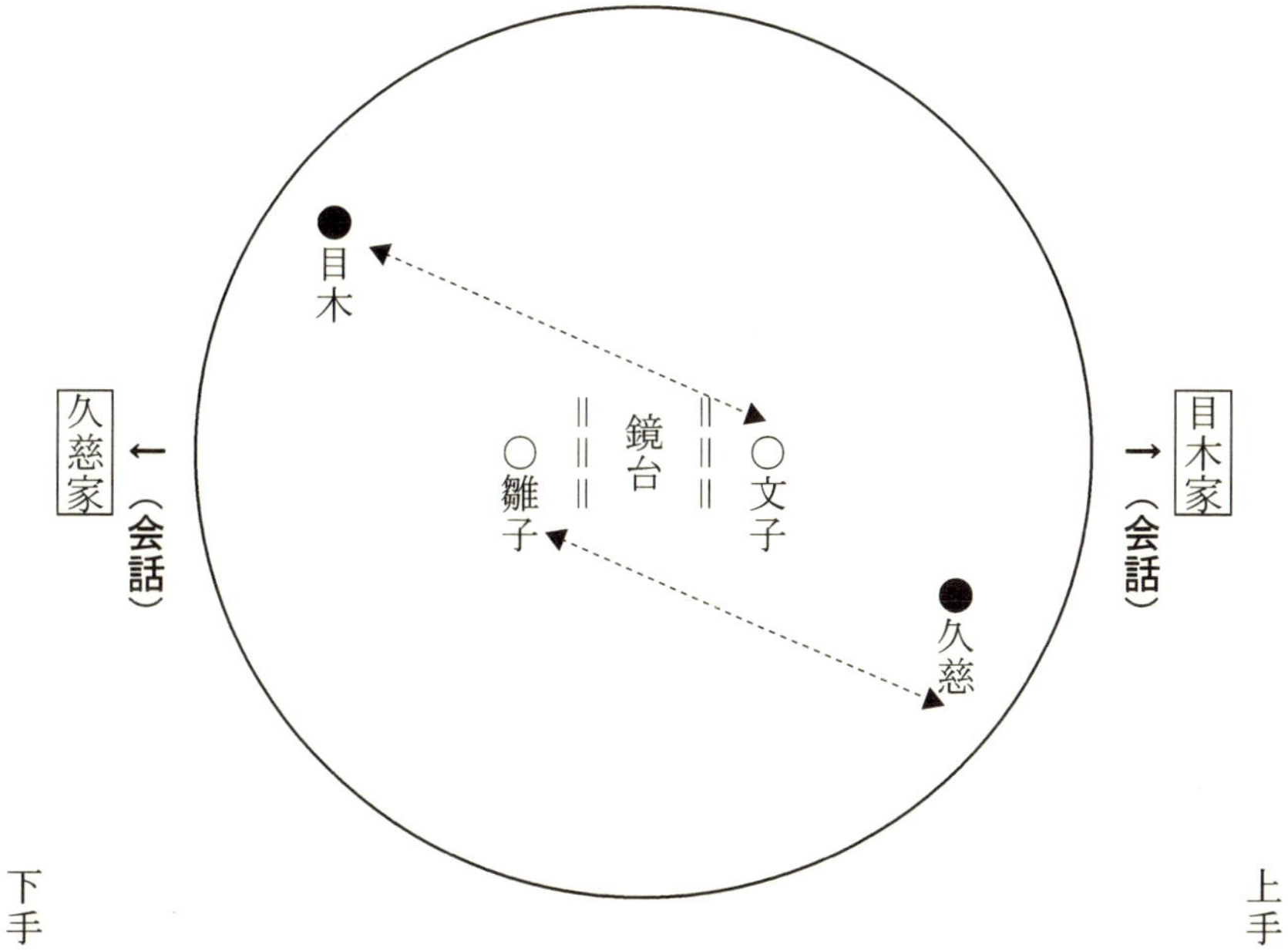

▲図A　「隣の花④」舞台構成
ケラのト書き「一八〇度対称」（P119）が視覚化された舞台装置となっている。登場人物たちのまなざしの方向に注目したい。

る。その冒頭には「明かりが入ると、再び『驟雨②』のラストシーン。ただし人物の配置は第一幕の終わりとはちょうど一八〇度対称の位置になっている。」（P119）とト書きで人物配置の説明が記されている。この「驟雨」の幕切れに続いて始まる「隣の花④」は「隣の花①～③」の舞台装置が両家の庭の境界である竹垣をはさんでいたのとは異なり、この「一八〇度対称」の指示に対応するかのように舞台も**図A**のように配置されている。二つの家を仕切る竹垣は舞台の上手と下手に想定され、それぞれの家で身支度をしている文子と雛子が向き合うという「一八〇度対称」の舞台構成となっている。だから本来ならば舞台構成において最も離れている文子と雛子が最も接近し、逆に竹垣のそばで妻の支度を待つ久慈と目木（藤田秀世）が舞台の上手と下手で互いに背を向けて会話を交わすことになる。このような舞台構成によって確かに両家の夫婦のあり方が鏡像のように描かれ、等分に描こうとする岸田作品の物語構造をさらに強調しているといえるのだが、それ以上に注目したいのはそれぞれの人物の実態的なまなざしだ。ケラの舞台装置の場合、目木と久慈が背中合わせになりながらも、それぞれ鏡台に向かう自分の妻越しに隣の妻を、また雛子と文子もまた鏡台の向こうに相手の夫を見ることになる。確かに岸田作品の第三幕では目木と文子、久慈と雛子の関係が二人の家越しの会話でほのかに示され、前述したように幕切れで対照的に描かれてはいるが、ケラ版ではその冒頭から両者の関係が実態的なまなざしとして明確に示されることになるのだ。つまりケラは「隣の花」第三場における欲望のまなざしの在処—岸田作品では直接的に描かれることなく潜在化していた欲望のまなざしを、会話だけではなく実態的に登場人物を向き合わせることで顕在化させていくのだ。このようなケラの演出は「隣の花」の行間に潜む欲望のまなざしを浮上させた演出として一応は評価することができるだろう。

このような成果とともに注目したいのは「隣の花」の結末である。これがケラが「隣の花」で注目した二点目にあたる。岸田が物語内容の余韻という状態で結末をむかえているのとは対照的に、ケラは両者の関係について岸田作品の範疇を越えて解説を加えていくのだ。例えば久慈と雛子の関係は「犬は鎖に繋ぐべからず④」で展開される町内会議で目木が愚痴っぽく「ゆうべだって隣の亭主と活動写真に出かけて帰ってきたのは朝、今もグウグウ眠っています。」(P160)と語り、さらに「紙風船①」では当の久慈が「ゆうべ遅くなったのは雛子さんが……(言い直して)隣の細君が、」(P142)と文子に言い訳をしようとしている。つまりケラが独立させた「隣の花③」の伏線を生かし、久慈と雛子の関係性が岸田作品以上にその後が具体的に記されているのだ。また目木と文子の関係は先述したように岸田作品には曖昧な形でしか記されないのだが、ケラのト書きは先に引用した岸田の文章に続けて「目木と文子の距離が近づき、二人、見つめ合ったような—。(改行)溶暗。」(P129)とあり、そのまま暗転して「隣の花」の配役クレジットがスクリーンに投影される構成になっている。実際の舞台では残された目木と文子を青山円形劇場特有の舞台装置である盆の上にのせ、二人をそれぞれ空間的に「一八〇度対称」に回転させることで両家の境界である竹垣を越えて、至近距離で見つめ合わせて暗転という演出がなされていた。つまり岸田が「落ちつかぬらしく」や「ひそかに」という言葉を用いながら残された二人の心情の機微をさりげなく表現するのとは対照的に、ケラは目木と文子が抱く相手への心情を空間的な操作によって明示しようとするのだ。[*15]

このように岸田國士が「隣の花」の結末を曖昧に描いたのとは対照的に、ケラはテクストに潜在化した登場人物たちの欲望のまなざしを巧みな舞台装置によって顕在化させ、両者のそれぞれの関係について岸田作品の物語内容から推して最も妥当と思われる結末をわかりやすい形で示したといえるだろう。

4　岸田國士をめぐる実験——岸田國士の「計算」

そして「隣の花」をめぐるこのような対照的ともいえる着地点の違いが、ケラ版と岸田作品の乖離を決定的なものにしていく。その様子を第二幕終盤にさしかかる「ぶらんこ」「紙風船②」から確認してみよう。先述したようにケラ版の「ぶらんこ」は「紙風船」に挿入され、「ここに弟あり」の設定を下敷きにして「隣の花」の久慈と文子が背後で見守りながら展開していく幾重にも作品が交差する複雑な構成を持った場面である。はじめは紅子と洪次郎の二人で物語は進行するが、紅子は洪次郎の夢の話に全く興味を示さないばかりか、「じゃあその先は今夜ね……もう急がないと。」（P152）と言い残し舞台から去ってしまう。洪次郎だけ残された舞台を前にして久慈は文子に「おまえ、行って聞いてやれ」（P153）と背中を押し、「紙風船」から「ぶらんこ」の物語水準に文子を強引に押し出してしまう。ト書きに「洪次郎は、あたかも紅子に対するかのように文子に接する。」（P153）とあるように物語はそのままごく自然に進行し、洪次郎の夢が語られていく。岸田作品では「もう沢山、そんな話は……。」[*16]と夫の話に嫌悪を持って拒否していた妻が次第に夫の幻想的な語り口と夢の内容に次第に引き込まれ、その様子が「（夫の肩に頭をもたせかける）」[*17]といったさりげない動作によって示されるのに対して、ケラ版では洪次郎の「聞きたくないのかい。」（P153）と言う問いかけに文子が「聞きたいわ。」（P153）と明確に応答し、彼が語る物語は始めから素直に受け入れられていくというように対照的な展開をみせる。そして以下の場面は「ぶらんこ」から「紙風船②」へと接続されるなかで、岸田作品とは決定的に対照的といえる主題が明示される場面である。

洪次郎　そうそう、覚えているかい……あの翌朝、君はすぐ、この家へ転がり込んで来たね。なんだ、こりや。（部屋じゅうを見回す）これでも、人間の住む家か……人間が愛し合う家か……。
久慈　そうさ……それでも愛し合うんだ……。
文子　（不意に洪次郎から離れ、久慈を見据える）
久慈　なんだ……どうして離れる。
文子　（ゆっくりと久慈に近づく）
久慈　愛し合うんだよそれでも。（P167）

ここで舞台進行を背後から見守っていた久慈が苛立ちを覚えながら「ぶらんこ」の物語水準へと介入し「愛し合うんだよそれでも。」と繰り返し述べるのは洪次郎が語る夢の物語内容に関してなのだが、作品全体を考えた場合、「ここに弟あり」の洪次郎と紅子をはじめとするケラ版に引用された岸田作品の登場人物たちに向けられた言葉であるともいえるだろう。それゆえ久慈のこのような介入によって「ここに弟あり」「ぶらんこ」「紙風船」、そして「隣の花」の物語水準差が次第に曖昧になっていくことになる。ケラ版が岸田作品の主題から乖離していく瞬間だ。特に幕切れ近くの以下の場面はそれが顕著である。

このあたりから、四方より各物語の登場人物が現れ、世界が混在する。

文子　あの通りになさいよ。

久慈　出来ないよ。
文子・雛子　女はつけ上がるものよ。
久慈・目木　知ってるよ。
文子　そいじゃいいわ。
久慈　……おれたちはこれで、
久慈・譲　うまくいってる方じゃないかなあ。
文子・朋子　もう少しっていうところね。
久慈・並木　俺の問題かい。
文子・甲吉　そうじゃないのよ。
念吉　なんだって？
二見　寝言よ。
芳澤　絵端書です、恒子さんから。
朋子　なに？
譲　（絵端書を読んで）「もう一度二人で新婚旅行からやり直しています。愛知県蒲郡より」。（P169）

「隣の花」「驟雨」そして「犬は鎖に繋ぐべからず」の家族も登場し、それぞれの夫婦関係や人間関係が「紙風船」の久慈と文子の会話に重ねられていく。舞台上はト書きにあるように「世界が混在」し、単に岸田作品のコラージュといった範疇を越えて、ケラ版独自の結末を迎えることになる。物語の最後に岸田作品と同様に最後に庭に転がり込んできた紙風船は文子をはじめとして各作品の登場人物の手に渡ってゆくが、その様子はあたかも各物語の断片が一つに統合されていく様子を示しているようでもある。

確かに「各物語の登場人物が現れ」、彼らが舞台上を埋め尽くす演出は一見するといかにも大団円を迎え、「驟雨」の恒子夫婦に代表されるようにそれぞれの人間関係も円満のうちに物語が閉じられた印象を受ける。しかしケラが岸田作品のコラージュによって提示した物語内容全体を振り返ってみるとき、そこにはあまりにも唐突で、そして放置された事柄が多いことに気づく。例えば先の引用には「驟雨」の恒子夫婦が「新婚旅行からやり直して」いる様子が描かれる場面は明らかにケラによる加筆によるものだが、しかしケラは恒子夫婦がどのような過程を経て関係の再生を獲得したのか、二人の間で交わされたであろうドラマを一切描くことなく、ただ一枚の絵端書によってそのことを唐突に示しているにすぎない。同様のことは先述した「隣の花」にもあてはまるだろう。前節で確認したように二組の夫婦の関係／欲望を剔抉したその後について、結局彼らはどうなったのか。先述した引用箇所からはどうやら無事にもとの夫婦関係に収まったようにも読めるのだが、それに至るドラマはやはりここでも省略されてしまっている。また「ここに弟あり」の洪次郎と紅子についても最後にお風呂へ一緒に出かけたことが示されるだけで、兄である基一郎に説得されたその後の二人については全く描かれてはいない。これらの登場人物たちはいったいどうなったのか。つまり物語内容の側面から考えてみるとき、ケラ版はあまりにも放棄された関係性が多く、本来ならば描かれるべき登場人物たちの葛藤を全て棚上げしてしまっているのだ。このようなケラの姿勢を象徴的に示しているのが先に引用した久慈の言葉―「愛し合うんだよそれでも。」であろう。引用された岸田作品の登場人物たちの人間関係を、それも至って不器用な人物たちの存在を大上段から強引なまでに収束してしまおうとするこの言葉は、登場人物の造形を何気ない会話の中から深めていく岸田作品の方向性と対極に位置すると考えていい。

確かにこのようなケラの強引さによって岸田作品のシニカルな要素がそぎ落とされ、主題的には矮小化してしまった感は否めない。しかし逆に明らかになったのは岸田作品では可能性でしかなかった夫婦再生の物語なのだが、それによって全体をまとめようとしてしまう強引な解釈までも受け入れてしまう岸田作品の物語構造が持つしなやかな強度だ。それは岸田作品の共通項を〈点〉と〈線〉で結びつけて、ケラがどのような物語世界を構築しようとも、結局は岸田が描き出すシンプルな会話が作り出す物語構造を変換することはできないという事実だ。そのことは敢えて登場人物たちのその後を語ろうとするものの、結局は彼らの葛藤を描くことができず、強引に収束せざるを得なかったケラ版の幕切れが痛々しいまでに証明しているだろう。このような岸田作品の強度をケラは以下のように語っている。

最初はあちこちバッサリ切って構成していたんだけど、やっているうちに、「はたして、切りどころはここでよかったのだろうか？」って悩むようになってきちゃって。稽古が進めば進むほど、これは切らない方がいいんじゃないかって思ってしまうんですよ。当初は気づかなかった、いろんな含みの面白さや、言葉の響きの美しさも見えてきて。そういうことを、さらっと計算していたんだなっていうことに気づいてしまう。（P177）

ケラが岸田作品をコラージュする困難さを率直に語った言葉だ。「縦のライン」と「横のライン」、〈点〉と〈線〉、そして断片化と統合という様々なコラージュの「化学反応」を経てケラが抱く岸田作品に対する「計算」という実感は確かなものだ。ここに岸田國士がその経歴のほぼ最初に提言し、以後繰り返し自身のエッセイで語った「『或こと』を言ふために芝居を書くのではない。（改行）芝居を書くために『何かしら』云ふのだ。」[*18]という言葉を重ね合わせてもいいだろう。物語内容以上に物語構造に傾注し、作品のスタイルを「計算」する岸田の姿がそこにはあるはずだ。以後ケラ自身もこのスタイルに倣うように物語構造が緻密に「計算」された作品を量産し、そのドラマツルギーを次第に変化させていったことを考えれば[*19]、八〇年以上も前にその「計算」の重要性を提言し、実践していた岸田國士の作品群はそれゆえに今現在も十分に実験の対象たりえているのであり、その過程で生まれる「化学反応」もまた現代演劇の方法論を考える上でその有効性を失ってはいないことがわかるだろう。このような視点から岸田作品を考えるとき、今後も岸田國士をめぐる実験は絶えることなく続けられるに違いなく、その成果は岸田作品のしなやかさを改めて気づかせてくれるとともに、現代演劇そのものを豊穣な世界へと導いてくれるに違いない。

註

＊1　例えば彼の代表作で今現在までに四演されている「カラフルメリイでオハヨ～いつもの軽い致命傷の朝」（初演　ザ・スズナリ　一九八八・八）は物語構造的に考えればみのすけ少年が入院している病院の物語と、認知症が始まったみのすけ老人を中心とする家族の物語といった全く次元の異なる二つの世界の交錯が作品の中心を形成している。

＊2　渡邊一民『岸田國士論』P42（岩波書店、一九八二・二）。同様の言及として越智治雄『明治大正期の劇文学』P447（塙書房、一九七一・九）がある。

＊3　なおケラが述べる岸田國士と別役実、岩松了への流れを考察した論考に湯浅雅子「現代日本演劇における純粋演劇から不条理演劇への流れの考察――岸田國士・別役実・岩松了の場合」（『日本演劇学会紀要』第三四号、一九九六）がある。

＊4　ケラリーノ・サンドロヴィッチ（インタヴュー構成＝田中里津子）「あとがきにかえて」（同『犬は鎖につなぐべからず』所収　P176　白水社、二〇〇七・一二）。なお本論におけるテクストの引用、頁数は同書による。

＊5　ケラリーノ・サンドロヴィッチ　（インタビュー＝大森いずみ）「原作戯曲をナイロン100℃本公演で上演するということ」（『犬は鎖につなぐべからず　岸田國士一幕劇コレクション』公演パンフレット所収　P3　シリーウォーク、二〇〇七・五）

＊6　ケラの公演名は「犬は鎖につなぐべからず　岸田國士一幕劇コレクション」（傍点引用者、以下同。）だが、岸田國士の作品名は「犬は鎖に繋ぐべからず」である。またケラも作品中で当該の岸田作品を指すときには「犬は鎖に繋ぐべからず」と表記している。本稿もこれらの表記に倣う。

＊7　「ここに弟あり」は同棲中の若い男女であるが、他の作品と物語構造として考えた場合、「勤め人の若夫婦」と同一の機能を果たしていると考えることができる。

＊8　また石原千秋「日曜日の妻たち―初期の岸田國士」（『演劇人』第六号　二〇〇〇・一一、同『テクストはまちがわない―小説と読者の仕事』所収　筑摩書房、二〇〇四・三）は「サラリーマン夫婦の「問題」としての日曜日を「発見した」」（P300）作品

として「紙風船」の同時代性を指摘している。

＊9　成瀬巳喜男監督「驟雨」（前出）と多くの作品が重複するのは両者がほぼ同じ視点から岸田作品を捉えたからに他ならない。

＊10　引用は『岸田國士全集』第三巻P289（岩波書店、一九九〇・五）

＊11　＊10　P290

＊12　＊10　P298

＊13　＊10　P311

＊14　＊10　P312

＊15　この場面に限らず、ケラ版では青山円形劇場の舞台機構、特に盆の回転を有効に利用することで登場人物たちの微細な表情などを多角的に観客に伝えることを可能にしている。

＊16　引用は『岸田國士全集』第一巻P169（岩波書店、一九八九・一一）

＊17　＊16　P178

＊18　岸田國士「言はでものこと」（「都新聞」一九二四・四・二〇、二二）、引用は『岸田國士全集』第十九巻P24（岩波書店、一九八九・一二）。

＊19　ケラ版上演の翌年、ケラは岸田が死去直前に演出をしていたというマクシム・ゴーリキー「どん底」の演出（シアターコクーン　二〇〇八・四・六～四・二七）を手がけることになる。それはまさしくケラ版で実感した「計算」に基づいた演出であった。詳しくは拙論「したたかな「微笑」―ケラリーノ・サンドロヴィッチ演出『どん底』を考える」（第二次『シアターアーツ』第三五号　二〇〇八・六）参照。

海外における岸田國士の戯曲

ボイド 真理子

この論考の主題は海外における劇作家岸田國士の戯曲の受容および「沢氏の二人娘」(一九三五年)を中心とした戯曲の英訳についての考察である。

1 海外における批評の概略

劇作家岸田國士について、海外の批評は多くないが、一九七〇年代から一九九〇年代中頃までに岸田國士に焦点を絞った研究書・翻訳本が三本出版された。それらは国内の岸田論を踏まえつつ、筆者たち独自の視点も加味したものである。そのいくつかの論説が海外の演劇誌やアジア研究誌に掲載されている。詳細については巻末の文献目録を参照されたい。なお、翻訳家岸田國士についての海外の批評は見当たらない。

岸田戯曲の翻訳に関しては、英訳は一九三四年の「明日は天気」に始まり七〇年代には「屋上庭園」(訳二)、八〇年代には「ブランコ」、「女人渇仰」、「驟雨」、「紙風船」、「落葉日記」、「沢氏の二人娘」、そして九〇年代には「恋愛恐怖病」、「葉桜」、「紙風船」が相次いで出版された。また、フランス語訳には「紙風船」(一九二五年)と「沢氏の二人娘」(一九五一年と一九九二年)がある。

出版予定の英訳にはM・コディ・プルトン訳「命を弄ぶ男二人」があり、これを含めると全部で一一作品扱われている。[*1] その中で「紙風船」が三回も外国語訳の対象にされており、代表作にふさわしい扱いである。

翻訳された岸田戯曲の海外公演は限られている。九〇年代にはリーズ大学（イギリス）のワークショップ・シアターにおいて当時リーズ大学講師湯浅雅子の演出で「紙風船」、「葉桜」と「恋愛恐怖病」が一九九二年に上演された。一九九四年にはアヴィニョン演劇祭で「沢氏の二人娘」がジャン・クリシチアン・ブヴィエ（Jean-Christian Bouvier）仏語訳で、メゾン・アントワーヌ・ヴィテズ座（Maison Antoine Vitez）により公演された。

また、二〇〇五年にアメリカ在住の日本人演出家エリコ・オガワ（シアター・アーツ・カンパニー主宰）がニューヨークで二回続けて上演した。初回は五月に「二十世紀初頭の日本の演劇」という企画の一部として「紙風船」をコモン・ベーシス劇場（Common Basis Theater）において上演。続いて八月に「トウキョウ・ノスタルジア―見知らぬ者と電車」と題して「命を弄ぶ男二人」、「紙風船」と「軌道」の三本をディクソン・プレイス劇場（Dixon Place Theater）で。英国とアメリカのいずれの場合でも日本人が中心になった。岸田戯曲の静けさを海外の観客に伝えるのは困難だがそれでもそれを尊重した海外上演に挑戦するのは今のところまだ日本人が多いようである。今後さらに海外で岸田戯曲が上演されることを期待する。

岸田國士についての評価は大きく二つに分かれ、批評家の価値観による相違が色濃く表れている。

まず七〇年代に先駆的なJ・トーマス・ライマー（J. Thomas Rimer）とドナルド・キーン（Donald Keene）は戯曲を文学として扱っている。ライマーは岸田を扱った最初の英文批評書『現代演劇に向けて』（Towards a modern theatre 一九七四年）の中で岸田を「戦前の作家の第一人者」と高く評価し、キーンは岸田を『日本文学の夜明け』（Dawn to the west 一九八四年）の著書で「現代日本演劇を一人で築き上げた文豪」[*2] と絶賛する。

中でもライマーは日本の近代化が実質的には西洋化であった以上フランス文学と演劇に精通していた岸田の存在と貢献は大きいとしている。また岸田に関して通説になっているフランス劇作家兼演出家のジャック・コポー

(Jacque Copeau) よりも劇作家兼小説家のジュール・ルナール (Jules Renard 一八六四年〜一九一〇年) から大きな影響を受けているとしている。

湯浅雅子[*3]の批評的立場は九〇年代からの国内における岸田演劇の再評価の流れを汲んでいる。戦時中大政翼賛会の活動に注目されすぎ、文学的成果が軽視されてきたとする。また渡邊一民が指摘するというように、岸田は理想主義を追求し、戦争に協力するより、政治参画による改革を目指すという、異なった形のレジスタンス (alternative form of resistance) を行うつもりだったという見方をとる。湯浅の岸田批評は別役実の批評と同様に岸田作品の不条理性を強調している。その見解は湯浅翻訳・編集『岸田國士の戯曲三篇』(Kishida Kunio : Three plays 一九九四年) の解説よりも、一九九七年度『日本演劇学会紀要』所収の「現代における純演劇から不条理劇への流れ―岸田國士、別役実と岩松了」(二九九六年) の中で明確にされている。

次にデビッド・G・グッドマンとブライアン・パウエルは運動としての演劇に主眼を置く。その中でもグッドマンは岸田國士を「高潔ナ帝国主義的ユマニスト」と呼んだ詩人長光太の見解に一致しているように思える。岸田は劇作における貢献は大きいが新劇運動への貢献は限られ、芸術活動の価値より日本の軍国主義に加担したことが文化人岸田の評価を下げている。グッドマン編『岸田國士の戯曲五編』(Five plays by Kishida Kunio 一九八九年) は戯曲の翻訳を中心にしているものの、解説が充実しており、この見解の代表的なものである。グッドマンは特に阿部到、津野海太郎、佐伯隆幸の批評的傾向を受け継いでいる。パウエルには岸田のみを取り上げた批評書はないが、著作『日本の現代演劇―変化と継続の世紀』(Japan's modern theatre : A century of change and continuity 二〇〇二年) の中で数ページにわたり築地座や文学座の結成・発展に貢献した岸田の紹介をしている。パウエルは菅井幸雄、下村雅夫、尾崎宏次などの見解をともにしているように思える。

これより、創作区分、テーマ性の問題及び、岸田とコポーの関係の三点に絞って、二つの批評系即ち岸田に好意的なライマーと湯浅、批判的なグッドマンの見解を比較検討する。

創作区分においてはライマーの説が最も適切で詳しい。「演劇界の事情そして後には人間らしい価値観の抑制と戦争に向かう国家体制に応じてとった岸田の妥協の連続」[*4]が区分の決め手になっている。

まず清新な新進劇作家としての地位を確立した一九二五年の「紙風船」から代表作とされている一九二九年の「牛山ホテル」までを岸田の芸術性探求期とする。作家としての可能性を模索し、コメディを中心にしながら実験性の高い多作な時期であった。スケッチ風な一幕物や多幕物も書く一方、小劇場向けの作品のみならず、新派や新国劇の上演も視野に入れていた。巧妙にユーモアを駆使しながら多くの詩情豊かな作品を書いたとする。特に一幕物には「少々現実離れした開放された感情表現を試しているものが多い」としている。[*5]

次いで一九三〇年から一九三二年の二年間を写実期としている。初期の作品ではなかなか上演にこぎつけず、舞台化されても岸田の満足のいくようなものではなかった。日本の演劇界の実情に鑑みて上演を目指すための調整を岸田が図った時期であると。描写が現実味（reality）を帯び、冷ややかな倫理観と冷めた機知をもって社会を描いている。岸田は明白なプロットと人物を構築した作品を書き、築地座の役者の実力に見合った戯曲を提供することに努めた。

一九三二年から一九三六年を岸田の成熟期とライマーは捉えている。その理由として下記の二点を挙げている。第一に役者や観客に分かりやすい芝居、例えば「ママ先生とその夫」や「浅間山」、を書き下ろすことが自分の創作家としての資質に合わないと気付いたこと。第二に築地座の前近代的な座付き作家に自らなってしまうことを反省したこと。その結果方向転回をしたと考察している。

この五年間は演劇誌『劇作』及び築地座公演の両方のための創作において人間性の観察を深めた時期である。また築地座では才能溢れる役者友田恭介と田村秋子に恵まれ、一九三五年に「歳月」と「沢氏の二人娘」等を執筆した。

一九三六年から一九三九年は岸田が風刺に傾斜した時期とライマーは言う。社会の変貌に伴い内省的でロマン的ドラマから社会批判的な批評へ移行し、岸田は演劇による一種の浄化作用を目指した。『風俗時評』（一九三六年）を書いたころからテーマ性を意識し始めた。

一九三九年から一九四八年を空白期とし、一九四八年から岸田が亡くなる一九五四年の間に戦後作品五点があるものの、その質は戦前のものに比べると明らかに劣り、疲弊と引きこもりを感じさせると言う。

このようにライマーは劇作家岸田の時代への反応を考察することにより、その作風の変化の意義を分析している。なお人物描写も一般論ではなく基本的に個人の生き方―その思考、決断とそれに沿った行動のパターン―を大切にしていると。あまり表立った対立（conflict）がない岸田戯曲に理解を示しているが、無名な人物の人間性に関して一般論に終始しがちな一幕物より個人の行動の軌跡をたどれる多幕物を評価する。

最後にライマーはもし岸田が演劇界と政治情勢に妥協せずに劇作に励んだならば、アルフレッド・ドゥ・ミュセ（Alfred de Musset 一八一〇年〜五七年）のような感性と精密さのある劇作家になったであろうと推測する。

次に他の批評家の区分について言及する。湯浅雅子は特に創作活動の区分立てをしていない。岸田の作劇全般にわたり考察しながらも、翻訳書に選定している戯曲はすべて初期、特に一九二六年から一九二七年までの二年間の一幕物に絞られている。湯浅の場合は初期作品によって岸田の評価が決まると考えているようである。

グッドマンは岸田國士の創作活動を三期に分けている阿部到の説がもっとも的確であるとして、阿部の説を引用している。それによると一九二四年から一九二九年までが一幕物、一九二九年から一九三六年までは多幕物の時期として、戦後作品はひとまとめにしている。

グッドマンはライマーと反対に劇作家個人の時代による作風の変化にあまり重きを置いていないようである。彼は前述のように運動としての演劇に最も関心を寄せたことがうかがえる。

次はテーマ性の課題である。一九三〇年に岸田國士は〈「何か」を云ふために芝居を書くのではない。芝居を書くために「何か知ら」を云ふのだ。〉[*6]と主張した。今でも問題視される発言である。

さて、海外の批評家が岸田の発言と実際の創作との関係をどのようにとらえたか。ライマーはこの「戯曲のための戯曲」発言に直接は触れていないが、岸田が一九三〇年前後の日本の演劇を左翼系と芸術系の二項対立とみなしたと推測する。久保栄の作品のように左翼系でも芸術的価値を持ちうる可能性について岸田はコメントしていないので、判断ができないとする。

しかし岸田が『風俗時評』(一九三六年)を書いた頃から体制批判に目覚めメッセージ性を意識し始めたので、一九三〇年頃に比べると広い意味での政治と芸術を相容れないものとは見ていないのであろう。

湯浅は岸田戯曲に多くのテーマを認める―家長責任放棄(無責任と自由の取り違え)、家庭崩壊、放任主義、個人主義の始まり、階級・エリート意識、男尊女卑、物質主義など。また因習打破や国際化を望む登場人物が多いと指摘する。東西の文化や価値観の相違に翻弄されるエリートの状況を内面の葛藤として表現している。作品の構成は他者との闘争や対立の形態をとらず、登場人物は(自分自身の)感情と理性の間を揺れ動くが最後には理性的な結末が導き出されることが多くなる。また心理描写が多いとされるが、焦点が非常に絞られているため、トラウマのような深い感情の揺れは少ないと指摘する。岸田は近代化や個人主義を追求しつつ、「作品は静かで、アクションが少なく、軽ろやかでドライな味わいを醸し出している。」[*7]心理分析的描写よりも、別役実の言う写真的リアリズム―「ディテールに注目しながらも遠見で客観的な作風」[*8]―と捉えたほうが理解しやすいとする。この写真的リアリズムは伝統的な俳句、和歌や随筆に通じる文学性を共有していると湯浅は見る。ただし伝統との違いは岸田の文体には近代的な論理性が通底している点にある。やはり別役の表現を引用しているが、岸田の文体を全体の提示より部分の詳細な描写を重んじる部分的リアリズム(sectional realism)と湯浅は指摘する。映画同様、ズームインが続くと印象は強くなり、しかも全体を推測することはさほど難しくないと。部分と全体の有機的なリンク（organic link）は観客の想像力にゆだねられる。

グッドマンによると一九二五年から一九四九年までの作品群では家庭崩壊、父権喪失の一貫したテーマが確かに認められるが、阿部到の見解と同様に、国家の変貌に伴い、人々の衰退、閉塞感がテーマであったとしても、スケールが小さすぎ、歴史、社会やブルジョアの社会学的考察とは言いがたい。岸田作品は絶望よりは倦怠、史観よりは日々のセレモニーの提示に終始していると考察する。

岸田國士とジャック・コポーの関係について、ライマーは劇作においてはコポー以外のフランス演劇の影響が強いと見る。岸田がフランスに滞在していたころパリ周辺で活躍していた劇作家にはジョルジュ・クールトリーヌ、ジョルジュ・ドゥ・ポルト＝リッシュ、ポール・エルウィユー、アンリー・ルネ・ルノルマンなどもいた。しかし、岸田が最も啓発されたのはジュール・ルナールとシャルル・ヴィルドラック（Charles Vildrac 一八八二〜一九七一）であったと推測する。

岸田はパリに滞在中ルナールの「日々の糧」（Le pain de ménage 一八九八年）を翻訳した。次いで、一九三三年に小説「にんじん」（Poile de carotte 一八九四年）が翻訳出版され、そして「ルナアル日記」（Journal 一九二五年）全七巻の翻訳は一九三四年に刊行された。長い間ルナールの作品とじっくり向かい合い、その手法を学んだことがうかがえる。

ルナールについて岸田は次のように書いている。

劇作家ルナアルは、ミュッセと共に、僕に戯曲を書く希望と興味と霊感とを与へてくれた。彼に就いて何かを言はなければならないなら、僕は寧ろ黙つてゐたい。僕はあまり多く彼に傾倒し、あまり多く彼の芸術に酔つてゐる。

（中略）

彼は何よりも「魂の韻律」に敏感であった。[*9]

岸田はルナールのリズム感に富み、心理的な奥行きのある対話と間（reticence）の取り方にひかれ、特に沈黙が登場人物に与える深みに魅了されたとライマーは指摘する。

ヴィルドラックもルナールが憧憬の的であり、代表作「商船テナシティ」（一九二〇年）をコポーがヴィュ・コロンヴィエで一九二〇年に上演している。岸田がその公演を観た可能性は高い。また国内では一九三三年に劇団テアトロ・コメディによって上演されている。岸田はヴィルドラック戯曲の翻訳を試みていないが、文学座初期の公演にヴィルドラックの短い作品をいくつか取り上げている。心を揺さぶる対話で有名なこの作品は内面派または沈黙派と呼ばれるグループが浮上するきっかけとなった。この派は一九二〇年代から三〇年代に活躍し、メーテルリンクやルナールを先駆とする「深い心理をさりげない言葉で暗示する」[*10]。好んで庶民の哀歓を描き、台詞の抑揚や間、さりげない身振りを重視し、それによって心の深部をのぞかせようと試みた。

また、ライマーと同様の見解をとる湯浅もコポーの強い影響を認める。ただしその影響の範囲は主に静かな演出や裸舞台のミザンセーヌに限られている。「裸舞台で、効果的に照明が使われ、俳優の質の高い演技に集中すれば、観客は想像力が解放され、自ら表象やイルージョンを喚起」[*11]できるという意味でも前衛的な存在であったとする。

他方、グッドマンは岸田におけるコポーの影響は絶大だと考える。グッドマンは佐伯隆幸の意見と同様、岸田にとってコポーが模範（神様）であり、劇作のみならず、演劇観自体がコポーにとりつかれているようであると。コポーが反メロドラマであれば、岸田は反歌舞伎。コポーがスタニスラヴスキー、ラインハルトやクレーグを批判すれば、岸田は築地小劇場の演出家を批判。コポーが詩的言語を強調すれば岸田はそのまま、心理的リリシズムに当てはめたとする。

2 「沢氏の二人娘」の翻訳について

この作品の初出は一九三五年一月『中央公論』新年号。また同年十一月に白水社戯曲集『沢氏の二人娘・歳月』新撰劇作叢書に掲載。その後『新日本文学全集』第三巻、『風俗時評』、『現代戯曲』第二巻（全集の底本）にも掲載された。岸田が四十六歳に執筆したもので、「ルナアル日記」、『ジード全集』などフランス文学の翻訳の多い時期の作品である。

この戯曲の翻訳出版を行っているのはグッドマンのみである。ライマーは研究書の中で部分的な英訳をしているものの、全訳は残念ながら行っていない。尚、グッドマン翻訳の使用台本は『現代日本戯曲撰集』第六巻（白水社一九五五年）であり、英訳は一九八九年に出版されている。

翻訳を検討する前に作品に関する海外批評を考察する。肯定的なものと批判的なものと真二つに分かれ、ライマー系とグッドマン系の対立が目立つ。

ライマーの評価は「最も思慮深く、構成も最上」そして「社会の価値体系の変容に伴う人間疎外と苦悶」[*12]を表現しているとする。どの社会にもありうる問題を取り上げ、普遍性のあるテーマを風刺的風俗劇（satire of manners）として創り上げ、無責任と家庭崩壊、孤独と虚無感を解剖する。自由人でもありかつ家父長でもありたい男の滑稽と苦痛を描き、そこには近代化の付けを引き受けた作者自身の自嘲的な態度が垣間見られる。

戯曲の構成は秘密開示によるリズミカルな展開によって家庭破綻の結末が導き出される構成になっている。第一場では澤とらくの秘密、第二場では愛子と田所の秘密、第三場では悦子と同僚の秘密が明かされる。

孤立していく登場人物に関してライマーは次のように述べている。愛子は性格が弱い分、冷たい甲羅で身を守り独立心が旺盛。三人の中では最も親切で責任感あり。一方悦子は自己妄想型で献身的にしているつもりだが偽善者。秘密を最後になってやっと告白するが、愛子の同情を得られない。

ライマーによると、沢氏は二〇世紀英米文学にもよくあるアンチ・ヒーロー（anti-hero）で、ヒーローの要素―例えば理想、勇気、不動の精神等―が欠如した主人公である。読者の同情を誘いはするが、反社会的で滑稽な、無能で情けない人物。社会の価値観と対立するが、具体的な改革を推進することからは程遠い。例をあげると、ジョイス作「ユリシーズ」に登場するブルームやアーサー・ミラー作「セールスマンの死」のウイリー・ローマンに通じる人物である。またライマーは澤氏が「Western manners, Japanese heart」[*13]の負のモデルであると指摘する。

ライマー系といえるクヲック・カン・タム（Kwok-kan Tam）は一九八六年の論説[*14]で澤氏の間接的な言動と無意味な存在からチェーホフの登場人物との類似点が見られると言及している。

それに反し、グッドマンの見解はかなり批判的である。批評の大筋をまとめると、岸田のニヒリズムは顕著であり、そのため主義主張の欠落、道徳観の欠如、内面志向、実社会との乖離が目立ち、その弊害がこの作品にも明らかであると。一般市民よりかなり特殊なエリート層に目線を合わせている点においても普遍性に欠けると言う。またある意味で心理的すぎる、すなわち、作者自身の心の葛藤が作品に投影されてしまっているとする。

崩壊していく沢家が西洋文明に侵食されていく国家の提喩（synecdoche）と一般的には解釈されていることは理解するものの、グッドマンは阿部到が指摘するように岸田の戯曲があまりにも小品である故、客観的に現代日本の葛藤を分析しているとは言い難いとしている。

岸田の卓越した表現力は評価するも、岸田の関心事が社会改革よりは文学としての言語の性質に限定されていると批判する。ブルジョアの史観の喪失を言語の問題として表現し、ラングとパロールの乖離を明らかにしている。

この戯曲の構成の点でも、グッドマンは阿部到の見解同様、大きな問題があるという。それは一幕物のスケッチ（心理描写）をそのまま連ねて多幕物にしているため、物語性が欠如していると述べている。

テーマとしては家長の不在、父権制の崩壊がもっとも的確に表現されている作品でありサルトル作「出口なし」

との類似も指摘している。

登場人物に関しては未来の展望が見えないと批判する。岸田はコポーのようにカトリックにはならず、自分の弟子にあたる福田恆存や田中千禾夫のようにキリスト教にも深入りせず、救済という概念についての視野にも乏しい。伝統や過去は完全に崩壊し、未来の展望が開ける見込みがない。岸田なりのユーモアは認めるが、ニヒルなものであり、虚無感が圧倒的に強いとする。このようにグッドマンの見解はライマーの言う風刺風俗劇とは隔たりが大きい。

「沢氏の二人娘」の出版歴に注意を向けると、まず気がつくことはこの作品が一九三五年一月の初出以来五回も改訂されていることである。二〇年の間に作者の書き改めた個所は多くはないが、その主たる傾向には台詞の論理性の削減と間や両義性の増幅が挙げられる。また、脇役のらくと桃枝の親子関係の絡みも抑制され、沢氏の外国人に対する偏見も緩和されている。

翻訳の特色を検討する前に、フランス文学作品を多く翻訳した岸田の翻訳論に言及したい。

原文の面影が伝えられているかどうか、そんなことはわかるもんぢゃない。わかるのは、翻訳の文章がうまいかまずいかである。

(前略) 翻訳者が、彼自身の文体を持っていることは、却って邪魔であるやうに考えられやすいが、決してそんなことはないと思ふ。

翻訳の理想は、意味を正確に捉える以上に、日本文で原文の味わいを出すことにあるとされているようだが、それも、ただ、さう思わせるだけのことで、日本文で、例えば仏蘭西文の味わいなど出せるものではない。

文章のリズムと、その正確なイマアジュなるものは、断じて翻訳に適せぬものである。ただ、甲の美を乙の美に置き換える技が、翻訳の純文学的営みなのではないかと思う。それゆえ、翻訳における一種の翻案的部分とも云えるのである。[*15]

また外国人を演ずることも翻訳作業のうちと考えた場合、岸田の次の提言に注目したい。

> まづ、外国人の考え方、感じ方を殺さない程度に、科白を十分、日本語として「生命付」、その上で、日本人として特に、典型的な外貌および習慣を封じて、一個の国際人たる生活表現を心がけ、科白の如きも、わざわざ西洋人らしくする努力を省き、それよりも、活きた人間の神経を全身に通わせることを忘れなければよろしい。[*16]

このように原作のよさを再現することより、ターゲット・ランゲージを十分駆使できる翻訳家の文才に重きを置いた見解である。また演技については作品・人物の文化的な特質より人間としての存在・生き方を伝えることの重要性を挙げている。

グッドマン翻訳に岸田の判断基準を当てはめてみよう。人名を伏せると、どの国の話かそれほどはっきりしないのは岸田流に考えると欠点ではないのである。そのくらい的確に英語らしく出来上がっている。戯曲冒頭のらくと桃枝のやり取りの嫌味が見事に表現されているように、原文のサブテキスト、特に人物の負の面がよく伝わるように翻訳は工夫されている。たとえば、第二幕で田所が悦子のお姉さんぶりに言及し、彼女が気を悪くする。[*17]その気持ちの変化が急須に手を触れ、「おぬるいか知ら。」の形で伝わってくる箇所や第三幕で悦子が妹に自分の情事について打ち明けている間に父親はコーヒーの冷めるのを気にしている。冷めていくコーヒーは悦子の情事や彼女に対する校長の好意が冷えていくことを暗示し、ひいては人間関係の浅はかなもつれの果てを象徴する。英訳は見事にその雰囲気を捉えている。またト書きも引き締まった文体を呈している。

英語らしさではさらに台詞のテンポが加速し、言葉による表現が重視されている。台詞の速さを助長させている方法には句読点の削減や調整が中心になっている。原作の初出時より、台詞の間とそれに伴う両義性が増えたわけだが、間を示すには三点リーダー「…」または「間」を入れるのが一般的であり、岸田は「…」を好んで使っている。

ところが西欧の英文台本では「…」は間（pause）を示す場合と次の話者が切り込んでくることを意味する場合がある。また過剰に使用すると重苦しい調子になるので、英訳では「…」を削除することが多い。グッドマンの採用した方法は、岸田の文体の特異性を殺そうと意図したわけではなく英語らしさを重視したものである。この英訳では間を示す文末の省略記号が「•」に変えてある場合が八十箇所以上、「?」に変更されているのは二十五。英訳の省略記号の一般的な扱いの域内といえる。

さてグッドマン訳の特色はどうであろうか。登場人物の感情の起伏はより平板にされ、真面目さ、冷たさが強調されている。女性より男性の台詞が、子供より大人の台詞がこなれている。なお言葉遊びが英訳されていないのは理解できるが、残念なことにそれに代わるユーモアも加味されていない。

感情表現の扱いについて少し説明を加える。二つの力が作用しているが、鎮静方向では冗長な単語、例えば「ああ」や一寿の「ほう〜」、の省略。そして発言の削除や短縮もおこなわれている。例には悦子の「こんなぼうっとした気持ちにまだ慣れるのかしら〜」の省略や一寿の「知らない一点張りじゃ。まずいぞ、こりゃ。〜」が「But you can't just claim that you don't know…」に短縮されている。感情の激しい場面では感情的な言葉を最大限活用はしていない。

ライマーもこの部分は英訳しているため、比較すると分かりやすい。父親と悦子の前で田所にされるがままになったことが将来の結婚の約束にとられることに愛子は猛反発する。

愛子「（激しく）いやだわ、いやだわ…そんなの、何にもなかったのとおんなじだわ。」

グッドマン訳では「(Vehemently) I can't stand it! It doesn't amount to anything. It's the same as if nothing happened.」。

ライマー訳では「(harshly) Disgusting. Disgusting. It is just the same as if nothing had happened.」となっている。

ライマー訳の方が生理的な嫌悪感が強く伝わる。その他グッドマン訳では「お互いが一番頼りにならない」「Because we can't rely on each other.」の強調の部分を落していたり、「畜生」が訳されていない。

他方、躍動感を出す工夫をしている。省略符号が感嘆詞に変えてあることに注目したい。原作全体で「!」が一四あるが、グッドマンの手にかかると、第一場だけでも「!」は一気に十七増え、全体で二十四、「、」や「。」が「!」に変更されたものも入れると感嘆詞はさらに三十三にもなる。間を感嘆詞で置き換えると意味範囲が限定される欠点はあるものの、人物の話し方が活気づく。

「女はやっぱり女」が「A woman still needs a husband after all」になっているのが名訳であり素晴らしい。「あの婆〜有って無きが如し」もパンチのある英語になっている。「Battle-ax. She could be dead for all I care.」。朝の味噌汁が「hot breakfast」に意訳されているのも大いに結構なことである。

残念ながら話者の取り違いなど翻訳のエラーも少なからずある。主なものには、桃枝の「あっちへ来てよ。」「Come with me」となるはずが「let me come with you」になっている「奥さんの写真があんなところに飾ってあってさ」が「到るところに」「all over the place」という風に訳されている。また、一寿の「こっちから弱味を見せたくないが」が「I won't compromise my principles」となっている。しかしプリンシプルズは理念、道義、主義という意味であり、語彙選択としては強すぎ、沢氏の自称放任主義と合わない。

前述のように海外における岸田戯曲の受容の流れをたどると、主要な批評書や作品の英訳がまず出版され、次いで外国語上演がなされ今日に至っている。批評においては岸田戯曲の文学性を重んじる研究者と運動としての演劇を重視するため岸田に批判的な研究者に二分される。ある意味では国内批評の系譜を反映しているともいえる。翻訳に関しては、原文のスタイルの再現や文化的特質の伝達よりも英語らしさと人間の生き方に重点を置いた質の高い英訳が出版されている。そのため英訳者は特に岸田の翻訳論に言及はしていないものの、岸田の考え方に沿った翻訳をしている。グッドマンによる「沢氏の二人娘」の英訳はその傾向の代表的なものといえる。

一九七〇年代にはじまった海外批評が最近影を潜めているのは残念なことである。新しい観点から岸田演劇を解析する海外評論の発表に期待したい。

註

＊1　他にこれほど多く英訳されている日本の現代劇作家は一四作品英訳されている三島由紀夫だけであろう。

＊2　キーン『日本文学の夜明け』第二巻477頁。

＊3　湯浅雅子一九八六年から一九九九年までイギリス在住、リーズ大学で教鞭をとり、現在ハル大学の特別研究員である。海外で出版や演劇活躍に長年従事したことを考慮に入れ、海外組に入れる。

＊4　ライマー146頁

＊5　ライマー192頁

＊6　「言はでものこと」『新選岸田國士集』322頁

＊7　湯浅15頁

＊8　湯浅15頁

＊9　『岸田國士全集』第五巻（一九九〇年）392頁

＊10　岩瀬孝等『フランス演劇史概説』229頁

＊11　湯浅8頁

＊12　ライマー266頁

＊13　ライマー221頁

＊14　クラック・カン・タム「岸田國士の家庭悲劇における救済としての愛情―『沢氏の二人娘』と『女人渇仰』

＊15　岸田「翻訳について」『岸田國士全集』（一九九九年）第二二巻297〜299頁
＊16　岸田「翻訳劇と翻案」『岸田國士全集』（一九九九年）第二二巻238〜242頁
＊17　グッドマン訳にある田所の「あなたにはむろん第一に親しみを感じます…」から悦子の「少しおぬるいか知ら…」までの台詞は『岸田國士全集』所収の作品にはない。

参考資料

岸田國士『現代日本戯曲撰集』白水社（一九五五年）
『岸田國士全集』岩波書店（一九九〇年）
キーン・ドナルド *Dawn to the west : Japanese Literature of the Modern Era Part 2*（日本文学の夜明け第二巻）ホルト・ラインハート・ウィンストン社一九八四年）471〜478頁
クヲック・カン・タム "Love as Redemption in Kishida Kunio's Domestic Tragedy : *Two Daughters of Mr. Sawa* and *Adoration.*" *Asian Culture Quarterly* 14.1 (Spring 1986),（岸田國士の家庭悲劇における救済としての愛情―「澤氏の二人娘」と「女人渇仰」『アジア・カルチャー・クオータリー』14.1春号一九八六年）1〜7頁
グッドマン・デビッド・G・*Five Plays by Kishida Kunio*（岸田國士の戯曲五編）コーネル大学出版一九八九年
佐伯隆幸『現代演劇の起源』れんが書房新社一九九一年
田中千禾夫編『近代文学鑑賞講座二二』（劇文学）
矢代静一『岸田國士全集』月報一九第六巻一九九一年五月「岸田國士の戯曲」（その5）3〜6頁
湯浅雅子（Yuasa Masako）「現代演劇における純粋演劇から不条理演劇への流れの考察」『日本演劇学会紀要』一九九六年3〜37頁
Kishida Kunio : Three Plays（岸田國士戯曲三篇）アラムナス出版、一九九四年
ライマー・J・トーマス *Toward a Modern Japanese Theatre: Kishida Kunio*（現代日本演劇に向けて）。プリンストン大学出版一九七四年

翻訳「葉桜」の英語上演に関して

湯浅雅子

本書に拙訳「葉桜」を入れるにあたり、その上演に関して以下に上演の様子などを若干付記する。

戯曲「葉桜」[*1]の英語版は *New Cherry Leaves* の題で一九九二年一一月二四〜二八日に英国リーズ大学英文学部演劇科ワークショップシアターのエマニュエル・スタジオ（現スタジオ1）で翻訳演出湯浅雅子、照明装置トレヴァー・フォークナーで初演した。出演俳優はオーディションで学生の中から選ばれた。その後、同翻訳は一九九七年三月にワークショップシアターに学ぶ日本人留学生高村志保[*2]により彼女自身の修士課程プロジェクトで再演された。この時も演出は湯浅が担当した。

New Cherry Leaves のテキストは *Kunio Kishida Three Plays*[*3]に *Paper Balloon*「紙風船」、*Love Phobia*「恋愛恐怖病」と共に収録されている。本書掲載の英訳 *The New Cherry Leaves* は改訂版。[*4]

ここで過去の岸田の翻訳についてみてみたい。

日本劇作家協会の「英訳戯曲一覧」によると岸田戯曲の英訳テキストの最初のものは一九三三年（昭和八年）、一九三四年（昭和九年）の Hidaka Noboru と Yamada Kazuo による *Roof Garden*「屋上庭園」である。訳者を検索してみると Hidaka Noboru の名前で一九三九年に発表された満州の文化映画に関する文献[*5]がオレゴン大学の東アジア学図書館にあったことから Hidaka は米国の大学に籍を置く研究者であったと思われる。岸田國士に関する英語圏での本格的な研究書には一九七四年出版のトーマス・ライマーによる *Toward a Modern Japanese Theatre*[*6]がある。この書の第六章でライマーは岸田が一九二四年から一九三六年に書いた作品の中から十数本を選び自身の英訳の引用を駆使して、個々の作品について論じている。引用は四頁から十頁にも及ぶ長いものもあるが、戯曲の全訳は掲載されていない。第三章 *III. Kishida Kunio and the New Theatre Movement in 1925* の邦題の論文「岸田國士と一九二五年の新劇運動」[*7]は『新劇・特集岸田國士』（一九七六年九月号）に掲載されている。

ライマーによる全訳戯曲のテキストは、英語による初の岸田戯曲のアンソロジーである一九八九年初版のデイヴィド・グッドマン編 *Five Plays by Kishida Kunio*[*8]にグッドマンとの共訳で掲載されている。作品は「落葉日記」英題 *A Diary of Fallen Leaves* である。*Five Plays by Kishida Kunio* にはグッドマンによる Introduction（前書き）と *Autumn in the Tyrols*「チロルの秋」、*Paper Balloon*「紙風船」、*Cloudburst*「驟雨」、「落葉日記」、*The Two Daughters of Mr. Sawa*「沢氏の二人娘」、*Adoration*「女人渇仰」が載せられている。一九九五年版のこの書の紹介記事[*9]には戦前の日本の劇作家が英語圏で知られていないこと、英訳テキストがほぼ無いに等しいということ、掲載した五本の戯曲は作家の代表作を創作時代別に選んだこと、そうした意味で大変意義深い本であるということが書かれている。同記事には「チロルの秋」が岸田の第一戯曲とある。ライマー本にもあったが、Introductionでは第二次世界大戦中の岸田の大政翼賛会での活動が議論されている。

以上のように、英語圏で岸田國士の演劇を高く評価し、それを広めるべく努力してきた人々は米国の東アジア学や日本学の分野の研究者たちに偏っている。こうした事情から出版もまた大学の出版社が担っている。日本学の研究者に訳者が集まっているのは、日本語が出来るということと劇の背景となる社会や文化に通じているためであろう。本の読者も限られている。日本学や演劇学の研究者や学生が殆どで、演劇の現場で働いている人々は少数派である。*Kunio Kishida Three Plays* は初めて大西洋を越えた英訳テキスト集である。が、これもまた大学内の出版社からのものであり、上演も演劇科の劇場に於けるものであった。英語圏の一般の劇場での岸田作品の上演についてはまだ聞いていない。

岸田戯曲の英語上演

New Cherry Leaves は〈英語による日本演劇の三年連続公演プロジェクト〉[*10]の第三回目の公演（一九九二年）の演目で、*Paper Balloon*, *Love Phobia* との triple bill（三本立て）で上演したものである。公演では作品の書かれた順に1 *Paper Balloon*　2 *New Cherry Leaves*　3 *Love Phobia* で上演した。今振り返ってみると、先ず、恋に落ちて自己を見失うことを恐れる男女を描いた *Love Phobia*　次に、見合いの後、結婚の申し込みを受けた娘と母親の心のひだを描く *New Cherry Leaves*、そして、結婚一年目の心のどこかに引っかかりを覚え始めた休日の夫婦の姿を描く *Paper Balloon* の順での上演のほうが恋愛から結婚へという物事の流れの理にかなっていたかも知れない。ともあれ、上演目的はこれらの作品を通して大正末期に日本の学校出の新しいサラリーマン階層が恋愛や結婚に対してどのような考えを持っていたのかを客観的に見つめること、それをイギリスの観客に見てもらうことであった。

それと同時にフランスでフランス語による第一戯曲「黄色い微笑」（一九二二年）〔邦訳改題「古い玩具」一九二四年〕を書いた岸田國士が母国日本に戻った時、どのような視点で同時代の人々の日常を捉えていたのかということに私は深い関心があった。*New Cherry Leaves* 公演時は「古い玩具」から七十余年を経ていたし、私はフランスではなくイギリスという異文化の中にいたが、「古い玩具」の主人公白川留雄の悩みや憤りは時を越え国を超えて異文化の壁としてまだまだ存在する現実と感じていたからである。

初期の小品を三本立てにしたのは、岸田の探求する演劇の基本、彼の演劇の純粋性が見えやすいと思ったからである。私は小品を丁寧に舞台に乗せることで岸田の劇世界を出来るだけ誤り無く表現出来るのではないかと考えた。無駄なものをそぎとった裸舞台を作り、そこで動き語る登場人物の赤裸々な心の葛藤を見つめることに焦点を当てることを可能にすることで岸田の演劇の何たるかを突き詰めたいと考えた。作品の登場人物が少ないことも重要であった。「紙風船」と「葉桜」は一幕一場のもので登場人物は二人。「恋愛恐怖病」は一幕二場のもので作品全体の登場人物は三人であるが、それぞれの場では二人ずつの登場である。いずれも、登場人物達のある日のある日常を切り取り、それをそのまま舞台に乗せたという印象を与える作品である。舞台上で人々は普通に話し普通に動く。自然体の言動を通して登場人物達の感情や微細な心の動きに焦点を当てて岸田劇は展開する。岸田作品の感性は自然主義の心理ドラマと比較すると緊張感や苦悩の度合いが低い。それはどこかでバランス感覚が取れていて、どちらかというと静かで乾いた印象を受けるものである。

別役実は岸田の演劇の特徴を心理主義的リアリズムというよりも「写真的リアリズム」と呼ぶに相応しいと語る。[*11]

岸田は登場人物の日常生活のある瞬間をじっと見つめる。それは写真家が人間の生活の興味深いある一瞬を撮ったり、芸術家がそうした瞬間に魅了されてキャンヴァスに向かったりするのに似ている。

写真家や芸術家の観察は細かいが、同時に客観的で距離を置いたものである。別役はこうしたタイプのリアリズムを「部分的リアリズム」であるとも言う。

岸田のリアリズムは部分的である。彼の戯曲は昆虫の足の詳細なスケッチを見ているのに似ている。スケッチは昆虫の足の細部を描きだしてはいるが昆虫全体の描写ではない。同様に、岸田の芝居で我々観客が見ているのは劇の進行している間の登場人物の微細に描写された人間関係と、そのときに重要な関心事のみで、登場人物の生活の全体像を見ているわけではない。

岸田のように戯曲を内側から近距離で細かな部分を見つめて書く場合、登場人物の名前、年齢、仕事、社会的地位などの総体的な外的要素はあまり重要でないと考えたのではなかろうかと別役は言う。別役自身の戯曲では登場人物は男1、2、3、女1、2、3などで記されている場合が殆どで、職業などもはっきりと記されていない。確かに、多くの場合こうした要素は舞台上の出来事の背景に過ぎなくて芝居の進展にはさほど重要なことではないのかもしれない。

それでは、昆虫の血管や足の髭の形の詳細が全体に対する意味とは何であろうか。別役は以下のように説明する。

このような状態には何か有機的な要素があり、我々は昆虫の細密画を見るとき、目の前に見ている部分を全体と関係づける。このメカニズムを「有機的リンク」と呼ぶ。これが我々の見ている岸田の演劇のリアリズムの基本となっているものだ。

ここで別役は人間性の中で体系的に働いているものを「有機的」という言葉を使って示している。確かに全体に対するある部分の精緻な描写は我々に強い衝撃をもたらす。岸田の観客は近視眼的に連続するクローズアップを見続けるということで、舞台上で起こっている事柄と親密に関わってゆく。舞台上で語られている事柄が身近なものであるときには、この形の演劇はより効果的で観客を強く巻き込む。

矛盾しているようだが、こうした岸田の「写真的リアリズム」における研ぎ澄まされた物の見方は日本人が俳句や随筆という文学的伝統の中で培ってきたものと相通じるものである。ただ、岸田の作品を古典と異なる新しいものにしているのは物事を感性のみでなくそれを論理的に議論し、理性的に見据えて表現するところである。日本文化をただ全面否定するのではなく、その中にある洗練された細やかな感性を受け継ぎながら、問題と合理的に取り組む姿勢。岸田がフランス演劇やフランス語で語る生活から日本の近代演劇に持ち込んだ新しい視点である。

「葉桜」テキストの読み

公演にあたり「紙風船」「葉桜」「恋愛恐怖病」の三本を英訳した。「紙風船」は先行のマッキノンのものがあったが、翻訳はプロジェクトの一部であったのでこの戯曲も新たに翻訳した。

「葉桜」の娘は十九歳である。女学校を卒業して間もないことから当時の女学生の物言いをする。母は今の娘の年齢でこの家に嫁ぎ、間もなく娘を生んだということなので、年齢は四十を少し過ぎたばかりであろうか。岸田戯曲では珍しくやや時代めいた口調が残っている。テキストは母の台詞が殆どで、娘は母の問いかけに短く答えるという構成で書かれている。使われている言葉や表現には美辞麗句や持って回った言い回し、言葉遊びの要素、曖昧な表現、情に訴えることで観客の同意理解を求める、というような姿勢がなく、論理的で話の筋道もはっきりとしていて、翻訳に当たり言葉レベルの困難はなかった。おしなべて、岸田の劇の言葉は平明で透明感があり清清しい印象を受ける。そうした意味で、岸田の作品は翻訳のプロセスで失われるものが少なく、英語戯曲にするとまた新たな命を育む作品になるよう思われた。

以下の引用は、数少ない娘の長台詞の一つである。まだまだ女学生然とした娘の様子が窺える。一昨日、娘はダリアの球根を見合い相手の男の家に届け、帰りには男が娘を最寄り駅まで送って来た。男の家は閑静な住宅街にあり駅に出るまでに桜の並木があった。若葉の季節。春宵。葉桜の下、若葉の緑に包まれて二人は歩いた。娘はそのときの胸の弾みを、娘らしい恥じらいを持って母に語っている。

娘　（略）…もう日が暮れかゝつてたでせう……。停車場へ来るまでの、あの桜の並木ね、花は散つてしまつているの、だけど、そら、トンネルのような青葉ね、あの下を歩いているとき、「何時までも、此處に、こうしてゐたいなあ」つて云うのよ……（間）をかしいつたらないの……。

母　それから……。

娘　あたし、なんとも云わなかつたわ。（母の肩に縋るようにして）真暗になりさうなんでせう。あたし、気が気ぢゃないの。それに、あの人、ゆつくりゆつくり歩くの……。深呼吸なんかしながら……。[*12]

表記が旧仮名遣いであるので見た目にはやや古風な感じを受けるが、発音するとモダンで新鮮な表情を持っている。娘の台詞を通して若葉の圧倒的な美しさと生の息吹が視覚化され我々に伝わる。引用部分では娘は最も重要なことを隠している。実は葉桜の下を歩いていた時、男は娘の手を握り娘は男に手を握らせた。「何時までも、此處に」が男の娘へのプロポーズの言葉であり、娘は黙って手を握らせて承諾の言葉とした。それから、恐らく二人は駅まで手を繋いだままで歩いたのだ。引用部分の前に娘は見合い相手の男が「二人さえ信じ合ってゐれば、どんなことでも恐れる必要はない」（二五二頁一六行目）と言ったとか、母に先方への返事は任せると言う一方で、「あたし、そんなにいやぢやないの、あの人なら……。」（二五三頁一三行目）とも言っている。娘の台詞に男との結婚を嫌がるものはない。見合い相手を面白がっているのは、男に対する好意の裏返しであり、若い娘の控えめな愛情表現であるのが読める。

「葉桜」には西洋に触れている箇所が二つある。一つは次の引用の「活動写真」に関する箇所で、もう一つは娘の弟の近い将来の「フランス留学」に関するくだりである。

母は娘の父親が子ども達には優しい父であったし、決して暴力を振るうような人ではなかったが、妻の人格を認めず妻に尊敬の念も持たない古いタイプの男だった。それがとても嫌で実家に戻りたいと考えたほどであった、と夫に抱いていた積年の不満を初めて娘に語る。娘には男の機嫌を窺いながら生きてゆくようなみじめな人生を送って欲しくない。だから、夫となる人間の女性に対する考えについてはよく考えておくべきだと言うことを娘に話している。以下がそれに対する娘の返事である。

娘　でも、それはむかしのことでせう。今の男の人は、そんなぢやないわ。そんなぢやないと思うわ。活動だつて見てるんですもの…

母　活動か……西洋はいゝね。

娘　いゝわね。ああいう風にされゝば、女だつて悧巧になるわ。

母　いや、もつと、ちやんと引張つてなくつちや……。（二四七頁八行目―一二行目）

洋画に見る男女の姿は当時の日本人にとってリベラルでセンセーショナルなものであったようである。西洋諸国の進んだ文化を今後の日本のお手本と見る社会の傾向がここに見える。家庭で大事に育てられた娘は、活動を見ている今の日本の男の人は父の時代とは違うのだと、何事も西洋的になれば解決するという甘い考えでいる。母は自分をしっかりと持っていないと相手の言うままに流されてしまうと釘を刺している。このあたり、真の自己の確立は西洋化とは別のものであると岸田はやんわりと唱えている。

芝居が進むにつれて本音を隠してきた娘と、その本音を読もうとしない母の二人の心のズレが明らかになってゆく。引用は終幕近くの母の台詞である。男と手を繋いだことを打ち明け、はしたないことをしたと母に咎められて娘は泣く。甘えて泣くことで娘は母に謝り許しを請うている。これまでに幾度となく繰り返されてきた娘の母への甘えの懐柔策である。しかし、今回、それを受け止める母は複雑な思いでいる。

母　（急に、今度は、娘を抱くように膝の上に引き寄せ）よし、よし、いいんだよ……。母さんは、もう、なんにも云わない……。そんなつもりぢやなかつたの。なにをしたつていいんだよ……。ね、母さんは、とうから。お前をあの人に……お前たち二人を一緒にするつもりでいたんだ……。（泣いている）

（中略）

娘　（素直に立つてゆく。が、母の手より刷毛を受け取ると、今度は、いつまでも、それに白粉を含ませてゐる）

母　（しばらく娘のすることを見ていゐが、それからぷいと眼を反らすと、やや荒々しく座を起ち、丸窓をいつぱいに引開け、ぐつたりと片肘を窓によせて、そこに坐る。勿論娘には背をむけてゐる）

娘　（此の間、ぢつと、鏡を見つめている）

（中略）

母　お針は嫌ひと……。（間）あゝあ、なんて蒸すんだろう、今日は……。（間）あの毛虫……。（二五七頁二行目―二五八頁九行目）

葉桜がロマンチックな緑のトンネルではなく、毛蟲のいっぱい付いた鬱陶しい木という、生々しくて厭わしいものに変わっている。娘の結婚に自分の結婚の夢を託していた母。彼女は娘の婿が自分を敬愛し大事してくれることを望んでいた。仲睦まじい娘夫婦との幸せな日常、思いやりのある人間関係。しかし、娘の見合い相手の男は自分には何も言って来ず、直接ちゃっかりと娘の気持ちを確認した上で親に結婚の申し込みをさせてきた。男の未来設計には義理の母のことが書き込まれてはいない。母は娘の結婚が自分の生活と距離のあるところに位置することを認識する。夢が見事に壊された嫌な現実が毛虫の姿と重なり合う。

冒頭のト書きに「開け放された正面の丸窓から、葉桜の枝が覗いている」（二三九頁一行目）とある。この「葉桜の枝」が観客に母と娘の異なった二つの葉桜のイメージを映して見せる。二つの異なったイメージは、これから結婚し子を産む女と夫の死と出会い、子が巣立ってゆくのを知る女、二人の女のそれぞれの人生での立ち位地の違いを示している。娘に背を向けてじっと窓外を見つめる母の後姿は娘への執着に別れを告げ、失望を諦めに変えて現実を受け入れる母の姿である。言葉から一つのイメージが膨らみ、膨らんだイメージが無言の言葉として働いている。日常の精緻な描写が人間の生の現実を我々に見せたところで芝居は終わる。

New Cherry Leaves での上演舞台

New Cherry Leaves はワークショップシアターで一九九二年と一九九七年の二度、いずれも筆者の翻訳・演出で舞台化した。二つの公演の幾つかの項目を表にして比べてみる。

	初演	再演
上演記録	一九九二年一一月二四日〜二八日	一九九七年三月一七〜一九日
公演形態	本公演（三本立て）	ランチタイムショー（一本のみの公演）
劇場	エマニュエル・スタジオ	ジ・アザー・スペース
舞台装置	フローリングの床・涙の形（楕円形の変形）	フローリングの床・長方形（四角形の変形）

デコー	桜の枝、窓、鏡（全てバトンからの吊り） 藤家具（丸テーブル＋肘掛椅子）	窓（中に桜の枝の緑）、ドレッサー（吊りと置き） 和家具（坐り机＋座布団）
俳優	イギリス人	日本人＋イギリス人
衣裳	二十年代風デザイン	現代の一般的な服
舞台の印象	洋風	和風

初演に用いたエマニュエル・スタジオ（現在のスタジオ1）は大学正面横に建つエマニュエル教会分館二階に作られた素朴な演劇空間であった。*13 公演は「結婚」をテーマとしたオムニバス形式で行なったので「紙風船」「葉桜」「恋愛恐怖病」の三作に共通して使えるデザインの舞台を組んだ。演技舞台の部分は床に涙の滴の形（楕円形の変形）のフローリングの合板を張り、それの外側の部分の床は黒に塗った。*Paper Balloon* と *New Cherry Leaves* ではこのフローリング部が屋内、外側の黒の部分が庭、*Love Phobia* ではフローリング部が砂浜、外側が海の想定であった。正面奥の壁はスクリーンを吊ってバックドロップとし作品毎に照明で背景の工夫をした。このフローリング舞台を三方から囲むように階段状の客席を置いた。室内のデコーには軽くて動かしやすく大正モダニズムの雰囲気も出せるという考えから藤家具を二、三置き、砂浜は一部に砂色の布を敷き、布の下に物を入れて起伏を出した。俳優の出入りには下手奥に位置する涙の滴の根元の細長い箇所を用いた。その結果、登場と退場が一箇所の演技空間となった。この演技空間で俳優達は語り動き、観客はそうした俳優達を取り囲んで見つめた。それはややケージの中のハツカネズミ、金魚鉢の中を泳ぎ回る金魚を見るようであり、俳優の心の動きと肉体の動きが逃げ場無く観客に伝わった。岸田の「写真的リアリズム」の実験に適した環境であるよう思われた。

演技舞台の形を涙の滴にしたのは、円形や楕円形ではその形の持つシンメトリー性がどうしても幾何学的、無機質的な印象を与えがちであるからである。それに比べて涙の滴型の舞台は円形舞台の特質を残しながらも、滴を描く曲線が有機質的な自然の流れを生み出してくれる。また、「紙風船」「葉桜」「恋愛恐怖病」のどの作品の登場人物もそれぞれの人生で鬱屈したものを持っている。涙の滴の形の舞台は彼らの心に日々、泡のように浮かんでは消えてゆく悲しみや不安と連鎖して、それらを象徴するよう思われた。

New Cherry Leaves 初演では中央に小さな丸テーブルと椅子、部屋の隅に観葉植物用の小さな棚を配した。母は丸テーブルに裁縫道具を広げ、椅子に腰掛けて縫い物をしている、娘は母のそばで床に坐り雑誌を見ている、という構図から芝居を始めた。テーブルと椅子を用いたこととイギリスの二十年代風の衣裳デザイン[*14]のせいで初演の舞台は洋風のイメージになった。

一九九七年の再演に用いたジ・アザー・スペースは教室に暗幕と照明装置を加えてスタジオにしたもので初演のエマニュエル・スタジオよりもずっと小さかった。スタジオには廊下側に出入り口が二つあり、廊下の反対側にはキャンパスに面した窓があった。スタジオが基本的に四角の要素で出来ていたことから、再演では屋内を表すフローリング部を方形にし、それ以外の床は初演と同じく黒に塗った。この舞台では窓側を舞台奥とした。劇中の窓には窓ガラス部分を緑色の布にした窓枠を作って暗幕に沿うように舞台奥に吊った。客席は三方から舞台を囲んで床に座るようにした。

俳優の出入りのために舞台下手前から細い廊下を斜めに延ばして、母と娘がお茶とお菓子のお盆を持ってこの廊下から登場することで芝居を始めた。廊下の先が台所の想定である。この廊下と対称的な位置、上手前からも短い廊下を延ばし、その先に小さなドレッサーとスツールを置いた。本舞台中央に方形の坐り机と座布団を置き、四角い部屋、四角い机、四角い座布団の日本的な空間を作った。そして、母と娘が卓袱台を挟んで座布団に坐りお茶を飲む、母の手仕事は裁縫から刺繍にする、娘は畳みの部屋に寝そべって雑誌を見たりするという、日本家屋の畳の生活の日常の動きを取り入れた。再演は日本人が母役を演じたこともあり、日本的佇まいのなかで日本の芝居を英語で見せるという形態になった。観客もまた床に坐ることで目の高さが通常の観劇とは異なり、日本的な日常空間に同化しつつ俳優達の隣に居て彼らの生活を覗き見るようなことになった。再演はイギリスに日本の芝居を持って入るというより、イギリスの観客を日本の中に連れて来るという感があった。母役をした高村は自身の日本的なアクセントが作品のリズムや流れを乱し作品理解を損なうことを懸念して、発音、イントネーション、言葉の繋がり方などの努力をした。が、観客の関心はむしろ彼女の演技における stillness（静の動き）、抑制された感情表現に集まった。

二つの公演は舞台美術も衣裳も俳優も大いに異なった。初演は三本立てのオムニバスであったので一つ一つの作品というよりも三本で一つのプロダクションとなるスケールの大きなものであった。再演は New Cherry Leaves 一作品のみの小さなランチタイムショーで、日本人が演じたことも手伝って、日本的な側面がより強く出た。しかし、両公演とも裸舞台、自然な演技などの岸田の演劇理念を追及したもので、基本的な演出的視点は同じであった。

フィードバック

「葉桜」では〈お見合い〉を背景にダイアローグが展開する。結婚を前提に男女を引き合わせるのはなにも日本に限ったことではない。文化や社会通念の違いによりそこに介在する mentality（心的傾向）には独自のものがあると思われるが〈お見合い〉と似たり寄ったりのことは形を変え方法を変えて色々な国に存在する。しかし、イギリスの観客がこの点をどう捉えるかは分からないところであった。再演の公演アンケートでは、当作品の日本的であると思われる点についてという質問に、〈お見合い〉、結婚観、社会における男性の地位、女性の役割、女性に対する男性の態度などが挙げられた。やはりイギリスの観客からみれば〈お見合い〉は日本的な社会風習と見えたようである。その一方で、作品の持つ universality（普遍性）に関しては、の問いには、母と娘の関係、家族、結婚などが挙げられており、作品の背景の〈お見合い〉が観客の劇への関心を損なうものではなく、単に異文化的要素としてそこにあるという見方をしているのが窺えた。

演劇を教えている人[*15]から New Cherry Leaves の初演に関するレポートを貰った。作品に対するイギリス人の視点が端的に表現されているのでここにその一部を引用する。

New Cherry Leaves は基本的には家族の tableau（肖像画）である。作品に描かれた母と娘の人間関係を通してある時期の日本社会が浮き彫りにされて見える。取り上げている問題は同時代のヨーロッパの戯曲とは異なるが、観客はそうした相違を踏まえながら一人の傍観者として日本社会を見つめ始める。劇のゆっくりとした展開は登場人物の台詞や行為の動機や語られている事柄の相互関係への理解を助けてくれる。このスロー・テンポの中で作品の書かれた一九二〇年代という時期の日本社会の抱えていた問題が徐々に露になってゆく。

結婚に対する娘の態度は無関心を装うことから徐々に不安、恐れを乗り越え、期待、喜びへと膨らんでゆく。それに反比例するように、母の心の中の孤独への恐れが徐々に拒否から認識へと変わってゆく。こうした二人の姿は、我々ヨーロッパの観客にとって日本が変わろうとしているその時を今、まさに舞台上で見ているという感動を与えてくれる。New Cherry Leaves は女性二人の対話が細やかに描かれているのでより興味深い。この作品はヨーロッパ及び西洋社会で emancipation（女性解放運動）が盛んであった時期に書かれており、語られている事柄はまさにそのスケールを小さくしたものであるからだ。作品は娘が結婚という人生の重要事の決断をする瞬間を描写している。娘は母との debate（議論）、discussion（話し合い）に打ち勝って自分の求める結婚を決める。古いものが新しいものに打ち負かされてゆく構図がここに見える。これまでは、娘の幸せのためにと他者の配慮で決められてきた結婚がここでは娘自身により決められている。

レポートには作品のヨーロッパの社会文化との同時代性がはっきりと指摘されている。それは、言い換えれば、岸田の戯曲が日本演劇という括りのみで捉えられるものではない特徴を強く持っているということであろう。前述した「どこかでバランス感覚が取れていて、どちらかというと静かで乾いた印象を受ける」「物事を感性のみでなくそれを論理的に議論し、理性的に見据えて表現する」と言うような岸田戯曲の特質が、先ず、頭で理解する傾向にあるイギリスの観客の異文化理解のハードルを下げ、問題意識を共有するよう作用したと思われる。

翻訳のプルーフリーダー[*16]からは岸田作品にはキャサリン・マンスフィーリドのショート・ストーリーに相通ずるものがあるという評が出た。ニュージーランド生まれのマンスフィーリドは一九二〇年代前後にロンドンやパリで文芸活動をし、優れた短編を残したモダニズムの小説家である。ワイルドの作品に惹かれ、チェーホフの影響を強く受けたといわれている。私が取り上げた作品は岸田の初期の小品である。独立した作品ではあるがフルスケールのものではない。それぞれが a tiny portrait of something（あるものの小さな描写）であり a slice of life（日常のある瞬間）を切り取って舞台に乗せたものだ。マンスフィーリドのショート・ストーリーに見られる細かな日常の描写、また New Cherry Leaves に関しては言えば女性の視点などが共通項となっているのであろう。思えば岸田もまた一九二〇年代に、パリという場に居ることで、当時ヨーロッパを謳歌していたモダニズムの影響を受けた人間の一人なのである。

岸田の作品は全般的に観客から幅広く好意的に受け止められた。イギリスの観客がはっきりと好き嫌いを語ることを考えるとこれは素晴らしいことである。演劇科の教師たちは岸田の小品が学生の練習作品にもなりうると高く評価した。バーナード・ショー、オスカー・ワイルド、ノエル・カワード等の台詞劇の系譜とリンクする岸田の台詞劇はイギリスの観客にとって演劇的に違和感のない、馴染み深い演劇形態なのである。

註

＊1 「葉桜」は雑誌『女性』一九二六年（大正一五）四月号に初出、翌一九二七年（大正一六）四月一五〜二四日に帝国ホテル演芸場にて新劇協会公演で演出岸田國士、装置岩田豊雄、出演伊澤蘭奢（母）、水谷八重子（娘）で初演された。一九三五年（昭和一〇年）五月には歌舞伎座にて男女優合同劇公演として、演出水谷竹紫、装置吉田謙吉、出演森律子（母）、水谷八重子（娘）で上演されている。『岸田國士と私』古山高麗雄著　新潮社　一九七六年（昭和五一）一月一五日出版　「戯曲上演一覧」三四二頁より。

＊2 一九九六／七年にリーズ大学英文学部ワークショップシアターの修士課程で学ぶ。

＊3 Masako Yuasa, Alumnus, Leeds, 1994

＊4 どちらの翻訳にも原本は『岸田國士全集1』（一九八九年　岩波書店）を用いた。

＊5 Hidaka Nobuo, *Cultural Films in Manchoukou.* Manchuria, Vol. 4 No. 15, (Special number, July 20 1939 ; *Motion Picture Industry in Manchoukou.* Manchuria, (December 25 1939) in E-Asia University of Oregon Libraries.

＊6 J. Thomas Rimer, Princeton University Press, 1974

＊7 「岸田國士と一九二五年の新劇運動」トマス・ライマー／一ノ瀬和夫訳、注（1）書の「研究文献一覧」三五七頁

＊8 David G. Goodman, Editor, East Asian Papers, Cornell University Press, New York, 1989. The new expanded edition, 1995. それぞれの作品の翻訳者 *Autumn in the Tyrols* trans. by Goodman and Kathleen Shigeta ; *Paper Balloon* trans. by Richard McKinnon, *Cloudburst* trans. by McKinnon, *A Diary of Fallen Leaves* trans. by Goodman and Rimer, *The Two Daughters of Mr. Sawa* trans. by Goodman, Adoration trans. by McKinnon.

＊9 'Although he has been tooted as Japan's finest prewar playwright, few of Kishida Kunio's works have been translated into English. This volume brings together for the first time representative plays that span the entire course of Kishida's career, including in this expanded edition, a new translation of his maiden work, *Autumn in the Tyrols*. The plays collected in this anthology are the ones critics have regarded as Kishida's best and the dramatist himself preferred. An introductory essay by the editor relates Kishida's work to his personal psychology and his historical environment and discusses the controversy that has surrounded him for his collaboration with military authorities during World War II.' (Publications

-A-Z Item Listing, Japanese History/Literature 出版社によるこの書の紹介記事）

＊10　英国笹川基金（the Great Britain-Sasakawa Foundation）の支援を受けて一九九〇～九二年に筆者が英国リーズ大学英文学部演劇科ワークショップシアターと協同で行なったもので，第一回作品は別役実・作「諸国を遍歴する二人の騎士の物語」（英題 *The Story of Two Knights Travelling Around the Country*）（一九九〇年），第二回作品は岩松了・作「蒲団と達磨」（英題 *Futon and Daruma*）（一九九一年）。各翻訳の出版物は *The Story of Two Knights Travelling Around the Country* by Masako Yuasa, Alumnus, Leeds, 1990. *Futon and Daruma* by Masako Yuasa, Alumnus, Leeds, 1992. プロジェクトに取り上げた三人の劇作家の演劇における共通項については拙論「現代日本演劇に於ける純粋演劇から不条理劇への流れの考察―岸田國士・別役実・岩松了の場合―」（一九九六年日本演劇学会紀要34号）に劇的視点，劇空間，劇言語の三点から論じた。その後に書いた同題の英論文 *From the Pure to the Absurd : Aspects of Contemporary Japanese Theatre* (Leeds East Asia Papers 53, Department of East Asian Studies, University of Leeds 1998) では論点をより掘り下げて述べた。

＊11　以下の別役実の言葉の引用は全て一九九一年八月に東京宇田川町渋谷パルコの向かい側にある喫茶室ルノアールで筆者が別役実にしたインタヴューからのものである。注（3）書の一五頁八行目―一六頁七行目にも同インタヴューを引用。

＊12　『岸田國士全集1』（一九八九年　岩波書店）二五四頁四行―一一行。以下，頁のみ記す。

＊13　当時この二階にはまだ英文科内の演劇セクションであったワークショップシアターの事務所や先生方の研究室もあり，スタジオの周りにはいつも人の出入りがあった。そうした事情で，内壁を黒く塗り窓を板や暗幕で覆って空間を暗幕で仕切っただけのスタジオには建物の内外からくる音に関する問題がいつも付きまとっていた。しかし，スタジオの奥には廊下を隔ててグリーンルームが二つあり，古い建物であることから天井も比較的高くて，実験演劇を行なう場所としては充分すぎるほど素晴らしい場所であると私は思っていた。スタジオ手前に衣裳方の部屋も併設されていて衣裳方のキティー・ボロワがいつも仕事をしていた。こうした手軽な演劇的環境の中で衣装合わせやドレス・リハーサルなどが手順よく運んだ。

＊14　キティー・ボロワのデザイン・製作。作品の時代が衣服の日本趣味がヨーロッパに浸透していた時代のものということで母役の衣裳は着物の袖を意識したものにデザインされていた。

＊15　引用は以下のテリー・ラム（Terry Ram）による An English Audience member's response を短くして日本語にしたものである。ラムは現在はリーズ市アラトン・グランジ校，パーフォーミング・アーツのリード教員。

The New Cherry Leaves is essentially a domestic tableau. The relationship between mother and daughter reflects a precise moment in Japanese social history and, as such, draws the audience into the role of voyeur. Although possibly different from the concerns of a contemporaneous European text, Kunio Kishida's play gives a really intimate insight into the society it springs from.

The slow unfolding of the piece allows for a gradual understanding to develop of its characters' motivations and inter-relationship. The Daughter shifts slowly from an apparent unwillingness to commit herself to her impending marriage to a coy delight, tinged with fear, at the prospect. Her mother's loneliness similarly unfolds slowly leaving the audience with a sense of joy at the prospects for the young and desolation at what remains for the older woman.

This privileged glimpse of Japanese social mores in the 1920's stands as a revelation to a western audience. We find ourselves at a changing point in cultural history.The play is of particular interest because it deals with the interaction between women. It was written at the time of female emancipation across much of Europe and the Western world but its own canvas is smaller. It takes the moment at which decisions are taken which will affect the entirety of the Daughter's life. It allows for debate, for discussion and finally for a conclusion… and the conclusion is reached by the Daughter. An old order is beginning to change here. What would previously have been a marriage decided with the interests of the girl in mind has now become a marriage whose future is to be decided by her. The mother ,unusually, is keen to keep her daughter at home and it is only with reluctance that she accepts that her daughter is genuinely drawn to the young man.

A two-hander is guaranteed to build a close relationship with its audience. Masako Yuasa's production in The Workshop Theatre, University of Leeds, created an elegant oval wooden stage where , with a very few suggestions of furniture and props, a Japanese home was framed. Costumes from the 20's - kimono for the mother, westernised dress for the girl- created the period and strong pools of amber light drew the audience in to the action. The spareness of design and attention to the moment-by-moment detail of direction made for a cultural experience which transported us out of our own time and place.

*16　レイチェル・クロストフィデス Dr. Rachel Christophides は改訂版 The New Cherry Leaves の proof reader。現在はプリモス大学英文学部のレクチャラー。

turns around to the Daughter. The Daughter is still fixing her makeup carefully in the mirror, sometimes stopping and looking at herself with satisfaction.) Oh, Darling, look at your neck,.. how could you have done it so badly...

The Daughter But, Mother, it doesn't spread very well.

The Mother There's too much on and...

The Daughter No, there isn't! (*While saying this, she adjusts the powder on her neck.*)

The Mother Nineteen... One's expected to keep a sensible attitude... (*Silence*) Your new life is starting now, and...so is mine... (*She sighs deeply.*)

The Daughter .....

The Mother (*Sadly*) I don't know when I'll be able to feel everything is all right.

The Daughter You mean with me?..

The Mother (*Weakly*) That's right... (*Pause*) Oh, no, I shouldn't be like this... Things have only just begun...

The Daughter (*She rises to her feet and stands behind the Mother quietly.*)

The Mother (*She senses the Daughter's presence behind her and turns anxious eyes in her direction.*)

A silence.

The Daughter (*The Daughter is overcome with emotion, buries her face in her sleeve and suddenly throws herself down by the Mother in tears.*)

- End -

The Daughter .....

The Mother We know that you don't like sewing... (*Pause*) Oh, it's so humid today!.. (*Pause*) Look at those hairy caterpillars...

The Daughter (*She begins to powder her face quietly.*)

The Mother Have an autumn wedding. Though they might want it sooner... (*Pause*) I prefer to have it in autumn, if possible... And for the honey-moon, perhaps you want to go to Kyoto. (*Pause*) A hot spring somewhere in Izu would also be nice... Once when I was a girl I went to Atami... with your grand father... Well, but it's not that important where you choose to go... Somewhere not too noisy... but it won't be so exciting for you both if the place is too quiet... (*Pause*) To be honest, taking the opportunity while you can, I think it would be good to visit Europe... Does he speak English?

The Daughter No, he speaks German.

The Mother Oh, yes, that's right. He's been studying German law, hasn't he? Germany would be a nice place, too. (*Pause*) Shall I come with you?.. Do you think you'll take me there with you?.. (*Pause*) When Kenji graduates from university and goes to France to study, I want to go with him. What do you say? It'd be nice to travel around Europe as a couple, but I think it would be equally nice for a parent and child to go abroad together. I don't think people will laugh at me when they hear I'm following my son to France for his studies, well I don't mind if they do. But of course only if Kenji doesn't think it's too much for him... (*Pause*) Imagine me, your mother, going to Paris! It's unbelievable that the world has changed so much!.. (*She

thing, darling. Look, why don't you go over there and fix your makeup?

The Daughter (*She cries to herself.*)

Pause.

The Mother I was wrong, please forgive me. Now, let me help you. (*She rises to her feet and goes to the dressing table mirror.*) Come here, my child.

The Daughter (*She rises to her feet and goes to the Mother obediently, but after receiving a powder puff from the Mother, she continues putting powder on to the puff for quite a long time.*)

The Mother (*She looks at the Daughter for a while, turns away from her brusquely, gets up rather abruptly and goes to the round window Upstage Centre. Then she opens the window fully, sits by it, leans out of it placing one of her arms helplessly on the window-sill. Needless to say, her back is turned to the Daughter.*)

The Daughter (*Looking at herself in the mirror throughout.*)

A long silence.

The Mother You should have learned a musical instrument. He said he likes the sound of a shamisen.

The Daughter .....

The Mother I don't know why you have been idling your time away,.. recently you've even stopped going to your flower arranging class...

quivers slightly.)

The Daughter (*She shakes her head feebly.*)

The Mother I, I wouldn't blame you if it happened, on the contrary I'd be relieved... so tell me the truth, well, then, perhaps your hands touched by chance.

The Daughter (*She nods as if determined to confess and buries her face in the Mother's chest.*)

The Mother So that's what I thought. And you, you... (*Her tone of voice becomes tense inspite of herself.*) Did you allow him to do that without saying a word?.. Did you just stay quiet and let him do it?

The Daughter (*She tries to nestle herself into tthe Mother.*)

The Mother (*Pushing away the Daughter coldly*) What a fool you were!

The Daughter (*Hearing the Mother's criticism, trying to grasp her knees and appealing to her*) It wasn't true! Mother, darling, I lied!

Pause.

The Mother (*Avoiding the Daughter's eyes*) You didn't lie!

The Daughter (*In tears*) Yes, I did. I lied to you.

The Mother (*Suddenly changing her attitude, drawing the Daughter close to her knees*) It's all right. It's all over. I won't say any more... I didn't mean it. Listen darling, from the start I, I,.. was hoping you would get married. (*By the end of the speech she has begun crying.*)

The Daughter (*Sinking her face in the Mother's chest*) Mother...

The Mother It's all right, don't worry. You needn't worry about any-

lights far away. There were still some people passing by... (*Pause*) Whenever he saw a puddle or pebbles, he stopped me and took care of me. I suppose he thinks I'm still a child.

The Mother ....

The Daughter Because... he didn't let me get the train ticket on my own. (*Pause*) He was quite crafty about that.

The Mother Is that all the conversation you had on the way?

The Daughter Yes, it is. Ah, there's one more thing... after that, when I bowed saying good-bye, he tried to take off his hat but he'd come out without one. I suppose he must have been quite embarrassed because he just ran off.

The Mother How peculiar! He didn't need to run off.

The Daughter He's a bit like that... I think, I know how he feels...

The Mother But I think he could have said something nice, something to please you on the way to the station. Or rather, before saying anything, he could have tried to find out your feelings. You say that he's never touched on that.

The Daughter (*She nods.*)

The Mother But you say he seemed to be enjoying the quiet walk with you under the new cherry leaves.

The Daughter (*She shrugs in a gesture of uncertainty.*)

The Mother I see. Perhaps he did something like... hold your hand by chance?.. well, errr, something like that?

The Daughter (*She shakes her head.*)

The Mother You must tell me the truth; if you do, we'll be able to know what he thinks of you, we can find out whether or not he is taking you seriously... Listen my dear, perhaps he held your hand just for a while, didn't he?.. (*Her voice*

home. Then he said that things would be different in my own house...

The Mother (*Shaking her head*) I don't understand you at all... What you're saying is beyond me...

A silence

The Daughter I, I wouldn't mind marrying him.

The Mother Just wait for a moment... Tell me more,.. apart from that, what did you talk about? Please tell me all the details of your conversation on the way.

The Daughter When his mother told him that he should walk me to the railway station, he had a funny expression on his face, as if he wanted to cry and to laugh at the same time...

The Mother (*She laughs.*)

The Daughter I felt sorry for him. But when we went outside, he wasn't like that. The sun was about to set... We walked through the avenue of cherry trees all the way to the station. The cherry blossom had already gone but the new leaves made a beautiful green arcade. While we were walking through it, he said, "I wish I could stay here like this forever..." (*Pause*) I thought that he was funny...

The Mother And?

The Daughter I didn't say anything. (*Leaning on the Mother's shoulders*) It was getting really dark and I was worried. But he was walking extremely slowly and every now and then taking a deep breath...

The Mother (*Demonstrating a deep breath*)... like this?

The Daughter That's right. In the end night fell. We could see the station

finds something unsatisfactory with him even then, I wonder if there's any chance for him to improve once they are married... That's what worries me.

The Daughter Unsatisfactory,.. Well, but he behaves coldly only when his family is with us... I guess he becomes too self-conscious.

The Mother It's too easy to explain away that kind of behaviour. Then, where is the evidence that he loves you? Has he said anything to suggest it? Something like, being married to you would be the greatest happiness, or he will love you as long as he lives..?

The Daughter No, he hasn't said things like that.

The Mother Then, what has he said? Yes, that's right, tell me what he talked about when he walked you to the railway station the evening before last?

The Daughter He said that we needn't be frightened of anything if we trusted each other...

The Mother When was that?..

The Daughter On the way to the station...

The Mother What on earth... well, what had you been talking about before that?

The Daughter I don't remember very clearly, but I think we'd been talking about something like what I've just said... He also said that I couldn't possibly make myself his wife.

The Mother Why not?

The Daughter He said he'd feel sorry for me.

The Mother ..?

The Daughter He said that I didn't deserve to do all the hard house work. So, I said to him that I do all the house work at

it. We'd better say no to this marriage.

The Daughter .....

The Mother I hope that you haven't been hiding things from me, have you?

The Daughter What sort of things?

The Mother It's all right as long as you haven't. (*Pause*) When I think of you leaving me for a mere man like him, I, I... No, I don't think so. You aren't a woman who has low ideals of a husband. Aren't I right? If I could leave you in the hands of a man whom I could trust and respect, I wouldn't care if you deserted me once you were married.

The Daughter ..... (*A tear drops from the Daughter on to the open pages of the magazine. She wipes it away quickly.*)

The Mother Why do you cry, my child?.. What has made you so sad? I'm simply talking. (*A silence*) Go and close the window, darling.

The Daughter (*She goes to the window to close it.*)

The Mother I'm sorry, I've gone about things in the wrong way. Please come closer to me, my darling. This conversation has gone off the subject for some time. But I really must ask you more details about some things. Now I want you to promise me to tell the truth, because I won't do anything to hurt you. All right? Listen, my dear, there are things that you don't undersand but I do, while you know about some things that I know nothing about. So unless we talk it through, we can't see it clearly. Agree? (*Pause*) Now listen, when a man brings the business of marriage into the conversation, he wants the woman to see him at his best,.. I mean, normally that's the case, but if the woman

The Daughter (*Taken aback*) Mother!

Pause.

The Mother (*She tries to calm herself and sighs deeply.*)

The Daughter I don't mind, really.

The Mother Well then, we'll turn him down. Now you must promise me that you won't complain about any of this in the future.

The Daughter (*She is quiet, her head cast downwards.*)

The Mother (*Calming down*) Or you must convince me.. tell me how or in what way he's good enough to be your future husband. (*Pause*) Then, tell me what is it about him that you like him so much, considering his attitude towards you and everything else.

The Daughter What do I like about him?.. nothing special really...

The Mother Then, tell me which is correct ; do you like him or not.

The Daughter (*In a low voice*) I don't dislike him.

A long silence.

The Mother (*Looking at the Daughter*) Then you like him.

The Daughter (*Trying to hide her face in the magazine*) I wouldn't say I liked him...

The Mother Whatever you may say, my guess is that you like him. (*She pushes the ruler which she has been using for her sewing to the floor. The ruler bends a little.*)

The Daughter It's not that simple and clear...

The Mother If you can't say it clearly, there's nothing we can do about

A silence.

The Daughter (*She gradually casts her gaze downwards.*)

The Mother Really, last time when he came here, I very nearly told him off... How could he have spoken to us like that?.. I just thought it would be a good idea to invite him out to the theatre so that we'd get to know one another better. Then he said that he'd rather lie down at home... so I thought he wasn't coming, but what a surprise, in the end he joined us. (*Pause*) Also what was that unshaven face of his supposed to mean? I don't think he's ever shaved before visiting us. He may be the type of man who doesn't care about his appearance very much, but even so I think that it had gone too far. He was visiting a house where a young girl lived, and what's more, with whom there was a possibility of a mariage. There is a certain manner which a young gentleman should adopt. More than anything I think it's just so rude... Don't you find it humiliating? I suppose that's why he takes advantage of you. Let' s drop, let's drop this marriage proposal. You'd better forget about him... If I were you, I wouldn't have anything to do with a man like that.

A long silence.

The Daughter Mother, you don't like him, do you?

The Mother My feelings are irrelevant. If you wanted him, it wouldn't matter to me what sort of man he was. If you like him, why don't you go and marry him?

The Mother There's no harm in saying that.

The Daugher .....

The Mother Ideally speaking, I would rather... he came to me and said, "Please give your daughter Miyako-san to me. I promise you that I'll make her the happiest woman in the world." Then I'd say to him, "My daughter has been spoilt as you see. She only knows how to enjoy life." Then he must say, "I know that very well, but I'm not interested in a woman who's merely obedient like a slave. If she knows how to enjoy life, that's enough for me, because I know how to earn our living. A society in which women are forced to work hard and men can enjoy their lives to the full should be condemned." Then I'd say, "Now I know how much you care about my daughter, so I don't mind accepting your proposal. But, even after she marries you, she's still my daughter, so for those occasions when I want to see her, please don't take her too far away from me." He'd say to me, "Of course, I won't. When I marry her, you'll be our dearest mother. We won't neglect you. She'll never leave you on your own except for when she goes out for a walk with me." (*She ends the speech in a tearful voice.*)

The Daughter Mother, please don't...

The Mother Do you think I'm talking nonsense?.. All right, I won't say any more, I'll stop, so in return... why don't we forget this marriage offer once and for all this time. What do you say, my dear?

The Daughter But then, what shall we do after turning this down?

The Mother We'll wait a little longer...

deliberately simply through male pride... A silly game... (*Pause*) And he played this silly game until he passed away. He wanted to show the others that he didn't think much of me. So he tried not to talk to me when someone was with us. When I had something to do and stayed by him, he used to say, "We're fine here. Why don't you go to the other room?" He wouldn't even answer me when I asked him something that I needed to know in front of other people... At the beginning I couldn't accept it. He didn't treat me violently or make me feel unbearably miserable. But I could not answer the one question, which was,.. why was I living with a man like this, the man was supposed to be my dear husband... I can't remember how many times I thought about going back to my parents... But in the end I gave up...because I was expecting you...

The Daughter Were things so bad?.. I had no idea.

The Mother However, he was a good father to you. So even now I don't see him as a bad person. Only I don't want you to go through the same hardships as I did. That's all. (*Pause*) Though, in varying degrees, most men can be like him.

The Daughter But you're talking about the old days. Nowadays men aren't like that, well, at least I'd like to think they aren't. Because they see films from the West now...

The Mother Films! I love the way they live in the West...

The Daughter So do I. If women were treated like that, we would become much cleverer.

The Mother Well, I think that a woman should keep a firm rein on a man...

The Daughter He, he said that I look just like you.

The Mother — Perhaps he wants to pretend that he isn't that bothered one way or the other.

The Daughter — But Mother, I'm the same, I listen to you, and do what you want me to, don't I?

The Mother — That's different. (*Pause*) So... I think... you should ask him about it when you see him next time. You could say, "Please tell me whether it's you or your mother who wants me to be your bride?

The Daughter — No, I won't! I'm not going to ask him any such thing.

A silence.

The Mother — Listen, my darling, as a woman, I think you understand what I'm talking about. (*Pause*) I don't want my daughter to spend her life trying to please her husband. I do believe this... that every woman is destined to meet a man who truly loves her once in her life... That man must love her for herself... (*Pause*) I would like to tell you my story today. It was my nineteenth spring, just the same age as you are now, when I married your father. In those days people weren't expected to go out together before they were married. I married your father before I was aware of what I was getting myself into... Of course, there was an arranged meeting, but then it was simply a formality... As a matter of fact, it wasn't until the wedding day that I realised about one of your father's eyes... If that had been all, it wouldn't have been so upsetting. But that evening your father got very drunk and disappeared somewhere with his friends. Such a scene! He did it

said that he might try to get a decent job.

The Mother Having heard what he said, I think that he sounds quite interested in you. (*Giving one end of her sewing to the Daughter*) Will you please hold this here, darling? And yet, I don't quite understand it. Do you think that he thinks he's decided to marry you without knowing your answer?

The Daughter It seems so.

The Mother Did he say anything else?

The Daughter He asked me whether I'd prefer a Japanese-style room or a western-style one. So, I answered that I'd much prefer a western-style room. Then he said, "In that case I could decorate the cottage in a western-style."

The Mother He only says, 'could do, might do, perhaps...' Nothing is clear.

The Daughter I am afraid so.

Pause.

The Mother I don't know what to do. We haven't anyone to ask advice from particularly... So really, darling, you have to be very careful. (*Pause*) I don't think that it is good enough for them to say, 'we don't mind having your daughter as our son's bride.' I think that the man himself should come with a proper marriage proopsal... I don't think that his feelings have been made quite clear.

The Daughter He seems to leave it all to his mother's discretion.

The Mother And is he content with that?

The Daughter I'm not quite sure whehter he is or not..

ping, Mother. He kept telling me that he must go soon but actually in the end he stayed for two hours.

The Mother — Then, you two must have managed to talk quite a bit.

The Daughter — No, not really. Because he was silent and smoked except for the times when I asked him something and he was obliged to answer it... (*stifling a giggle*) He's got a funny habit. He does this... (*She strokes her nose with her forefinger in demonstration.*) If that was all, it wouldn't be so bad, but he always holds his nose for a while like this afterwards. (*She demonstrates his movement.*)

The Mother — I don't know how you can be so silly, my dear. Anyway, tell me everything he said.

The Daughter — He said to me... "I don't really want to marry anyone yet, but my mum,.." yes, he says 'my mum',.. "my mum wants me to, so..."

The Mother — In that case, my child...

The Daughter — Yes, I know, so I was thinking about refusing him.

The Mother — Darling, it's no good just thinking about it. (*As if talking to herself*) But that's exactly what I've been worried about.

The Daughter — And yet after that, he told me that perhaps I wouldn't think much of a man who hadn't got a decent job yet. So I told him that I couldn't say that I would, but I could say that I'd be able to trust the man more if he earned his living through his own talents. Then...

The Mother — My dear, did you say that?

The Daughter — Yes, I did, Mother. Then...

The Mother — Then?..

The Daughter — Then, as if he were speaking to no one in particular, he

A silence.

The Mother	They seem to be very keen on this marriage, but if it's only his mother who wants you, and the most important person himself behaves like that,.. then I fear that the marriage sounds very unpromising. (*Pause*) All right, then, tell me everything that he has said to you. Tell it to me as he did. How many times have you two been on your own?.. once, twice, and the day before yesterday when he saw you off at the station on your way home, that's all, isn't it? Now tell me what you talked about on the first day.
The Daughter	Listen, Mother, we only had about five minutes or so... we didn't have enough time to talk. (*Remembering*) Yes, but he said to me, "Don't you miss your school days?" And when I said, "Yes, I do," he just laughed, "Hah, hah, hah."
The Mother	Why is that?
The Daughter	I don't know... then, when I said, "Your house is in a very quiet area. It must be nice to live here," he said, "We tend to think that whenever we visit someone else's place." And then I asked him, "Aren't you getting a radio aerial in your house?" He answered that he didn't want to do what everybody else was doing. I think he's a bit... (*She moves her forefinger round near her head to indicate that he is a little crazy.*)
The Mother	I'm afraid he might be. And? Is that all?
The Daughter	Yes, it is. That was all on the first day. On the second day we spent the time here. Remember? You were out shop-

The Mother Oh, dear.

The Daughter How am I going to explain it?.. He looked very bored and yawned a lot...

The Mother Oh, dear.

The Daughter He was just like that the day before yesterday when I took the dahlia bulbs to his house. Everybody was in the garden. He was with them, yet he was the only one not even to turn his head toward me. And then he said, "It's very nice of you to bring those for us, but I don't think that we have any room for them in our garden." I felt like crying.

The Mother What a strange man! Though I suppose, he must have been different when the others weren't with you.

The Daughter (*She nods.*)

The Mother I guess he was nice to you.

The Daughter Nice to me?

The Mother Well, I thought that he may have flattered you.

The Daughter Flattered me?..

The Mother I mean,.. a man would have told a girl how he felt about her by now.

The Daughter He hasn't said any such a thing.

The Mother I don't believe you. He must have said something.

The Daughter But, honestly Mother, he hasn't...

The Mother All right darling, but if that's the way things are, there isn't much hope in this marriage proposal, is there?

The Daughter So it's all right by me. (*She peers more closely at the magazine.*)

The Mother What do you mean, "It's all right?"

The daughter I don't mind about this marriage...

more serious thought?

The Daughter Give it a little more serious thought?.. I've said I'll do whatever you think is good for me.

The Mother I have no objection to this, but darling, it's your feelings that are more important here.

The Daughter .....

The Mother And his attitude...which I don't really understand... The family and the son meet the girl at an arranged marriage meeting ; they are very pleased with her and decide to welcome her into the family. And now they want to know our answer as soon as possible... I feel it's,.. it's too easy, isn't it? It has been a month since we met him. I think that he should have told us something about it himself. Or, darling, has he talked to you directly? Has he ever asked you how you feel about him?..

The Daughter (*She shakes her head*.)

The Mother Then what did you talk about when you were alone?

The Daughter What did we talk about?.. We were rather quiet most of the time. Listen, Mother, I think that he was odd... very very odd.

The Mother What was so odd about him?

The Daughter The thing is, he was alright when we were on our own, I think that he was quite normal,.. but when we went to his house, he changed his attitude toward me quite suddenly. He didn't show any interest in me in front of his mother and his little sister.

The Mother In what way?

The Daughter First of all he didn't talk to me, and secondly he didn't even look at me.

The New Cherry Leaves

(a play in one act)

by Kunio Kishida
translate by Masako Yuasa

(The original translation was collected with *Paper Balloon* and *Love Phobia* in *Kunio Kishida Three Plays* by Alumnus, Leeds, 1994. It has been revised for the present publication.)

Characters
The Mother
The Daughter

Time : midday in late April
Place : the Mother's sitting room

The branches of a cherry tree with young new leaves are seen through the round window which is open Upstage Centre. The Mother is sewing. The Daughter is turning over the pages of a magazine beside the Mother.

Pause.

The Daughter (*Looking up and speaking rather childishly*) I don't mind.

The Mother (*Deliberately unemotional*) Neither do I. (*Pause*) No, it's not true. I do mind. (*Pause*) Why don't you give it a little

あとがき

『岸田國士の世界』は、わたくしたちの研究会が出す五冊目の本である。初めの三冊は社会評論社から出した戯曲研究論集『20世紀の戯曲』（全三巻、一九九八年、二〇〇二年、二〇〇五年）で、一八六八年〜二〇〇〇年迄一七〇余の戯曲を対象とし、五〇余名の会員が執筆をした。研究を始めてから最後の巻の上梓までに一五年余かかっている。これは西村博子と井上が編集を担当した。四冊目は戯曲の教科書で、翰林書房から『日本の近代戯曲』（一九九九年）を出した。ここには近代戯曲の一幕物一五本と多幕物五本（部分）を入れ、数名の会員が解説や研究文献目録を担当し、編集には西村・井上・林廣親があたった。

岸田國士の論集を出すという計画は、当初なかった。岸田について、平田オリザが取り上げて著書で度々言及すると、若い演劇人たちが岸田國士に注目するようになった。そのせいかどうかは定かではないが上演回数も異常に多くなる。過去の歴史を若者は踏まえないことが多いから、平田本がきっかけで演劇史や近代戯曲に目を向けるようになるのはいいことだと思っていた。しかし必ずしも氏の言説が演劇史を正確に伝えていないことが分かったとき、これは困った現象だと思うようになる。批判は耳にしても表立って誰も批判をしないという現状もあったのである。わたくし個人は研究文献に挙げられているように平田論を短い文章ではあったが批判した。が、この効果はほとんどあがらなかったようだ。おそらく多くの論者が批判にペンを執らなかったのは、そうした状況結果が見えていたのだと推測される。

岸田研究を研究会で本格的に取り組み、その成果を論集にしようという会の意見がまとまった直接の契機は、井上に送られてきた大笹吉雄「誤読の中に聳立した『岸田国士』像――没後五〇年でさまよう演劇人像」（『中央公論』二〇〇四年一〇月号）である。当時代表だった西村博子が反論を書くといっていたが、それも時間と共にいつの間にか消えてしまった。

上演記録を見ていただくとわかるが、岸田國士の戯曲がこれほど21世紀に上演され、言及される理由は何なのか、それがつかめないのである。登場人物が少ないから、上演時間が短いから、手軽で費用がかからないから、そんな理由でとりあげるのか。まさかそうではないだろう。

戯曲に潜む何かがあるなら、それを探ろう。わたくしたちは正面から岸田戯曲に取り組まなければならないと思ったのである。それは戯曲の書かれた時間がいつであれ、演じられる舞台の時間は今であるからだ。現代の人々に岸田の何が、突き刺さるのか、それを探るためにも戯曲を検討し、岸田の全容を把捉すること、それが戯曲研究をしているわたくしたち研究会の使命である。大げさに言えばわたくしたち以外にこれができる研究会はない、と自らに重い責任を課して岸田研究に取りかかったのである。

『20世紀の戯曲』を上梓するときは、長い時間をかけて各人が自論を発表し、会員相互で議論した経緯があったから、二、三年の短い時間で出すのはどうかという意見もあった。しかし時間のスピードが急速に速くなっている現代に悠長な時間は流れていないし、取り上げる作品数も少ないし、何よりもあまりにも多くの岸田戯曲の氾濫を分析しなければならないから、と理由付けした。

しかし研究会で発表し、論文にまとめて編集委員が査読をするというこれまでの姿勢は崩さなかった。今回は編集委員の由紀草一が中心になって論文を読んだ。索引の項目については種々異論も出たが、最終的には井上が取りまとめた。あらたに事務局長の阿部由香子も編集に加わり、元代表西村博子と四人でこの論集をまとめた。ほかにも会員の宮本啓子が力を貸してくれ、多くの関係諸氏・図書館・博物館などのお世話にもなった。

わたくしはいつも大言壮語をするから、またかと思われるだろうが、この論集を手に取っていただければ、岸田國士という劇作家が、どんなことを考えて戯曲を書き、舞台に上げていたか、お分かりいただけると思う。多くの演劇人や研究者に読んで戴きたいと願っている。

最後に、この難しい時代に岸田の論集を出してくださった翰林書房の今井肇、今井静江両氏のご厚意に心から感謝したい。

二〇一〇年三月一一日

日本近代演劇史研究会代表　井上理恵

・戯曲の配列は岸田が発表した年代順とし、公演の初日・終日・上演主体名・劇場・演出を記した。

・2010年1月31日までの上演を取り上げた。

・「由利旗江」は小説の舞台化だが取り上げた。

・同一作品と考えられる場合には、演目名の表記の違いを明確に記さなかった。

・上演記録作成にあたっては以下の資料を参考にし、上演資料、新聞資料、web情報などを確認した。

「岸田國士作品上演記録」『演劇創造』第16号（1986年　日本大学芸術学部演劇学科）

早稲田大学演劇博物館データベース「近代演劇上演記録」「現代演劇上演記録」

『帝劇の五十年』（1966年　帝劇史編纂委員会・東宝株式会社）

『松竹百年史』（1996年　松竹株式会社）

『近代歌舞伎年表』大阪篇、京都篇（近代歌舞伎年表編纂室編・八木書店）

『日本戯曲初演年表』（大笹吉雄監修、日本劇団協議会編・あづき）

『演劇年鑑』（日本演劇協会・演劇出版社）

『演劇年報』（早稲田大学演劇博物館・早稲田大学出版部）

・上演記録作成に際し、宮本啓子氏、大阪大学総合学術博物館・横田洋氏、現代劇センター真夏座にご協力頂いた。

1943年（昭和18） 3月3日～3月28日 芸術座／有楽座／金子洋文
＊脚色：金子洋文

1944年（昭和19） 8月 新青年座森川信一座／新宿松竹座／竹田信太郎
＊脚色：金子洋文

1946年（昭和21） 4月20日 明朗新劇場／浅草松竹座

1967年（昭和42） 1月2日～1月26日 新派／新橋演舞場／北條誠
＊脚色：北條誠

かへらじと

1943年（昭和18） 6月20日～6月29日 松竹国民移動劇団／邦楽座／佐々木孝丸

速水女塾

1949年（昭和24） 7月30日～8月29日 文学座／三越劇場／久保田万太郎

1949年（昭和24） 9月22日～9月27日 文学座／大阪毎日会館／久保田万太郎

1949年（昭和24） 9月29日 文学座／名古屋稲澤大同毛織KK／久保田万太郎

1949年（昭和24） 9月30日 文学座／名古屋御園座／久保田万太郎

女人渇仰

1953年（昭和28） 5月12日～5月24日 文学座アトリエ公演／文学座アトリエ／中村伸郎

1980年（昭和55） 5月26日～6月4日 風／みゆき館劇場／野田雄司

2002年（平成14） 2月20日～3月5日 文学座／文学座アトリエ／松本祐子

椎茸と雄弁

1951年（昭和26） 6月15日～6月28日 俳優座／三越劇場／青山杉作

1994年（平成6） 4月28日～5月8日 東京乾電池／ザ・スズナリ／ベンガル
＊演目名「椎茸の栽培」

道遠からん

1950年（昭和25） 11月3日～11月20日 文学座／三越劇場／岸田國士・福田恒存

1950年（昭和25） 11月24日～11月29日 文学座／大阪毎日会館／岸田國士・福田恒存

1984年（昭和59） 9月22日～9月24日 ぐるーぷえいと／三越ロイヤルシアター／藤原新平

1990年（平成2） 5月16日～5月23日 木山事務所／シアター・サンモール／末木利文

1993年（平成5） 11月17日～11月25日 木山事務所／シアターサンモール／末木利文

1994年（平成6） 9月22日～9月24日 ぐるーぷえいと／三越ロイヤルシアター／藤原新平

2007年（平成19） 5月23日～5月27日 木山事務所／俳優座劇場／K・KIYAMA

秘密の代償

2003年（平成15）4月25日～4月27日　劇団どろ／どろの芝居小屋／合田幸平

五月晴れ

1933年（昭和8）6月14日　浪花座六月興行／大阪・浪花座

1987年（昭和62）5月27日～5月31日　木山事務所／俳優座劇場／末木利文

職業

1935年（昭和10）2月23日～2月26日　築地座／飛行館／阿部正雄

1947年（昭和22）12月9日～12月10日　くるみ座／京都華頂会館／毛利菊枝

沢氏の二人娘

1951年（昭和26）5月18日～5月20日　くるみ座／京都新聞ホール／田中千禾夫

1951年（昭和26）5月27日　くるみ座／大阪朝日会館／田中千禾夫

1959年（昭和34）5月3日～7月26日　俳優座／俳優座劇場／田中千禾夫
＊毎週日曜日の公演

1977年（昭和52）7月18日～7月21日　風／プーク劇場／松村彦次郎

1982年（昭和57）8月5日～8月27日　文学座／三越劇場／加藤新吉

1982年（昭和57）8月30日～10月31日　文学座／宇都宮市文化会館他地方公演／加藤新吉

1988年（昭和63）12月2日～12月4日　東京演劇アンサンブル／ブレヒトの芝居小屋／広渡常敏

1989年（平成1）12月9日～12月12日　東京演劇アンサンブル／ブレヒトの芝居小屋／広渡常敏

1993年（平成5）7月23日～7月25日　劇団河馬壱／東演パラータ／中川順子

富士はおまけ

1962年（昭和37）3月28日～3月29日　俳優座演劇研究所／俳優座劇場／田中千禾夫
＊「けむり」と共に構成

けむり

1962年（昭和37）3月28日～3月29日　俳優座演劇研究所／俳優座劇場／田中千禾夫
＊「富士はおまけ」と共に構成

1991年（平成3）4月26日～4月29日　劇団SCENE／劇団SCENEアトリエ／新城聡

歳月

1947年（昭和22）9月13日～9月17日　文学座／名古屋宝塚劇場／菅原卓・原千代海

1947年（昭和22）9月20日～9月28日　文学座／大阪毎日会館／菅原卓・原千代海

1948年（昭和23）1月6日～1月25日　文学座／三越劇場／菅原卓

1987年（昭和62）8月9日～9月5日　文学座／三越劇場／加藤新吉

2003年（平成15）11月21日～11月30日　（財）水戸市芸術振興財団／水戸芸術館ACM劇場／松本小四郎

暖流

世莉

音の世界

2002年（平成14）２月20日～３月５日　文学座／文学座アトリエ／松本祐子

2009年（平成21）６月25日～６月30日　桃園会／大阪・ウイングフィールド／深津篤史

世帯休業

1932年（昭和７）10月１日～10月25日　新派／明治座

1989年（平成１）５月25日～５月29日　木山事務所／シアター・サンモール／末木利文

1996年（平成８）10月31日～11月７日　東京芝居倶楽部／高田馬場アートボックス／石尾よしさと、孫世理

2007年（平成19）10月26日～10月29日　現代劇センター真夏座／銀座みゆき館劇場／池田一臣

2009年（平成21）５月15日～５月18日　東京桜組／小劇場「楽園」／飯田浩志

運を主義にまかす男

1933年（昭和８）５月19日～５月21日　新春座／大隈講堂／長谷部孝（監督）

1935年（昭和10）５月30日～５月31日　テアトルコメディ／飛行館／金杉淳郎

1992年（平成４）７月13日～７月19日　演劇集団ドラマスタジオ／渋谷109スタジオ／納屋悟朗

＊副題「カマボコ君とトンビ君」

1992年（平成４）12月４日～12月６日　プロジェクト・ナビ／AI・HALL／北村想

1992年（平成４）12月10日～12月13日　プロジェクト・ナビ／愛知県芸術劇場小ホール／北村想

1996年（平成８）11月13日～11月17日　演劇集団ドラマスタジオ／中野ウェストエンドスタジオ／大竹竜二

顔

1951年（昭和26）１月２日～１月26日　新生新派／新橋演舞場／菅原卓

1952年（昭和27）２月１日　新派／大阪歌舞伎座／菅原卓

1956年（昭和31）11月13日～11月14日　くるみ座／先斗町歌舞練場／菊地保美

1956年（昭和31）11月30日　くるみ座／大阪大手前会館／菊地保美

1963年（昭和38）10月１日　新派／明治座

1977年（昭和52）12月８日～12月14日　マールイ／マールイ稽古場／天野次郎

2002年（平成14）２月20日～３月５日　文学座／文学座アトリエ／今村由香

雅俗貧困譜

1933年（昭和８）12月27日～12月29日　新劇座／帝国ホテル演芸場／岸田國士

1934年（昭和９）１月27日～１月29日　新劇座／飛行館

1989年（平成１）５月25日～５月29日　木山事務所／シアター・サンモール／末木利文

1933年（昭和８）２月25日〜２月27日　築地座／飛行館／岸田國士
1988年（昭和63）６月１日〜６月５日　木山事務所／俳優座劇場／末木利文
1998年（平成10）６月１日〜６月５日　木山事務所／俳優座劇場／末木利文
2007年（平成19）５月10日〜６月３日　NYLON100℃／青山円形劇場／ケラリーノ・サンドロヴィッチ
＊「岸田國士一幕劇コレクション」潤色・構成：ケラリーノ・サンドロヴィッチ

頼母しき求縁
1934年（昭和９）２月２日　新派／東京劇場／岸田國士
1986年（昭和61）５月27日〜６月１日　木山事務所／俳優座劇場／末木利文
1988年（昭和63）３月１日〜３月７日　木山事務所／俳優座劇場／末木利文
1994年（平成６）９月26日〜10月２日　演劇集団円／沼袋・円ステージ／國峰眞
2009年（平成21）６月18日〜６月21日　Ito・M・Studio／Ito・M・Studio／竹内修

ママ先生とその夫
1932年（昭和７）４月28日〜４月29日　築地座／飛行館／岸田國士

昨今横浜異聞
1931年（昭和６）１月１日〜１月26日　帝劇初春新劇大合同／帝国劇場／園池公功（舞台監督）
1992年（平成４）５月24日　鳥取市民劇場／鳥取市民劇場／難波忠男
1992年（平成４）６月21日　鳥取市民劇場／米子市文化ホール／難波忠男
1998年（平成10）２月４日〜２月10日　木山事務所／俳優座劇場／末木利文
1998年（平成10）２月17日　木山事務所／ピッコロシアター／末木利文

ここに弟あり
1988年（昭和63）６月１日〜６月５日　木山事務所／俳優座劇場／末木利文
1998年（平成10）６月１日〜６月５日　木山事務所／俳優座劇場／末木利文

家庭裁判
1931年（昭和６）７月１日〜７月25日　新派／帝国劇場／園池公功（舞台監督）

かんしゃく玉
1931年（昭和６）８月19日〜８月23日　劇団新東京／京都・南座
1931年（昭和６）８月　帝劇八月興行／帝国劇場／園池公功（舞台監督）
＊「実演」と付記
1986年（昭和61）11月28日〜11月30日　俳小／俳小アトリエ／伊藤弘一
1992年（平成４）４月21日〜４月26日　木山事務所／シアターサンモール／末木利文
2008年（平成20）８月23日〜８月26日　万籟房／上智大学演劇アトリエ／江藤信暁
2009年（平成21）６月25日〜６月30日　桃園会／大阪・ウイングフィールド／深津篤史
2009年（平成21）10月21日〜11月３日　演劇ユニット時間堂／王子スタジオ１／黒澤

1989年（平成１）11月16日～11月19日　演劇集団ドラマスタジオ／渋谷109スタジオ／野田雄司
1996年（平成８）11月13日～11月17日　演劇集団ドラマスタジオ／中野ウエストエンドスタジオ／野口敏郎
2009年（平成21）11月13日～11月15日　岸田國士短編制作委員会／銀座小劇場／森さゆ里

牛山ホテル

1932年（昭和７）６月25日～６月26日　築地座／飛行館／岸田國士
1954年（昭和29）６月17日～７月４日　文学座／神田一ツ橋講堂／久保田万太郎
1954年（昭和29）７月６日～７月13日　文学座／大阪毎日会館／久保田万太郎
1954年（昭和29）７月22日～７月23日　文学座／御園座／久保田万太郎
1954年（昭和29）７月14日～７月16日　文学座／京都弥栄会館／久保田万太郎
1968年（昭和43）10月16日～10月27日　劇団 NLT／紀伊国屋ホール／衣笠貞之助

長閑なる反目

1929年（昭和４）２月　新派／市村座
1931年（昭和６）11月　レヴュウ劇場十一月興行／浅草松竹座／園池公功（舞台監督）
1932年（昭和７）11月１日～11月25日　新派／大阪・歌舞伎座
1936年（昭和11）４月１日～４月３日　新派／博多・大博劇場（九州巡業）
1981年（昭和56）５月７日～５月13日　新演劇人クラブ・マールイ／マールイサロン／末木利文
1982年（昭和57）３月22日～３月27日　くるみ座／くるみ座／中井恵美子
1993年（平成５）５月４日～５月9日　木山事務所／シアターサンモール／末木利文

是名優哉

1989年（平成１）10月６日～10月８日　東京演劇アンサンブル／ブレヒトの芝居小屋／広渡常敏
1989年（平成１）12月９日～12月11日　東京演劇アンサンブル／ブレヒトの芝居小屋／広渡常敏

取引にあらず

1929年（昭和４）３月16日～３月28日　松竹家庭劇／大阪・角座
1935年（昭和10）６月15日　新築地劇団／松竹劇場
1991年（平成３）５月23日～５月29日　木山事務所／シアター・サンモール／末木利文

由利旗江

1930年（昭和５）３月１日～３月20日　新派大合同／帝国劇場

＊脚色：大隅俊雄

犬は鎖につなぐべからず

1930年（昭和５）６月１日～６月23日　新派／新橋演舞場

1965年（昭和40）12月21日～12月24日　俳優小劇場／紀伊国屋ホール／早野寿郎
1969年（昭和44）11月１日～11月15日　劇団六甲／葺合公会堂
＊土曜劇場
1977年（昭和52）11月３日～11月５日　全映／中野公会堂／徳大寺伸
1979年（昭和54）６月５日～６月10日　新人会／新人会スタジオ／前田昌明
1979年（昭和54）10月28日　グループ12／俳小アトリエ／早野寿郎
1980年（昭和55）２月23日～２月25日　芸協／桜台劇場／雨森雅司・青野武
1983年（昭和58）９月27日～10月２日　東京小劇場／東芸劇場／西木一夫
1985年（昭和60）11月19日～11月23日　劇団芸協／武蔵野芸能劇場／あずさ欣平
2005年（平成17）10月31日～11月16日　新国立劇場／新国立劇場小劇場／深津篤史
2007年（平成19）２月22日～２月25日　劇団芸術劇場／根岸・笹之雪ホール／小林和樹
2008年（平成20）２月29日～３月９日　新国立劇場／新国立劇場小劇場／深津篤史
2009年（平成21）10月31日～11月16日　新国立劇場／新国立劇場小劇場／深津篤史
2009年（平成21）11月21日～11月25日　Salad ball／アトリエ春風舎／西村和宏・わたなべなおこ

明日は天気

1988年（昭和63）10月７日～10月９日　東京演劇アンサンブル／ブレヒトの芝居小屋／広渡常敏
1989年（平成１）12月10日～12月13日　東京演劇アンサンブル／ブレヒトの芝居小屋／広渡常敏
2001年（平成13）12月５日～12月13日　劇団 NLT／銀座みゆき館劇場／原田一樹
2003年（平成15）１月31日～２月２日　鋼鉄猿廻し一座／芸術創造館／中村賢司
2007年（平成19）５月８日～５月13日　東京演劇集団風／レパートリーシアターKAZE／桐山知也
2007年（平成19）７月14日～７月16日　演劇企画室 Vector／山小屋ギャラリー／山口望
2009年（平成21）６月25日～６月30日　桃園会／大阪・ウイングフィールド／深津篤史

ある親子の問答

2000年（平成12）９月６日～９月10日　燐光群／梅ヶ丘 BOX／川畑秀樹

隣の花

1928年（昭和３）５月　新派（松竹新劇団）／浅草松竹座
1928年（昭和３）５月１日～５月25日　帝国劇場女優劇／帝国劇場／宇野四郎（舞台監督）
1933年（昭和８）２月16日　新聲劇／大阪・浪花座／村田和緒
1933年（昭和８）３月１日～３月15日　新聲劇／京都座／村田和緒
1985年（昭和60）９月25日～９月29日　木山事務所／俳優座劇場／末木利文

1989年（平成１）12月９日〜12月12日　東京演劇アンサンブル／ブレヒトの芝居小屋／広渡常敏
1992年（平成４）５月20日〜５月24日　劇団どろ／どろの小屋
1992年（平成４）７月13日〜７月19日　演劇集団ドラマスタジオ／渋谷109スタジオ／納屋悟朗
＊副題「お八重さんとおしまさん」
1994年（平成６）４月15日〜４月18日　東京芝居倶楽部／高田馬場アートボックス／鈴木文子
2007年（平成19）６月13日〜６月17日　桃園会／大阪・ウイングフィールド／深津篤史
＊公演名「a tide of classics」
2007年（平成19）７月14日〜７月16日　演劇企画室 Vector／山小屋ギャラリー／山口望
2007年（平成19）10月26日〜10月29日　現代劇センター真夏座／銀座みゆき館劇場／池田一臣
2010年（平成22）１月15日〜１月20日　可児市文化芸術振興財団／可児市文化創造センター／西川信廣
2010年（平成22）１月23日〜１月27日　可児市文化芸術振興財団／新国立劇場・小劇場／西川信廣

ヂアロオグ・プランタニエ

1997年（平成９）10月２日〜10月12日　東京芝居倶楽部／高田馬場アートボックス／小池明子
1997年（平成９）11月13日〜11月15日　岸田國士短編制作委員会／銀座小劇場／森さゆ里

動員挿話

1927年（昭和２）９月１日〜９月25日　帝国劇場女優劇・新派合同／帝国劇場／宇野四郎（舞台監督）
1927年（昭和２）10月１日　新派（松竹新劇団）／浅草松竹座／鈴木善太郎（舞台監督）
1928年（昭和３）１月19日〜１月26日　再興芸術座／大阪・角座／田中総一郎
1928年（昭和３）２月18日〜２月25日　再興芸術座／京都・南座／田中総一郎
1930年（昭和５）５月１日　（若手大歌舞伎）／新歌舞伎座／園池公功（舞台監督）
1931年（昭和６）10月１日〜10月15日　新派（浪花座十月興行）／大阪・浪花座／園池公功（舞台監督）
1931年（昭和６）10月17日〜10月26日　新派／京都・南座／園池公功（舞台監督）
1959年（昭和34）５月14日〜５月16日　新人会／赤坂公会堂／増見利清
1960年（昭和35）８月16日〜８月22日　俳優座研究所／俳優座劇場／河盛成夫

1996年（平成８）	11月23日～11月24日	桐朋学園短期大学芸術科演劇専攻／桐朋学園短大小劇場／前田昌明

百三十二番地の貸屋

1929年（昭和４）	４月	新派／市村座／岸田國士（舞台監督）
1994年（平成６）	10月18日～10月23日	木山事務所／シアターサンモール／末木利文
2003年（平成15）	１月31日～２月２日	鋼鉄猿廻し一座／芸術創造館／中村賢司
2008年（平成20）	６月12日～６月15日	現代劇センター真夏座／内幸町ホール／池田一臣

可児君の面会日

1932年（昭和７）	２月６日	民衆劇場／日比谷公会堂／九重京一
1936年（昭和11）	１月	東京舞台／築地小劇場／東勇夫
1939年（昭和14）	４月26日～４月27日	文学座／錦橋館／菅原太郎
1965年（昭和40）	４月３日～４月24日	くるみ座／京都毎日ホール／人見嘉久彦　＊毎週土曜日の公演
1980年（昭和55）	１月10日～１月20日	芸協／桜台劇場／あずさ欣平
1991年（平成３）	５月23日～５月29日	木山事務所／シアター・サンモール／末木利文
1997年（平成９）	10月２日～10月12日	東京芝居倶楽部／高田馬場アートボックス／石尾よしさと
1998年（平成10）	１月13日～１月18日	シアター χ／シアター χ／川和孝
2001年（平成13）	12月５日～12月13日	劇団 NLT／銀座みゆき館劇場／原田一樹
2007年（平成19）	６月13日～６月17日	桃園会／大阪・ウイングフィールド／深津篤史　＊公演名「a tide of classics」

落葉日記

1966年（昭和41）	１月25日～２月16日	俳優座／日経ホール／阿部広次
1966年（昭和41）	２月18日～２月24日	俳優座／俳優座劇場／阿部広次
1966年（昭和41）	11月30日	くるみ座／大阪新朝日ホール／人見嘉久彦
1966年（昭和41）	12月２日～12月４日	くるみ座／京都府立勤労会館／人見嘉久彦
1994年（平成６）	10月18日～10月23日	木山事務所／シアターサンモール／末木利文

留守

1927年（昭和２）	６月25日～６月26日	エラン・ヴヰタール小劇場／京都・キリスト教青年会館
1940年（昭和15）	５月31日	文学座／錦橋館／長岡輝子
1977年（昭和52）	５月10日～５月12日	くるみ座／京都会館ホール／北村英三
1982年（昭和57）	４月17日～４月18日	芸協／観音ホール／青野武
1989年（平成１）	10月６日～10月８日	東京演劇アンサンブル／ブレヒトの芝居小屋／広渡常敏

2007年（平成19）	6月13日～6月17日	桃園会／大阪・ウイングフィールド／深津篤史
		＊公演名「a tide of classics」
2007年（平成19）	7月14日～7月16日	演劇企画室 Vector／山小屋ギャラリー／山口望
2009年（平成21）	5月15日～5月18日	東京桜組／小劇場「楽園」／飯田浩志

屋上庭園

1927年（昭和2）	1月1日	新国劇・澤田正二郎一座／邦楽座
1982年（昭和57）	4月17日～4月18日	芸協／観音ホール／あずさ欣平
1993年（平成5）	5月4日～5月9日	木山事務所／シアターサンモール／末木利文
2003年（平成15）	4月25日～4月27日	劇団どろ／どろの芝居小屋／合田幸平
2005年（平成17）	10月31日～11月16日	新国立劇場／新国立劇場小劇場／宮田慶子
2008年（平成20）	2月29日～3月9日	新国立劇場／新国立劇場小劇場／宮田慶子
2009年（平成21）	10月31日～11月16日	新国立劇場／新国立劇場小劇場／宮田慶子
2009年（平成21）	11月13日～11月15日	岸田國士短編制作委員会／銀座小劇場／森さゆ里

村で一番の栗の木

1946年（昭和21）	10月	文学座／文学座稽古場／戌井市郎
1951年（昭和26）	11月16日～11月17日	くるみ座／京都新聞会館／田中千禾夫
1951年（昭和26）	12月13日	くるみ座／大阪三越劇場／田中千禾夫
1986年（昭和61）	7月12日～7月13日	劇団アトリエ／劇団アトリエ／羽村吾作
1988年（昭和63）	7月1日～7月3日	東京演劇アンサンブル／ブレヒトの芝居小屋／広渡常敏
1989年（平成1）	12月9日～12月11日	東京演劇アンサンブル／ブレヒトの芝居小屋／広渡常敏
1991年（平成3）	9月7日～9月8日	東京演劇アンサンブル／ブレヒトの芝居小屋／広渡常敏

賢婦人の一例

1987年（昭和62）	5月27日～5月31日	木山事務所／俳優座劇場／末木利文
2008年（平成20）	6月12日～6月15日	現代劇センター真夏座／内幸町ホール／池田一臣

温室の前

1927年（昭和2）	5月15日～5月19日	新劇協会／帝国劇場／岸田國士
1997年（平成9）	7月5日～7月16日	演劇企画集団 THE ガジラ／下北沢ザ・スズナリ／鐘下辰男
2001年（平成13）	10月26日	文学座（勉強会）／文学座第二稽古場／今村由香

遂に「知らん」文六

1927年（昭和2）	1月20日～1月26日	新派／大阪・松竹座
1927年（昭和2）	1月28日～1月30日	再興芸術座／歌舞伎座
1928年（昭和3）	1月31日	新派（松竹新劇団）／浅草松竹座
1930年（昭和5）	9月1日～9月25日	帝劇九月興行／帝国劇場／宇野四郎（舞台監督）
1938年（昭和13）	5月19日～5月20日	新興小劇場／京都・弥栄会館／山内英三・藤原忠
1940年（昭和15）	10月30日	文学座／飛行館／戌井市郎
1943年（昭和18）	2月27日	文学座／秋田・陸軍病院
1943年（昭和18）	3月6日	文学座／盛岡・陸軍病院
1945年（昭和20）	11月11日～11月23日	文学座／兵庫県八代村・国民学校他／中村信成　＊移動演劇
1946年（昭和21）	3月2日	文学座／大岡山・工業大学講堂／戌井市郎　＊他に地方公演あり
1947年（昭和22）	1月5日	文学座／タペシリン講堂／戌井市郎　＊他に地方公演あり
1948年（昭和23）	6月12日～6月13日	文学座／熱海公会堂／戌井市郎
1951年（昭和26）	3月2日～3月3日	くるみ座／大阪毎日会館／毛利菊枝
1951年（昭和26）	4月	文学座／千葉公会堂／戌井市郎　＊他に地方公演あり
1964年（昭和39）	9月18日～9月20日	創作劇場／高円寺会館／津川英介
1982年（昭和57）	4月17日～4月18日	芸協／観音ホール／雨森雅司
1982年（昭和57）	11月27日～12月2日	民芸／大垣市文化会館他地方公演／宇野重吉
1982年（昭和57）	12月10日～12月26日	民芸／三越劇場／宇野重吉
1983年（昭和58）	1月5日～2月7日	民芸／多摩市民館他地方公演／宇野重吉
1983年（昭和58）	3月8日～3月9日	「標」の会／新宿文化センター／遠藤浩
1985年（昭和60）	6月9日～6月18日	テアトロ〈海〉／劇団アトリエ／正井令二
1986年（昭和61）	11月28日～11月30日	俳小／俳小アトリエ／伊藤弘一
1988年（昭和63）	6月17日～6月19日	劇団テアトルハカタ／テアトルハカタ／園山土筆
1988年（昭和63）	10月7日～10月9日	東京演劇アンサンブル／ブレヒトの芝居小屋／広渡常敏
1989年（平成1）	12月10日～12月13日	東京演劇アンサンブル／ブレヒトの芝居小屋／広渡常敏
1992年（平成4）	4月21日～4月26日	木山事務所／シアターサンモール／末木利文
1992年（平成4）	5月20日～5月24日	劇団どろ／どろの小屋
2000年（平成12）	9月6日～9月10日	燐光群／梅ヶ丘BOX／川畑秀樹
2001年（平成13）	6月22日～6月25日	劇団目覚時計／目覚時計稽古場／武内悦子

1980年（昭和55）5月10日～5月18日　マールイ／マールイサロン／末木利文

葉桜

1927年（昭和2）4月15日～4月24日　新劇協会／帝国ホテル演芸場／岸田國士
1935年（昭和10）5月2日～5月26日　男女優合同公演／歌舞伎座／水谷竹紫（舞台監督）
1954年（昭和29）10月8日～10月9日　俳優座演劇研究所／麻布公会堂／河盛成夫
1958年（昭和33）3月8日～3月9日　くるみ座／京都毎日ホール／毛利菊枝
1978年（昭和53）5月9日～5月11日　くるみ座／京都会館ホール／山口竹彦
1980年（昭和55）2月23日～2月25日　芸協／桜台劇場／雨森雅司・青野武
1980年（昭和55）4月18日～4月22日　手織座／手織座アトリエ／朱雀太郎
1986年（昭和61）5月27日～6月1日　木山事務所／俳優座劇場／末木利文
1988年（昭和63）3月1日～3月7日　木山事務所／俳優座劇場／末木利文
1990年（平成2）11月24日～11月25日　劇団弘演／スペースデネガ／宮崎英世
1999年（平成11）8月6日～8月8日　劇団前進座／前進座劇場／東恒史
2000年（平成12）6月27日～6月28日　劇団たけぶえ／武生市文化センター小ホール／柴野千栄雄
2000年（平成12）9月6日～9月10日　燐光群／梅ヶ丘BOX／川畑秀樹
2007年（平成19）7月14日～7月16日　演劇企画室Vector／山小屋ギャラリー／山口望
2009年（平成21）6月25日～6月30日　桃園会／大阪・ウイングフィールド／深津篤史
2010年（平成22）1月15日～1月20日　可児市文化芸術振興財団／可児市文化創造センター／西川信廣
2010年（平成22）1月23日～1月27日　可児市文化芸術振興財団／新国立劇場・小劇場／西川信廣

恋愛恐怖病

1989年（平成1）10月6日～10月8日　東京演劇アンサンブル／ブレヒトの芝居小屋／広渡常敏
1989年（平成1）12月9日～12月11日　東京演劇アンサンブル／ブレヒトの芝居小屋／広渡常敏
1993年（平成5）11月　劇団東演／東演パラータ／鷲田照幸
2000年（平成12）12月14日～12月17日　南船北馬一団／芸術創造館／棚瀬美幸
2007年（平成19）7月14日～7月16日　演劇企画室Vector／山小屋ギャラリー／山口望

驟雨

1926年（大正15）12月1日～12月25日　帝国劇場女優劇／帝国劇場／宇野四郎（舞台監督）
1927年（昭和2）1月1日～1月14日　新派／京都・南座

2000年（平成12）	6月27日～6月28日	劇団たけぶえ／武生市文化センター小ホール／柴野千栄雄
2000年（平成12）	12月14日～12月17日	うずめ劇場／北九州・黒先正覚寺／ペーター・ゲスナー ＊2001年7月に福岡公演と広島公演
2002年（平成14）	5月23日～5月27日	TAC三原塾／TACCS1179／長谷川誠・三原四郎 ＊公演名「春夏秋冬…そして風」
2003年（平成15）	6月25日～6月29日	self／ギャラリー・ルコデ／矢野靖人 ＊演目名「シム紙風船」原作：岸田國士、構成：矢野靖人
2003年（平成15）	8月2日～8月8日	シアター風姿花伝／シアター風姿花伝／宮田慶子
2003年（平成15）	11月7日～11月9日	（財）水戸市芸術振興財団／水戸芸術館ACM劇場／桐山知也
2007年（平成19）	2月22日～2月25日	劇団芸術劇場／根岸・笹之雪ホール／小林和樹
2007年（平成19）	6月13日～6月17日	桃園会／大阪・ウイングフィールド／深津篤史 ＊公演名「a tide of classics」
2007年（平成19）	6月22日～6月30日	クロワゼ／ガレリアプント／小山ゆうな
2008年（平成20）	5月3日～5月5日	ナントカ世代／アトリエ劇研／北島淳
2009年（平成21）	6月18日～6月21日	Ito・M・Studio／Ito・M・Studio／伊藤留奈
2009年（平成21）	11月13日～11月15日	岸田國士短編制作委員会／銀座小劇場／森さゆ里
2010年（平成22）	1月15日～1月20日	可児市文化芸術振興財団／可児市文化創造センター／西川信廣
2010年（平成22）	1月23日～1月27日	可児市文化芸術振興財団／新国立劇場・小劇場／西川信廣

麺麭屋文六の思案

1930年（昭和5）	6月5日	劇団築地小劇場／京都・松竹座／北村喜八
1934年（昭和9）	4月29日	劇団自由舞台・エラン・ヴイタール小劇場／京都・華頂会館／久保武
1951年（昭和26）	11月16日～11月17日	くるみ座／京都新聞会館／田中千禾夫
1951年（昭和26）	12月13日	くるみ座／大阪三越劇場／田中千禾夫
1959年（昭和34）	4月20日～4月21日	俳優座演劇研究所／俳優座劇場／増見利清
1959年（昭和34）	5月14日～5月16日	新人会／赤坂公会堂／早野寿郎

2003年（平成15）11月7日〜11月9日　(財) 水戸市芸術振興財団／水戸芸術館ACM劇場／桐山知也
2007年（平成19）1月16日〜1月25日　シスカンパニー／世田谷パブリックシアター／ケラリーノ・サンドロヴィッチ
＊演目名「禿禿祭」
2007年（平成19）6月22日〜6月30日　クロワゼ／ガレリアアプント／小山ゆうな
2009年（平成21）3月26日〜3月29日　ユニットbites／かもめ座／bites・野崎美子
2009年（平成21）11月16日〜11月19日　岸田國士短編制作委員会／銀座小劇場／森さゆ里

ぶらんこ

1985年（昭和60）9月25日〜9月29日　木山事務所／俳優座劇場／末木利文
1993年（平成5）11月　劇団東演／東演パラータ／鷲田照幸

紙風船

1926年（大正15）5月31日〜6月2日　青い鳥劇団／築地小劇場／佐々木積
1927年（昭和2）5月17日〜5月18日　美術劇場／京都・三条青年会館
1930年（昭和5）10月1日〜10月19日　新派（浪花座十月興行）／大阪・浪花座／園池公功（舞台監督）
1930年（昭和5）10月21日〜10月27日　新派／京都・南座
1938年（昭和13）1月10日　文学座／錦橋館
1938年（昭和13）3月11日　エラン・ヴイタール劇団／京都・朝日会館／滝壮二
1954年（昭和29）6月17日〜7月4日　文学座／神田一ツ橋講堂／岩田豊雄
1954年（昭和29）7月6日〜7月13日　文学座／大阪毎日会館／岩田豊雄
1954年（昭和29）7月14日〜7月16日　文学座／京都弥栄会館／岩田豊雄
1954年（昭和29）7月22日〜7月23日　文学座／御園座／岩田豊雄
1977年（昭和52）6月16日〜6月19日　銅鑼／銅鑼スタジオ
1985年（昭和60）6月30日　演劇集団ドラマスタジオ／ドラマスタジオアトリエ／芳賀大
1985年（昭和60）9月25日〜9月29日　木山事務所／俳優座劇場／末木利文
1986年（昭和61）6月28日〜6月29日　演劇集団ドラマスタジオ／ドラマスタジオアトリエ／野田雄司
1992年（平成4）5月20日〜5月24日　劇団どろ／どろの小屋
1992年（平成4）12月4日〜12月6日　プロジェクト・ナビ／AI・HALL／北村想
1992年（平成4）12月10日〜12月13日　プロジェクト・ナビ／愛知県芸術劇場小ホール／北村想
1994年（平成6）4月15日〜4月18日　東京芝居倶楽部／高田馬場アートボックス／溝口敏成
1995年（平成7）6月20日〜6月25日　木山事務所／俳優座劇場／末木利文

1977年（昭和52）3月19日～3月20日　演転舎／ぐるーぷえいとアトリエ／伊藤弘一
1977年（昭和52）5月10日～5月12日　くるみ座／京都会館ホール／山口竹彦
1977年（昭和52）9月8日～9月10日　くるみ座／帝人ホール／山口竹彦
1977年（昭和52）9月23日～9月25日　鎖／太郎村ホール／なかがわとうご
1977年（昭和52）10月5日～10月7日　ウィスパー・ノット／ライヒ館モレノ／ジョニー麗
＊演目名「私家版・命を弄ぶ男ふたり」
1978年（昭和53）2月3日～2月4日　くるみ座／大津西武ホール／山口竹彦
1980年（昭和55）5月10日～5月18日　マールイ／マールイサロン／末木利文
1983年（昭和58）10月6日～10月29日　劇団 NLT ／青野平義記念館／賀原夏子
1984年（昭和59）4月27日～4月29日　劇団芸協／荻窪観音ホール／あずさ欣平・青野武
1986年（昭和61）3月19日～3月23日　オフィスい組／駅前劇場／今村健
1988年（昭和63）10月7日～10月9日　東京演劇アンサンブル／ブレヒトの芝居小屋／広渡常敏
1989年（平成1）2月8日～2月12日　現代劇センター真夏座／本郷スタジオ・アドベンチャー／池田一臣
1989年（平成1）12月8日～12月10日　東京演劇アンサンブル／ブレヒトの芝居小屋／広渡常敏
1990年（平成2）4月6日～4月8日　演劇集団ドラマスタジオ／渋谷109スタジオ／野口敏郎
1990年（平成2）9月22日～9月24日　劇団世代／劇団世代スタジオ／三木周一
1990年（平成2）11月2日～11月4日　久保道子プロデュース／深川小劇場／久保路
1991年（平成3）4月26日～4月29日　劇団 SCENE ／劇団 SCENE アトリエ／枯木賑
1991年（平成3）9月3日～9月7日　演劇集団ドラマスタジオ／渋谷109スタジオ／野口敏郎
1991年（平成3）9月7日～9月8日　東京演劇アンサンブル／ブレヒトの芝居小屋／広渡常敏
1992年（平成4）12月4日～12月6日　プロジェクト・ナビ／ AI・HALL ／北村想
1992年（平成4）12月10日～12月13日　プロジェクト・ナビ／愛知県芸術劇場小ホール／北村想
1994年（平成6）9月26日～10月2日　演劇集団円／沼袋・円ステージ／國峰眞
1995年（平成7）6月15日～6月19日　木山事務所／俳優座劇場／末木利文
2001年（平成13）4月5日～4月8日　オフィス REN ／下北沢 OFFOFF シアター／入谷俊一
2003年（平成15）1月31日～2月2日　鋼鉄猿廻し一座／芸術創造館／中村賢司
2003年（平成15）7月18日～7月19日　文学座／ SANYO HALL ／小林勝也

岸田國士戯曲上演記録

（阿部由香子作成）

演目名	初日～終日	上演主体名／劇場／演出　＊注記事項
古い玩具		
	1988年（昭和63）6月3日～6月5日	東京演劇アンサンブル／ブレヒトの芝居小屋／広渡常敏
	1989年（平成1）12月8日～12月10日	東京演劇アンサンブル／ブレヒトの芝居小屋／広渡常敏
チロルの秋		
	1924年（大正13）11月3日～11月5日	新劇協会／帝国ホテル演芸場／畑中蓼坡
	1927年（昭和2）6月4日～6月5日	近代劇協会／京都・三条青年会館
	1965年（昭和40）3月6日～3月13日	雲　現代演劇協会／現代演劇協会ホール／福田恒存
	1971年（昭和46）11月22日～11月23日	劇団近代座／自由劇場／佐藤昇
	1976年（昭和51）12月10日～12月12日	ドラマスタジオ／ドラマスタジオ／村上辱
	1977年（昭和52）5月10日～5月12日	くるみ座／京都会館ホール／北村英三
	1977年（昭和52）9月8日～9月10日	くるみ座／帝人ホール／神沢和夫
	1978年（昭和53）2月3日～2月4日	くるみ座／大津西武ホール／北村英三
	1988年（昭和63）7月1日～7月3日	東京演劇アンサンブル／ブレヒトの芝居小屋／広渡常敏
	1989年（平成1）12月10日～12月13日	東京演劇アンサンブル／ブレヒトの芝居小屋／広渡常敏
	1998年（平成10）12月19日～12月23日	向陽舎／アートスペースプロット／久保亜津子
	2007年（平成19）11月21日～11月25日	危婦人／ギャラリー・ルデコ／スギタクミ　＊演目名「贋作・チロルの秋」
命を弄ぶ男ふたり		
	1925年（大正14）12月5日～12月6日	近代劇場／帝国ホテル演芸場／高田保
	1929年（昭和4）9月3日	菊五郎一座／明治座
	1934年（昭和9）11月2日～11月3日	早大劇藝術研究會／大隈小講堂／河竹繁俊（指導）・高井房雄（演出）
	1964年（昭和39）6月15日～6月17日	芸協／俳優座劇場／梓欣造
	1970年（昭和45）7月22日～7月26日	演劇グループ夏／京都会館第2ホール／大浜豊
	1971年（昭和46）8月10日～8月11日	エビエ演技研究所／大阪・郵便貯金ホール／海老江寛
	1976年（昭和51）10月30日～10月31日	I・Sアート／世代スタジオ／小林進

・Ortolani, Benito : *The Japanese Theatre*. Princeton U.P. 1995.

オートラニ・ベニート『日本演劇史』プリンストン大学出版　1995年。

・Powell, Brian. *Japan's Modern Theatre: A Century of Change and Continuity*. Japan Library 2002.

パウエル・ブライアン『日本の現代演劇ー変化と継続の世紀』ジャパン・ライブラリー 2002年。

・Rimer, J. Thomas. *Towards a Modern Theatre*. Princeton U.P. 1974.

ライマー・J・トーマス『現代日本演劇に向けて』プリンストン大学出版　1974年。

・Sas Miryam. "Frozen in Longing: Haikara Modernity, Cultural Transformation and the Theatre of Kishida Kunio." *Asiatische Studien / Etudes Asiatiques : Zeitschrift der Schweizerishcen Asiangesellschaft / Revue de la Societe Suisse-Asia*. 53 : 2 (1999).

サス・ミリアム「切望で凍りつくーハイカラの現代性、文化的変容、と岸田國士の家庭悲劇における救済としての愛情ー『沢氏の二人娘』と『女人渇仰』。『アジアテイッシュ・スツディエン／エチュウド　アジアテック：ザイトシュリフト・デ・シュバイツァリッシエン　アジアンゲセルシャフト／レビュー・デ・ラ・ソシエテ・スイス・アジア』53 : 2 (1999年)。

・Kwok-kan Tam. "Love as Redemption in Kishida Kunio's Domestic Tragedy : *Two Daughters of Mr. Sawa* and *Adoration*." *Asian Culture Quarterly* 14. 1 (Spring 1986).

クヲック・カン・タム「岸田國士の家庭悲劇における救済としての愛情ー『沢氏の二人娘』と『女人渇仰』」『アジア・カルチャー・クオータリー』14 : 1 (春号1986年)。

・Yuasa Masako. ed. *Kishida Kunio : Three Plays*. Alumnus 1994.

湯浅雅子編『岸田國士の戯曲三篇』アラムネス出版　1994年。

館、同戸山図書館、同文学部日本文学専修室に所収の紀要、単行本、雑誌、上演パンフレットのなかで、研究論文を中心に選択した。1976年以前は古山高麗雄『岸田國士と私』を参照されたい。

岸田國士海外研究文献目録

（ボイド真理子作成）

・*Contemporary Authors Online*. Gale 2002.
「現代作家オンライン」ゲール出版　2002年。

・*Encyclopedia of World Literature in the Twentieth Century*. St James Press. 1999.
『20世紀における世界文学辞典』セント・ジェームス出版　1999年。

・Gillespie, John K. "Taisho and Prewar Showa Theater" *The Columbia Companion to Modern East Asian Literature*. Ed. J. S. Mostow, et al. Columbia U.P. 2003.
ギレスピー・ジョン K.「大正と昭和戦前の演劇」モストウ等編集『現代東アジア文学コロンビア・コンパニオン』コロンビア大学出版　2003年。

・Goodman, David G. ed. *Five Plays by Kishida Kunio*. Cornell U.P. East Asia Paper series 51. 1989.
グッドマン・デビッド・G 編集『岸田國士の戯曲五編』コーネル大学出版東アジアシリーズ　51号　1989年。

・Hawkins Dady ed. *International Dictionary of Theatre Vol 2 : Playwrights*. St James Press. 1999.
ホーキンズ・ダディ編集『国際演劇辞典』第 2 巻セント・ジェームス出版　1999年。

・Keene, Donald. *Dawn to the West : Japanese Literature of the Modern Era. Volume II : Poetry, Drama, Criticism.* Holt, Rinehart & Winston 1984.
キーン・ドナルド『日本文学の夜明け』第 2 巻ホルト・ラインハート・ウィンストン社　1984年。

・Leiter, Samuel L ed. *Encey clopedia of Asian Theatre*. Greenwood Press 2007.
ライター・サミュエル・L 編集「アジア演劇百科事典」グリーンウッド出版　2007年。

ランス』朝日出版社　2008.03
北村日出夫「敗戦の《跨ぎ方》――岸田国士の一九四〇年頃の言説分析」『評論・社会科学』67　同志社大学人文学会　2001.12
井上究一郎「岸田國士とヴィスコンティ」『井上究一郎文集II　プルースト篇』筑摩書房　1999.11
井上究一郎「岸田國士」同上
石原千秋「結婚のためのレッスン『由利旗江』」『国文学　解釈と教材の研究』学燈社　1997.10
都築久義「従軍作家の言説」『時代別日本文学史事典現代編』東京堂出版　1997.05
湯浅雅子「現代日本演劇に於ける純粋演劇から不条理演劇への流れの考察――岸田国士・別役実・岩松了の場合」『日本演劇学会紀要』34　日本演劇学会　1996.05
今村忠純「岸田國士の時代」『岸田國士の世界』審美社　1994.08
東京演劇アンサンブル公演パンフレット「岸田國士作品連続上演」1989.12
（今村忠純「フェミニズムの岸田國士」、広渡常敏「稽古場の手帖　岸田國士ノート」、古山高麗雄　今村忠純「対談　人間・岸田國士」）
渡邊一民「岸田國士における『演劇革命」と日本人論」『岸田國士ノート1　1988.8』東京演劇アンサンブル　1988.09
今村忠純、大笹吉雄他「座談会　岸田國士における前衛の精神」『岸田國士ノート1　1988.8』東京演劇アンサンブル　1988.09
田所信成「天上への手紙――岸田国士の肉声」『福岡大学人文論叢』203　福岡大学研究推進部　1988.01
大橋清秀「岸田国士の『泉』に『秋風記』（モーパッサン）の影響を見る」『帝塚山学院大学日本文学研究』16　帝塚山学院大学日本文学会　1985.03
岡田英雄「岸田文学の課題」『近代作家の表現研究』双文社出版　1984.10
岡田英雄「岸田戯曲の文体とその規定条件」同上
岡田英雄「岸田戯曲の文体」同上
奥出健「大政翼賛会と文壇――岸田国士の翼賛会文化部長就任をめぐって」『国文学研究資料館紀要』7　1981.03

［注記］

目録作成にあたっては、国文学研究資料館、早稲田大学演劇博物館、早稲田大学中央図書

内博士記念演劇博物館　2002.03
井上理恵「慶応義塾三田講演の波紋」『近代演劇の扉をあける　ドラマトゥルギーの社会学』社会評論社　1999.12
井上理恵「日本の近代劇」同上
佐伯隆幸「岸田國士を読む——『沢氏の二人娘』をめぐる変奏」『現代演劇の起源　60年代演劇的精神史』れんが書房新社　1999.01
西村博子「序論　日本の近代劇　1879—1945」『20世紀の戯曲』社会評論社　1998.02
井上理恵「昭和前後の演劇」『時代別日本文学史事典　現代編』東京堂出版　1997.05
今村忠純「翻訳劇という問題」『昭和文学研究』31　昭和文学会　1995.07
大笹吉雄「芸術派の動向」『日本現代演劇史　昭和戦中篇II』白水社　1994.12
渥美国泰「岸田國士の俳優教育の理想と現実」『岸田國士の世界』審美社　1994.08
阿部好一「『落葉日記』合評会をめぐって」『岸田國士の世界』審美社　1994.08
阿部好一「築地小劇場の開場と岸田」『ドラマの現代　演劇・映画・文学論集』近代文藝社　1993.12
今村忠純「岸田國士論・前提」『大妻国文』24　大妻女子大学　1993.03
鈴木夫佐子「岸田国士の演劇論」『國文目白』31　日本女子大学国語国文学会　1991.11
阿部好一「岸田国士の初演出をめぐって 」『神戸学院女子短期大学紀要』24　神戸学院女子短期大学　1991.03
鈴木敏男「『純粋演劇』論——ジャック・コポーと岸田國士」『演劇学』31　早稲田大学演劇学会　1990.01
今村忠純「岸田國士という問題」『日本近代文学』41　日本近代文学会　1989.10
大笹吉雄「新劇の誕生」『日本現代演劇史　明治・大正篇』白水社　1985.03
岡田英雄「岸田国士の戯曲論」『近代作家の表現研究』双文社出版　1984.10
今村忠純「戦時下の戯曲」『国文学解釈と鑑賞』至文堂　1983.08
菅井幸雄「演劇本質論論争」『近代日本演劇論争史』未来社　1979.02
田中千禾夫「戯曲時代」『劇的文体論序説　上』白水社　1977.04
菅井幸雄「岸田国士におけるドラマの近代——岸田国士論の視角——小山内薫との対立」『昭和の文学１』至文堂　1976.11

【その他】

柏木隆雄「ジュール・ルナール、文士の生き方」『交差するまなざし——日本近代文学とフ

阿部好一「岸田国士論――そのfantaisieの意味するもの」『神戸学院女子短期大学紀要』16　神戸学院女子短期大学紀要　1983.03

河内夫佐子「岸田国士・コントへの道」『目白近代文学』2　1980.12

別役実「『チロルの秋』の構図」『電信柱のある宇宙』白水社　1980.05

今村忠純「岸田国士『歳月』の八洲子」『国文学　解釈と教材の研究』25　学燈社　1980.03

河内夫佐子「未決定性の悲劇――『チロルの秋』『ぶらんこ』『紙風船』をめぐって」『金城国文』56　金城学院大学国文学会　1980.03

阿部到「岸田戯曲のテーマ」『演劇学』20　早稲田大学演劇学会　1979.03

河内夫佐子「『歳月』再考」『金城国文』55　金城学院大学国文学会　1979.02

河内夫佐子「岸田國士・昭和三年前後――『牛山ホテル』を中心に」『国文目白』17　日本女子大学　1978.02

河内夫佐子「岸田国士論――前期の理論と実作の関係から」『金城国文』54　金城学院大学国文学会　1978.02

田中千禾夫「岸田（國士）戯曲」『劇的文体論序説　上』白水社　1977.04

河内夫佐子「岸田国士『歳月』について」『金城国文』53　金城学院大学国文学会　1977.02

【演劇史・演劇論関連】

太田省吾「室咲きの花――岸田国士における劇構造について」『プロセス　太田省吾演劇論集』而立書房　2006.11

井上理恵「演劇の100年」『20世紀の戯曲　III』社会評論社　2006.06

宮本啓子「批評の変遷から見る初期岸田戯曲の位相――『古い玩具』と『チロルの秋』」演劇研究センター紀要VI早稲田大学21世紀COEプログラム　2006.01

井上理恵「平田オリザ著『演劇のことば』批判――演劇史を考える、あるいは記述することとは」『シアターアーツ』22　春号　2005.03

大笹吉雄「誤読の中に聳立した『岸田国士』像――没後五〇年でさまよう演劇人像」『中央公論』中央公論社　2004.10

井上ひさし、今村忠純、大笹吉雄、小森陽一「演劇と戯曲（戦前編）――劇作家の言葉と仕事」『座談会　昭和文学史二』集英社　2003.10

片岡容子「岸田国士試論――演劇論の展開と喜劇精神」『舞台芸術研究』5　日本大学大学院芸術学研究科舞台芸術専攻　2003.03

阿部由香子「『温室』の外の民衆劇――岸田國士と新劇協会」『演劇研究』25　早稲田大学坪

齋藤平「岸田國士『牛山ホテル』の方言について」『皇学館大学文学部紀要』40　皇学館大学文学部　2001.12
松尾忠雄「『速水女塾』からの岸田の喜劇――岸田国士論（4）」『甲南国文』47　甲南女子大学日本語日本文学会　2000.03
井上理恵「関係の平行線――岸田国士の『紙風船』」『近代演劇の扉をあける　ドラマトゥルギーの社会学』社会評論社　1999.12
赤瀬雅子「ふたつの『落葉日記』――岸田国士に根づいたジャック・コポー理論」『桃山学院大学人間科学』17　桃山学院大学　1999.07
井上理恵「岸田國士『紙風船』に関する話」『日本の近代戯曲』翰林書房　1999.05
松尾忠雄「『死』に至る手続き・ドラマツルギーの問題――岸田国士論（3）」『甲南国文』46　甲南女子大学日本語日本文学会　1999.03
松尾忠雄「初期の岸田作品の『女性』とドラマツルギー――岸田国士論（2）」『甲南国文』45　甲南女子大学日本語日本文学会　1998.03
由紀草一「岸田國士『歳月』」『20世紀の戯曲　日本近代戯曲の世界』社会評論社　1998.02
松尾忠雄「今なぜ岸田國士か――岸田国士論（1）」『甲南国文』44　甲南女子大学日本語日本文学会　1997.03
田口修司「岸田國士『古い玩具』試論――果てしない『言葉の空しさ』の追求への出発」『横浜国大国語研究』15　横浜国立大学　1997.03
今村忠純「岸田国士『牛山ホテル』」『講座日本の演劇６』勉誠社　1996.01
赤瀬雅子「岸田国士の一側面――フランス派台詞劇の運命」『国際文化論集』13　桃山学院大学　1996.01
今村忠純「『牛山ホテル』論」『大妻国文』26　大妻女子大学　1995.03
由紀草一「岸田國士と喜劇」駿河台文学会編『岸田國士の世界』審美社　1994.08
船所武志「戯曲対話の表現分析――岸田国士『紙風船』を例として」『表現研究』59　表現学会1994.03
阿部好一「初期戯曲における屈折」『ドラマの現代』近代文藝社　1993.12
五十嵐康治「『戯曲の言葉』（二）」『九州大谷研究紀要』20　九州大谷短期大学内九州大谷学会　1993.12
今村忠純「演劇という虚構（フィクション）」『日本文学史を読む６』有精堂出版　1993.11
今村忠純「セリフの論理」『国語と国文学』至文堂　1993.09
大笹吉雄「岸田国士の齟齬感」『ドラマの精神史』新水社　1983.06

岸田國士研究文献目録（2009年〜1976年）

（宮本啓子作成）

【全集】

『岸田國士全集』全28巻　岩波書店、1989.01〜1992.06

【単行本】

渥美国泰『岸田国士論考――近代知識人の宿命の生涯』近代文芸社　1995.03

駿河台文学会編『岸田國士の世界』審美社　1994.08

渡邊一民『岸田國士論』岩波書店　1982.02

古山高麗雄『岸田國士と私』新潮社　1976.11

【雑誌の特集】

『悲劇喜劇』「特集　岸田國士」早川書房　1984.03

『新劇』「特集　岸田国士」白水社　1976.09

【戯曲関連論文】

児玉直起「岸田國士の戦争劇――『かえらじと』の認可脚本をめぐって」『演劇学論集』49　日本演劇学会　2009.10

井上理恵「『動員挿話』〈所有と絶対〉は素敵だ！」『ドラマ解読』社会評論社　2009.05

宮本啓子「演劇論としての『チロルの秋』」『演劇博物館グローバルCOE紀要演劇映像学2008第2集』早稲田大学演劇博物館グローバルCOEプログラム2009.03

宮本啓子「岸田國士『古い玩具』再考――女性を中心にして」『早稲田大学大学院文学研究科紀要』第3分冊　53　早稲田大学大学院文学研究科　2008.02

児玉直起「戦争文化論（III）「岸田國士『動員挿話』における“反戦”の位相」『桜文論叢』68　日本大学法学部　2007.02

野田学「岸田國士と現代――ピンターとの類似、そして時代を写す〈痙攣〉」『[国文学解釈と鑑賞]別冊　現代演劇』至文堂　2006.12

石原千秋「日曜日の妻たち――初期の岸田國士」『テクストはまちがわない―小説と読者の仕事』筑摩書房　2004.03

阿部由香子「岸田國士『椎茸と雄弁』」『20世紀の戯曲II　現代戯曲の展開』社会評論社　2002.07

●事項

索　引

●人名

執筆者紹介（あいうえお順）

＊は編集委員

＊**阿部由香子**（あべ・ゆかこ）、共立女子大学准教授、『20世紀の戯曲Ⅰ～Ⅲ』（共著、社会評論社）「正宗白鳥『影法師』における『夢のやうなもの』」（『文学芸術』第27号、共立女子大学総合文化研究所）。本会事務局長

伊藤真紀（いとう・まき）、明治大学准教授、「小山内薫と『霊魂の彫刻』―『象徴的演劇』としての能―」（明治大学文学部紀要『文芸研究』第98号）。

＊**井上理恵**（いのうえ・よしえ）、吉備国際大学教授、『久保栄の世界』『近代演劇の扉をあける』『ドラマ解読』（社会評論社）。『20世紀の戯曲Ⅰ～Ⅲ』（共著、社会評論社）。論文に川上音二郎論、清水邦夫論、菊田一夫論等。日本近代演劇史研究会代表

小川幹雄（おがわ・みきお）、新国立劇場技術部、日本舞台監督協会理事長、ロンドン大学大学院修士課程修了演劇学専攻 MA、早稲田大学講師、日本大学講師「舞台監督と小山内薫」（『演劇学論叢』第 8 号）。

斎藤偕子（さいとう・ともこ）、慶應義塾大学名誉教授、演劇批評活動。専門分野はアメリカ演劇、『黎明期の脱演劇サイト』（鼎書房）。日本演劇に関しては共著 *Theater in Japan*（Recherchen 64）等。

嶋田直哉（しまだ・なおや）、フェリス女学院中学校・高等学校教諭、「語られぬ「言葉」たちのために――野田秀樹『ロープ』を中心に」（第二次「シアターアーツ」第34号）等。

寺田詩麻（てらだ・しま）、早稲田大学ほか非常勤講師、『歌舞伎登場人物事典』（共著、白水社）、「明治十年前後の新富座と宝樹座の関わり」（『歌舞伎研究と批評』44号）。

中野正昭（なかの・まさあき）、早稲田大学演劇博物館客員研究員、明治大学ほか非常勤講師。編共著『古川ロッパとレヴュー時代―モダン都市の歌・ダンス・笑い―』展・図録（早稲田大学演劇博物館）、「歌劇『椿姫（La　Traviata）』検閲台本にみる浅草オペラの演劇性」（演劇博物館グローバル COE 紀要「演劇映像学2008」第 2 集）。

＊**西村博子**（にしむら・ひろこ）、日本近現代劇のドラマトゥルギー専攻。1983年に小劇場・タイニイアリス NPO ARC をオープン、毎年 Alice Festival を開催。『実存への旅立ち―三好十郎のドラマトゥルギー』（而立書房）、『蚕娘の繊絲―日本近代劇のドラマトゥルギー』全 2 巻（翰林書房）ほか。

林　廣親（はやし・ひろちか）、成蹊大学教授『20世紀の戯曲Ⅰ・Ⅱ』（共著、社会評論社）『近代の日本文学』（放送大学教育振興会）「岡田八千代『黄楊の櫛』を読む―鷗外・杢太郎の影」（『演劇学論集』43号）。

日比野啓（ひびの・けい）、成蹊大学文学部准教授。「ベケットから遠く離れて―別役実の歴史感覚」（『国文学解釈と鑑賞 別冊 現代演劇』2006年）、「戦時演劇研究―成果と展望」（『演劇論集』第49号）等。

ボイド真理子（ボイド・マリコ）、上智大学教授。『静けさの美学―太田省吾と裸形の演劇』（上智大学出版）。翻訳編集では日本劇作家協会編『現代日本の劇作』（英訳）10巻（紀伊國屋書店）。

松本和也（まつもと・かつや）、信州大学教員『昭和十年前後の太宰治〈青年〉・メディア・テクスト』（ひつじ書房）、『太宰治『人間失格』を読み直す』（水声社）、『新世紀　太宰治』（共編著、双文社出版）。

宮本啓子（みやもと・けいこ）早稲田大学大学院文学研究科博士過程在学中、「演劇論としての『チロルの秋』」（『演劇博物館グローバル COE 紀要演劇映像学2008第 2 集』）。

湯浅雅子（ゆあさ・まさこ）、大阪教育大学非常勤講師、英国ハル大学名誉研究員、（近松世話物を英語上演する）近松プロジェクトリーダー。“A Corpse With Feet by Betsuyaku Minoru” Asian Theatre Journal No. 14 by University of Hawaii, 1997

＊**由紀草一**（ゆうき・そういち）、茨城県公立高等学校教諭、『学校はいかに語られたか』（宝島社）『思想以前』（洋泉社）『団塊の世代とは何だったのか』（洋泉社新書 y）『軟弱者の戦争論』（PHP 新書）。

岸田國士の世界

発行日	2010年 3 月 25 日　初版第一刷
編　者	日本近代演劇史研究会
発行人	今井 肇
発行所	翰林書房
	〒101-0051 東京都千代田区神田神保町 1-14
	電 話 (03)3294-0588
	FAX (03)3294-0278
	http://www.kanrin.co.jp
	Eメール● Kanrin@nifty.com
装　釘	矢野徳子＋島津デザイン事務所
印刷・製本	シ ナ ノ

落丁・乱丁本はお取替えいたします
Printed in Japan.

ISBN978-4-87737-294-1